Herstories,

다시 만난 코리안디아스포라 여성들의 삶이야기

이 도서는 한국출판문화산업진흥원의
'2021년 출판콘텐츠 창작 지원 사업'의 일환으로
국민체육진흥기금을 지원받아 제작되었습니다.

Herstories,
다시 만난 코리안디아스포라 여성들의 삶이야기

2021년 10월 25일 초판 인쇄
2021년 10월 27일 초판 발행

기획 | 사단법인 조각보
편저 | 윤은정 · 김숙임 · 김현미
교정교열 | 정난진
펴낸이 | 이찬규
펴낸곳 | 북코리아
등록번호 | 제03-01240호
주소 | 13209 경기도 성남시 중원구 사기막골로 45번길 14
우림2차 A동 1007호
전화 | 02-704-7840
팩스 | 02-704-7848
이메일 | ibookorea@naver.com
홈페이지 | www.북코리아.kr
ISBN | 978-89-6324-816-5 (03810)

값 19,000원

Herstories, 다시 만난 코리안디아스포라 여성들의 삶이야기

사단법인 조각보 기획

윤은정·김숙임·김현미 편저

북코리아

추천사

여러분 삶을 얘기해보세요!

악셀 슈미트 괴델리츠, 독일 동서포럼 이사장

독일어 번역: **정유성**, 서강대 명예교수

1989년 베를린 장벽이 무너지고 일 년 뒤 통일이 이룩되자 독일 사람들은 잠시나마 세상에서 가장 행복한 민족이 되었습니다. 그로부터 30년이 지나고 우리는 다른 국가 다른 이데올로기로 갈라졌던 이 나라가 여러 면에서 여전히 분단된 상태라는 사실을 인지했습니다. 구 동독지역 주민 대다수가 구 서독지역 주민들의 부당한 대접에 불만스러운 나머지, 구 서독지역 주민들보다 훨씬 많이 극우 정당에 투표하며, 난민수용에 반대하고, 이들 중 70% 가까이 스스로 2등 국민이라고 여기고 있습니다. 이는 1990년 통일 당시에는 누구도 예견하지 못했던 상황입니다. 그때만 해도 통일은 경제적 · 기술적 · 제도적 문제로 판단되어 충분히 감당할 수 있고 재정적으로 해결 가능한 과제라고 평가됐습니다. 양쪽 주민들이 서로 이질적이고 낯설 수 있다는 점은 논의조차 되지 않았지요. 분단을 겪었어도 같은 독일 사람들이라는 사실이 달라지지 않았으리라 믿었습니다.

하지만 이는 환상이었습니다. 인간은 태어나고 살아가는 정치체제에 의해, 그 체제에 대한 애정이나 거부감과 상관없이 깊은 영향을 받게 마련입니다. 독일도 마찬가지입니다. 통일 이후 얼마 지나지 않아 구 동독 주민들과 구 서독 주민들이 여러 방면에서 서로 다르다는 점들이 속속 드러났습니다. 서로 다른 가치관 속에서 자라나 서로 다른 신념체계를 갖게 되는 등 삶의 환경 자체가 달랐으니, 그 이질감 때문에 서로 긴장하고 회피하는 경향을 보였습니다. 문제 상황이 도드라지자 독일 사민당(SPD) 정치인들 몇몇은 구 서독 주민들과 구 동독 주민들이 서로에게 자신들의 삶의 이야기, 곧 생애사를 들려주도록 하자는 제안을 했습니다. 나는 사민당 산하 프리드리히 에버트 재단의 베를린 사무소 소장으로서 이 제안을 받아들여 통일 직후 첫 번째 '생애사 대화(biography conversation)' 프로그램을 조직했습니다. 초기 단계에는 시행착오를 거치는 등 숱한 학습 과정을 통해 결국 30년이 넘은 세월이 지난 지금, 구 동서독 간의 소통과 이해를 위한 중요한 요소가 되는 모델로 발전했습니다. 초기 단계에는 사실 심각한 잘못도 저질렀는데, 이처럼 성공적인 생애사 대화 프로그램을 처음부터 통일 독일의 가능한 한 모든 지역에서 실행하지 못한 점입니다. 만약 한국에서 통일 이후 남북 주민이 삶 이야기를 나눈다면 가능한 한 모든 지역에서 실행하기를 강력히 권합니다.

이후 '괴델리츠 생애사 대화'로 불린 이 프로그램이 어떻게 진행되었을까요? 구 서독 그리고 구 동독의 여러 지역에서 다양한 연령대, 직업군, 정치성향의 사람들을 10명 이내 소규모로 초대하여 주말 시간에 교외 고즈넉한 장소에 모입니다. 두 명의 특별 훈련을 거친 안내자들이 모임을 진행하며, 꼭 지켜야 할 규칙들이 있습니다. 누구나 제약받지 않고 자유롭게 얘기할 수 있으며 추가 질문은 허용되지만, 옳고 그름을 따지는 토론은 금지됩니다. 모임에서 나온 모든 이야기는 외부로 유출되어서는 안 됩니다. 단 한 번 예외가 있었는데, 그것은 참가자 전원의 동의를 얻어 프로그램에 초대된 폴란드에서 온 참석자들이 여러 다른 참가자들의 생애사를 모아 두 권의 책으로 독일어와 폴란드어로 출판한 일입니다. 이 책은 인터넷에 공개되어 있기도 합니다.

이 프로그램을 통해 우리가 추구했던 목표는 다음과 같습니다. 다른 사람의 이야기를 경청하여 편견을 없애고 관용을 훈련하며, 생애사 이야기를 통해 각기 다른 쪽 독일에서의 삶의 일상을 부분적이나마 추체험해보는 것입니다. 무엇보다 중요한 핵심은 '시점교환(perspective change)'입니다. 다른 사람의 삶의 이야기를, 그것이 이질적이고 심지어 기이하게 느껴져도 공감을 통해 경청하면서 다른 사람 입장으로 전환해보는 것입니다. 시점교환은 사람 사이의 다리 놓기이며 평화를 만들어가는 능력이기도 합니다. 오랜 세월 독일 통일과 관련하여 미국이나 구 소련 등과 숱한 협상을 이끌어 독일 통일을 예비했던 독일의 위대한 정치가 중 한 사람인 에곤 바르(Egon Bahr)는 "여러분이 흔히 사람과 사람 사이의 대화를 통해 노력하는 일들을 나는 국가와 국가 사이 영역에서 노력해왔다"고 말한 바 있습니다. "우리는 대화 대상 국가들과 협상할 때 그들의 관심사나 이해관계뿐 아니라 감정이나 정서 그리고 이전의 다양한 역사를 모두 고려하며 대화에 임하곤 했다. 이렇게 해야만 신뢰를 구축할 수 있고, 지속 가능한 합의점들을 도출할 수 있으며, 항구적인 평화를 달성할 수 있기 때문이다." 지난 30년 동안 3천 명이 넘는 구 동독과 구 서독 주민들이 참가해온 생애사 대담 프로그램을 진행해온 나로서는 이 말이 옳다고 누구보다 확신합니다.

저는 분단된 한국의 통일을 확신하는 모든 분들이 통일을 그저 염원할 뿐 아니라 통일은 가능하며 의미 있고, 안팎의 평화에 대한 기여라는 것을 다음 세대에 보여줄 수 있도록 최선을 다해주시기를 바라마지 않습니다. 독일에서는 많은 사람들이 통일의 염원조차 진작에 포기하고 있던 차에 40년 넘게 분단되었던 나라가 갑자기 통일되기도 했으니까요. 하지만 우리는 서로 적대했던 두 체제 안에서 자라난 사람들과 나라가 평화롭고 정의롭게 합쳐져야 한다는 과제에 충분히 준비를 갖추지는 못한 터였더랍니다. 한국에서는 부디 지난 1990년 독일 통일 이후 독일사람들이 이룬 업적은 물론 저지른 과오를 통해 충분히 채비하고 노력하여 그렇게 하지 않기를 바랍니다. 그러니 지금 한국에서 삶이야기를 하는 것이겠지요? 그 출발에 저희들 괴델리츠 독일 동서포럼의 각별한 인사와 축하를 전하는 바입니다.

간곡한 안부와 더불어

악셀 슈미트 괴델리츠 드림

추천사

여성들이 만드는 조각보 민족사

정병호, 한양대 문화인류학과 명예교수

가난한 살림의 유물로만 여겼던 한국의 조각보가 대표적 민속공예로 세계적으로 주목받고 있다. 나는 조각보를 그리 좋아하지 않았다. 규방의 아가씨나 골방의 침모나 신분과 나이를 불문하고 가부장제에 억눌려 살던 여성이 한 땀 한 땀 바느질에 바쳤을 인내와 정성이 가여워서 그랬다.

요즘은 조각보의 파격적인 선과 면의 조합이 아름답게 보인다. 크기와 색상이 다른 천을 다채롭게 이어붙인 창의력도 놀랍다. 차별과 억압이 질식시키지 못한 자유로운 영혼의 미학을 이제 비로소 알아보기 시작한 걸까?

여성평화운동단체 '조각보'는 지난 10년 동안 '다시 만난 코리안디아스포라 여성들의 삶이야기' 모임을 꾸준히 진행했다. 근대사 속에서 남북으로 갈라지고 여러 나라로 흩어져 살아온 한민족 여성들이 삶의 경험을 나눌 수 있는 자리를 만든 것이다. 출신이나 배경, 지위 고하를 막론하고 한 사람 한 사람의 이야기를 공평하게 존중하며 듣는 '평등한 대화'에 참여한 그들은 자신의 경험을 거침없이 말했다.

"영감 잘 만난 사람은 하나도 없네!" 북한에서 온 여성이 한마디 하자,

조선족, 사할린, 우즈베키스탄, 재일동포뿐만 아니라 남한 여성들까지 모두 고개를 끄덕이며 웃었다. 과연 그랬다. 식민과 전쟁으로 얼룩진 역사 속에서 남성들은 그리 의지할만한 가장 역할을 하지 못했다. 국가권력에 의해 노동력으로 동원되거나 군대로 끌려갔고, 좌절하여 가족을 괴롭히는 폭군이 되기도 했다. 오히려 무시당하던 여성들이 비상한 시대에 가족을 구하는 살림과 돌봄의 달인이 됐다.

"별일을 다 해봤어!" 전쟁과 재난으로 모든 것을 잃은 상황에서 여성들, 특히 어머니들은 어떻게 해서든 가족을 살리고 아이들을 키웠다. "남자일 여자일 가리지 않고 해서" 척박한 이국땅에서도 뿌리를 내렸다. 배급제도가 무너지면 암시장과 장마당을 만들고, 합법과 불법의 경계를 넘나들며 보따리 장사를 했다. 나라가 망하고 체제가 무너져도 그렇게 여성들은 가족을 지켜냈다. 그만큼 그들은 당당하고 떳떳했다.

그런 여성들조차 공식적인 자리에서는 목소리 큰 남성에게 눌리고, 교육 많이 받고 지위 높은 사람에게 밀려서 제대로 자기 이야기를 못했다. 그들의 삶이야기는 사적인 신세타령으로 여겨져 역사적 사실로 존중받지 못했다. 차별현실에 익숙한 여성은 권위적인 자리에서는 눈치껏 침묵했다. 그러나 서로 비판하거나 평가하지 않는 '평등한 대화' 모임에서는 내면에 담아두었던 이야기를 솔직하게 나눴다. 여성들의 삶이야기 모임은 뜨겁고 활기찼다.

"나라도 가족도 중요하지 않아. 요즘은 내가 우선이야. 너무 좋은 거 있지!" 겹겹의 책임감에 눌려 살던 여성이 토로한 말이다. 지금도 두근거리는 성과 사랑을 이야기하고 새로운 꿈과 계획을 펼쳤다. 오래전 불륜경험도 털어놓고, 최근 결정한 이혼 사실을 밝히기도 했다. 각자 살았던 시대와 환경이 달라도 진솔한 삶이야기에 여성으로서 공감하고 새롭게 자신의 삶도 돌아봤다고 했다.

경계를 넘어 한자리에 모인 여성들이 다양한 억양과 말투로 들려준 삶 이야기는 '국사'가 무시하고 잘라버린 수많은 개인과 가족들의 역사였다. 국가 권력과 제도에 갇히지 않고 경계를 넘나드는 초국가적 삶의 방식은 식민과 분단과 냉전시대를 살아온 한민족의 생존전략이었다. 색깔과 모양이 다른 자투리 헝겊 같은 삶이야기들을 조각조각 이어나가야 '조각보'처럼 온전한 민족사를 만들 수 있다.

여성들이 만드는 조각보 민족사! 그 첫 번째 책 출간을 축하합니다. 앞으로도 한 땀 한 땀 아름다운 삶이야기를 모으고 이어 붙여 더욱 온전한 민족사를 만들어주시기 바랍니다.

추천사

이제 그녀들이 여러분에게 말을 건다

김성경, 북한대학원대학교 교수

이야기를 시작한다는 것은 무엇을 의미하는 것일까? 특히 평생 자신을 드러내는 일에 소극적인 이들에게 자신의 삶을 이야기한다는 것은 과연 무슨 뜻일까? 이는 보잘것없다고 여겼던 삶에 의미를 부여하는 일이자, 비로소 자신의 인생을 반추할 용기가 생겼음을 나타내는 것이다. 무엇보다 이야기를 '시작'할 수 있다는 것은 누군가 나의 이야기에 관심이 있다는 확신을 갖게 되었다는 뜻이기도 하다. 이야기를 한다는 것은 나를 확인하는 길이며 동시에 어디선가 듣고 있는 이들과 관계를 맺겠다는 의지이기도 하다.

그럼에도 이야기를 시작하는 것은 쉽지 않다. 자신의 삶을 언어화해본 경험이 제한적일수록 입을 떼기가 쉽지 않다. 첫 문장을 무엇으로 할지를 두고 정적이 흐르기도 한다. 나의 이야기가 과연 듣는 이들에게 받아들여질지 두려움이 밀려오기도 한다. 다른 한편으로는 고통스러웠던 과거를 떠올리는 것이 힘들기도 하다. 그럼에도 용기 내서 이야기를 시작하는 이유는 때로는 사소한 것으로 혹은 개인적인 문제로 가치 절하된 우리의 삶이 그 자체로 역사적이며, 사회적이라는 것을 드러내기 위함이다. 설혹 작은 목소리로 시작되었더라도 그것을 듣는 수많은 이들의 마음에 커다란 공명을 만들어낼 수 있다고 믿기 때문이기도 하다.

사회의 소수자 혹은 약자의 '이야기'는 그 자체로 사회학적 의미를 지닌다. 그들의 경험과 실천은 불평등한 사회의 어두운 면을 담지하면서도 동시에 미래를 향한 새로운 가능성과 비전을 내포하고 있다. 어떻게든 살아온 그들의 인생에서 현재 문제의 해답을 찾을 수도 있다. 또한 서로 이야기를 함으로써 각자의 삶이 결코 개인의 잘못이 아닌 사회적 구조와 역사적 배경에 의해 일어난 것임을 확인하게 된다. 목소리가 존재하지 않았던 이들이 더 많이, 더 크게 자신의 이야기를 외쳐야 하는 이유가 바로 여기에 있다.

식민과 전쟁 그리고 분단이 중첩된 한반도 사람들의 삶은 그 자체로 고난의 연속임에 분명하다. 그중에서도 고향을 떠나 쉼 없이 이동해야 했던 이들의 삶은 더더욱 고단했을 것이다. 거기에 여성이라는 열악한 위치에서 경험하는 역사적 파고는 가혹하기만 했다. 식민과 전쟁 시기에 내몰려간 외지에서의 고립된 삶은 그대로 자녀에게 전수되었으며, 근근이 삶을 영위했던 자녀들은 탈분단과 세계화 물결 속에서 다시 한번 커다란 소용돌이에 빠져들게 되었다. 코리아 디아스포라 여성들의 삶은 그 자체로 역사의 커다란 변화가 오롯이 새겨진 역사적 기록이며, 동시에 분단 극복과 평화 미래를 기획하기 위한 중요한 자원임에 분명하다. 그럼에도 지금까지 그녀들의 삶에 대한 관심은 그것의 구체성이나 현장성의 맥락에서 제한적 수준에 머물러 있었다. 그녀들의 숨소리 하나, 머뭇거리는 한순간조차 모두 역사라는 인식이 충분히 여물지 못했고, 여전히 여자들의 삶이란 그저 '기구한 개인'의 가슴 아픈 이야기 정도로 폄하되었기 때문이다.

이런 맥락에서 사단법인 조각보가 코리안디아스포라 여성의 소중한 삶이야기를 모아낸 것은 그 자체로 커다란 의미를 지닌다. 이 책에 참여한 12명의 코리안디아스포라 여성들은 조각보의 삶이야기 프로젝트의 일원으로 적극적으로 활동하면서 자신을 성찰했으며 동시에 상대방과 소통해왔다. 이들은 용기 내어 자신의 삶을 이야기하고, 함께 대화를 나눈 이들의 공감을 받으며 마음 치유의 경험을 하기도 했다. 한반도라는 시공간을 뛰어넘는 삶의 궤적이 이들의 이야기 속 곳곳에 사실적으로 담겨 있다. 퍽이나 닮아 있는 그녀들의 이야기에는 고통도 있지만 동시에 형용하기 어려운 힘과 강인함도 존재한다. 그만큼 그녀들의 이야기는 과거를 재현하지만 그것에 머물지 않고 현재를 관통해 미래를 투사하기에 더 큰 울림을 만들어낸다.

이제 그녀들이 여러분에게 말을 건다. 이 책을 읽는 모두가 진심으로 공감할 것이라 믿고 조심스레 자신들의 이야기를 시작한다. 우리가 해야 할 일은 마음을 열고 그녀들의 삶에 다가가는 것이다. 그리고 그녀들을 지탱해 온 용기와 사랑에 진심으로 박수를 보내는 것이다. 만약 그녀들의 삶의 이야기를 통해 우리의 삶을 성찰하는 것까지 나아갈 수 있다면, 그것으로 더 이상 바랄 것이 없을 것이다.

해주신 괴델리츠 동서포럼 이사장님, 이를 연결해주신 이삼열 대화문화아카데미 이사장님, 에버트재단 한국사무소에 깊은 감사를 드립니다. 이분들의 노고와 격려가 있어 가능한 일이었음을 늘 잊지 않겠습니다.

그리고 무엇보다 삶이야기를 위해 십시일반 도와주신 후원자분들이 없었다면 창의적이고 지속적인 삶이야기는 가능하지 않았음을 고백합니다. 한양대 김종량 이사장님과 최경원 이사님, 한솔교육 희망재단, 김선현 오토 대표님, 임창준 이앤이 원장님, 임국진 대표님, 윤정숙 선생님께 깊은 감사를 드립니다. 삶이야기를 도와주신 모든 기관에도 고마운 마음을 담아 인사드립니다.

지속 가능한 삶이야기를 위해 온 마음을 모아주신 조각보의 임원과 진달래무궁화민들레해바라기 선생님들, 삶이야기센터건립추진위원회 지영선 공동위원장님, 모든 회원분들에게도 감사의 인사를 드립니다.

다시 만난 코리안여성들의 삶이야기, 이 소중하고 역사적인 삶이야기의 여정에 많은 분이 동행하셔서 한반도 통일과정에 새로운 역사를 함께 쓰시길 간절히 바랍니다.

사단법인 조각보

이사장 김숙임

공동대표 김영임 · 장올가

CONTENTS

들어가는 글: 역사를 아는 기쁨, 사람을 아는 기쁨, 운동을 다시 깨닫는 기쁨

김숙임, 조각보 이사장

개인이 중심이 되는 운동, '삶이야기'를 만나다

2011년 8월 독일 동서포럼의 괴델리츠 이사장이 한국에 와서 독일 통일 이후의 문제를 중심으로 '내적 통합을 위한 여정: 통일 동서독 주민 간의 대화'라는 주제로 발표를 했다. "통일 후 독일에서는 동서독 주민 간의 갈등이 심해서 내적 통합이 중요 과제가 됐다. 체제와 체제의 통일이 아니라 사람과 사람의 통일이 중요하다는 것을 통일 이후 알았다. 그래서 동서독 주민이 모여 서로 살아온 이야기를 나누는 생애 나눔 프로그램을 하며 갈등을 극복하는 운동을 하고 있다"라는 발표를 들으면서 나는 수없이 밑줄을 쳤다. 뭔가 이것이 '분단과 이념이 낳은 우리의 한계, 적대와 증오, 이런 것들을 넘어설 수 있는 운동이 될 수 있겠구나. 너무 거시적이고 관념적이며 정책 중심적인 한계를 넘을 수 있는, 구체적으로 일상에서 개인의 문제와 사

2012년 9월 삶이야기 워크숍. 왼쪽부터 폴만, 김숙임, 참가자, 괴델리츠

람이 중심이 되는 운동이 가능하겠다'라는 생각이 들었다. 괴델리츠 이사장은 통일 이후 한반도의 남북 주민 사이에서 벌어질 갈등을 우려해서 사명감을 가지고 우리에게 삶이야기 운동을 전하고자 했다. 이렇게 삶이야기 방식의 운동이 있다는 것은 알았는데, 구체적으로 어떻게 하는지는 몰랐다.

다음 해인 2012년 4월 대화문화아카데미와 독일 프리드리히 에버트 재단 한국사무소가 시민사회단체들을 초대하여 삶이야기 전문가 워크숍을 개최했다. 이후 6월에 두 단체 관련자와 당사자가 있는 단체로서 조각보 대표인 내가 만나 사전 조율회의를 한 후 7월 조각보와 몇 개 단체를 초대해서 남북 주민의 삶이야기 워크숍을 진행했다. 나는 조연지 선생과 같이 갔고, 다른 단체에서도 탈북 여성, 탈북 남성들이 왔다. 가평에 있는 바람과물연구소에서 1박 2일 삶이야기를 했는데, 그때 괴델리츠 이사장은 없었고 이삼열 교수가 진행했다. 그렇게 해서 남북 주민의 삶이야기가 시작됐는데, 탈북자 사이에서 엄청난 갈등이 벌어졌다. 탈북 남성 참가자가 "당신들이 북한을 아느냐?"라고 하며 정치적 성향을 강하게 드러내면서 분위기가 살벌해졌다. 삶이야기의 기본인 상호이해와 존중이 이루어지지 않으니 라포가 형성되지 않았고, 삶이야기가 진솔하게 이루어지지 못하면서 쉬는 시간에 참가자 간에 언성이 높이 올라가기도 했다. 그러면서 '삶이야기가 참 어려운 거구나'라는 느낌이 들었다. 그때는 정식으로 갖춰진 것이 아니라 실험 프로젝트였고 쉽지 않겠다는 생각도 들었지만, 그럼에도 굉장히 중요하다는 생각이 들었다.

그러던 중 괴델리츠 이사장이 가을에 한국에 오니 그때 제대로 한번 해보자는 논의가 있었다. 9월 조각보 대표인 김숙임, 한양대 문화인류학과 정병호 교수, 이삼열 교수, 괴델리츠 이사장, 에버트 재단 한국사무소의 폴만 소장과 최현덕 선생, 대화문화아카데미의 유영근 선생 등이 모여 준비모임을 했다. 긴 시간 모임을 통해 삶이야기를 어떻게 할 것인가, 어떤 사람을 부를 것인가 등을 논의하여 다시 삶이야기 프로그램을 진행했다. 괴델리츠 이사장의 지도를 받으면서 나와 정병호 교수가 함께 사회를 맡아 진행한 9월의 삶이야기 실험프로그램은 7월의 삶이야기보다 훨씬 좋았다. 조각보에서는 박정아 선생이 참여했고, 조각보의 삶이야기 사회자인 윤은정 선생이 당시 남북문화통합교육원의 실무자로 참여했다. 특히 양용준 선생의 진솔한 이야기는 참가자들의 심금을 울렸고, 자신의 살아온 이야기를 세심하고 진지하게 말할 수 있는 남성도 있다는 것을 알게 된 경험은 삶이야기 운동에 큰 영감을 주었다. 괴델리츠 이사장이 중간중간 던진 멘트는 삶이야기의 철학, 방식, 태도 등 많은 부분에서 가르침과 영감을 주었다. 이후 괴델리츠 이사장을 비롯해 함께 준비모임을 했던 사람들이 다시 모여 평가시간을 가졌다. 전반적으로 어떠했는지, 이제 구체적으로 어떻게 할 것인지, 하게 되면 참가비를 받을 것인지, 대상을 누구로 할 것인지, 장소를 어디로 할 것인지 등 상당히 세부적인 주제로 많은 이야기를 나누었다. 5일 동안 그렇게 만난 시간은 굉장히 의미 있었다. 여름의 삶이야기 실험프로그램보다 가을에 괴델리츠 이사장과 함께 진행하고 평가 모임을 한 이후에 비로소 자신감을 가지게 되었다. 그해 늦은 가을 조각보와 정병호 교수의 한양대 팀이 각각 파일럿프로그램을 추진했다. 한양대 팀의 파일럿프로그램에도 공동사회자로 참가하며 조각보와는 다른 참가자 구성을 통해 또 다른 경험을 할 수 있었다. 이렇게 직접 실험프로그램을 진행하면서 어떻게 하면 되겠다는 구체적인 감이 오기 시작했다. 그리고 조각보에 다양한 동포가 있으니 잘할 수 있겠다는 생각이 들었다.

일상에서 하는 통일, 남북여성 삶이야기를 시작하다

2011년 창립한 조각보는 당시 '코리안디아스포라들과 함께하는 여성평화운동 플랫폼'을 표방하면서 남북여성의 대화모임인 진달래무궁화모임으로 친정집이나 자조모임의 역할도 하고, 동포 여성들의 일자리를 만드는 사회적기업의 준비로 차와 북한 음식을 파는 카페도 하면서 중심을 찾아가는 중이었다. '조각보'라는 이름은 이산과 분단, 냉전으로 조각조각 흩어진 동포, 남과 북, 남남 간의 분열된 사람들, 조각난 사람들, 디아스포라들을 모아 새로운 공동체를 만들기 위한 데서 연유한 것이다.

처음으로 에버트 재단과 대화문화아카데미가 주최한 삶이야기 실험프로그램에 참여했던 조연지 선생은 조각보가 삶이야기를 중심사업으로 집중해서 하면 좋겠다고 했고, 두 번째 괴델리츠 이사장이 왔을 때 참가한 박정아 선생은 "독일처럼 통일이 되었을 때 필요한 프로그램이며, 이 일을 꾸준히 하며 길을 닦아놓으면 통일이 되었을 때 큰 역할을 하겠다"라고 했다.

"이 방법은 분단의 시대를 사는 우리에게 우리 모두의 삶이 역사이며, 새로운 역사를 쓰는 운동을 만들 수 있겠구나. 이산과 분단을 넘어 남과 북이, 동포와 동포가 서로에 대한 오해와 무지를 넘어 편견을 없애며 이해와 화해의 길을 만들어낼 수 있겠구나! 이주동포 여성들의 삶이야기는 조각보가 꿈꾸던 코리안디아스포라 여성평화운동을 관통하는 콘셉트와 콘텐츠가 될 수 있겠구나!"라는 확신을 갖게 되었다. 곧 도처에 도움을 받아 먼저 남과 북의 여성들, 이후 한국 사회에 들어와 살고 있는 이주동포 여성들이 함께 모여 살아온 삶을 이야기하기 시작했다.

'남과 북 여성의 삶이야기'는 안산, 인제, 서울, 대구 등 다양한 지역에서 6기까지 진행했다. 남북 여성들이 만나 개인의 살아온 역사, 일상의 삶을 나누는 것이 사람과 사람의 통일이자 실질적인 통일 준비라는 취지였다.

2012년 11월 1기 삶이야기를 시작하고, 2기를 하면서 너무 좋다는 반응이 나타났다. 특히 1기 때의 감동은 지금도 짙은 여운으로 남아 있다. 아름다운 자연으로 둘러싸인 강원도 인제 DMZ 평화생명동산이라는 장소도 마음을 여는 데 큰 몫을 했던 것 같다. 북한 출신 참가자들도 남쪽 참가자들도 너무나 진솔하게 자기 삶을 이야기하면서 굉장히 좋은 라포가 형성되었다. 서로의 삶을 진솔하게 이야기하는 것이 너와 나의 진정한 만남이며 온전한 경청을 통해 고도의 전기적 대화운동을 체득했다. 그래서 확신이 생겼다. 사회자 둘이서 쉬지도 못하고 진행하니 힘들긴 했지만, '아~ 이렇게 진행하면 가능하겠구나'라는 생각이 들었다.

한양대에서나 에버트 재단에서 남성분들과 함께 삶이야기를 할 때 느낀 가장 큰 차이는 일상의 자기 삶이야기를 하지 않는 것이다. 자꾸 지역의 특성이나 특산물 이야기를 하고, 가족이나 부인 이야기도 안 하고, 계속 정치나 회사 이야기만 한다. 물어도 한두 마디로 그냥 "우리 집사람 고생했지" 정도였다. 자신의 이야기로 들어가지 않고 계속 사회나 국가 이야기에서 맴도니까 개인의 삶으로 깊이 들어가는 데 한계를 느꼈고, '여성들하고는 삶의 축이 너무 다르구나' 하는 생각이 들었다. 그런데 조각보는 여성으로만 짜여 있어 우리가 생각하는 이상으로 말하기 곤란한 것도 다 이야기해주었다. 나중에는 우리도 감당하기 어려운 이야기까지 해주었다. 물론 삶이야기는 본인의 동의 없이는 외부에 절대 말하지 않는다는 원칙을 세워 지금까지 철저히 지켜오고 있지만, 자신을 드러낼 수 있는 여성들의 용기는 존경할 수밖에 없다.

다양한 평화교육 프로그램을 많이 진행하고 참여해보았지만, 우리가 아무리 평화교육을 하자 해도 결국은 자기 주관대로 평가하고 자기가 경험한 역사만 주장하는 경향이 있었다. 2012년도 여름에 처음 경험한 삶이야기 워크숍에서 갈등을 만드는 분들을 보면서 타인의 이야기를 편견 없이 경청하고 역사적 맥락 속에 서로를 이해하는 삶이야기의 룰이 잘 지켜질까 걱정했다. 그런데 조각보에서 삶이야기를 시작했을 때는 참가자들이 '편견극복', '경청하기', '역사 수업'이라는 목표를 잘 인식하고 그러기 위한 규칙, 즉 상대방이 이야기하는 중에 끼어들지 않기, 선입견 갖지 않고 듣기, 시간 잘 지키기, 타인의 삶에 대해 비판이나 평가하지 않기 등을 잘 지켜주었다. 사회자들은 안정적이고 차분하게 진행하며 참가자들을 존중하지만, 매우 엄격하게 룰이 지켜지도록 했다. 무엇보다 선입견 없이 타인의 삶의 진실을 역사 속에서 이해할 수 있도록 도왔다. 그렇게 함으로써 타인의 삶에 대한 온전한 이해, 머리만이 아닌 가슴으로 공감할 수 있도록 했으며, 그런 분위기 속에서 말하는 사람도 안심하고 자기 삶을 이야기할 수 있었고, 존중받으며 자기 삶의 의미를 되새길 수 있었다. 온전히 이해받고 존중되는 분위기 속에서 참가자 대부분이 힐링되었다는 이야기를 했는데, 타인에 대한 공감뿐만 아니라 스스로에 대한 정리와 함께 자존감도 생긴 것 같다. 그러니 평화교육으로서 이만한 프로그램이 있겠는가! 가장 구체적이고 실질적인 평화수업이 이뤄졌다고 생각한다.

코리안디아스포라 여성들, 삶이야기로 다시 만나다

2013년도 후반에 중국동포 박연희 선생이 중국동포 중에서도 힘든 분들이 많으며 이분들도 삶이야기에 참여하는 것이 필요하다는 의견을 전했다. 박연희 선생은 동포 리더십으로 최근 3년간 조각보의 공동대표로도 수고했다. 남북여성의 삶이야기에 동포여성으로서는 첫 참가자였던 박연희 선생의 삶은 굉장히 폭이 넓었다. 심양(瀋陽)에서 물건을 구입해서 하바롭스크로, 북한으로 넓은 대륙에서 자유롭게 선을 넘어 다녔다. 그분의 이야기를 들으며 개인의 삶을 통해 역사적 맥락 속으로 깊이 들어갈 수 있겠다는 생각이 들었고, 서서히 전환하게 되었다. 6기까지는 남북 여성들의 삶이야기로 진행했는데, 박연희 선생이 참석하고 난 뒤에 동포 여성들이 골고루 참여하는 것이 삶이야기 발전에 기폭제가 될 것 같아서 7기부터는 중국, 러시아, 중앙아시아, 일본 등에서 온 동포 여성들이 참여하게 되었다.

'다시 만난 코리안디아스포라 여성들의 삶이야기'라는 긴 이름으로 조각보의 삶이야기가 확장되었다. 식민과 분단의 역사로 헤어진 코리안디아스포라 여성들이 삶이야기로 다시 만나게 된 것이다. 조선 후기부터 기근과 정치적 무능, 일본의 강점과 망국 등으로 인해 러시아, 중국, 일본, 등으로 이산이 시작되었고, 이들은 한중수교, 한러수교 이후 대거 한국 사회로 들어왔으며 3D 업종의 노동인력으로 우리 곁에 살고 있었다. 우리는 그녀들을 초대하면서 구체적으로 그들의 삶을 알 수 있었다. 한국적 상황에서 재창조한 '다시 만난 코리안여성들의 삶이야기'는 역사적 맥락에서 여성들의 삶을 이야기한다는 것이 무엇인지, 매회 울음을 참아야 할 정도로 깊은 감동과 깨달음을 주었다. 그녀들이 살아온 시공을 통해 서로의 삶을 보았으며 그것은 실로 장대한 역사였다.

코리안여성들의 삶이야기는 한 기수에 중국동포, 중앙아시아, 사할린, 재일동포 등 동포 참가자 3명, 남한 참가자 3명, 2명이 짝을 맞춰 6명으로, 연령대도 20대부터 80대까지 다양한 세대와 직업으로 구성하여 이야기를 나눌 수 있도록 했다. 짝꿍이 된 참가자들은 같은 방을 사용하며 친밀한 관계를 쌓으며 이웃이 되고 친구가 된다. 취업과 결혼으로 연결되는 경우도 있다. 삶이야기의 특별한 강점은 참가자가 다음 참가자를 추천하는 방식으로 지속성을 담보한 것이다. 이로써 다양한 국적, 다양한 연령, 다양한 직업을 망라한 디아스포라들과의 삶이야기가 되었다. 고려인, 조선족, 재일조선인으로 살았던 동포들의 이야기를 듣고 나서 탈북민 동포들의 태도가 크게 바뀌었다. 탈북민 동포들은 "그동안 자신들만 힘들게 살았다고 생각했는데 그렇지 않다는 것을 알게 되었다"고 말했다. 이 지점에서 우리는 삶이야기가 역사적 맥락으로 깊이 진행될 때 편견극복과 인간 이해의 변화, 그 영향력이 얼마나 큰지를 알 수 있었다.

동포여성들이 참여하면서 삶이야기의 목표 중 하나인 역사 수업의 역할이 크게 발전했다. 북한, 중국, 러시아, 일본 동포들이 섞이니까 남한까지 5개 나라가 되고 중앙아시아도 여기저기에서 오니까 더 많은 국가, 다른 체제에서의 삶을 폭넓게 들으면서 남과 북만 할 때보다 훨씬 내용이 풍부해지고 서로에 대한 이해가 깊어졌다. 남쪽 참가자들은 1박 2일 함께하면서 인생을 나누고 다양한 동포를 만날 수 있는 직접적인 공간인 삶이야기에 매료되기도 했다. 본격적인 이야기를 시작하기 전에 동포들이 살았던 나라의 영상을 준비해서 같이 보니 참가자들이 다 좋아한다. 영상으로 먼저 동포 참가자들이 살았던 그 나라에 조상들이 왜 가게 됐는지 알고 시작하니 역사적 맥락 안에서 자기 스토리를 더 잘 표현하게 되는 것 같았다.

삶이야기, 경계 너머 시공간을 연결하다

삶이야기만큼 할 때마다 깊은 울림과 구체적인 가능성을 주는 프로그램을 경험하지 못했기에 나 자신이 이 프로그램의 가장 큰 특혜를 받았다고 생각한다. 내가 진행한 많은 프로그램 중에 이 일은 큰 비전으로 다가왔기 때문에 사람들의 이야기를 들으면서 한 번도 지겹다는 생각이 들지 않았고, 늘 그 삶 속으로 빨려 들어간 것 같다. 온전히 그들과 함께 시공간을 넘어, 성 · 인종 · 민족 · 국가의 경계를 넘어 남에서 북으로, 같이 알마티에 앉아 있거나 또 우즈베키스탄에 앉아 있고 때로는 우수리스크에 있었으며 함께 누구도 할 수 없는 역사 여행을 했다. '저 사람이 당시에 그렇게 살다 왔구나', 그들과 그렇게 연결되었다. '여성으로서 어떤 삶을 살았겠구나', '우리와 똑같이 남자들한테 시달렸구나', '인종과 민족이 달라 많은 차별을 받았구나', 그리고 '사회주의 국가에서 더 진화된 삶도 있었구나'. 그러한 과정을 통해 내가 들은 동포들의 삶이야기가 온전히 내 삶과 연결되고, 광활한 역사적 맥락 가운데 나 자신의 삶과 정체성을 성찰하는 시간이 축적될 수 있었다.

동포여성들은 대부분 많은 이동을 하면서 자신의 삶을 발전시켜갔다. 최수옥 선생 같은 경우 조부님이 중국을 거쳐 사할린으로 이주하셨는데, 부친은 조선학교 설립에 크게 공헌했고, 자신은 사할린에서 하바롭스크로 가서 서점에서 번역과 교열일을 하고, 방송국 아나운서인 남편이 모스크바로 다시 이동하자 소련 여성잡지사에서 일했다. 이후 현지에서 한국 대기업의 통역 등을 하다가 서울로 이동했다. 멀리 점프하며 새로운 발판을 만들고 자신의 삶을 도약시켜나가는 이동을 끊임없이 했다. 그러한 이동을 할 수 있는 것은 대단한 용기이고 진화이며, 그런 가운데 그녀들이 갖고 있는 역사적인 힘을 만든 것이다. 이정희 선생 같은 경우도 무국적이라 진학을 못 하니까 사할린에서 러시아 사라토프로 와서 어떻게든 공부하여 작가가 되었고, 카자흐스탄으로 이동하여 고려일보의 기자가 되었으며, 대통령의 통역자도 하다가 남양주로 오게 된다. 그러한 진화 과정을 보면서 경외감을 느끼게 된다. 민족이 지닌 역사의 태생적 한계를 넘어 척박한 곳에서 자신의 삶을 개척해낸 이분들이야말로 진정한 개척자이자 선구자라고 할 수 있다.

최스베틀라나 선생도 우즈베키스탄의 페르가나에서 페레스트로이카 시기에 경제적인 어려움이 커지자 우크라이나로 이동하여 고본질 농사를 하며 삶을 개척하다가 다시 타슈켄트에서 선교사를 만나면서 한국으로 오게 되었다. 나라면 저렇게 살 수 있었을까? 나는 그냥 가만히 주저앉았을 것 같다. 그녀들과 비교하면 나는 고작 태어난 대구에서 공부하러 온 서울까지밖에 모르고 오랫동안 한반도 남쪽 섬에 갇혀 살았던 것이다. 본인들은 그냥 살기 위해 계속 이동할 수밖에 없었다고 말하지만, 그런 이동의 힘은 어디서 나오는 걸까? 그리고 이 이동은 결국 어떤 의미를 만들었는가? 이분들은 자신이 지니고 있는 역사적 저력을 모를 수도 있는데, 나는 그러한 점들이 보이기 시작했다. 나는 이 사람들에게서 역사를 움직이는 동력 같은 느낌을 받았다. '디아스포라'라는 삶의 조건들이 고통스러웠지만 그녀들은 끝없이 도전하며 도약했고, 고통을 넘어 자신의 삶을 개척했다. 그 힘들이 마침내 우리가 같이 모여 삶을 나누고 사회의 평화에 대해 얘기할 수 있는 기반을 닦는 데 일조한 것이다.

나는 평화운동을 하면서 한때 민족주의, 국가주의를 강하게 부정한 적이 있다. 민족과 국가 중심적 사고가 전체주의를 부르는 구조적 폭력의 온상이라고 생각했기 때문이다. 그러나 우리가 삶이야기를 하면서 한민족의 역사를 깊이 다루는 것은 민족주의자가 되려는 것이 아니라 자신이 속한 집단, 공동체의 역사를 알고자 하는 것이고, 그 속에서 자기 정체성의 뿌리를 성찰하려는 것이다. 그런데 대부분 사람은 동포들의 존재도, 그들의 삶도, 그들의 생각도 모른다. 관심이 없다. 그냥 조선족, 고려인, 탈북자라고 대상화하고 무시하며 때로는 범죄 집단으로 취급하기도 하지만, 사실은 이들의 삶이 훨씬 용감하고, 더 깊은 삶이 있고, 역사에 더 많이 기여하고 있다. 이들이 우리에게 얼마나 중요한 사람인지를 알게 된다면 더 이상 타자로 대하지 않고 편견 없이 서로를 인정하는 데 도움이 될 것이다.

나는 동포들의 이야기를 듣고 나면 다시 관련된 자료를 보고, 관련된 현장을 가고, 관련된 다큐를 보며 많은 시간을 그렇게 할애한다. 그전과 달리 이제 여행하면 가는 곳마다 코리안디아스포라들에 대한 생각으로 다니게 된다. 동포들의 삶이야기 무대를 찾아 떠난 여행지, 즉 우즈베키스탄, 카자흐스탄, 키르키스스탄, 러시아 사할린과 노보시비르스크 등에서 삶이야기에 참가한 동포들의 가족과 지인을 만나게 되었다. 사할린과 카자흐스탄에서는 이정희 선생과 최수옥 선생의 이야기를 나누었고, 노보시비르스크에서는 알료나 선생의 동생 류다가 처음부터 끝까지 동행했으며, 우즈베키스탄에서는 아르카제 목사와 장로자 선생의 동생들, 형님들, 조카, 친척 일가가 동원되어 너무 많은 도움을 받았다. 장로자 선생의 동서인 릴랴 선생의 언니 집에 초대받아 집에서 키운 칠면조 요리를 동네 어르신들과 나누었다. 원동 연해주에서 다섯 살에 강제이주 열차를 타고 크즐오르다에서 살다가 여기까지 오게 된 85세 김갈랴 할머니의 이야기를 들었다. 부탁드리지도 않았는데, 한국에 있는 삶이야기 참가자의 당부가 있었는지 열심히 이야기하셨다. 거의 알아듣지 못했지만, 그 힘들었던 여정이 눈물겹게 다가왔다. 특히 삶이야기에 참여했던 정마야 선생이 치르치크에 두고 온 어린 딸을 보며 가슴이 먹먹했다. 고려인이 개척하며 함께 살았던 김병화 콜호스 자리에 아르카제 목사의 막냇동생 가족이 살고 있어 찾아갔는데, 텅 빈 마을을 보며 마음이 쓸쓸했다. 치르치크 지역을 흐르는 푸른 강물과 그들이 어린 시절 멱감고 놀던 하천, 주변에 피어있는 목화꽃. 그 풍경은 고려인의 당시 생활 모습을 떠올리게 했다. 동포들의 현지에서의 삶에 대한 이해와 그들의 환대에 대한 감동과 함께 코리안디아스포라의 존재와 관련해 많은 영감을 받았다. 한국에 온 그들을, 현지에 있는 동포들을 더 잘 이해할 수 있었다.

쨔르빼니. 고려인이 평생 입에 달고 다녔다는 '괜찮아', '참아야 해'라는 뜻의 러시아 말 '쨔르빼니'를 현지에서 알게 되었다. 강제이주, 재이주에서 정착까지 험난한 세월을 버티면서 그들에게 각인된 슬픈 키워드이자 콘셉트다. 불공정한 일을 당해도 참고 조용히 있는 모습을 보며 답답하기도 했는데, 타민족과 인종 안에서 비주류로 살면서 '째르빼니'를 내면화한 것을 알게 되었을 때 미안하기도 하고 씁쓸하기도 했다. 그리고 무엇보다 그들의 호연지기가 어디서 출발했는지, 그들의 환대가 어디서 왔는지, 인간의 가치와 품격이 어떠해야 하는지를 배울 수 있었다. 이러한 모든 것은 참가자들이 연결해준 삶이야기의 힘이었다. 그렇지 않았다면 어떻게 그들의 가족들이 나와서 현지에서 생생한 네트워킹을 할 수 있었을까. 삶이야기의 힘을 더욱 많이 느낀 경험이었다.

2016년부터는 해외에 있는 재외동포 여성들도 삶이야기에 참가하기 시작했다. 2004년 독일한인여성네트워크인 독일 코윈의 초대로 베를린의 평화포럼에서 만나 인연이 된 북경의 이란 선생이 조각보의 초대에 흔쾌히 응하면서 그 스타트를 끊어주었다. 다음 해에는 이란 선생이 중국 전국애심여성네트워크를 함께 만들고 끌어가고 있는 류필란 대표를 이어주었고, 그들은 자비로 서울에 와서 삶이야기에 참가했다. 연이어 사할린 현장답사 시 도움을 준 홈스크의 이진선 선생과 유즈노사할린스크의 배영희 선생이, 카자흐스탄 알마티 답사 시 도움을 준 우즈베키스탄의 김숙진 선생이 재외동포로서 참석했다. 그러한 일들이 계기가 되어 2019년에는 동북아의 코리안 디아스포라 여성들이 모여서 '동북아코리안여성평화회'를 개최하게 되었고, 함께 이름 지은 '대륙의 조각보'라는 국제네트워크가 만들어졌다. 삶이야기로 만나 서로 끈끈해지면서 개인의 삶과 평화를 이야기하던 사람들이 연결되어 동북아시아에서 평화를 실천하는 동포여성들의 상설 네트워크로 발전한 것이다.

자연스럽게 삶과 관계, 일들이 이어지는 것을 보면서 삶이야기는 굉장히 무서운 힘이 있구나', '삶이야기의 힘이 어디까지 뻗칠 수 있을까?'라는 생각이 들었다. 그러면서 책임감도 커지고 그런 동포들의 역량을 받아낼 수 있는 조직과 내용이 되어야 하는데, 아직 조각보 조직의 규모가 작은 것에 대한 고민도 커졌다. 그때그때 사람들을 이어주고 내용을 확장하는 역할을 조직적으로 잘해야 하는데, 이 네트워크가 계속 이어지지 않으면 끝나는 것이 아닌가 그리고 이제 서로 오가는 일이 필요하지 않은가. 일방적으로 그들만 찾아와서 참여하는 것이 아니라 현지 동포들을 찾아가서 하는 움직이는 삶이야기, 삶이야기에서 나온 코리안디아스포라 여성들의 삶의 루트를 찾아가는 '대륙을 횡단하는 코리안여성의 삶이야기'가 중요한 일로 다가왔다.

삶이야기 10년, 갈등을 넘어서는 운동은 계속되어야 한다

조각보 삶이야기 운동이 올해로 10년이 되었다. 한 기수에 6명씩 한 해에 3~4회, 10년 동안 참가자만 200여 명이 된다. 10년 세월에 비하면 참가자 수가 많은 것은 아니다. 독일 동서포럼의 경우는 금요일 저녁부터 일요일까지 주말 프로그램으로 1회에 10명의 동서독 출신 주민들이 참여한다. 괴델리츠 이사장의 농장에서 프로그램을 진행하는데, 언제나 삶이야기를 할 수 있는 장소가 확보되어 있기에 가능한 일이다. 조각보 입장에서는 너무 부러운 조건이다. 6명의 참가자와 2명의 사회자, 진행 스태프들이 1박 2일 동안 숙식하며 삶이야기를 할 장소를 구하는 게 쉽지 않다. 삶이야기 장소는 정서적 안정감을 줄 수 있는 곳이어야 해서 숙박이 된다고 다 가능한 것도 아니다. 그러니 마땅한 장소를 찾다 보면 1년에 3회 진행하는 것도 만만한 일이 아니다. 프로그램의 지속성을 위해서나 더 많은 사람의 안정적 참가를 위해 우리에게도 괴델리츠 농장 같은 장소가 필요하다. 삶이야기를 위해 해외에서 자비로 힘들게 오는 재외동포, 독일에 간호사로 파견되었다 소문을 듣고 찾아오는 재외동포, 덴마크에 입양가서 디아스포라가 된 여성들이 며칠

된다. 삶이야기를 진행해보면 편견을 넘기도 하고, 서로를 이해하는 힘과 서로를 경청하는 자세가 생기는 것을 볼 수 있다. 그러나 이념적인 대결 같은 경우, 만났다 하면 적대적으로 끝나거나 극단적 대립을 우려하여 미리 포기하기나 소극적 대응으로 인해 이념적 대립을 넘는 과정은 지체현상에 머물러 있는 점도 있다. 세계로 흩어진 재외동포들마저 이념적 성향에 따라 나뉘어 있어 이러한 현상은 한반도 평화를 위한 변화를 주도적으로 이끌기 어렵게 한다. 한반도 운명을 이끌 주인으로서의 자존감보다 자괴감이 더 클 수 있다. 삶이야기가 적대적인 부분 그런 경계를 넘을 수 있는 원동력, 역사의 새로운 동력을 가지려면 어떤 내용과 과정이 필요한가. 분단 76년, 이산 157년의 한계를 넘을 수 있는 동력, 지표를 던질 수 있고, 그것을 기록하고 의제화하는 모멘텀이 지속되어야 할 것이다. 사회와 소통하면서 질적인 내용을 계속 개발해야 한다. 계속 요청받는 부분이자 과제이기도 한 진보와 보수의 삶이야기, 남성과 여성의 삶이야기 등으로 폭도 넓혀야 한다. 그렇게 해서 생긴 상호이해를 바탕으로 더불어 잘살기 위한, 한반도 평화를 위한 다양한 접근이 있어야 한다,

동포 참가자 중 일부는 삶이야기의 사회자가 되고 조각보 운동의 리더십이 되기도 한다. 조각보의 진화된 콘텐츠는 동포 리더십과의 새로운 구상을 통해 가능했다. 교육, 담론, 정책으로 심화하는 일은 상호이해 평화교육, 평화의사람책도서관, 코리안디아스포라 여성들의 말하기대회, 포럼 '코리안디아스포라 여성의 삶과 정체성', '동북아코리안여성평화회의' 등으로 전개되었다. 우리가 그들과 직접 만나 삶이야기를 하면서 발견한 중요한 문제를 의제화해서 계속 제안하는 일이 필요하다. 단지 삶이야기로 끝나지 않고 '동포와 함께 변화해야 할 내용'을 정책적 의제로 만들어 관련 정부 부처나 다양한 사회 영역에 발표해야 한다. 어떤 운동도 관련 정책적 어젠다를 낼 수 없다면 힘을 가질 수 없을 것이다. 변화의 목소리를 내야 한다. 시민의 한

사람으로서, 우리가 가진 또 하나의 시민사회 영역으로서 동포여성들의 목소리를 대변해야 한다.

동포들이 요청하는 어젠다도 있다. 재일동포, 러시아 사할린 한인동포, 중앙아시아 고려인동포들은 남과 북의 정치적 상황에 따라 겪었던 방치와 차별, 정치적 수난과 지독한 혐오 등으로 여전히 고통 가운데 있다. 근현대사의 오랜 시간 방기되었던 그들의 삶은 봉인된 역사였다. 그로 인해 자신의 정체성, 민족 정체성에 대한 고민도 뿌리가 깊다. 어렵게 와서 이야기한 동포들의 문제를 간과해서는 안 된다. '삶이야기를 통해 큰 역사 속 각자의 삶이 지닌 작은 역사를 배우자'라고 하면서 이렇게 우리가 듣고 알게 된 역사적 사실을 간과하면 안 된다. 이제 우리는 국내 이주동포여성들 당사자의 목소리를 반영하며 사람들이 미처 생각하지 못한 목소리들을 모아서 사회화해야 할 책임이 있다.

삶이야기, 정성과 감동을 동력으로 나아간다

나는 이전에 평화운동이나 통일운동을 기획하고 실천하면서 나름대로 보람을 느꼈지만, 삶이야기 운동에서처럼 사람을 만나는 기쁨과 확신을 느껴본 적이 크게 없었던 것 같다. 평화운동의 영역을 하나하나 개척하며 설렘 속에 열심히 움직였는데, 뭔가 공허한 것은 왜일까? 그런 의문이 따라다녔다. 파병과 전쟁을 반대하고, 남북 간의 교류협력과 관계 개선을 위해 노력하고, 군축, 군 인권 개선 등의 의제를 내는 등 거시적인 정책을 던지는 일을 주로 했는데, 이런 일들이 사람들의 삶과 현실로 다가가지 않는 거리감을 느끼게 되었다. 개인의 삶에 접목되지 않고, 많은 사람에게 '나의 문제'로 연결되지 않는 괴리감은 나만이 느낀 것일까? 그렇게 평화운동을 열정적으로 하면서도 그 공허감의 뿌리를 찾지 못했다. 그런데 10년을 진행한 삶이야기는 이산과 분단의 문제를 다루면서도 그 역사 속에서 살아온 그들의 삶을 통해 생생한 그들의 현실을, 사람을 대면할 수 있었기에 힘들기도 했지만, '삶이야기는 분단을 넘어설 힘이 될 수 있겠구나'라는 생각이 들었다. 디아스포라들이 지닌 역사적인 힘이 전달된다. 대륙을 횡단하며 수많은 고난을 이겨낸 삶 속에 내포된 에너지, 비운의 역사를 뛰어넘는 힘은 나에게 깊은 영감을 준다. 삶이야기 운동이 나에게 큰 의미가 있는 것은 성찰의 기쁨을 준다는 것이다. 역사를 아는 기쁨, 사람을 아는 기쁨, 운동을 다시 깨닫는 기쁨.

우리 동포여성들이 가지고 있는 뛰어난 감지 능력, 센서(sensor)는 나를 인도하는 불빛 같았다. "이거야. 이거 해야 해", 이렇게 시작을 이끈 게 조연지 선생이고, 박연희 선생은 "삶이야기 참가자를 넓혀야 해", 엄경혜 선생은 "걱정 마십시오. 내가 북한 동포 다 연결할게요." 장올가 선생과 최스베따 선생을 비롯한 조각보 동포 선생들이 그렇게 북한, 중국, 러시아, 일본 동포들을 조직적으로 연결해주고 방향을 제시하고 그러한 마음과 자세에서 확신을 느꼈다. 조각보의 동포 회원들이 없었으면 삶이야기는 어려웠을 것이라고 생각한다. 물론 참가자들이 다음 참가자들을 추천하지만, 처음 시작을 만들 때나 중간에 이어지지 않을 때 그들은 삶이야기의 엔진이자 베이스캠프 역할을 했다.

살다 보면 말만 화려한 사람들이 있는데, 내가 접한 동포들은 그렇지 않은 것 같다. 그들은 생각을 몸으로 표현한다. 존재 자체가 어쩌면 저럴 수 있을까. 엄경혜 선생은 "올가 선생과 스베따 선생을 보면서 늘 감동 받는다"고 한다. "말이 찬란하지 않고 오히려 어눌할 때도 있지만, 늘 겸손하고 늘 다른 사람을 배려하고 자신을 내세우지 않는 모습에서 그분들의 진정성을 느낀다"고 한다. 이른 아침부터 빵을 굽고 잼을 만들고 고려인이 먹었던 반찬을 만들어 들고 오는 모습에 행복과 존경의 마음이 저절로 공유된다. 박정아 선생도 "너무 존경스럽다"고 한다. 지난번 총회 때는 북한 인절미 떡과 도라지무침을 직접 만들어왔는데, "새벽에 일어나 그걸 해갖고 사무실로 출근해서 오후에 다시 데워서 가지고 오는 모습에서 감동을 받았다"고 한다. 우리 동포 선생들이 가지고 있는 힘은 정성인데, 그 정성은 인간에 대한 애정이 없으면 할 수 없는 것이다. 그런데 사람들은 다 같아서 그런 행동에서 감동을 받게 된다. 총회 때나 진달래무궁화모임 때, 자신은 못 하는 일을 그분들이 하는 것이 너무 감사하고 감동적이고 나중에는 미안하다는 생각마저 들게 된다. 백 마디 말보다, 찬란한 말보다 그분들의 그런 행동이 조각보의 가장 큰 자산이고, 조각보 사람들이 거기에 혹해서 지금까지 오고 있는지도 모른다. 사람들은 의미 있는 활동도 좋아하지만, 그런 작은 것에 더 감동을 받는 것 같다. 삶이야기에 오시는 분들이 감동하는 것도 진행자들의 정성스러운 마음이다, 참가자들이 산책하는 사이에 방마다 작은 선물이라도 놔두고, 식사도 되도록이면 좋은 것으로 대접하려 하는 등 서로가 서로를 환대하는 정성인 것 같다. 정성과 환대로 사람들이 경청할 수 있는 분위기를 마련하면 그 환대의 기운을 받아 참가자들은 상대방의 이야기를 더 잘 듣고 더 잘 이해하게 된다. 우리가 규칙을 말한다고 무조건 따르겠는가? 작은 일에 최선을 다하는 정성이 세상을 움직인다는 『중용』 23장의 유명한 문장이 있다.

정성

작은 일도 무시하지 않고
최선을 다해야 한다.
작은 일에도 최선을 다하면 정성스럽게 된다.

정성스럽게 되면 겉에 배어 나오고,
겉에 배어 나오면 겉으로 드러나고,
겉으로 드러나면 이내 밝아지고,
밝아지면 남을 감동시키고,
남을 감동시키면 이내 변하게 되고,
변하면 생육된다.

그러니 오직 세상에서
지극히 정성을 다하는 사람만이
나와 세상을 변하게 할 수 있다.

모든 일이 그렇듯이 운동도 그렇게 해야 한다. 정성을 다하면 사람이 변하고, 세상이 변한다. 나는 이 말을 새기며 삶이야기에 임한다.

삶이야기에서 조우한 여성들, 새로운 역사를 만들어갈 것이다

삶이야기를 통해 여러 가지 성찰을 하게 되었다. 먼저 남과 북의 틀에 갇혀 좁은 공간으로 인해 협소한 시각을 지닌 우리 자신을 발견했다. 150년이 넘는 이산의 긴 역사를 모른 채 분단 중심의 평화, 통일이라는 짧은 역사 이해와 실천에 머물러 있었음을 자각했다. 무엇보다 여성에 대한 반성으로, 사할린에서 우크라이나까지 광활한 대륙에서 고려인과 조선족, 탈/북한 여성들이 서로 섞여 장사하고 농사짓고 옷 팔고 반찬 팔며 차세대를 키워낸 고군분투한 여성들이 있었다는 것을 몰랐다는 것이다. 여성들의 '삶이야기'를 통해 여성들이 지닌 경험, 남편의 외도, 가정생활에 대한 무능함과 무책임, 폭력, 굶주림, 성매매 등의 고통 속에서 어떻게 고군분투하며 어제와 오늘을 살아냈는지를 발견했다. 함께 울고 웃었다. 그 자체가 여성들이 나눈 위로와 격려였다.

어느 참가자는 말했다. "참가자들의 고향과 출신 국가가 어디든 간에 우리 사이에는 '여성의 삶'이라는 공통의 강이 흐르고 있음을 확인할 수 있었다. 남과 북, 동포 여성들이 나이와 세대를 떠나 한자리에 모이고, 직접 얼굴을 맞대고 하룻밤을 지내며 이야기를 나눈 그 순간 자체가 두고두고 내 삶에 획기적 사건으로 자리할 것 같다." 삶이야기는 디아스포라 여성들을 함께 모이게 한 계기이자 그들과 접촉할 수 있는 도구였으며 여성들의 일상의 삶, 미시적 역사의 접근이 가능하게 된 사건이었다. 세대를 넘어 여성으로서의 삶을 공감했던 시간이었다.

삶이야기가 완벽한 것은 아니다. 그럼에도 삶이야기에 참여한 동포여성들에게, 또 남한여성들에게 자신의 인생을 돌아보는 계기이자 전환점이 되는 것을 알 수 있었다. 남한 여성과 북한, 중국, 러시아, CIS, 일본 동포여성들이 나눈 삶이야기는 우리의 역사 자체였다. 잊히고 버려졌던 그녀들의 삶이 만든 역사는 위대한 서사시였다. 그들을 힘들게 한 역사, 그들이 살아낸 역사, 이방의 황무지에서 자신의 삶을 개척하며 인간이 만든 많은 경계를 넘어온 삶의 역사를 알아야 한다. 오히려 그들은 대륙을 횡단하며 환대하는 사람이 되었다. 그들의 모습에서 갇히고 편협한 자신을 발견하며 삶의 대안을 발견한다. 우리는 그들과 함께 경계를 넘으며 인간을 환대하는 법을 배웠다. 역사 속에 조각조각 이산되었던 디아스포라 그녀들은 다시 만나 코리안여성들의 조각보를 만들었다.

드넓은 대륙을 누비고 다니며 폭넓은 삶을 산 코리안여성들의 삶이야기는 우리의 모습을 역사적 맥락에서 보게 했다. 우리의 역사의식에 통찰을 불러일으키는 삶이야기 운동은 여성운동과 한반도 미래의 새로운 문을 여는 중요한 도구다. 삶이야기를 통해 동포여성들을 만나고 나 자신을 역사 속에서 재발견하는 일을 지속적으로 전개해나가야 한다. 통일 전후 과정에서 편견을 극복하고 혐오를 넘는 작업, 삶이야기 운동을 꾸준히 이어갈 것이다. 나아가 디아스포라 여성들과 함께하는 다양한 활동을 통해 한국 사회로 귀환하거나 재이주한 그들이 새로운 삶을 꾸리며 겪는 정체성의 혼란과 어려움에 함께할 것이다. 우리의 역사를 돌아볼 때 비자발적 이주를 할 수밖에 없었던 동포여성들의 역사와 고통에 대한 책임은 우리에게 있다.

지난 10년 동안 그녀들은 우리를 북한 곳곳으로, 훈춘과 연길, 심양과 하얼빈으로, 사할린에서 모스크바로, 우크라이나로 데리고 갔다. 길고 긴 이주와 정주, 한반도 안팎에서 계속되는 노마드의 삶. 그러나 그녀들은 동북아, 유라시아에서 경계를 넘어 새로운 지평을 여는 존재들이었다. 이들은 우리에게 근본적인 질문을 던진다. '이 역사 속에서 나는 누구인가?', '지금 우리는 어디에 있는가?', '서로를 보는 시선은 어떠해야 하는가?'

Herstories:
코리안디아스포라 여성들의 삶, 역사가 되다

윤은정, 삶이야기 사회자

삶이야기는 어떻게 이루어지는가

어느 날 당신은 조각보로부터 근사한 초대장을 하나 받게 됩니다. "오셔서 당신 삶의 이야기를 들려주세요." 곰곰이 생각해봅니다. 내가 살아온 이야기라…. 내가 살아온 이야기가 뭐 별게 있나. 들려줄 게 있을까? 무엇부터 이야기하지? 내 부모님은 어떤 사람이었나? 나는 부모님으로부터 어떤 가르침을 받았지? 유년의 나는 무엇에 관심이 있었지? 나의 학창 시절, 연애, 결혼…. 골목길을 걷듯 인생의 이어지고 꺾인 순간들을 서서히 돌아보며 당신은 삶이야기에 참가합니다.

조각보에서는 조용하고 편안한 이야기 장소를 마련해놓고 기다리고 있습니다. 참가자들은 1박 2일 동안 사용할 물건들을 작은 가방에 챙겨 삶이야기를 나눌 장소에 모입니다. 주말 오후 당신처럼 작은 가방을 챙겨 일상을 떠나온 이야기 손님들이 하나둘 약속 장소에 나타납니다. 보통 여섯 명의 이야기 손님과 진행을 이끌 두 명의 사회자, 모임을 도울 두세 명의 보조 진행자가 한 팀이 되어 1박 2일을 함께 보냅니다. 삶이야기 프로그램에서는 참가자 두 명씩 짝을 맺어 이야기 짝꿍이 되도록 합니다. 이야기 짝꿍끼리 같은 방을 쓰며 룸메이트로 지냅니다. 숙소에 짐을 풀고 난 뒤 잠시 휴식을 취합니다. 그동안 당신은 준비해온 당신의 이야기를 정리해볼 수도 있고 숙소 주변을 산책하거나 휴식을 취할 수 있습니다.

조각보의 '다시 만난 코리안여성들의 삶이야기 나누기' 프로그램은 독일 동서포럼의 '생애 나눔 프로젝트'를 모델로 하여 만들어졌습니다. 동서포럼의 괴델리츠 이사장에 의하면 "(동 · 서독 통일 후) 한쪽은 승리자이고 한쪽은 패배자라는 편견에 사로잡혔다"라며 "서로에 대한 무지에서 비롯된 편견을 극복하기 위해 각각 살아온 길을 얘기하고 경청하는 과정이 반드시 필요했다"라고 합니다. 그래서 괴델리츠 이사장은 자신의 저택에 금요일 저녁부터 일요일까지 2박 3일 동안 동 · 서독 출신 각각 다섯 명의 손님을 초대하여 서로의 삶이야기를 듣고 타인의 진실을 이해하는 대화모임을 시작했습니다. 1998년에 시작하여 지금까지 3천 명이 넘는 사람들이 대화모임을 통해 서로에 대한 편견을 넘어 함께 통일 독일의 내적 통합을 이루기 위한 사회적 치유를 해나가고 있다고 합니다. 괴델리츠 이사장은 독일의 경험을 바탕으로 분단국인 한국에서도 탈북 이주민과 남한 주민이 살아온 이야기를 나누며 서로를 이해하는 프로그램을 진행하면 좋겠다고 제안했습니다. 조각보는 2012년부터 '남북 여성들의 삶이야기'를 시작했고, 2014년부터는 남북 여성을 포함해 코리안여성들이 함께하는 삶이야기로 확장했습니다.

조각보의 '삶이야기'는 편견극복, 경청, 삶 속에 녹아있는 역사를 배우는 것이라는 프로그램의 목표를 소개하는 것으로 시작합니다. 프로그램의 배경과 의미를 설명한 뒤 자기소개 시간을 갖습니다. 참가자들은 이름과 나이를 말하고, 어디서 왔는지, 어떤 일을 하는지, 이 모임에 어떻게 오게 됐는지 등 서로에 대한 기본적인 정보를 주고받습니다. 이야기 손님 한 사람에게 5분의 시간이 주어집니다. 손님들의 자기소개가 끝나면 사회자들 차례입니다. 사회자에게는 특별히 10분의 시간을 줍니다. 10분 동안 사회자는 자기소개를 겸해 자기 삶을 이야기합니다. 유년 시절, 청년 시절, 현재의 세 시기로 구분하여 말하는 사회자의 자기소개는 사실 간략한 방식의 삶이야기입니다. 사회자의 이야기를 들으며 참가자들이 '아, 저렇게 내 삶의 이야기를 세 시기 정도로 나누어 들려주면 되는구나'라고 생각할 수 있도록 돕는 역할을 합니다.

자기소개를 마치고 나면 보통 저녁식사를 합니다. 맛있는 식사를 하고 나면 드디어 첫 그룹이 이야기를 시작합니니다. 먼저 A씨에게 1시간이 주어집니다. 30분은 A씨 혼자서 이야기하는 독백의 시간이고, 나머지 30분은 참가자들이 질문을 통해 A씨의 삶을 더 자세히 들어보는 시간입니다. 처음 30분 동안 A씨는 자신의 유년기, 청년기, 현재의 삶을 이야기합니다. 이 시간은 아무도 방해해선 안 됩니다. 이야기에 끼어들어서도 안 되고, 표정이나 태도로도 그 사람의 이야기를 방해하면 안 됩니다. 그 30분은 오롯이 A씨의 몫입니다. 우리는 그 30분을 참고 온전히 그의 이야기에 집중하고 들음으로써 그를 이해하고 그와 소통할 수 있는 자격이 생깁니다. 때론 감정이 격해져 눈물을 흘리기도 합니다. 그것마저 그의 몫입니다. 눈물이 흐르는 그 순간, 흐느낌 속에 이야기가 멈춰진 그 순간이 그의 인생에서는 매우 중요한 순간입니다. 그 눈물을 지켜보는 것 또한 이야기를 듣는 것입니다. 우리는 한순간도 경청의 자세를 놓치면 안 됩니다. 눈물이 멈추고 이야기가 다시 흐릅니다. 10분씩 시간 배분을 하여 자기 삶의 전 과정을 골고루 들려주면 좋겠지요. 하지만 하다 보면 어느 순간 젊은 시절 이야기에서 30분이 다 가기도 합니다. 세상에! 아직 결혼도 못 했는데 말이죠.

아쉽지만 30분이 지나면 사회자는 조용히 손을 들어 A씨에게 주어진 시간이 지났음을 알립니다. 30분 동안 못다 한 이야기는 함께한 사람들이 남은 30분 동안 같이 풀어가야 합니다. 이 30분의 질의응답 시간 동안 중요한 것은 질문하는 방법입니다. 그의 삶을 더 잘 이해하기 위한 질문을 해야 합니다. 왜 그랬는지 추궁해서도 안 되고, "나라면 이렇게 했을 텐데" 하고 질책해서도, 그의 삶에 뛰어들어가 흥분하고 참견해서도 안 됩니다. 30분은 토론의 시간이 아니라 그를 이해하기 위해 모두 함께 공들이는 소통과 경청의 시간이어야 합니다. 만일 그렇게 하기 어려운 참가자가 있을 땐 사회자가 개입합니다. 조용하고 부드럽고 단호한 제지의 신호 사회자가 손을 들면 흥분한 참가자는 그 손짓의 의미를 알고 본인의 질문법을 바꿔야 합니다. 그를 더 잘 알기 위해 필요한 지혜로운 질문을 꺼내야 합니다.

어려운 경청의 1시간이 지나고 A씨의 이야기가 끝이 났습니다. 모두는 사회자의 요청에 따라 조용히 눈을 감고 3분 정도 A씨의 삶을 반추하는 시간을 갖습니다. 3분 뒤 사회자의 신호에 따라 눈을 뜨고 모두 잠시 휴식합니다. 이 시간에 A씨에게 다가가 이야기 시간에 하지 못한 위로와 공감을 나누어도 좋습니다. 짧은 휴식이 끝나면 A씨의 짝꿍인 B씨의 이야기를 같은 방법으로 듣습니다. B씨의 이야기까지 듣고 나면 드디어 첫 그룹의 삶이야기가 끝납니다.

어느새 밤시간입니다. 누군가의 삶에 집중하기에는 모두 지친 시간입니다. 그렇다고 잠자리에 들기에는 서운한 시간이어서 조각보에서는 센스 있게 '아름다운 밤'을 준비합니다. 간단한 다과를 나누며 친목을 다지고 교류합니다. 이때 참가자들의 재주와 끼가 발휘되기도 하죠. 노래하거나 악기를 연주하거나 서로의 재능을 나눕니다. 즐거운 밤시간을 보낸 뒤 다음날을 위해 잠자리에 듭니다.

둘째 날에는 나머지 참가자들의 삶이야기가 진행됩니다. 방식은 첫 번째 그룹과 마찬가지입니다. 보통 두 그룹의 이야기를 듣고 나면 프로그램을 마칠 시간이 됩니다. 더 많은 사람의 이야기를 듣고 싶다면 일정을 더 늘려야겠죠. 1박 2일 일정에서는 여섯 명 이상의 이야기를 듣기가 어렵습니다. 프로그램을 마친 뒤에는 참가 소감을 나누고 이 모임에 대해 평가하는 자리를 갖습니다. 무엇이 좋았는지, 더 좋은 모임이 되기 위해 필요한 것은 무엇인지 서로의 의견을 나눕니다. 모임의 끝에 사회자는 삶이야기에 참여하면 좋을 것 같은 가족, 친구, 동료를 추천해줄 것을 요청합니다. 당신의 추천에 따라 조각보에서는 그분에게 초대장을 띄울 것입니다. 당신이 그랬던 것처럼 타인의 삶에 담긴 진실을 만날 기회를 그분께도 드릴 것입니다.

조각보는 당신의 참여를 축하하고 기리는 소박한 수료증을 준비해두었습니다. 기쁘게 수료증을 나누고 기념 촬영을 하며 함께한 서로를 위로하고 격려합니다. 그리고 처음처럼 자신의 작은 가방을 챙겨 일상으로 돌아갑니다. 올 때와 갈 때 작은 가방에 들어있는 것은 달라져 있을 것입니다. 그 안에 자신을 포함하여 여섯 사람의 삶이 담겨 있을 테니까요. 한 달 정도 지나면 함께 1박 2일을 보낸 참가자들의 후속 모임을 갖습니다. 후속 모임을 통해 삶이야기는 지속될 것이고, 서로의 인생에 대해 깊은 공감을 나눈 사람들의 모임은 계속해서 당신의 삶을 자극하고 성장시키는 계기가 될 것입니다. 삶이야기를 함께했던 모든 분은 1년에 한 번 '삶이야기 동창생 모임'에 초대됩니다. 동창회 초대장에는 삶이야기를 통해 우리가 경험한 '타인에 대한 이해와 관용'을 바탕으로 우리가 사는 세계를 좀 더 다양하고 아름답게 만들어보자는 제안이 담겨 있을 것입니다.

이 책에는 2012년부터 현재까지 10년 동안 삶이야기 프로그램의 초대에 응했던 182명의 참가자 중 열두 명의 이야기가 담겨 있습니다. 사실 삶이야기의 내용들은 외부에 공개하지 않음을 원칙으로 합니다. 하지만 살아온 이야기를 들으며 타인의 진실을 이해하는 이 아름다운 여정에 많은 사람이 참여하도록 소개하고픈 마음 또한 큽니다. 갈등과 편견이 있는 곳 어디서나 삶이야기 프로그램이 활용되었으면 좋겠다는 취지에 열두 명의 코리안디아스포라 여성들이 용기를 내주었습니다. 덕분에 남북으로, 일본, 중국, 러시아로, 카자흐스탄, 우즈베키스탄으로 흩어져 살았던 우리의 또다른 인생을 만나게 됐습니다. 열두 명의 삶이야기와 함께 한반도를 출발하여 유라시아 대륙으로 퍼져나간 한민족의 삶과 역사 속을 찬찬히 거닐어보길 바랍니다.

능숙하게 우리말을 쓰는 참가자도 있지만, 그렇지 못한 경우도 있습니다. 중국 동포는 중국말과 북한말에 영향받은 우리말을 쓰고, 러시아와 중앙아시아 동포는 러시아말에 영향받은 우리말을 씁니다. 다른 체제, 다른 사회, 다른 문화가 섞인 동포들의 우리말을 발화 그대로 옮기려 애썼습니다. 그래서 맞춤법이나 우리말 표기에 어긋나는 부분도 종종 있습니다. 어쩔 수 없이 보충 설명이 필요한 곳에는 '( ) 괄호'를 두어 설명을 보탰습니다. 생략된 말이나 의미는 '[ ] 괄호'에 넣어 보완했습니다. 열두 편의 이야기를 읽는 동안 다른 듯 같고 같은 듯 다른 우리말을 경험할 수 있습니다. 모든 이야기가 끝난 뒤 여러 가지 말맛이 느껴졌으면 합니다. 다른 듯 같고 같은 듯 다른 '우리'의 정체성을 오래 헤아렸으면 합니다.

Herstories 1

홍달래(가명), 1943~1996 북한을 살다

엄마의 죽음을 보다

나는 해방 전에 태어났잖아요. 태어나서 6.25전쟁을 겪으면서 비행기가 이렇게 뜨는 소리가 나면 가슴이 발랑발랑해가지고 우리 애들 열 살 넘었을 때까지도 그랬어요. 전쟁으로 인한 트라우마가 계속 있었던 거지. 북한에서는 훈련을 계속하니까. 거기는 실질적으로 하는 것처럼 구역구역에다가 폭탄 터뜨리는 소리도 내고, 연기도 불을 피워서 내고. 인민반장이 자기 인민반을 돌면서 집에 있는 사람 없이 다 피난 가게끔, 애들도 다 업고 피난 가게끔 하고. 마스크 끼고 폭탄 터져서 불이 나는 것처럼 가상하고 뛰는 훈련도 하고. 내가 북한에서 간부를 했잖아. 간부들은 중대장, 소대장, 직장장은 대대장인 거야. 군복을 입고 견장까지 차고. 중대장까지도 권총 차야 돼. 내가 적위대 훈련을 할 때만 해도 실탄을 줘서 직접 총을 쐈어. 수류탄 던질 때 자세 이런 것도 다 배우고. 포복전진 뭐, 탱크가 들어올 때면 탱크의 눈을 피해서, 속사경이 180도로 빨리빨리 못 따라가니께 그걸 리용해서 탱크 안에다가 수류탄을 던져 여야 폭발할 거 아니에요.

군사적인 훈련도 많이 하지만 교육도 많이 하는 거예요. 나는 간호사니까 가상으로 환자를 눕혀놓고, 부상당했다 하게 되면 응급처치를 어떻게 해야 된다. 당까(들것) 들어야지. 권총 찼지. 뒤에 20키로(kg) 모래배낭 찼지. 얼마나 힘들겠어요. 당까에다 환자 담아가지고서는 같이 뛰어야 된단 말이야. 그걸 이겨내고 나면 막 초죽음이 돼. 그런 훈련을 일 년에 두 번씩 하는 거예요. 또 한 달 동안은 야외의 숙영지에다 천막 치고 군사 훈련을 해. 나는 애기엄마 돼가지고도 그걸 계속하고 살았어. 가상훈련을 실질적으로 많이 하니까 그런 트라우마가. 나처럼 이애들도 전쟁이 나면, 내가 만약에 전선에 나가 죽으면 애들도 고아가 되겠구나.

엄마가 죽는 걸 내가 봤어, 우리 엄마가. 먼저 들어가면 내가 엄마가 방공호로 들어가는 거 봤으니까 따라 들어갈 건 당연한데, 왜 거기서 기다리고 있냐고. 먼저 쏙 들어가고 내가 들어갔으면 안 죽었지. 그런데 내를 밀어옇고 '팡'한 거야. 지금도 그때만 생각나. 우리 엄만 참, 내가 따라 들어가는데 왜 먼저 못 들어가고 고렇게 있다 죽었을까. 한데 내가 자식을 낳아서 길러보니까 자식이 미처 못 오면, 당연히 올 거 알면서도 가서 손을 잡고 끌고 가는 게 부모 심정이잖아. 사람이란 거는 그렇더라고. 내가 살아보니까. 부모가 있어서 살은 사람은 부모가 없는 사람의 고통을 몰라. 그 트라우마가 내가 죽기 전에는 없어 안 질 거 같애.

전쟁이란 자체가 얼마나 무서운지 몰라. 우리 그 범바위골이라는 데가 과수원인데, 과수원 주변에 사는 사람들이 많았거든요. 공습 사이렌이, 비행기 떴다고 사이렌이 나게 되면 그 과수원으로 다 기어 들어가는 거야, 나무 밑으로. 옛날에는 산아제한이라는 게 없었으니까 정말 생김 다 낳았잖아요. 업고 손잡고 가면 폭탄, 옛날에는 지뢰탄이라는 게 있었어. 지뢰탄이라는 게 이렇게 긴데 굵기가 이만짝 굵어. 그게 땅에 탁 떨어지면 불이 팍 나면서 고무조각에 불이 붙어가지고 사람의 몸에 붙으면 그 고무가 다 타야만 불이 죽는 거야. 하니까 살이 다 타는 거지. 파편 조각이 그 안에 들어가 있어가지고 맞으면 바로 잘려. 정숙이라는 애는 저이 엄마가 과수원 밑으로 저 동생 업고, 엄마가 이렇게 손잡고 갔는데 파편에 팔이 뚝 잘렸는데 엄마는 그 팔만 쥐고 뛰는 거야. 저이 딸하고 갔거니 하고. 한데 애는 팔이 잘려가지고 거기에 쓰러졌고. 또 한 애는 뛰다가 넘어졌는데, 지뢰탄을 밟아가지고서 다리가 나가서 잘랐어. 옛날에는 병원에 갈 새도 없으니까 이게 너덜너덜하면 집에서 톱을 술로다 소독해가지곤 자르고. 지혈이라는 것도 없지 뭐. 아파서 까무러치면 그냥 톱으로 잘라. 그렇게 하다 살아나면 사는 거고, 죽으면 죽고 그렇게 살았어요. 우리 때는 전쟁을 그렇게 겪었어.

재산을 바치고 김일성 친필말씀을 받다

왜정시대에 우리 집이 과수원이 큰 게 있었어요. 할머니 할아버지 시대 우리 집이 대부자였어. 정미소, 쌀 찧는 공장도 세 개나 가지고 있었고. 범바위골이라는 산이 몽땅 다 과수원인데, 바위가 범처럼 생겼다고 해서 이름이 범바위골인데, 그 산 하나가 통틀어서 과수원이 됐는데 그게 우리 과수원이었어. 과수원, 정미소를 다 운영하려니까. 자동차가 두 대, 석 대씩 됐으니까. 운전하는 운전수도 있었지. 과수원 관리하는 사람도 있었지. 터가 넓었지. 집이 과수원 안이었어. 우리 집이 디귿자로 있었는데 이거는 원채, 할머니 할아버지 살고. 이쪽에는 창고야 다. 이쪽에는 곡식창고, 이쪽에는 때는 나무들 옇는 데. 그리고 대문에는 장미나무 큰 게 이렇게 굵었어. 언제 심었는지도 몰라. 내가 태어나니께 있었는데 꽃이 진짜 이쁘게. 해마다 할아버지가 송아지를 사다가 집에서 잡는단 말이야. 하면 그 뼈다구를 털이랑 다 거기다 묻어줘. 마당에는 포도 넝쿨. 들어가는 대문에는 장미. 거기서 뛰어놀고 살던 생각 제일 많이 나요.

우리 할아버지가 공부를 많이 했어. 해가지고 이런 지리를 잘 봐. 큰 집을 짓거나 하게 되면 가서 지형을, '여기에는 어떤 집을 지어야 된다' 이런 풍수를 봐주고. 집 짓는 기둥을 박아주고 와. 하면 그 뒤로 쌀가마니가 그냥 달구질을 왈랑줄랑(왈랑절렁) 하며 들어오지 뭐. 하긴 못 살 수가 없을 거야. 우리가 땅도 많구 공장이 있으니까. 진짜 집에 없는 게 없었거든. 자동차가 석 대였으니까 기계 부속품만 해도 몇 자동차씩 됐거든. 우리 할아버지가 그걸 다 싹, 우리 아빠가 군대 나가니까 나라에다 다 바쳤어. 토지문서도 다 바치고, "이 집하고 과수원만 내 걸로 달라" 그래하니까 김일성이가 친필로다가, 우리 할아버지 이름이 홍제의야. '홍제의는 애국자입니다' 하고 친필말씀을 딱 써서 내려보낸 거야. 김일성이한테 친필 받은 사람은 쉽지 않거든. 가지고 있다가 할아버지가 죽기 전에 "이거 해서 뭐 하냐"고 "아들 없는데." 할아버지가 불태워버리더라고. 우리 할아버지 할머니가 아들이 군대 갔으니까 종전이 되면 돌아오리라 그 희망으로 살았는데, 우리 아빠가 군대 나가 전사했다는 통지서가 오니까 할아버지가 병으로 돌아가더라고. 앓지도 않고 그냥 갑자기.

할머니하고 나하고 사는데 살아갈 길이 없으니까. 우리 할머니는 딸 둘에 아들 하나였는데, 큰딸이 우리 집에서 얼마 멀지 않는 우럭리라는 데로 시집을 갔는데, 우리 고모가 마흔 거의 다 돼서 정전이 됐는데, 애가 7남매였어. 우리 작은고모는 군대를, 우리 아빠하고 같이 군대를 나가고 했는데 우리 큰고모부가 당원이라고, 해방돼가지고 당에 들었다고 치안대 데려갔다가 돌 매달아서 바다에다 빠뜨려서 죽였어. 그래서 애 일곱에다가 시어머니 데리고 혼자서 살았는데, 비행기 고사총에 맞아서 이 팔이 하나 또 나갔어. 근데 뭐 어떡하겠어. 갈 데 없으니까 그 고모한테 가게 된 거야. 근데 나까지 가니까 애가 여덟이잖아. 식구가 북실북실하는데 도저히 거기서 못 살겠더라고. 해서 내가 방랑생활을 했어. 아이고 참, 기구한 운명이지.

열네 살, 남포혁명학원에 들어가다

남포학원에 열네 살 나서 갔거든. 항일투사, 독립을 위해 투쟁한 사람의 자식들이 만경대혁명학원에 있고, 남포는 6.25전쟁 때 나라를 위해 일하다가 죽은 사람의 자식. 다는 못 가. 그런 사람이 한둘이 아니니까. 정말 특출한 경우에만 골라서 갔는데, 내가 거기 간 거지. 선택받은 거지. 선택받을 수밖에 없는 게 아버지가 군대 나가서 전사했지. 엄마가 폭격에 돌아갔지. 우리 할아버지가 집의 재산을 나라에다가 기부해서 김일성이한테서 친필말씀 딱 내려왔으니까. 오죽하면 날보고 친구들이 "그 세 가지 중에 하나 나 달라" 그래. 내가 "너 다 가지라. 난 싫어. 너의 엄마만 나 달라" 내가 그랬어.

혁명학원에서는 완전히 군복을 입고 생활해. 주로 우리나라 역사하고 앞으로 사회주의를 건설하는 정치 많이 배와줬지. 정치 강의를 많이 해줘. 그래서 혁명 투사들이 많이 내려와요. 내려와서 자기네가 그 경험 있는 이야기를 많이 해주고. 거기에 들어가서는 먹고사는 근심은 하나도 안 했어. 잘 먹여주고 잘 입혀주고 했어. 김일성이가 일 년에도 몇 번씩 내려오고. "너희들 엄마 아버지는 나니까 외로울 땐 나한테 편지해라" 하고. "너희는 우리나라의 머리니까 잘 배우라"고. 지금 생각하면 엄청 규율이 세요. 군대식으로 해요. 연애하다가 들키면 사상투쟁을 해요. 한마디로 말하면 남녀 간의 사랑을 못 하게 하는 거예요. 근데 하지 말란다고 안 하나요? 한창 나이에 사랑이 꽃필 때는 누구도 막지 못 하잖아요.

저는 신랑하고 연애를 못 하고 연애는 학교에서 학생하고. 그 학생도 나처럼 전쟁고아였는데, 같이 학원에 가기 전에 내가 고아로 크면서 엄청 많이 아팠어요. 전쟁 시기에 전염병이 많았어요. 장티푸스도 많이 돌았고, 말라리아도 돌았고. 나는 말라리아 걸려가지고 하루 건너 매일 앓는 거예요. 그러니까 어디 갔다가도 아프게 되면 걸어서 집에를 못 가고 다리 밑에 막 쓰러지고. 길 가다가 길옆에 쓰러지고. 말라리아는 고열이 나면서 추운데, 추우니까 뭘 덮어야 되는데, 바들바들 떠는데, 덮을 게 없으니까 그 친구가 어디 가서 가마니를, 쌀 담는 가마니 있잖아요? 그거를 얻어다가 덮어준 거야. 그게 그렇게 따뜻하더라고요. 지금 생각하면 정말 따스한 솜이불 속에 들어간 거처럼. 가마니 속에 들어가가지고 실컷 앓고 나면 물이 먹고 싶은 거야. 갈증이 나면, 물을 못 먹게 되면 입이 물집 생기는 것처럼 툭툭 튀어오르고. 여름에는 길거리에다가 아주까리, 북한에서는 그걸 많이 심어요. 그 잎사귀가 크거든요. 아주까리 잎사귀에다가 도랑물을 떠가지고 와서 먹으라고. 이름이 천순데, 얘도 전쟁고안데, 같이 모여서 생활하면서 몇 년을 생사고락을 같이하고.

혁명학원은 군사훈련이 너무 빡세. 20키로 배낭 메고, 공병삽 들고 가서 전호 구뎅이 파고 너무 힘든 거야. 그때마다 와서 도와주고 했댔으니까. 나는 진짜 세상에서 그 사람 없이는 못 사는 걸로 알고 살았거든. '8.18 도끼 사건' 날 때 군대 나갔어요. 군대 나가면서 헤어졌지. "너는 군대 갔다 오고 나는 대학 가 공부하고 꼭 우리 만나서 너하고 나하고 살자"고 약속을 했어. 군대 나가가지고 일 년 동안은 신병 훈련받을 때는 계속 한 달에 한 번씩 편지가 오댔는데, 어느 날 갑자기 편지가 안 오는 거야. 바쁘니께 못 오는 모양이다 했는데, 그다음엔 두 달 석 달 건너도 안 오니깐 내가 막 속상하더라구. 그래서 알아보기 시작했지. 평양 주소 안내소라고 있었어. 군대 우편함을 가지고서 거길 찾아갔어. 하니깐 이 사람 주소는 알으켜줄 수 없다고 그러더라고.

열아홉 살, 화선입당하다

열아홉 살에 졸업했는데, 만경대학원 졸업생들, 남포혁명학원 학생들을 추려가지고 간부양성을 시켰어. “이 사람은 앞으로 우리나라에서 쓸만한 사람이다” 이러면 교육을 시키는 거야. 교육을 시켜서 간부로 등록할 수 있는 자질을 갖춘 사람으로 해가지고 거기에 맞게끔 배치하는 거지. 나는 평양 보통강구역의 기계대학, 운수전문학교라고 기계 부문에 대해 가르쳐가지고 가서 3년을 공부했어. 우리가 학교를 졸업하고 나올 때는 기양 뜨락또르 공장이라고 있었는데, 거기서 뜨락또르 처음으로 생산한 거야. 처음으로 만드니까 앞으로 가야 되는데, 앞으로 안 가고 뒤로 간 거야. 그때 당시에 김일성이가 왔어, 시범운전할 때. “우리나라에서 해방된 지 얼마 안 돼가지고 이렇게 기계를 생산했다”고 칭찬을 했는데, 차가 가는데 앞으로 나가야 되는데 뒤로 나가. 하니까 김일성이가 하는 소리가, “뒤에로 후진한다는 건 앞으로 나갈 수 있다는 소리”라고 “낙심하지 말고 잘해보라”고. 그래가지고 다시 했는데, 진짜 한 달 안 걸려서 앞으로 기계가 나간 거예요.

내가 처음 배치받은 곳이 해주연결기계공장이었어. 뜨락또르, 자동차, 검사를 통과해야만이 나갈 수 있으니까 기계 검사를 하고 제품 검사도 하고 하는데, 내가 검사원을 했어. 우리 시아주버님이 연결기계공장의 당비서였는데, 아주버님이 나를 자기 동생한테다 소개한 거야. 우리 신랑이 그때 평양의대 9기 졸업생이에요. 의대를 졸업해가지고 함흥의대병원에 배치받아 거기로 갔는데, 당비서가 만나보라니께 동생인 것도 모르고 만나봤어. 다음날 당비서가 "그 사람 어때?" 그래. "사람이 싹싹하고 괜찮데요" 그러니깐 "홍 동무가 괜찮으면 됐지 뭐" 이렇게 말해서 나는 남인 줄 알았어요. 내가 사랑하는 사람이 있다는 걸 우리 시아주버님도 알았어. 내가 그 사람하고 연락이 안 되니깐 고민한다는 것까지도 알았는데, 자기 동생을 소개해준 거야.

하루는 편지가 왔어. 만나봤던 생각은 까맣게 잊었지 뭐. 내가 마음에 있어서 만난 게 아니니까. 나에 대한 감정을 좋게 써서 보냈더라구. 그걸 보고 그냥 책갈피다 꼰자두고 답장도 안 썼는데, 하루는 당비서가 오라고 그래서 가니까 하는 소리가 "편지 받았어?" 그러는 거야. "나한테 편지핸 사람을 어떻게 알아요?" 그러니까 그때서야 "내 동생이야" 그러는 거야. 정말 난감하지 진짜. 그래서 "미안합니다" 그러니까 "아, 미안할 거 없어. 내가 홍 동무가 마음에 쏙 들어서." 거기는 남자가 발전하려면 토대가 좋은 사람을 만나야 되는 거야. 무조건. 조금 부실한 사람이라도. 헌데 토대가 내가 너무 좋으니까.

내가 열아홉에 '화선입당'했거든. 화선입당이라는 건 아주 힘든 일을 할 때 죽음을 각오하고 몸을 바쳐서 일한 사람을 화선입당이라 그래. 입당하고 일 년 동안을 또 후보당 기간으로, 내가 진짜 당원이 될 수 있는가 시험해보는 기간이 있어요. 그때는 진짜 잘해야 되는 거야. 내가 고순간에만 잘하고 입당했다고 자랑하고 건달부리지 않는가 이런 걸 테스트하는 거지. 내가 거기서 합격이 돼야 돼. 10대 원칙도 외워야 되고, 주체사상도 외워야 되고. 남보다 무엇이나 솔선 앞장서서 다 해야 되는 거지. 본보기가 돼야 되니까. 그래서 당원들이, 세 명 이상이, 진짜 당원으로 받아들여도 손색이 없다 하는 걸 보증 서야 돼요. 그래야 당원이 될 수 있는 거야. 쉽게 될 수가 없지. 우리 당비서가 문건을 계속 보잖아. 그걸 다 봤으니까 나를 자기 동생한테 붙여준 거야. 해서 마음이 없어도 마음이 있다고 해야 될 판인 거야,

스물셋, 식당잔치로 결혼하다

그 집은 할머니 할아버지 엄마 아빠, 신랑이 9남매 중 일곱 번째예요. 여자 5명에 남자 4명. 근데 밑으로 여자 동생 하나 남자 동생 하나 있었어요. 근데 다 형제간에 우애가 좋아가지고 시누가 다섯인데 막일하는 것도 없어. 제일 낮은 게 교원이야. 기자 하는 사람도 있고 다 너무 빵빵한데, 내가 정말 제일 볼 게 없는 사람이잖아요. 그쪽에서는 시집가게 되면 이불살이랑 살림살이를 일체 다 여자가 해가지고 가는데, 나는 그런 거 해갈 생각도 못 하잖아. 아무것도 없지. 여기나 거기나 며느리에 대한 그거는 똑같거든. 자꾸 부담스럽드라구. 해서 내가 그 말을 했지. "비서 동지, 나는 아닌 것 같아요" 하니깐 "내가 홍 동무 무슨 생각하는지 알어" 하면서 "하나도 부담가지지 마. 내가 맏형이야. 9남매 내가 다 관리하니까 아무 근심하지 말고." 그러니까 부담가지지 말라고 자꾸 그래. 핸데 또 내가 입버릇처럼 "나는 식구 많은 데로 시집갈 거야. 내가 너무 외로우니까." 그랬는데 이 사람의 말이라는 게 무섭더라구. 그래서 그렇게 한 번 만나고. 그때가 [19]66년도였는데 8월에 만나보고 12월에 한 번 딱 만나봤지 뭐. 나는 부모가 없으니께 결혼 준비라는 것도 없어. 기업소에서, 시아주버님이 당비서고 하니까 식당을 하나 정해가지고서 식당잔치를 한 거야.

그 옛날에는 결혼식 하게 되면 하루종일 요렇게 하고 앉아서 먹지도 못하고 있는데 부모가 없으니 뭐 "밥을 먹어라" 이런 것도 없고, 배도 너무 고프고 하니까 슬그머니 나와가지곤 친구 집에 가서 밥 먹고 거기서 자고 말았단 말이야. 남자 여자 같이 누워 자기만 하면 애 생기는 줄 알고 첫날밤을 같이 안 자고 내가 친구 집에 가서 잤어. 다음날 우리 시아주버님이 반살비라는 걸, 이렇게 초청해서 음식 먹는 걸 보고 거기서 '반살비'라고 그러거든. 그걸 한다고 오라 그래서 둘이가 갔어. 가서 저녁을 먹고 집에 올라는데 시형이 "웃방에다 자리 깔아줄게 웃방에서 자고 가라" 그라는 거야. 그래서 내가 "잠을 자다니요? 나는 가야 돼요." 그때가 12월이니까 그 연말총화를 해야 되잖아. 그래서 "연말총화 할 거, 공장에 통계 낼 거 너무 많아서 잠 못 잔다"고 하니께, 막 웃으면서 시형이 "제수, 그러하면 안 된다"고. "이젠 결혼했으면은 신랑이 하자는 대로 해야 된다"고 하는 거야. 그래서 내가 "장 동무, 나 가도 되죠?" 그러니까, "그건 좀 곤란한데" 이러는 거야. "오늘은 쉬구 내일 가서 일해도 되니까 우리 결혼식 날도 재밌게 자지 못했는데, 하룻밤 자고 앞으로 어떻게 살 것도 서로 의논도 하고." 그때 우리 신랑이 의대 졸업하고 함흥의대병원에 배치받았댔으니까. 함흥 가게 되면 앞으로 어떻게 해야 될지 그거 토론도 하고 자고 가라고. 가슴이 쿵당쿵당하지. 이거 오늘 밤 자면 아이 꼭 생겼구나. 아유, 참 너무 바보였지 뭐.

결혼 후 간호사 공부를 하다

그카고는 함흥으로 갔지. 발령받아서 함흥 기계공장으로. 흥남 비료공장이 커요. 비료공장이 돌아갈라믄 부속품이 고장 나면 깎아서 끼워야 되는 기계공장이 있는데, 검사원으로 가게 됐어. 밤낮 기계를 다루니까 기름칠한 단 말야. 작업복 입고. 몽키스패너 들고. 우리 신랑이 하는 소리가 "홍 동무, 앞으로 가정을 이루고 살면 이렇게 애도 생기고 하는데 공부 좀 해보면 어떻겠는가?"고. "난 머리가 좋지 않아서 공부 못 해요" 하니깐, "내가 있잖아. 내가 가르쳐줄게. 무슨 공부를 하면 좋을 거 같냐?"고 그래. 그래서 "무슨 공부를 하면 좋을까요? 난 모르겠어요." "처녀 땐 무슨 생각을 했어요?" 그래서 "난 처녀 때는 문학교원 하는 게 희망이었다"고 그라니깐, "문학교원 하고 싶은데 어떻게 기계를 다루게 됐지?" 그래서 내가 그 얘기를 했어. 내가 문학교원이 되려면 누가 뒷받침을 하고 학교를 4년 나와야 되는데, 부모 없는 사람은 무의무탁 고아라는 증명서를 떼다 옇게 되면 나라에서 장학금을 12원씩, 한 달에 주는데 기숙사비가 6원이란 말야. 기숙사비만 6원 내고 거기다 식비 내야지, 책값 내야지, 교통비 내야지 하면 도저히 생활이 안 되는 거야. 또 여자니께 한 달에 한 번씩 생리도 하지. 그래서 항상 궁한 생활을 해야 될 거 같아서 여자지만 내가 남자 하는 일을 한 번 좀 해보자 그래서 가게 됐다.

교대를 다닐라믄 4년, 논문까지 쓰고 뭐 이렇게 하면 기간이 너무하니까 "내가 보기에는 홍 동무는 이렇게 손재간도 좋고 센스가 빨라서 간호사를 해도 괜찮을 거 같다"고 이야기를 하는 거야. "무서워서 주사 찌르고 하는 거 못 해요"라니까, "처음에는 그렇지만 자꾸 하다나면 재밌다"고. "사람의 생명을 살리는 일인데 얼마나 보람 있냐"고. 그라면서 자꾸 책을 갖다주더라구. 의학에 대한 책을 갖다주면서 큰 도화지 사다놓고 사람을 그리면서 200여 개의 골격으로 구조가 되어 있고, 신경세포는 어떻고 막 하는데 머리가 아프더라구. "아, 머리 아파요. 안 할래요" 그라고 했는데, 우리 신랑이 하루는 주사기를 가지고와 "요기 찔러보라"고. "여기 혈관이 요렇게 나타나잖아. 찔러서 요렇게." 한 번 여믄 감각이 손에 알려줘. 톡 들어가는 게 너무 신기하다구. 자기 몸을 나한테다 희생하는 거야. 그러면서 자꾸 공부하라고 그러는데 거절을 못 하겠더라구. 아, 진짜 이 사람이 사랑하는구나.

나는 얼마나 어리석은지 이 사람하고 결혼해서 살면서도 그 천수라는 사람이 나타나기만 하믄 갈 생각을 했어. 진짜루. 사람이 얼마나 리기적이야. 어딘가 모르게 자면서도 잠꼬대도 내가 심하게 하고 이름을 많이 불렀던 거 같애. 하니까 나한테 물어보지 않고 우리 시형한테 물어본 거야. 하니까 우리 시형이 그 얘기를 다 해준 거야. 이런 여자다. 하니까는 네가 잘 사랑하고 살아라. 이렇게 얘기핸 거 같애. 하루는 우리 신랑이 편지하고 거게 돈으로 40원. 총 노임이 우리 신랑이, 거게 의사들은 80원이야. 간호사는 40원이구. 그걸 가지고와 "이 편지 읽어보고 이 돈을 가지고 떠나라"고 하는 거야.

그래서 편지를 보니까 그 천수라는 사람이 북한에서 남에 왔다 갔다 하는 대남연락소에서 일하다가 지뢰를 밟아 부상을 당해가지고 입원을. 평양에 51호 병원이라고 있어요. 거게 있는데 지금 생사기로를 오락가락하는 거야. 죽기 전에 나를 보고 싶다고 자꾸 헛소리를 환자가 하니까 나를 찾은 거야. 핸데 내가 그때 임신을 해가지고 배가 띵띵했을 때거든. 날 보고 갔다 오래. 힘들지만 갔다 오라고. 같이 갔으면 좋겠지만 자기는 거기 갈 곳이 아니고. 엔간한 사람 같으면 안 보내지 뭐. 핸데 그걸 가지고서 가라고 그래서 갔어.

그 사람이 정신이 들었다 나갔다 하는 거야. 너무 아플 때는 까무러쳐서 정신이 없고. 병원 측에서 원장이랑 "이 환자가 죽게 되면 죽는 거 보고 가라" 해서 내가 한 주일을 거기서 있다 왔는데, 죽지 않고 살아나더라구. 회복돼서 나를 알아보길래 "나는 이렇게 시집가서 임신까지 한 몸이니깐 이제는 천수 동무, 우리 친구로 지내자." 병원에서 원장이랑도 "누이동생 하나 잘 만났다고 생각하고 매부 있으면 더 좋지." 그때부터 우리는 그 사람하고 형제가 됐어요. 그래서 누이 매부하고. 그 천수라는 사람이 장가가서 낳은 아이들은 날 보고 "고모, 고모" 하고, 우리 애들은 "삼촌, 삼촌" 하면서 다니고. 참, 연극 같은 인생이지 뭐.

여맹위원장이 되어 1개 군, 28개 리의 여성들을 조직하다

나는 애 때부터도 내가 어른이 돼서 시집가서 애를 낳게 되면 무조건 오래 살겠다고. "난 인차 안 죽을 거야" 계속 그랬어. 애도 많이 낳아서 기르겠다고. 그렇게 했는데 직장 생활을 하면서 자식을 키우려고 하니까 너무 힘들더라고. 그 나라에서는 당증을 매고는 직장 생활을 안 하고는 안 돼. 집에서 놀면 책임 지우는 게 너무 많아서. 공짜 일도 너무 많이 해야 되고. 직장 생활도 안 할래야 안 할 수가 없지. 자꾸 당에서 내리매기니까 내가 하고 싶은 일도 할 수가 없는 거야. 내가 간호사만으로 쭉 있어도 편하지. 근데 군 여맹위원장으로 발령을 내서 가니까 한 개 군을 책임지고 나라 살림도 해야 되고. 또 여자들을 다스려야 되니까 그게 너무 힘들더라고.

그래가지고 나는 애들한테 내내 죄스러. 주 탁아소라는 게 있는데, 월요일날에 애를 갖다 맡기면 토요일날 저녁에 데려오는 거야. 토요일날 저녁에 와서 자고 일요일 놀고 월요일 아침에 또 가고. 거기다 맡겨놓고 나는 전문 나라 살림만 하는 거지. 그러면 나는 편한데 애들이 집에 오고 싶어가지고 그렇게 고통스러워하더라구요. 우리 큰아들이 제일 고생 많이 했지 뭐. 내가 계속 바깥으로 출장도 가고 하니까 우리 큰아들이 아홉 살 나서부터 밥 해 먹으면서 동생들을 저녁이면 데리고 오고 그랬어요. 우리 딸이 지금도 그러잖아요. 오빠가 책가방 둘러메고 막 뛰어와서 "순이야, 가자" 그러는 소리가 지금도 귀에 들리는 거 같다고.

나에게 한 개 군을, 28개의 리가 있고, 내 권한으로 휘두를 수 있는 사람이 10만 명이었어요. 권한이 대단했어요. 여맹위원장이였으니까 내가 최고였지. 직장에 있는 여자건 가두에 있는 여자(전업주부)건 다 내가 권한하고. 가정생활을 잘못하게 되면 그것도 책임지는 거예요. 생활 잘못하면 감옥에도 넣을 수 있고. 결정할 수 있는 발언권을 나에게 다. 내 밑에 사람 둘이 딱 붙어서 서기가 하나 있고 실행비서가 딱 따라다닌단 말야. 내가 "이거는 이렇게 하는 게 아니고 이렇게 해야 돼" 하면 고걸 그대로 내가 말한 대로 적어. 딱 김정일이 하는 행세대로 해야 되는 거야. 김정일이한테서 나는 내리먹고, 나는 또 내립따 까는 거지. 줄기합이지. 그렇게 해야만 사는 걸로 알고 죽어도 내 몸은 당을 위해 초개와 같이 바치리라. 나는 그 나라를 위해 죽어도 일을 하다가 논두렁이에서 죽으리라. 어려서부터 교육을 그렇게 받았으니까 오직 그 나라가, 그 제도가 제일이라고만 생각했어. 그 제도에서 나에게 왕 같은 권한을 줬으니까.

농촌에 나가서 관리위원장네 집에 딱 들어가서, 한 개 리를 책임지는 사람이 있거든. 그 사람의 집에 가서 내가 전화통 붙들고 "여기다가 몇 명 보내." 거기로 보내면 작업반장한테다 인계해주고 "이 사람들 필요한 데다가 일 시키시오." 제일 힘들었던 거는 모내기 철. 집에서 노는 사람도 있고 직장에 다니는 사람도 있고 한데, 그때는 어쨌든 밥숟가락 드는 사람은 다 모내기 전투에 나가야 돼요. 밥 먹는 사람은 일체 다 모심으러 나간다고. 그때가 제일 힘들었어요. 내 직장 업이 여맹원들을 모내기하러 내보내는 게 임무거든. 근데 어떤 집은 가보게 되면 먹을 게 진짜 없어서 아침에 못 끓여 먹는 집도 많단 말이예요. 그런 사람들 보고 일하러 나가라 하는 그게 입에서 말이 안 떨어지는 거예요. 농촌에 나가면 '관리위원회'라는 데가 있는데, 거기에 가가지고 "여자들이 밥을 못 먹고 와서 모 뜨는 거 하니까 점심밥은 여기서 좀 해줄 수 없냐?" 이야기해서 그 사람들이 먹을 수 있는 음식도 장만해주고. 그게 제일 힘들었구요. 가을에는 탈곡하러 나가는데, 그때는 좀 나아요. 쌀을 탈곡하니까. 옥수수도 많이 쪄서 주고 하니까 사람들이 저절로 나가려고 하거든요.

제일 하기 힘들었던 게 무엇인가를 나라에서 자꾸 거둬들이라고 그럴 때. 그게 뻔히 사람들 생활 수준을 아는데. 세계 여러 나라 사람들 오게 되면 선물 줘서 보내야 되는데, 다 백성들 고름 짜서 모아서 보낸 거거든. 그때가 제일 힘들었어요. 물건도 모으고 돈도 모으고 다 모았지. 우리 거기 지방에는 농촌이니까 '왕골'이라고 있어. 부채하고 자부동. 한 가정에서 한 개씩 만들라고 해가지고. 근데 그걸 자재를 주면서 만들라고 해야 되는데, 자재가 없으니까 "자체로 만들어서 하라. 니 재간껏 만들어서 무조건 당에 충성 다 하라." 이렇게 되다나니까 그 얼마나 힘들었겠어. 직장 다니면서 짬짬이 만들어서 내야 되니까. 매 초급단체에 위원장들이 또 있단 말이야. 나는 위에서 지시만 하면, 그 사람들이 모다서 가져오면, 그거 자동차에다 싣고, 대표로 평양으로 싣고 가서 바치기만 하면, 내 이름은 또 빛나니까. 나야 생색내기 좋았지.

내가 권한을 행사할 수 있는 건 좋았어요. 예를 들어서 어디 간다 하면 나는 차가 없어도 항상 차를 타고 다녔거든요. 내가 그런 권한을 가지고 있으니까. 지금은 내가 없으니까 어떨지 모르지만, 그때 그 사람들은 나를 좀 무서워했을 거예요. 나에게 잘 보여야 자기네가 유리하니까. 명절날 되면 내가 음식을 안 해 먹어도 들어오는 음식을 다 먹을 수가 없어. 다 동네 사람들이 줬거든요. 저는 없으면서도 나한테는 갖다줘야 되는 거야. 여기로 말하면 뇌물이지. "이런 거 가져오지 말라"고 내가 그리해도 그 사람들은 그게 아닌 거야. 무조건 갖다 바쳐야 된다는 심정으로 바쳤겠지. 지금 생각하면 그 사람들이 얼마나 고통스러웠을까 하는 생각이 나더라고.

한 달 내내 벌어도 쌀 한 키로(kg)가 안 되는 거야. 핸데 나는 그걸 농촌에 내려가면 공짜로 50키로씩 막 가져왔어. 하니께 내가 얼마나 권한이 막강했어. 그것도 사무실에 앉아서 전화기 들고 "옥수수 50키로, 입쌀 50키로, 배추 100키로." 말만 하면 달구지에다 실어다가 우리 집 문 앞에다 딱 부려놔. 그렇게 살았으니께 어느 쪽 물이 따스운지 찬지 모르고. 진짜 너무 모르고 살았어. 굶어 죽었다고 하는 사람들 보면 내가 거기서 창고에 양식을 쌓아놓고 산 사람이니까 '내가 잘못해서 이 사람들을 다 죽였구나' 하는 가책이 되고. 내가 죄인인 거 같다고. 다른 사람 다 천국에 가도 나는 천국에 가지 못한다고 생각을 했어. 지금에 와서 깨닫는 거지 뭐.

1996년, 남편이 정치범으로 낙인찍히다

[19]83년도에 중국이 개방하고 91년도에 내가 중국에 왔댔어요. "흑룡강성 베따황(베이다황. 흑룡강성 눈강 유역의 황무지)이라는 데 땅을 황해남도에다 주겠다. 너희 농사를 지어서 몇 프로는 중국에 바치고 나머지는 너희가 다 가져가라." 그래서 그 땅을 보러 갔거든. 우리가 거기 가서 어떤 농사를 지을 수 있겠나 땅을 보러 가서 석 달이나 있었어. 그리고 또 한 번을 중국에 갔다가 왔어요. 첫 번째 갔던 거 다르고 두 번째 갔던 게 다르더라고. 중국이 개혁개방 해가지고 반자본주의 사회로 넘어가서 지금 잘 살잖아. 개방해서 땅을 개인들에게 노놔줘가지고. 농사를 잘 짓든 못 짓든 일정한 땅에, 한 입방(1입방미터)이라는 땅에서 열 톤이 나오던 스무 톤이 나오던 나라에다 다섯 톤만 바치고 나머지는 너 다 먹어라 하니께 사람들이 악착같이 농사를 짓는 거야.

근데 북한에서는 그걸 몽땅 조합, 공동체로 만들어가지고 많이 짓든 적게 짓든 출근해서 일한 날짜에 의해서 하루에 얼마라는 기준에서 고것만 주니까 사람들이 나가서 일을 안 하고 건달을 부리는 거야. 매일 출근만 하고. 하니께 소산물은 없고 출근한 건 많고. 나라에서 빨아들이는 양이 적으니까 800으로 줄쿠고, 500으로 줄쿠고 하니까 농민들이 먹고살 게 없는 거야. 농민들이 먹을 게 없으니까 도둑질을 하는 거야. 밤이면은 벼이삭 잘라가고.

그 땅에서 나는 소산물을 도둑질해다가. 자기네 먹어야 되잖아. 그러니까 나라가 망하기 시작하는 거지.

중국에서 옥수수랑 많이 들어왔지. 했는데 [19]90년도 와가지곤 완전히 중국하곤 거래가 절단되다 나고. 소련이 붕괴돼가지고 밀가루 못 들어오고. 농사짓는 데 사람들은 90년도까지도 괜찮았는데, 북쪽에는 탄광 광산이니까. 무산광산 같은 거. 미배급되니까. 노동자들이 먹질 못하니까. 석탄 광산이 돌아가가지고 화력발전소 해서 전기가 나오고 했는데, 탄을 캐내지 못해 발전소가 멎으니까 전기가 못 나오고, 큰 공장들이 멎게 되는 거야. 비료공장이 멎지. 시멘트 공장이 멎지. 비날론 공장이 섰지. 제강소가 멎지. 휘발유 같은 것도 들어오던 게 많이 못 들어오고 하니까 기계도 생산을 못 하게 되고. 생활이 점점 곤란해지기 시작하고. 노동자들이 먹고살 길이 없으니께 공장 부속품을 다 떼다가 팔아먹기 시작했단 말이야. 붙들리면 공장 파괴 분자니까 반동이라고 죽이고.

신랑이 [19]91년도부터 외국에 계속 나갔어. 의료기구 같은 거랑 약품 같은 거랑 러시아, 중국, 일본 이렇게 다니면서 가져도 오고 사도 오고 했거든요. 그런 나라를 다니다나니까 보이는 게 다르잖아요. 시야가 아무래도 넓어지게 돼죠. 신랑이 외국에 나갔다 와서 그런 말을 하면 내가 막 욕했어. 신랑하고 계속 언쟁을 했어요. 당신은 수정주의라고. "왜 반역하려고 그러냐" 고 그랬어. [19]96년도 4월에 러시아에 갔다가 오면서 꼬냑을 사가지고 왔는데, 친구들하고 그걸 마시면서 신랑이 "러시아에는 밥은 걱정도 안 하고 먹고 찬밥은 개도 안 먹는다" 이런 말을 한 거야. 그걸갖다가 같이 먹은 친구 중에서 한 사람이 보위부에 찔렀어. 그래서 우리 신랑이 붙들려서 보위부에 가서 매 맞고. 그래서 신랑이 정치범 수용소를 가게 됐어요. 그렇게 돼도 간부들은 정치범 수용소에 넣으려면 당중앙위원회에 비준을 받아야 돼요. 비준받기 전에 그 문건이 내려올 때까지 병보석으로 나오게 된 거야.

신랑이 정치범으로 낙인이 찍히니께 큰아들은 해주의대 3학년이고, 작은아들은 신의주경제대학 다니고 하댔는데 다 떨어지고. 우리 딸은 평양으로 시집가 보통강구역 아파트에서 살았는데, 그것도 리혼해가지고 보내드라구, 집으로. 허니께 집안이 싹 망한 거지. 해서 집에 한꺼번에 다 와있게 되니께 우리 아들들이 하는 소리가 "엄마, 차라리 기회는 이때야." 우리 아들들이 벌써 군대 나가서 십 년 동안 복무하고 세상 물정을 아니까. 나는 자꾸 죽자 그랬지. "아빠도 나왔겠다 다 약 먹고 죽고 말자." 내가 그러나니까 "엄마, 왜 죽어?" 그때는 우리가 애들이 제대되자마자 결혼을 다 시켰어. 해가지고 애들이 하나씩 있었어요. "나는 죽고 싶지 않아. 토끼 같은 새끼 놓고 내가 왜 죽는단 말야. 발악이라도 해보다 죽겠다"고. "가다가 붙들리면 죽을 지언정이라도 뛰자." 그때 도망쳤죠. 온 집안 식구가 도망치지 않으면 인질로 잡히니까 손주까지 싹 다 데리고 나왔어요. 아홉 식구가.

1996년 10월, 온 가족이 두만강 국경을 넘다

며느리들은 친정집에 간다고 그러면서 다 빠져나가고. 우리 큰아들이 저희 아빠를 자전거 뒤에다가, 우리는 자전거가 한 사람에 하나씩 다 있었어. 나 하나 없구. 나는 자전거를 못 타. 자전거를 하나씩 다 끌고. 짭짠한 것들을 다 꿍겨가지고서는 사리원까지 와서 티비하고 자전거 석 대를 파니까 돈이 엄청 많아지더라고. 식구대로 돈을 다 노놔가지고 비닐 주머니에다 돌돌 말아가지고 "허리에다 차라." 물에 빠져도 그건 젖지 않게끔. 그래서 다 노놔줬지. 황해도는 금이 많아요. 토금도 많고 사금도 많고. 모래에 박혀있는 건 사금이고, 땅에서 판 건 토금이잖아. 그게 페니실린 병으로 몇 개씩 됐어. 그것도 다 노놔가지고. "만약시 가다가 붙들리면 살려고 생각하지 말라." 죽을 거 생각하고 시계 찬 밑에다가 독약을 거기다 다 붙였어. "붙들리면 그거 먹고 죽어라. 가서 고문받으면 안 되니까." 그래 그렇게 준비를 다 해가지고 떠났지.

밤에는 주로 자동차들 지나가는 거. 막대기 담배 이렇게 들면 담배가 귀하니까 자동차 운전수들이 세워주면 "어디까지 가는데 우리 태워주면 너 달라는 대로 주겠다" 그래서 쭉쭉 타고서는 청진시장까지 갔지. 거기서 이제 두만강 건널 준비를, 동태를 알아보느라고 각자가 헤어져서 여자들은 여자들끼리, "중국이 가차운데 여기 중국에 갈 수 없나?" 뭐 이렇게 허튼소리 하는 것처럼 하면서. 거기 가면 뭐이가 돈이 된다는 거, 이제 그 나라 가면 돈이 있어야 살잖아요. 하니까 거기에는 오징어하고 북어가 돈이 된다고 그래서 제일 좋은 걸로 사서, 각자가 들고 갈 수 있는 만큼씩.

근데 손주들이 있는 게 두만강 건널 때 제일 힘들었지. 돌 지난 거 데리고선. 엄마들은, 며느리도 하나 업었지, 딸도 하나 업었지. 그렇게 하고 회령에 와가지고 회령의 제일 높은 산에 올라가서, 공동묘지들이 많았어. 공동묘지 사이에다가 비닐방막을 치고서는 거기서 3일을 자면서 국경 경비대가 두만강 경비 서는 거. 몇 시에 밥시간이고, 언제 교대하고, 개가 몇 마리 있고, 몇 명 있고 하는 걸. 그 공강 시간을 알아보느라고 정찰을 해가지고. 근데 아무리 파악해도 못 넘겠더라고. 그래서 경비대 하나를 돈을 주고 삶았어. 저쪽에 친척이 있어서 갔다 오려는데 넘겨주면 돈을 주겠다. 근데 이 사람이 못 믿겠다 해서, 당증을 달라 해서 신랑 거랑 해서 줬어. 오면 꼭 돌려달라 하면서. 9월달에 떠났는데 10월 3일날에 두만강 [국경]을 건넜어요.

중국에 척 들어서니까 얼마나 춥던지. 한데 10월달인데도 콩하고 옥수수를 가을을 안 했어. 그걸 스치면서 지나가니까 마른 콩꼬투리가, 부기적부기적하니까 옷이 이렇게 째진단 말이야. 째지니까 안에다가 내복 입었어도 고게 찌르니까 거기서 피가 자꾸 났어. 그냥 만신창이 돼가지고. 산에 들어가 나무 갖다가 불을 피워서 젖은 옷들은 다 꿍겨서 버리고. 비닐에다 쌌던 새 옷들을 다 갈아입고. 담요 이렇게 좋은 거 있댔어. 그거 하나씩 다 가져왔댔으니까. 그것들 뒤집어쓰고서는 너무 힘들어서 나는 무조건 잤지 뭐. 한잠 잤다 하고서는 뭐가 퍼석퍼석해서 '우리 잡으러 왔나?' 하고 퍼뜩 눈을 뜨니까 시퍼런 불이 이렇게 나오는데, 나는 호랑인 줄 알았어. "호랑이가 나 잡아먹을라 한다"고 그러니까 "그 호랑이 아니고 소야." 지금은 웃지. 그때 얼마나 놀랐던지. 난 처음으로 그렇게 놀라봤어요.

이제 용정 시내를 들어가야 되는데, 지금 우리가 내린 데가 어딘지도 모른단 말야. 우리 신랑이 "내가 마을에 좀 내려가 볼게" 하면서. "아빠 혼자서 내려가면 안 돼. 나하고 같이 가야지" 하면서 우리 큰아들이 같이 내려가가지고 정찰을 해가지고, 아침에, 7시에 첫 버스가 뛰는데, 제일 먼저 타가지고 맨 뒤에 서 있다가 가라고 가르쳐주더라고. 한꺼번에 아홉이 다는 못 떠나고. 들키면 다 붙들려 죽으니까. 한 집씩 떠났지. 한 집씩 떠나서 시내 가서 버스가 멎는 데서 자리 잡고 있다가 만나기로 하고 용정까지 들어갔어.

근데 우리 손녀딸이 먹지 못하고 18일을 그렇게 왔으니까. 애가 막 걸어서 달아다니던 애가 걷지도 못하고. 그 티비에서 말라빠트라지고 배만 팡그란 것처럼 그렇게 마른 거야. 하니께 외삼촌들이 "아무래도 얘는 살지 못하는 애니까 너 고생하지 말고 강냉이밭에다 버리고 가자"고. 우리 딸이 "숨이 떨어지면은 버릴 수 있을지 몰라도 못 버려" 그러면서 업고 가는데, 버스 안인데 중국 사람들이 요구르트도 먹고 과자도 먹고 많이 먹으니까 달라고 앵앵하는데 야, 이건 죽겠지. 한 할머니가 포도를 사서 비닐 주머니에다가 담았는데, 우리 신랑이 그 비닐 주머니를 요렇게 조금 뜯어가지고 한 알 나오면 똑 따서 껍데기 까서 여어 주면, 고거 먹는 동안 여러 말 안 하고 한참 또 가만히 있어. 고거 또 다 넘어가면 또 달라고 으앙으앙 하면 또 그렇게 하고. 야 정말, 지금은 이렇게 웃으면서 이야기하지.

오후 3시, 4시에 용정시에 들어가게 되더라고요. 가던 도중에 내려서 밥을 먹는데 우리는 중국 돈이 없잖아요. 하니까 밥을 못 먹고서 머뭇머뭇하니까 한 할머니가 슬그머니 와가지고 밥을 한 재기 주면서 "강 건너 왔지요?" 하면서 "이거 먹으세요" 그래. 우리가 그 오징어랑 있댔으니까 "할머니 이왕 도와주는 거 우리가 애기가 있어 그러나는데 오징어 드릴게 돈 조금 주세요. 요구르트 좀 사서 애 좀 멕이게" 그라니까 중국 돈 100원을 주더라고. 너무 그게 고마워서 오징어 한 묶음 내가 가지고 있던 거, 이만짝 되는 거 다 줬지 뭐. "이거는 너무 많어" 그 할머니가 그래서 "너무 고마워서 그래요" 하니까는 "그래도 사람이 양심이 있어야지" 하면서 50원을 더 주는 거야. 그 돈으로 살아났지. 식당에 가서 밥도 먹고 애 간식도 좀 사서 멕이고.

한데 너무 못 먹다가 갑자기 먹으니까 애가 설사를 자꾸 하는 거야. 똥 싼 걸, 그냥 냄새 나는 걸 끌어안고 용정시에 들어갔는데, 오후 4신데 우린 갈 데가 없잖아. 신분증이 없으니께 여관에도 못 들어가고. 그래가지고 기차 대합실을 찾아서 들어갔는데, 시간이 되니까 거기도 문을 닫더라고. 바람이 불어서 춥기는 하지. 애는 설사 자꾸 하지. 큰일 났다 해서 우리 신랑이 이렇게 나가서 보더니 용정시에서 얼마 안 나가니께 벌판이 있는데, 옥수수들을 다 베서 눕혀놓은 게 있는데, 그걸 세워가지고 집처럼 움을 만들어서 "안에 들어가라" 해서 들어갔는데 너무 추운 거야. 거기 있단 진짜 애 죽겠더라고. 그래서 "여기 있으면 죽어요" 그러니께 그다음엔 여관을 찾아 들어갔어. "돈은 많이 줄게 좀 어디 거처할 데 있으면 애하고 애 엄마만 좀 들어가게 해달라"고. 달러를 내놓으니까 "오라"고. 돈 많이 주니께 그저 다 해결이 되는 거야.

2002년, 아홉 식구가 떠나 다섯 식구만 남다

그렇게 하곤 새벽에 첫 차 타고 길림으로 갔지. 우리 신랑이 잘 알던 길림 육문중학교에 교장선생이 있었는데, 거길 찾아가니까 깜짝 놀라는 거야. "장 선생 체포령이 중국 공안에서 발령 났으니까 주의하지 않으면은 안 된다"고. 그래가지고 그 선생네 집에 못 있고 농촌에, 한국에 돈 벌러 가 빈집이 하나 있는데, 한 달에 30원씩 주기로 하고 거기 들어갔지. 근데 딸이 있으니까 조선족이 딸을 빼내서 팔아먹을라고 그래서 딸이랑 나랑 장춘시로 갔지. 딸하고 나하고 일을 해서 생계비를 대줬는데, 거기에서 조금 있다가 나와야 되는 걸 너무 오래 있었어.

[19]96년도부터 그 집에 있었던 걸 99년도까지 있었는데, 우리 신랑이 잘못한 게 가만히 있었으면 되는데 그 동네 애들 치료를 해줬단 말이야. 침도 놔주고, 주사도 놔주고, 이러고 하니까 소문이 난 거야. 길림 공안국에 붙들려서 소환되어 갔댔는데, 아들들은 공안국 화장실 환기창으로 뛰어내려서 살아났고. 신랑만 혼자서 그대로 북송됐지. 아까운 사람, 천사 같은 사람인데. 나하고 30년을 살면서 "야, 이년아" 소리를 한번 안 해보고 살았어요. 진짜 그런 사람 쉽지 않은데. 신랑이 어디 갖다 놔도 말을 잘하고 하니까 "우리가 가서 열심히 하면 따라 배울 수 있다" 하는 마음 밑에서 떠나서 중국까지 넘어와서 성공했다고 생각을 했는데, 신랑이 그렇게 붙들려 나가니까 그 다음엔 무너지게 되더라고, 내가. 그해, 넘어간 해, [19]99년 1월 13일날 북송됐는데 3월달에 총살했다 그러더라고.

사회주의 사회에서 내가 한평생을 바쳐서, 한 생을 살았는데, 거기서 쫓겨날 때 그 사회에 대한 배신감. 그건 정말 말로는 표현을 못 할 정도로 배신감이 들었고요. 또 거기서 탈출을 해가지고 중국에 와서 내가 7년을 살았어요. 살면서 나라 없는 설움, 중국에 와가지고 정말 일을 하고도 대가를, 보

2019년 삶이야기 총동창회. 고향과 가족 이야기를 들려주고 있다.

수를 못 받고. 또 우리 큰아들이 거기서 매 맞아 죽었거든요. 큰아들은 중국 사람들한테 매 맞아서 죽었어. 그때 여섯 살 난 아들이 있었는데, 애가 잘생기고 똑똑하니까 사람들이 탐내서 달라고 하는데, 안 주겠다니까 그렇게. 그런 걸 겪을 때 내가 옳고 그름을 누구에게 가서 판단할 수 없다는 거, 시비를 가릴 수 없다는 거, 그런 것을 생각할 때 정말 모든 것이 허무하고 한 생을 괜히 살았다 하는 그런 허탈감[이 들어].

지금 죽어도 손주 생각이 나서 눈 못 감고 죽을 것 같아. 생사를 모르겠어. 며느리도 불쌍하고. "너는 아빠가 보위부장이니까 다시 북한 가서 시집 다시 가라"고. 안 가겠다는 걸 우리 딸이 같이 가서, 두만강까지 가서 넘겨줬어. 2002년도에 한국으로 넘어왔는데, 처음에 떠날 때는 아홉이 떠났어. 근데 여기 온 건 다섯이 왔지. 아들 죽은 시신을 찾아서 한국에 데려와 묻을라고 중국에 2년 만에 갔는데. 봉분이라도 만들었으면 표시가 됐을 텐데. 누가 팔까 봐 평평하게 묻어서 가보니까 못 찾겠더라구. 물에 떠내려가진 않았는지. 비가 많이 올 때면 아들 생각이 많이 나.

Herstories 2

이정희, 1946~1991 소련을 살다

징용 간 아버지를 따라 사할린으로 이주한 가족들

화태(사할린의 일본식 명칭) 서북 해안가에 위치한 우글레고르스크라는 자그마한 시골 도시에 우리 가족이 살았어요. 우리 아버지는 1939년에 징용되여 텔놉쓰크 탄광에서 2년간 노역하시다가 개인 사업체를 운영하시던 팔촌 형의 주선에 탄광을 벗어나 농사를 하게 되였어요. 팔촌 형이 종가집 장손인 아버지 처지가 딱하여 시골에 자기 땅을 떼여주며 농사를 지어먹을 수 있게 주선해주었어요. 깊은 갱도에서 시커먼 석탄 먼지를 둘러쓰고 언제 무너질지 모르는 위험을 무릅쓰고 석탄을 캐다가 시원한 바람이 불어오는 들에서 일하려니 훨씬 좋았답니다. 아버지는 충청도 충주 검단리에 살 때도 농사일을 해서 사할린에서 드디어 손에 익은 일을 하게 되여 다행이라 여기셨고, 고향에 두고 온 부모형제 생각에 하루빨리 돈을 모아 가족을 데려올 기대에 힘든 줄 모르고 일을 했대요. 그러다 결혼할 처자가 있으니 한번 고향에 들어왔다 가라는 편지를 받고 조선에 들어가셨대요. 아버지는 농사일도 급하고, 잠시 다녀온다고 당국에 신고하고 왔으니 마음이 급해 고향에서 혼사를 하기 바쁘게 화태에 돌아갔어요. 돌아가지 않거나 너무 오래 지체하면 다시 탄광으로 끌려갈까 두려웠던 거죠.

아버지는 부랴부랴 화태에 가고 엄마는 나중에 뒤따라 떠나셨대요. 고향을 떠날 땐 고국과 이별이 50년 이상일 거라곤 상상도 못 했죠. 몇 년 후에는 고향으로 돌아올 줄 알았죠. 엄마는 화태에서 첫해를 눈물로 보냈다고 하시더군요. 가을인가 싶은데 뼛속까지 스며드는 찬바람이 금시 불더니 눈은 얼마나 쌓이는지, 아침에 출입문을 열면 눈이 언덕을 이뤄 헤집고 기어나오다시피 했고요. 마음이 추워 그랬는지 왜 그다지도 떨었는지. 추위의 끝이 보이지 않으니까 마음은 계속 얼어들어가고, 밤마다 꿈속 고향으로 날아갔다고 하시더군요. 그렇다고 친정 부모님께 보내는 편지에 어렵다는 말은 한마디도 못 쓰고. 곧 돌아가리란 말만 반복하셨대요.

뒤이어 할머니 할아버지 모시고 온 가족이 장남이던 아버지를 따라 화태에 모였어요. 아들 셋에 딸 넷 중 시집간 딸만 충주에 남고 여섯 남매와 할머니 할아버지 하여 대가족이 왔는데, 마땅한 집이 없어 엄마 아빠가 쓰던 판자집 단칸방에 한 칸 한 칸 이어서 방을 붙여 증축해 그런대로 숙소 문제는 해결하셨죠. 그때만 해도 일본인이 이용하지 않던 황무지가 꽤 있어서 삼림과 풀숲에 가리여 보이지 않는 여러 곳에 새 땅도 일궜구요. 그 덕에 굶지 않았다고 하더군요. 몸이 고되니 딴생각 할 짬도 없이 이럭저럭 세월이 지나고 점차 기후에도, 생활 조건에도 익숙해지고 혹독한 겨울 추위를 견디는 요령이 생겼대요. 다만 장정이 여럿이여서 탄광 노역에 끌려가지 않으려고 당국이 요구하는 양의 수확을 고스란히 바치면서, 될수록 일본인 눈에 띄지 않으려고 여름에는 깊은 산골에 들어가 새 땅을 일궜죠.

할머니는 돌아가시는 순간까지 고향에 남은 우리 고모를 그리워하셨죠. 고모의 편지를 1950년 6.25 전에 받고는 소식이 끊겼어요. 대학생 시절부터 외지에 나가 살다가 방학 때나 휴가 때 집에 가면 할머니는 "한글을 아

사할린에 모인 대가족. 아버지가 징용되어 떠난 뒤 할머니, 할아버지를 모시고 여섯 남매가 장남인 아버지를 따라 사할린으로 이주했다.

는 네가 고모에게 편지 써놓고 가라"고 하셨어요. 처음에는 할머니가 불러주시면 받아썼지만, 나중에는 해마다 똑같은 내용의 편지를 쓰다나니 기억나는 대로 쓰기만 하면 할머니가 원하시는 편지가 되더라구요. 할머니가 돌아가신 후 침대 밑에 애지중지 모아두셨던 구식 트렁크를 열었더니 그 속에 고모에게 쓴 수십 장의 주소 없는 편지가 차곡차곡 쌓여 있었어요. 할머니는 일가친척이 찾아오면 먼저 고모께 보낼 편지를 부탁하셨더라구요. 언젠가는 편지를 보낼 기회가 오고 소식이 오리라 믿으셨던 겁니다. 할머니가 돌아가시고 불과 2년도 지나지 않아서 사회주의 진영과 자유세계의 장벽이 무너지고 한국의 문이 열린 뒤에 수소문하여 고모 소식을 받게 됐어요. 할머니 편지를 태워버린 게 후회되더라구요. 편지라도 남았으면 고모가 할머니의 마음을 더 잘 헤아릴 수 있으셨겠는데. 고모는 혼자 고향에 남겨두고 떠나간 부모와 오빠들에 대한 원망이 많았다고 하셨어요.

1945년, 고향으로 가는 배는 오지 않고 소련군이 들어오다

1944년 화태에도 대동아전쟁의 여파가 느껴지면서 조선사람들 속에 이중징용되어 일본 본토로 실려가는 사람들이 많아졌습니다. 우리 가족은 헤어지지 않으려고 [19]45년에 온 가족이 방공호처럼 땅굴을 파고 밤이면 거기에서 밤을 보내기도 했대요. 1945년 8월 초에는 일본인이 집이고 살림살이고 다 버리고 떠나는 사람들이 늘어났어요. 일본이 망한다는 소문이 떠돌아 서로 소곤대며 뒤숭숭한 분위기에 하던 일도 멈추고 서로 눈치만 보는데, 누구는 당장 고향으로 떠나자고 하고, 누구는 하던 농사라도 거두고 떠나자고 그러고. 탄광이나 벌목장에서 노역하던 이들은 몇 달 밀린 임금이라도 받고 돌아간다며 설쳤대요. 어느 날 짙은 함경도 사투리를 쓰는 조선 사람이 나타나 소련군이 곧 들어오겠는데, 러어로 "야, 코레예츠(나는 조선인이다)" 하면 건드리지 않는다고 가르쳐주더래요. 소련군이 일본인으로 오인하지 말도록 조선인 신분을 밝히라는 충고였어요. 함경도 사투리 사나이는 1937년 스탈린 정책에 의해 연해주에서 중앙아시아에 강제이주당해 그곳에 살던 고려인이였어요. 러시아말이 능숙하고 우리말을 잘하고 세상 돌아가는 정세에 밝은 지식인을 선발해 미리 조선인들 속으로 들여보냈던 거예요. 그래서 우리 할머니는 1988년 돌아가실 때까지 러시아 말 그 두 마디밖에 몰랐어요.

소련군이 화태에 들어온 뒤 말도 모르고 생김새도 생소하여 서로 접촉하지 않고 사는 대로 살았지만, 여기저기서 소련군에[게] 집 세간살이건 약간 남은 옷가지와 모피 종류, 손목시계 같은 값이 나갈 듯한 물건들을 털렸다는 소문이 심심찮게 나돌았어요. 그렇다고 어디 가서 신고도 못 하고. 조선사람들은 일본이 배를 보내줄 거라고 철석같이 믿고 기다렸죠. 또 조선이 해방됐으니 틀림없이 우리를 고향으로 데려가리라고 고대했지요. 그래서 조선사람들은 될수록 한 고장에 모여 살면서 이제나저제나 배를 기다렸어요. 소련은 화태를 '사할린'이라고 옛 지명을 회복시키고, '에스토르'라는 도시명을 러시아식으로 '우글레고르스크'로 개명하지요. [19]45, 46, 47년에 사할린에서 출생한 조선 아이들은 출생신고를 제때 하지 못해 출생연도가 뒤죽박죽이였어요. 이름도 러시아 사람들이 들리는 대로 적어 넣어 한 형제의 성이 제각각이였지요. 러시아어를 배운 사할린 조선인 2세가 사회에 나오면서 많이 개명하고 바꾸고 했지만, 역시 틀린 이름과 성이 지금도 남아 있어요.

[19]46년 늦가을 우리 집에도 도적이 들었어요. 일제 때부터 기르던 돼지 몇 마리를 전쟁 통에 잃어버리고 죽고 하여 마지막 한 마리가 남았는데, 마침 새끼를 밴 돼지라 온 가족이 큰 기대를 품고 보살폈는데, 어느 날 밤늦

게 밖이 소란스러워지더래요. 누구도 나가볼 엄두를 내지 못하고 마음만 조이고 있는데, 마침 돼지의 울부짖음이 밤공기를 타고 귀청을 때리더래요. 그러자 아버지가 허둥지둥 쫓아나가셨어요. 출입문이 열림과 동시에 아버지의 비명소리가 울렸대요. 그제야 아버지 형제들이 쫓아나갔더니 아버지는 피범벅이 되여 쓰러져 계시고 어지러운 군화 소리는 멀어져 가더래요. 거의 3일 정신이 돌아오지 않아 온 가족과 엄마는 눈물 속에 밤잠을 설치며 아버지 곁을 지키는데, 마침 동네 한의원이 침을 놓고 탕을 먹이며, 아버지 목숨은 건졌지만 그 후 한쪽 귀는 평생 듣지 못하셨어요.

움켜쥔 주먹을 펴지 않는 이유

1949년 2월이었어요. 그 3개월 전에 제 여동생이 태여났는데, 기저귀거리가 부족하여 엄마가 전부터 면목이 있던 옛 포목장사꾼한테 부탁했더니 일제 때 장사하던 물건이 좀 남았으니 한번 와보라고 그러더래요. 갓난애기와 우리 남매를 당시 우리 집에 살던 한 아주머니에게 부탁하고 엄마가 집을 비우고, 그 아주머니는 제 딴에 엄마를 도와줄 생각에 물을 길어오려고 지겟대를 메고 나갔어요. 어른들이 집을 비운 사이 27개월 어린 제가 엄마 따라간다고 집 안에서 놀던 그대로 버선발로 문밖을 나섰습니다. 사할린의 2월은 영하 40도(℃)의 추위가 살을 에이는, 말 그대로 맵짠 시기거든요. 어렸을 적 다른 사건은 생각나지 않는데, 혼자 울면서 텅 빈 거리를 걷던 그 날은 아직도 머릿속에서 지워지지 않네요. 아마 그 정도로 충격이 컸던가 봐요. 손가락이 시려오자 어린 것이 무의식적으로 번갈아 가며 손가락을 입안에 넣어 녹이려 했어요. 젖은 손가락은 다시 시려나고. 얼마나 추위가 강했던지 사람들은 집에서 나올 엄두를 못 내는지 거리는 텅 비어 있었어요. 그런데 어떤 아줌마가 석탄재를 버리러 나왔다가 추위에 파랗게 질린 아이를 발견하고 덥석 안아 집에 쇠난로 곁에 앉히고 두 발과 손을 찬물에 당구었습니다. 제가 기억하는 건 여기까지이고, 나머지는 엄마 얘기를 듣고 알게 되었지요.

동상 입은 두 손은 점차 부어오르고 진물이 나면서 제가 쉴 틈 없이 울었대요. 전쟁 이후 말도 통하지 않아 양식을 구할 수도 없고, 저축해둔 식량이 거의 바닥나서 얼마 남지 않은 보리쌀에 언 호박과 감자를 섞어 끼니를 때우는 일이 많았지만, 그래도 인심은 오히려 더 좋았다고 해요. 이웃들도 동상에 좋다는 말만 들으면 도우려고 발 벗고 나섰지만 어떤 연고를 발라도 약효가 없었대요. 한의원도 침을 놓고 연고를 바르고 해도 점점 열이 올라 온몸이 불덩이처럼 뜨거워지고 나중에 고름이 나오더래요. 이렇게 며칠이 지났는데 이웃 아줌마가 강낭콩에 묻어두면 독이 빠진다며 가져다줘서 혹시나 하여 두 손을 밤새도록 강낭콩 주머니에 넣었더니 어느 순간 아이의 울음소리가 잦아들고 잠이 들었대요. '아, 약효가 있는가 보다' 하고 좀 마음이 놓였대요. 참 미련했지요. 의식을 잃은 걸 몰랐던 거지요.

아침에 늘어진 아이를 보고야 뭔가 잘못 되여간다는 느낌이 들어 아이를 들쳐업고 하는 수 없이 소련 군부의 야전 병원으로 뛰어갔어요. 하얀 가운 입은 남자 의사가 아이를 보고 무엇이라고 말을 하는데, 무슨 말인지 알 수 없어 엄마는 그저 아이만 가리키며 울었어요. 의사가 주사를 놓고 상한 손가락을 살균하며 처리하는 사이 도착한 통역의 도움으로 의사의 진단을 듣게 됐는데, 세균이 이미 손뼈에 침투해 괴저병이 시작한 듯하니 두 손목 절단만이 아이의 목숨을 건질 수 있다는 거지요. 전쟁터에서 이런 환자들을 수없이 보아왔기에 빨리 수술하면 손목까지만 절단하고 더 지체하면 팔꿈치까지 절단할 수도 있다고. 어린 것의 두 손을 절단하라는 말에 엄마는 너무 놀라서 저를 끌어안고 안절부절 울기만 했대요. 곁에서 그 광경을 지켜보던 러시아 여인이 동상에 게사니(거위) 기름이 제일 좋다며 어디어디 가면 게사니 기름을 얻을 수 있으니 가보라며 친절히 쪽지까지 써주더래요. 마지막 처방으로 게사니 기름을 얻어 발랐더니 차츰 상태가 호전되더래요. 그 러시아 여인의 도움으로 손목을 절단하지 않았답니다.

왼손은 그런대로 아물어서 그리 흉하지는 않지만, 오른 손가락들은 뼈가 휜 그대로 컸습니다. 어릴 적 엄마가 제 손가락을 보며 혹시 아프지 않냐고 하셨는데, 다행히도 손가락이 꼬부라져 못생겼어도 아픈 적 한번 없이 남들이 하는 일은 다 할 수 있었지요. 그런 손이 창피해서 어릴 적 학교 선생님이 펜을 제대로 잡지 않는다고 여러 번 지적하셨지만, 늙은이처럼 쪼글쪼글한 피부에 꼬부러진 손가락을 보이기 싫어 고집스레 움켜쥔 주먹을 펴지 않았습니다. 주먹을 쥐면 손등의 피부가 펴지고 손가락이 보이지 않아 동창들도 손이 이쁘지 않다고만 생각했을 뿐 기형인 줄은 몰랐습니다.

일 년의 반이 겨울이어도 조선인의 생계수단은 농사뿐

잠시도 멈추지 않고 계속 일만 하시던 부지런하고 억척스러운 엄마와 아버지 덕에 우리 가족은 남들 못지않게 집도 꾸리고 배는 곯지 않고 살았습니다. 우리 집에는 늘 손님이 끊이지 않았어요. 한 번도 가족끼리 저녁을 먹은 적이 없었거든요. 장남인 아버지와 년로한 할머니를 찾아오시는 분들도 많았지만, 엄마의 일품 음식솜씨와 구수한 입담도 한몫한 듯하지요. 우리 동네에는 함경도분들이 가장 많았고, 다음에 경상도에 고향을 둔 사람들이였어요. 우리처럼 충청도 사람은 몇 집이 아니었지만, 말씨가 차이 났습니다. 어릴 적부터 서울에 계시다 온 엄마의 서울말은 동네 아줌마들의 부러움을 샀지요.

일 년에 6개월 눈이 덮여 있고 추위가 판치는 사할린은 농사를 하기가 불편한 곳입니다. 짧은 농번기에 비가 잦아 채소와 감자는 잘됐어요. 조선사람들은 보리와 차조를 심어 밥을 해 먹었어요. 빵이 주식인 러시아인은 때때로 밀가루를 실어왔지요. 아직도 국영상점에서 밀가루를 사려고 몇 시간씩 차례를 서던 일이 생각납니다. 여섯 살밖에 되지 않았지만, 날이 밝기 전 가장 캄캄한 새벽 5시에 엄마가 장녀인 여섯 살배기 저를 깨워 내보내면 밀가루 상점에 가서 차례를 섭니다. 제가 아무리 일찍 나가도 할머니들이 자리를 잡고 계시더라구요. 우리 엄마는 세 살 위인 오빠는 공부해야 된다고 꼭 저를 내보냈어요. 어린 나이에 밀가루가 자주 들어오지 말았으면 하는 철없는 생각을 하군 했지요. 5시부터 가게 문을 여는 8시까지 엄마를 기다립니다. 개점 시간이 가까워지면 흩어져 있던 사람들이 한 줄로 늘어서야 하는데, 웬일인지 줄을 서지 않고 먼저 들어가려는 사람들이 몰리면 저는 인파 속에 묻혀 이리 밀리고 저리 밀리며 숨이 꽉꽉 막혔습니다. 될수록 길게 목을 빼들고 조각하늘을 올려다볼 때면 어서 빨리 키가 컸으면 하는 게 가장 절실한 소원이었죠. 아버지는 작업장에, 오빠는 학교에 보내고 할머니와 동생들 아침을 차려놓고 엄마가 달려와 제 이름을 부르며 인파 속을 헤치면 저는 그제야 후하고 숨을 내쉬였죠. 틈이 약간 생기어 숨을 내쉬기도 했지만, 엄마가 와서 다행이라는 뜻이였어요. 하지만 바로 집에 갈 수 없어요. 성인이나 아이나 할 것 없이 한 사람이 2킬로밖에 살 수 없었거든요. 그래서 엄마와 둘이 합해 4킬로를 산 뒤에 흡족하여 돌아갔지요.

[19]50년대에는 러시아 말도 글도 모르는 조선인은 여름에는 소련식 협동농장에서 농사를 하고, 겨울에는 벌목장에서 작업을 했어요. 그래서 어린 시절 여름방학은 농장에서 보냈죠. 러시아인은 공공시설과 교육기관, 행정

기관, 정치당국에서 근무하며 사할린 기후조건에 농사가 되지 않는다고 했지만, 조선인은 생계를 유지하려면 농사밖에 없었습니다. 협동농장원이 아니면 농사할 땅이 없었어요. 모든 것이 국가 소유라 협동농장원이 돼야 감자나 채소를 재배할 땅을 분배받을 수 있었지요. 씨앗, 비료, 농기계는 국가가 보장하고 1헥타르당 얼마라는 생산량을 국가에 납부하고 남으면 농장원의 차지가 되죠. 계획한 생산량을 채우지 못하면 아무것도 남지 않기에 농장원들은 수확의 일부를 미리미리 빼돌립니다. 당국에서도 그런 내막을 모르지 않았지만, 어느 정도는 눈 감아주었죠.

온 가족이 허리를 펴지 못하고 여름내 농장을 가꿔야 수확고를 올릴 수 있었답니다. 그리고 협동농장이 분배해주는 크지 않은 개인 땅에는 원하는 작물을 재배할 수 있었어요. 온갖 채소와 콩, 메밀, 조를 심어 먹고, 가장 중요한 건 가을 김장 배추와 무를 심을 수 있어 다행이였지요. 어렵사리 농작물을 키워서 장에 내다 팔라치면 러시아인은 장사라는 건 무조건 투기라고 장에 나간 조선인을 투기꾼으로 치부했죠. 조선인은 러어가 서툴러 대꾸도 못했고 그냥 무시해버렸대요. 나중에 농사에 이력이 생기자 우리 부모님은 러시아인이 즐겨 찾는 오이와 토마토 수확을 앞당기려고 온실에서 모를 키웠다가 찬 서리가 내리는 5월 초 농토에 옮길 때는 종이에 기름을 먹여 포기포기 고깔을 씌웠어요. 전에는 9월에야 익던 토마토를 7월에 수확하게 되였지요. 그러면서 조선인의 수입이 늘어나고 삶이 윤택해져갔어요. 러시아에서 농사하면 무조건 조선인이 투입되는 사실이 이런 데서 유래되지 않았는가 합니다.

북한에서 온 외교관들, 사할린 청년들의 마음을 훔치다

한반도에 6.25가 끝나고 2~3년이 지나서 [19]50년대 중반에 북한에서 외교관들이 사할린에 나타났어요. 북한에서 출간하는 각종 잡지와 책들을 가져다주고 연령별 학습조를 조직하여 비교적 한가한 겨울에 일주일에 한 번씩 학습했어요. 오직 인민을 위한 북한 정책이라면서 배부른 삶, 무료 교육과 치료, 솔깃한 이야기들을 들려줬어요. 오랜만에 조선어 영화도 보여주고요. 감시와 통제, 고된 노동에 찌들은 사람들은 조선이 우리를 잊지 않았다는 고마움에 북한 외교관들을 앞다투어 대접했어요. 그토록 기다리던 배를 대신하여 외교관들이 온 것이죠. 북쪽에 고향을 둔 가족들은 너도나도 북한 귀국 신청을 냈으며, 곧 통일이 된다는 솔깃한 말에 현혹되여 고향이 남쪽인 사람들도 북한 국적을 신청했다오. "이러나저러나 우리나라가 아니요" 그렇게 말씀하시던 아버지가 1979년 평양과 금강산에 다녀오신 이후 다시는 북한에 가시지 않았어요. 어렵게 어렵게 수속하여 기대감에 부풀어 찾아간 북한은 아버지에게 아픔만 남겼지요. 금강산을 올라 남쪽을 바라보며 한 고개만 더 넘으면 고향이 나올 듯한데, 여까지 와서 하늘만 올려다보려니 울화가 터져 "누가 3.8선이란 걸 만들었나!" 외치고 소련에 돌아오셔서 다시는 가지 않으셨어요.

[19]50년대 북한 외교관들의 방문은 사할린 조선 청년들의 마음을 움직였습니다. 당시 10년제 고등중학교를 졸업한 학생의 대다수가 평양 대학교에서 공부하겠다고 떠나갔죠. 57년부터 62년까지 수많은 청년이 북한에 귀국했어요. 우리 오빠도 [19]62년에 귀국했습니다. 1960년에 고등중학교를 졸업한 오빠는 동창들보다 2년 뒤늦게 나갔어요. 엄마가 소련에서 공부하라고 만류해서 동창들과 떠나지 못하고 우크라이나 서남부에 위치한 '리보브'란 도시로 갔는데, 대학교에 입시원서도 제출하지 못하고 사할린에 돌아왔

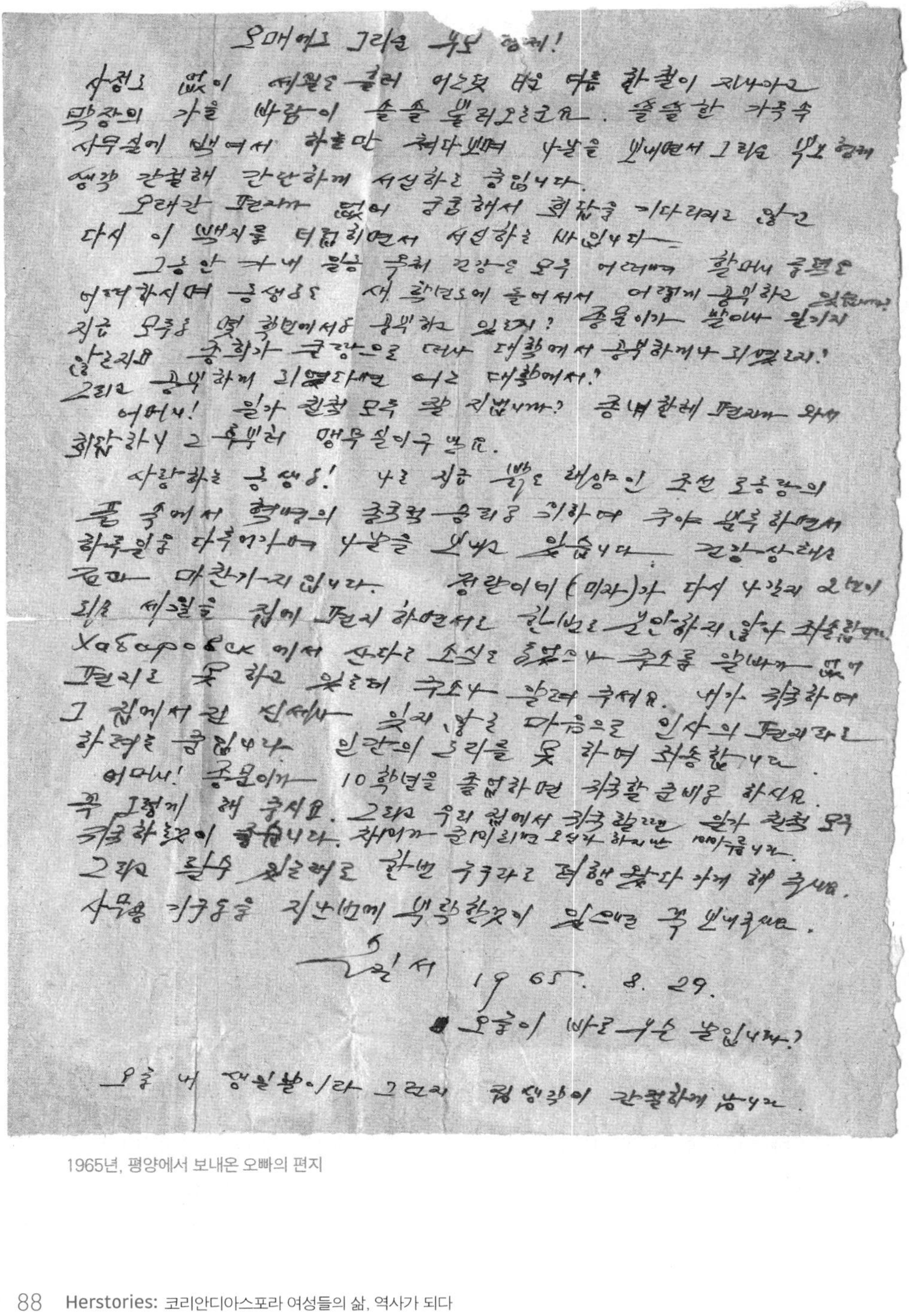
오매에도 그리운 부모 형제!

사정도 없이 세월은 흘러 어느덧 또 다음 한 철이 지나가고 막장의 가을 바람이 솔솔 불러오는군요. 쓸쓸한 가족속 사무실에 앉아서 하루만 쳐다보며 나날을 보내면서 그리운 부모 형제 생각 간절해 간단하게 서신하는 글입니다.

오래간 편지가 없어 궁금해서 회답을 기다리다 못해 다시 이 백지를 더럽히면서 서신하는 바입니다.

그동안 귀내 일동 무사히 건강은 모두 어떠한지 할머니 증세도 어떠하시며 동생들도 새 학년도에 들어서서 어떻게 공부하고 있습니까? 지금 모두들 몇 학년에서들 공부하고 있는지? 종문이가 [illegible] 않는지요 종희가 군당으로 떠나 대학에서 공부하게나 되었는지? 그리고 공부하게 되었다면 어느 대학에서?

어머니! 일가 친척 모두 잘 지냅니까? 종내한테 편지가 와서 회답하나 그 후부터 행무소식이구면요.

사랑하는 동생들! 나도 지금 [illegible] 해상인 조선 로동당의 품 속에서 혁명의 총국적 승리를 위하여 국가 봉무하면서 하루일을 다루어가며 나날을 보내고 있습니다. 건강 상태도 전과 마찬가지입니다. 종란이네(미라)가 다시 나갔다 오면이 된 세월을 집에 편지 하면서도 한번도 문안하지 않아 죄송합니다. Хабаровск 에서 산다는 소식은 들었으나 주소를 알바가 없어 편지도 못 하고 있는데 주소나 알려 주세요. 내가 귀국하여 그 집에서 같이 있지 않는 마음으로 인사의 편지라도 하려는 글입니다. 인간의 도리를 못 하여 죄송합니다.

어머니! 종문이가 10학년을 졸업하면 귀국할 준비를 하세요. 꼭 그렇게 해 주세요. 그리고 우리 집에서 귀국할려면 일가 친척 모두 귀국하는것이 좋습니다. [illegible]

그리고 [illegible] 한번 [illegible] 해 주세요.

사무용 기구들을 지난번에 부탁한것이 있으니 꼭 보내주세요.

[illegible] 1965. 8. 29.

오늘이 바로 무슨 날입니까?

오늘 내 생일날이라 그런지 [illegible] 생각이 간절하게 납니다.

1965년, 평양에서 보내온 오빠의 편지

죠. 소련에서 나서 자랐지만 북한 국적을 소지한 외국인이라는 겁니다. 외국인은 법학 교육을 받을 수 없다는 거지요. 이듬해 오빠는 법학이 안 되면 사학이라도 배우려고 가까운 블라지보스토크에 갔지만 똑같은 답을 받았습니다. 2년 사이 두 대학교에서 입시 거절을 받고 오빠는 북한에 가려는 결심을 굳히고 집으로 돌아왔습니다. "엄마, 더는 만류하지 마세요. 우리 같은 사람은 소련에서 백 년이 가도 이방인일 뿐이요. 소련 국적자가 아닌 이상 더는 할 일이 없습니다." 그러고 오빠는 북한으로 떠났습니다. 엄마도 더 만류하지 못하시고요. 그렇게 오빠를 북한에 보내고 우리 가족 모두 평생 그리워하며 걱정 속에 살았습니다. 학교는 들어갈 수 있어도 그곳의 고된 삶과 철창 없는 구속, 치밀한 통제와 감시를 견디지 못하여 탈북하는 학생들이 늘어갈수록 우리 가족의 걱정은 늘어갔죠.

돌이켜보면 우리 부모는 평생 북한 오빠를 위해 소련에서 돈을 번 셈이네요. 소련에 남은 우리 남매는 그 돈의 혜택을 별로 받아보지 못했어요. 거의 해마다 엄마는 바리바리 싸 들고 오빠에게 가서 겨울나고 돌아오셨으니까요. 그래야 오빠가 위험한 월경을 하지 않고 안착된 삶을 계속하리라고 엄마는 믿었어요. 결혼하여 이미 조카들까지 거느린 오빠가 위험한 길을 가지 않기를 원하던 우리 형제는 엄마를 지지했죠. 한 해는 엄마도 아버지도 평양에 갈 수 없게 되자 우리 가족도 멀지 않아 널 따라 북한에 이주하겠다고 엄마가 편지를 보냈더니 참 흥미로운 답장이 왔어요. "오랫동안 편지가 없어 궁금했습니다. 오늘은 1965년 8월 25일 바로 제 생일입니다. 그래서 그런지 집 생각이 간절합니다. 그런데 귀국 문제는 서둘지 마세요. 막내동생이 학교를 끝나 직업을 취득한 다음 귀국하는 게 좋을상 싶습니다." 그때 막내동생이 초등학교 3학년 때였으니까 대학까지 졸업하면 10년 이상 걸릴 일이죠. 북한에 이주할 생각을 말라는 뜻이였죠. 편지에서 오빠의 감춰진 마음을 읽을 수 있었습니다. 이제는 오빠도 이 세상 사람이 아니고, 조카 한 명도 10년 군 복무에 병을 얻어 제대하는 날 하늘나라로 가고, 남은 조카들은 어떻게 살고 있는지 소식이 끊겼어요. 너무 보고 싶네요. 옛날 주소로 편지를 보내도 되는지? 이제는 우리 남매도 연로하여 그들을 도와줄 여력이 되지 않지만, 궁금합니다.

1965년, 남의 여권을 빌려 러시아 사라토프로 떠나다

1960년대 초반부터는 2차 세계대전 이후 이미 소련 시절에 태여난 우리 세대가 사회생활을 시작했지요. 전에는 소련 국적이 있는 청년들은 대륙으로 유학가고, 북한 국적은 평양 유학을 떠났지만, 우리는 북한이 아니라 소련에 남기로 결정한 세대였어요. 하지만 우리가 고등중학교를 졸업하기 2~3년 전에 제정된 새 법령에 따라 사할린주 소재지 유즈노사할린스크에 있는 유일한 사범대학교에 북한 국적 소지자는 원서조차 제출할 수 없었죠. 저는 사할린에서 될수록 멀리 떨어진 곳으로 가면, 사할린 출신이 아닌 중앙아시아 고려인 속에서는 국적 문제가 그다지 두드러지지 않을 듯싶어 사할린섬을 떠나 대륙으로 나가는 선택을 했습니다.

내가 원하는 학교에 가려면 러시아 중부 볼가 강변 사라토브에 가야 했어요. 사할린을 벗어나는 것이 문제였지요. 북한 국적은 특별허가를 받아야 했지만, 저는 대학교 입시통지서조차 받지 못했죠. 학교에서 왠지 답이 없었어요. 답이 없다면 거절이라는 뜻인데 그저 늦어지는 줄 알았죠. 항공편만이 대륙으로 데려다주겠는데, 좌석표를 구입하려면 신분증이 필요한데, 그래서 스물여섯 살인 이웃집 새댁이 소련 국적이라기에 부탁했더니 흔쾌히 내주더라구요. 새댁도 중학교 졸업생들이 사할린섬을 벗어나지 못하는 처지를 잘 알기에 도와줬어요. 여름 휴가철이라 대륙으로 떠나는 사람들이 어찌도 많은지 하루에 한 번 뜨는 하바롭스크행 표를 구입하려고 사람들로 붐비는 공항 대합실에서 쪽잠을 자며 3일 만에 좌석표를 얻어냈습니다. 집이 멀고 좌석표가 절실히 필요한 사람은 모두 대합실을 휴게실 삼아 쪽잠을 잤지만, 누구도 불평하지 않았어요. 다른 방법을 몰랐고 다른 곳에서도 모두 이렇게 사는 줄 알았다오. 이런 어려움도 없으면 어떻게 쟁취의 쾌감을 느낄까 했죠.

하바롭스크에 도착하여 모스크와행 항공표를 구입하느라 또 4일을 공항 대합실 신세를 지고 드디어 모스크와에 도착했습니다. 그렇게 보고 싶던 모스크와지만 집 떠나 일주일이 지나자 구경이고 뭐고 너무 지쳐서 빨리 목표한 대학이 위치한 사라토브시까지 가고 싶더라구요. 열차를 타고 22시간 가면서 처음으로 영화나 책에서만 읽던 러시아 중부의 록음 우거진 산과 들, 흐름을 가늠할 수 없이 유유히 흐르는, 상상을 초월하는 넓은 볼가강을 보았습니다. 러시아 시인들이 자랑하고 노래하는 끝없는 초원과 하얀 드레스를 차려입은 듯한 자작나무 숲에 매혹되어 차창 밖을 내다보며 시간 가는 줄 몰랐지요.

사라토브 법률대학교 서류접수처에 가서야 왜 입시통지서를 받지 못했는지 알게 되였죠. 북한 국적이 또 문제였습니다. 법률대학교 근처에 농업대학이 있는데, 거기에서 입시를 볼 수 있었어요. 학생 신분이 있어야 외국 국적 소지자가 이 도시에 정착할 수 있기 때문에 법률대학이 아니면 어떤 학교든 입학해야 했으니까요. 그렇게 사라토브에 남게 되였어요. 밤에는 출판사의 신문발송부에서 12시까지 일하고 낮에는 학습하면서요. 그때만 해도 경제적으로 어렵던 부모님께 손을 벌리지 않고 자급자족해야 했으니까요. 이렇게 정착할 토대는 마련한 듯한데, 남의 여권을 빌려서 온 외국인 아닌 외국인이기에 가장 중요한 정식 거주 승인이 없었습니다. 아무리 학생이라도 외국인은 특별허가가 필요했지요. 출입국관리소에서는 걱정 말고 공부하라며, 먼저 사할린에 통보하여 이주 허가를 받은 다음 그 서류에 따라 거주 승인을 내주겠다 했어요.

처음에는 출입국관리소도 저도 사할린에서 이주 허가 받기가 그토록 어려우리라 상상도 못했지요. 얼마 후에 사할린 경찰서에서 당장 24시간 내에 저를 사할린으로 추방하라는 지시가 오자 사라토브 출입국관리 소피야 소장이 기분이 상하여 "어디 섬에 틀어박힌 촌놈들이 우리더러 이래라저래라 하는 거야?" 하면서 걱정 말라고 하더군요. "민주주의 선진국인 소련에는 공부하려는 사람을 막는 법이 없다"며 자신 있어 했지만, 그 후에도 세 번이나 돌려보내라며 저 같은 사람은 이동 규정을 어긴 위배자로서 처벌을 받아야 마땅하다고 사할린 경찰서는 야단이였지요. 소피야 소장이 보여주던 사할린 경찰서 답장을 읽을 때마다 저는 온몸이 쪼그라드는 거 같았어요. 지금 사할린에 돌아간다는 것은 4~5년 섬에 갇혀 살아야 한다는 뜻이고, 4~5년이면 학교는 물 건너간 일이 되지요. 눈물을 머금고 소피야 소장에게 사정 얘기를 하며 매달렸습니다. 소피야 소장이 모스크와를 통해 허가를 받아내는 데 거의 5개월이 들었어요. 매일 눈을 뜨면 걱정이 앞서서 입맛도 떨어지고 학습도 안 되고. 그때 제 처지를 측은해하면서 고집스레 저를 도와주던 30대 중반의 금발머리 미녀, 소피야 소장의 모습은 지금도 잊히지 않아요.

소비에트연방 유일의 우리말 신문에 글을 투고하다

사라토브는 깨끗하고 아담하면서도 학교가 많아 청년들이 붐비는 아름다운 문화 도시였어요. 러시아의 대문호 체르르느셉스키를 배출한 도시기도 했구요. 러시아인 속에서 생활하면서 우리말을 할 기회가 전혀 없어 처음에는 우리말로 일기를 쓰다가 꽁트를 하나 써보았지요. 우리말을 할 기회가 없어 잊을 것 같다고 하자 중앙아시아에서 온 고려인 유학생들이 카사흐스탄에 우리말 신문이 있으니 거기에 투고해보라고 귀뜀하더군요. 꽁트를 보내봤습니다. 얼마 지나지 않아 뜻밖에도 신문사 문예부 김기철 선생님이 서신을 보내주셨어요. 아주 따뜻한 편지였습니다. 제 꽁트를 신문에 게재한다면서 저에 대해 이것저것 묻더군요. 처음 원고료를 받고 가슴 뭉클하여 눈물이 핑 돌더라구요. 서툰 모국어지만 소련에서 모국어로 글을 써서 원고료까지 받다니 참 꿈 같았습니다.

신문사 편집부와 김기철 선생님이 제 글과 답장들을 유심히 읽어보셨다며 "우리와 함께 일해볼 생각이 없는가"라고 제안하셨어요. 먼저 알마티 종합대학 신문학부에서 유학하고 신문으로 돌아와 달라는 요청이였어요. 제 북한 국적은 우선 무국적으로, 다음 단계는 소련 국적으로 교환할 수 있게 신문사가 도와주겠다고 약속을 하면서요. 당시 레닌기치신문은 카사흐스탄 서남 시르다리야 강가에 자리 잡은 크슬오르다시에 있었습니다. 신문사가 국적 문제도, 학습도 도와준다니 단번에 가장 중요한 두 문제를 해결하는 셈이였죠. 사라토브를 떠나며 저는 잔뜩 기대에 차 있었습니다. 신문사는 무게 있는 당기관인데, 그들이 나서면 해결하지 못하는 문제가 없으리라 믿었지요. 한데 정치와 관련된 문제는 신문사도 어쩔 수 없는지 북한 국적을 무국적으로 교체하는 데 그쳤습니다.

1966년, 레닌기치신문이 있는 카자흐스탄 크즐오르다로 가다

레닌기치신문(현재 고려일보)은 러시아 시월혁명 이후 산발적으로 연해주에 발생하던 많은 신문 중 하나예요. 일제 탄압을 피하여 연해주로 들어온 조선의 계몽가, 사상가, 독립운동가들이 모여 시작했는데, 당시 이름은 '선봉신문'입니다. 몇 개월 만에 사라지거나 폐기되던 신문과는 달리 블라지워스토크 볼세위크당의 지지와 도움을 받았고 인쇄소를 갖추고 있던 유일한 신문이였죠. [19]37년 강제이주 당시에는 몇몇 기자의 노력으로 1923년부터 출간되던 신문철과 인쇄기, 활자주조기 그리고 활자주조 기술자들을 고려인이 타고 가는 열차에 싣는 것을 승낙받았습니다. 이주한 첫해는 집도 없고 식량도 없어 신문을 낼 엄두도 내지 못했죠. 그러니까 가족들이 서로 흩어져 찾고 싶어도 소식을 전할 방도가 없었으며, 당국이 고려인에 한하여 제정하던 새로운 정책과 규정들이 전달되지 못하여 많은 폐단이 발생했죠. 선봉신문 기자들이 당국을 찾아가 신문 발간을 계속하겠다고 요청하여 1938년 5월부터 다시 신문이 세상에 나오게 됐어요. 우리말로 발간되던 유일한 인쇄물이지요. 그때만 해도 러어를 구사하지 못하는 고려인이 60~70%에 이를 때였으니까요. 블라지워스토크 신한촌에서 옮겨온 사범대학이 같은 해 새 학생들을 모집했고요.

크슬오르다는 1937년 고려인이 연해주를 뒤에 두고 강제이주한 첫 고장 중 하나예요. 강제이주하여 지었던 첫 땅굴막이 1966년에도 많이 남아 있었지요. 크슬오르다는 칼바람이 몰아치는 추운 겨울과 무더위에 숨이 콱콱 막히는 여름이 교차하는 대륙성기후 지역이예요. 봄부터 모기떼가 기승을 부리고, 한여름에도 뜨거운 바람이 모래를 몰고 와 눈코를 막고 강수량이 적어 풀이 자라지 않죠. 그런 혹독한 기후에도 깊이 모래를 파고 들어가 뿌리를 내리고 사는 삭사울 가시나무를 보면 신비롭죠. 시내를 벗어나기만 하면 끝이 보이지 않는 황야의 모래불에 부평초만 날려다니고요. 이토록 척박한 땅에서 고려인은 시르다리야 강물을 끌어다 벼를 재배하고 채소를 심었어요. 이리저리 날리는 부평초를 물끄러미 바라보고 있으면 그 풀이 고려인 신세를 닮아 보이더라구요.

레닌기치신문은 해마다 독자 모집 캠페인을 실행하는데, 사원들 모두 다 동원되던 큰 행사였습니다. 첫해 저는 크슬오르다 출신인 여자 사진기자하고 함께 나갔어요. 사진기자는 고려인 집성 부락으로 저를 인도했죠. 부락이라고 이름뿐 뜸뜸이 떨어져 있는 진흙집은 몇 채 보이지 않고 부락은 어디 있는지 계속 두리번거렸죠. 기자를 따라 언덕에 올라갔는데, 연통이 발길에 채길래 왜 연통이 언덕에 박혀 있는가 싶어 발길로 차보았죠. 사진기자가 기겁하고 만류하는 거예요. "이게 연통이야. 건드리지 마. 들어가 보면 알게 될 거야." 빙빙 돌아 흙계단을 밟고 내려갔더니 아담하게 꾸려놓은 온돌식 살림방들이 줄을 이었습니다. [19]37년에 파놓은 땅굴집인데, 60년대 그 때도 거기에 사는 사람들이 적지 않았어요. 1937년 고려인의 강제이주사 한 토막을 직접 보게 된 겁니다. 아이들 학교 때문에 부모들이 시골을 떠나 크슬오르다로 이주해 임시 살고 있다더군요. 말이 임시지 어떤 가족은 10여 년을 떠나지 못하고 있구요. 부모들은 봄부터 가을까지 농사를 하느라 시내에서 멀리 떨어진 농장에 나가 살았는데, 고맙게도 생활비는 부족해도 신문 구독료는 내줬죠. 신문이 있어야 우리말이 살아있고, 우리말이 살아있어야 고려인이 살아있는 거라고 다들 생각했던 거 같아요.

무국적자의 설움, 떠나라 하면 학교도 직장도 떠나야 했다

소련에서는 해마다 8월 1일부터 동시에 대학입시를 봅니다. 신문사에 입사하고 두 달이 지나 알마타 종합대학 입시를 치러야 했지요. 크슬오르다에서 3시간 항공기를 타고 카사흐스탄 수도 알마타에 가야겠는데, 크슬오르다 경찰에서 여행 허가를 내주지 않더라구요. 북한 국적자에서 무국적자로 됐지만, 외국인과 다를 바 없이 여행 허가를 받아야 했죠. 입시 날이 사흘 앞인데, 안절부절못하는 저에게 총주필 선생님이 책임지겠으니 허가 없이 떠나라고 하시더군요. 알마타에서 종합대학 신문학 입시경쟁도 무사히 통과하고 이제 학생이 될 일만 남았다고 있는데, 문득 학부장이 호출해요. 속히 내무성에 가라고 하더군요. 여행 허가 문제가 불거진 거죠. 내무성 출입국관리부장은 막무가내로 24시간 내에 알마타를 떠나라는 겁니다. 학교는 학교이고, "우리는 법질서 위배자를 색출한다"고 호통을 치더군요. 차비가 없어 못 간다고 떼를 써봤지만, 걸어서라도 가라는 겁니다.

이렇게 학교 입학은 수포로 돌아갔죠. 너무나 어이없고 허무하여 크슬오르다에 돌아와서 한동안 세방에 틀어박혀 나오질 않았어요. 사할린 출신은 왜 이렇게 난관이 많은지? 도대체 내가 할 수 있는 일은 무엇일까? 그저 조용히 숨만 쉬면서 먹고살라는 건지? 착잡한 마음에 식사도 못하고 있는데, 김기철 선생님이 찾아오셔서 너무 낙심하지 말고 알마타 종합대학 입시 성적표를 제출하면 크슬오르다 사범대학교 러어문학과에 입학할 수 있으니 가보라고 하셨습니다. 국적 문제를 접해보지 않은 총주필 선생님이 일이 이렇게 되자 당국에 항의하여 크슬오르다 대학교라도 들어갈 수 있게 주선하신 거였어요.

레닌기치신문은 국적도 없고 경험도 없으며 학교 다니느라 매일 신문사도 나가지 못하는 저에게 배움의 기쁨을 주고 동시에 마음고생도 시켰죠.

신문사에서는 한글을 잘 아는 젊은이들이 필요하지만, [19]37년 강제이주 후에 고려말 학교가 사라지고 2~3년 뒤 사범대학교도 로어로 전환하여 한글을 배울 길이 없어지고. 사실 문화어는 신문에만 존재하고 고려인은 짙은 함경도 사투리를 사용했지요. 한글이 점차 사라져가던 때였죠. 한글을 하는 사람은 이미 50이 가까운 중년뿐이고 청년들은 없었어요. 하기에 열아홉 살 제가 한글 쓰기를 좋아한다는 사실은 아주 드문 현상이던 겁니다. 사할린 출신인 제가 구사하는 우리말은 북한말에 가까웠어요. 교재와 서적들이 죄다 북한에서 공급되거든요. 그런 저를 신문은 학습 때문에 신문사에 나가지 못해도 저녁에 집에서 자료번역을 할 수 있도록 자료들을 몰아주고, 휴일에는 취재 나갈 건수들을 알려주면서 여러모로 배려해서 주식을 해결할만한 월급을 받을 수 있었어요. 신문사는 저에게 집과 다름없었죠.

낮에는 강의를 들어야 하기에 저녁이나 밤에 신문인쇄 당직을 자주 서게 됐어요. 매일 2명이 인쇄 당직을 서며 그날 인쇄되는 호를 책임지는 쉽지 않은 일인 거요. 1969년 9월인데 마침 제 차례가 돌아와 전동혁 부주필님하고 당직을 섰어요. 그날 마침 모스크와 중앙당에서 내려보낸 당 구호들을 게재하는 호를 담당했지요. 새벽 1시경에 집에 돌아와서 아침 강의 때문에 학교에 갔더니 그날 강의 담당 교수님이 신문사에서 급한 호출이 왔다고 전하시더군요. 오늘 신문에 오류가 나갔나 하는 걱정이 앞서더군요. 아니나 다를까, 구호에 큰 정치적 오류가 나갔어요. 구호 중에 "소련 청년들을 국제주의 정신으로 무장시키자"에 '국제'가 '제국'이라고 인쇄된 겁니다. 시당위원회가 발칵 뒤집혔죠. 원고지를 보았더니 번역자가 그렇게 쓰고, 편집자도 발견하지 못했으며, 4명의 교정원도 지나쳤고, 2명의 당직자들도 발견하지 못한 거예요. 누구인가 책임을 지고 물러나야 했습니다.

며칠 후에 총주필님 앞에 호출된 저는 "형식적으로 면을 읽었느냐"는 질타에 할 말이 없었죠. 물론 제1 당직 전동혁 부주필이 책임을 지지만 저도 책임이 있었죠. 시당위원회의 결정으로 그날 당직 2명 중 한 사람이 신문사를 떠나야 했어요. 총주필님은 "제1 당직의 실수가 더 크지만 너는 무국적자이기에 네가 그만두어야겠다. 당국에서 이런 일이 터지니 국적 문제가 불거졌구나. 그리고 너는 아직 젊고 전동혁 부주필님은 2~3년 후 은퇴할 분이니 네가 전적 책임을 져주라. 시간이 지나면 너를 다시 불러줄 거니 잠시만 나갔다가 이 일이 잠잠해지면 다시 돌아올 수 있게 조처하겠으니 걱정 말고 기다려라"고 어린아이 다독이듯 말씀하셨죠. 전동혁 부주필님은 지금 퇴직하면 다시는 신문사에 돌아올 수 없을뿐더러 부주필님에 해당한 년금 특혜를 상실함을 저는 잘 알고 있었지요. 게다가 무국적 문제가 다시 떠오르고….

1969년, 가야금 가무단원이 되어 우즈베키스탄 타슈켄트로 가다

3년간 다니던 신문사를 퇴직하고 학습에만 열중하려는데 타쓰켄트에서 조선 가무단원을 모집하는데 꼭 참가해 달라는 소식이 신문사를 통하여 왔어요. "가무단에서 내가 무슨 일을 할 수 있겠는가" 거절했더니 당시 고려인 사이 이름 있는 박영진 작곡가님이 직접 연락을 하시더라구요. 어디서 무슨 말을 들으셨는지 제가 꼭 필요하다는 겁니다. 타쓰켄트는 크슬오르다에서 열차로 하룻밤이면 도착할 수 있는 멀지 않은 거리에 있어요. 박영진 작곡가님이 단장으로 꽤 많은 단원을 선별했더군요. 우선 제 노래 실력을 들어보시고 조선민요를 담당하고, 단원들에게 조선어를 깨우쳐 가사 전달을 도와주었으면 하셨습니다. 무대에 서본 경험은 없지만 몇 개월간 훈련하여 무대에 대한 식견을 넓히고 노래교실에서 음악과 보컬을 배우라고 하

조선가무단 단원들

더군요. 그러한 훈련과 학습이 받침되면 한번 용기를 낼 수 있겠다는 궁리에 타쓰켄트로 갔지요. 학교는 당분간 휴학하고 가무단에서 민요가수와 엠씨를 맡고 매일 단원들에게 우리말을 가르쳤습니다.

타쓰켄트로 갈 결심을 할 때는 늘 그랬듯이 이주 허가에 대해서는 생각지도 못했어요. 나중에 문제가 불거지자 '나는 역시 이주 자유가 없는 무국적자이구나. 깜빡 잊었구나' 하는 허탈함을 감출 수 없었죠. 무국적자이기에 타쓰켄트 거주 등록이 불가했던 거지요. 우즈베키스탄공화국 수도인 타쓰켄트에는 당 고위직이 아니면 특별 기술자만 새롭게 거주 등록이 가능했어요. 고려가무단이야 특별 케이스가 될 수 없었죠. 거주 등록이 없으니 정식 취직이 불가능하고, 저는 당연히 월급이 없었지요. 가무단장과 지휘자, 연출감독, 몇몇 단원이 매달 자기 월급을 나누어 저에게 생활비를 대주었어요. 단장님은 곧 해결될 거라고 안심시키셨지만, 별로 많지도 않은 월급의 한 부분을 저에게 주시는 분들이 너무 미안하여 크슬오르다에 돌아갈 생각도 여러 번 했죠. 그럴 때마다 단원들이 나서서 걱정 말고 가무단의 초연 준비에만 집중해 달라고 매달렸습니다. 남몰래 눈물도 많이 흘렸지요.

우리 악기의 이름을 따서 가무단 이름을 '가야금 가무단'이라고 지었어요. 남자 단원들은 하루종일 오케스트라 연주에 집중하고 저녁에는 필요한 무대소품 제작을 돕고, 여자 단원들도 아침부터 저녁까지 노래와 무용 연습을 하다가 늦은 저녁에는 일손이 딸리던 의상실을 도와야 했죠. 8개월 준비 끝에 1970년 5월에 드디어 시연이 있었습니다. 타쓰켄트 음악계 거장들과 레닌기치 주재 기자들, 모스크와 문화부 대표, 시내 고려사회계 대표들이 가무단의 운명을 결정할 시각이 온 거죠. 단원들은 잔뜩 긴장하고 흥분되어 공연을 시작했지요. 우렁찬 박수갈채가 울렸어요. 가무단 시연 평판은 기대했던 것보다 좋았죠. 조선노래들이 참으로 서정적이고, 무용이 이렇게 우아한 줄 몰랐다며 다들 입을 모았어요.

이정희는 우리말로 사회를 봤다.
고려인들은 고향말을 듣고 싶어서 공연을 보러오기도 했다.

그해 6개월 동안 가무단은 고려인의 집합촌과 부락을 찾아다니며 우즈베키스탄, 카사흐스탄, 키르기스스탄을 순회공연 했어요. 어떤 마을에는 무대가 없어 임시 막을 치고 맨땅에서 공연할 때도 있고. 12월, 누쿠스에서는 공연장은 있는데 너무나 오래 비워두고, 난방이 들어오지 않아 입김을 불어가며 공연을 했답니다. 그래도 단원들은 웃고 떠들며 늘 기분이 업되어 있었죠. 고려인은 오랜만에 듣고 보는 민족 노래와 무용에 매료되어 우리 공연을 무척 반겼어요. 우즈베키스탄 예술계에서도 가야금 가무단을 인정하기 시작해서 공화국 당대회 기념행사, 정부에서 행하는 각종 축하공연에도 초대하기 시작했어요. 그러자 저의 거주 등록을 승인해주더군요.

1971년, 남편을 따라 키르기스스탄 비슈케크에 살다

국적과 관련된 이동 허가 문제를 가무단 책임자들이 도맡아 해결해줘서 한동안 불편함을 잊고 살았는데, 가무단에 2년 반 있다가 남편 따라 알마타에 이주하게 되자 또다시 출입국관리소를 뻔질나게 드나들게 되었죠. 혼인신고도 마쳤으며 건축설계사로서 평판이 좋았던 남편이 듬직한 설계소에 취직도 했고, 제가 타쓰켄트 출입국관리소의 정식 이동 허가도 받아 알마타에 왔지만 카사흐스탄공화국 정부의 특별 승낙이 떨어져야만 공화국 수도에서 살 수 있다면서 절더러 살던 곳으로 돌아가라는 겁니다. 타쓰켄트에서는 알마타 이주 허가를 내주었으니 타쓰켄트로도 이제는 돌아갈 수 없는데, 완전히 국제 미아가 된 거죠. "공화국은 다르지만 나라는 하나이니 따라서 같은 법이 적용되지 않는가" 항의하니 출입국관리소 소장이 남편더러 "왜 하필 무국적자와 결혼을 해서 문제를 만드오?" 하더군요. 우리는 어떤 설득도 비정한 소장의 마음을 녹일 수 없음을 알았죠. 알마타에서 멀지 않은 곳에 위치한 키르기스스탄 수도 비스케크 근교 시집으로 가는 수밖에 없더라구요. 키르기스스탄은 다른 공화국보다 법이 느슨한 편이었으며, 시집이 도시 외곽에 있었기에 그리 문제가 되지 않더라구요. 그때부터 레닌기치신문 비스케크 주재 기자로 활동했어요.

1976년, 소련 국적을 받고 크즐오르다 신문사로 돌아오다

1976년에 사할린 고려인에게 소련 국적 취득을 승인하는 법령이 제정됐지요. 소련 국적을 받던 그해에 크슬오르다 본사에 돌아왔어요. 당시 신문사는 우리말로 글을 쓰는 기자들이 부족하여 엄청 큰 난관에 봉착하여 있었거든요. [19]37년 강제이주 당시 연해주에서 넘어온 기자들은 거의 연로하여 은퇴하고 책임 직책만 몇몇이 지키고, 사할린에서 온 몇 안 되는 젊은이들이 신문 발간을 거의 도맡아 하고 있었죠. 신문은 이전이나 마찬가지로 매일 4면을 발행해야 하는데, 기자도 부족하고 식자공도 몇 남지 않았어요. 그러니 전국에 있는 우리말 기자들은 다 모집해야 할 상황인 거요.

1977년에서 79년 사이 사할린에서, 타쓰켄트에서 여러 명 모집했는데, 한글로 자료를 쓸 수 있는 분들이 아니지요. 결국에 기존 사원들이 신문자료를 준비하고, 새 사원들의 교육을 담당하고, 오후에는 식자공들과 함께 활자 조판 작업을 하며, 밤에는 인쇄소에서 당직을 섰습니다. 당직을 서지 않는 저녁에는 집에서 못다 한 자료준비를 하고요. 아침에 유치원이나 학교에 보낸 아이들은 신문사 운전기사가 데려옵니다. 어떤 날은 총주필 선생님이 직접 아이들 저녁 식사를 돌보시고 숙제를 하시기도 했어요. 신문이 없어지면 우리말이 말살된다는 걱정과 불안이 모두의 마음을 채찍질한 것인지 어렵다는 생각, 그만두었으면 하는 마음을 한 번도 가지지 않았어요. 아무리 지쳐도 매일 신문이 발간된다는 뿌듯함에 피곤을 이겨낼 수 있었지요. 기념일이나 짬짬이 생기는 휴일이면 사원들이 한곳에 모여 모든 것을 잊고 참 유쾌하게 시간을 보내기도 했지요. 지치여 때로는 불만이 터져 나오기도 했지만, 우울해하지 않았습니다. 시간에 쫓기여 다른 생각을 할 겨를도 없었고요.

인력 부족을 비롯해 신문에 산재한 문제를 해결하기 위해 크슬오르다에서 카사흐스탄공화국 경제문화수도 알마타로 신문을 이전할 필요가 있었죠. 소재지 이전 문제를 해결하려고 김중길 총주필 선생님이 모스크와 당중앙을 수 차례 다녀오시고 독자들의 수많은 서신이 당기관을 공격했죠. 다민족 화합정책을 중요시하던 소련공산당 중앙에서도 민족신문의 말살은 당의 지침에 어긋날 뿐 아니라 소수민족의 불만이 커갈 것이라 우려했고요. 1978년 레닌기치신문은 알마타로 이전하게 되었어요. 새 전환기를 맞은 거죠. 카사흐스탄의 황량한 서남부 먼지 구덩이 시골 도시에서 록음을 자랑하는 경제와 문화의 중심지, 알마타시 이전은 새로운 인재들을 불러 모았지요. 그해 처음으로 활자 인쇄판이 아닌 컴퓨터식 옵셋 인쇄를 도입했어요. 일본에서 주문하여 일본 기술자의 도움으로 알마타에서 첫 호를 발간했어요. 한국과 전혀 연락이 없고 한국이 어떻게 살아가는지 감감무소식이던 그때는 일본의 도움이 절실했습니다.

1983년, 21년 만에 평양에서 오빠를 만나다

1983년 처음 북한을 여행할 기회가 왔습니다. 10월이 다 끝나갈 무렵 평양에 도착했어요. 알마타에서 떠난 19명 중 카사흐인 부부 2명을 제외하고 나머지는 고려인이었죠. 중앙아시아 고려인은 모국어도 제대로 구사하지 못하고 노래도 러시아 노래를 더 좋아하는 듯했으며 조선 역사도 모르기에 한반도에 대한 관심이 전혀 없는 줄 알고 늘 못마땅하게 여겼는데, 여행을 떠나며 그들의 속내를 들여다볼 수 있었어요. 그들도 다 마음속에 모국에 대한 그리움을 간직하고 있었던 거죠. 여행객을 실은 항공기가 평양 하늘에 들어서자 우리 일행은 문득 잠잠해졌습니다. 마음속에 소용돌이치는 긴장과 흥분을 가라앉히며 선조의 땅을 내려다보았죠. 러시아에 비하여 작달막한 집, 나즈막한 나무에 좁은 2차 도로, 그곳을 달리는 조그마한 화물차, 길을 가는 작달막한 행인. 하지만 잘 정비된 도로와 가지런한 가로수, 먼지 한 톨 없어 보이는 깨끗한 거리. 마치 만화에 나오는 나라 같은 느낌이 왔습니다. 일행은 빠스에 옮겨 타고도 여전히 말이 없었어요. 처음 한반도 땅을 밟는 그들의 마음을 짐작할 수 있었죠. 이 땅에 인사하고 있었으며, 그 무엇도 빼놓지 않고 눈에 담아가고 싶었던 제 마음과 똑같았겠죠.

저는 21년 만에 오빠를 만난다는 초조함에 들떠 있었어요. 일행 중 이함덕 인민배우는 [19]30년대 연해주에서 남편 따라 만주로 갔다가 나중에 북한에 정착한 여동생과의 만남을 기대하며 한껏 부풀어 있었죠. 우리는 정확한 주소와 성함을 적어 안내원에게 전달하며 만남을 부탁했죠. 일가친척이 있는 분은 신청하면 만날 수 있다고 안내원이 미리 소개했으니까요. 평양의 도로는 자동차가 별로 다니지 않고 뜸뜸이 행인들만 지나갈 뿐 한산했어요. 많지는 않아도 이따금 눈에 들어오는 동양식 건물들이 이색적이면서도 아름다웠어요. 평양 중심가에 위치한 소년궁전 방문 때 어린이들의 공연에 우리 일행은 눈물을 흘렸어요. 어린 것들이 너무나 깜찍하게 잘해서 눈물이 났는지, 기계를 연상시키는 자동적 율동에 대한 감격이었는지, 저 많은 아이들이 흐트러짐 없이 하나의 동체마냥 움직이기 위해 얼마나 연습했을까 하는 측은함이었는지. 무엇인가 뜨거운 것이 가슴을 적시더라구요. 소련에 살면서 한 번도 느껴보지 못한 야릇한 감정이었습니다.

오빠를 만나지 못해 입맛도 잃고 계속 밤잠을 설치는데, 며칠이 지나자 안내원이 우리 오빠가 멀리 출장을 가서 아직 연락이 닿지 않았다고 하더군요. 이제나저제나 오빠를 만날 시간이 지연될수록 마음은 더 초조해지고 그토록 새롭던 평양의 거리, 건물들이 눈에 들어오지 않더군요. 이러다 아까운 시간 다 보내고 오빠를 만나지 못하는 게 아닌가 하는 조바심에 입술만 타들어가고요. 그토록 보고 싶던 금강산에 간다는 말도 반갑지 않았죠. 금강산에서 평양에 돌아오던 날 영화 한 편을 상영하더군요. 제주에 사는 어부의 쪽배가 파도에 원산까지 밀려왔는데 뜻밖에 북한에 있는 딸과 아들의 소식을 접하게 되지만, 남측의 방해공작과 반대로 한 도시에 있으면서도 만날 수 없는 사연이였습니다. 그 영화를 보면서 화가 치밀었습니다. 원산이면 북한인데 남한 핑계를 대는 건 무슨 심술인지. 영화가 끝나기 전에 영사관을 뛰쳐나와 빈 홀에 앉아 하염없이 눈물만 닦아냈습니다.

어느새 눈치를 챘는지 안내원이 뒤따라 나오더군요. 그를 쳐다보며 분풀이를 했죠. "저런 영화는 왜 보여줍니까? 북조선이 인도적이란 걸 보여주려고요? 원산에서 일어난 사건에 남한이 왜 나옵니까? 지금 제 처지가 저 영화와 뭐가 다릅니까? 또 남한 때문인가요?" 안내원이 당황하여 아니라고 답했죠. "오빠가 출장을 갔다고요? 소련에 비하면 손바닥만 한 북조선에서 어디를 갔기에 열흘이 넘도록 돌아오지 못한답니까? 그 큰 소련에서도 어디에 있던지 하루 이틀 만이면 갈 수 있는데, 어디 해외 출장이라도 갔습니까? 사람을 이토록 기만해도 됩니까?" "아닙니다. 진짜로 출장입니다." 안내원은 같은 말만 반복하더군요. "더는 속지 않겠으니 저를 소련으로 보내주세요. 여기 땅도 더 밟지 않을 것이고 밥도 먹지 않고 공기도 마시지 않겠으니 당장 떠나겠습니다. 항공편이 이틀 뒤라고요? 좋아요. 그때까지 호텔 방에서 나가지 않겠습니다." 제가 안내원을 몰아붙이자 같은 처지이던 이함덕 선생님도 덩달아 나서더군요. 우리 둘은 그날 식사도 거부하고 관광도 나가지 않았죠. 안내원 통역이 번갈아 우리를 설득하려 했지만, 더는 입을 열지 않았어요. 은근히 오빠에게 해를 끼치지 않았는가 걱정이 되긴 하더군요.

호텔 방에 앉아 홀로 마음을 안정시키며 불쾌감을 되새기는데, 12시가 가까워오는 늦은 밤 다시 안내원이 문을 두드리더라고요. 기다리는 오빠는 오지 않고 성가시게 군다고 짜증을 냈더니 어서 가자고 하더군요. 오빠네 집에 간다는 것이요. 제가 들고 온 트렁크를 그대로 들고 내려갔더니 검은 벤츠가 기다리더라구요. 오빠는 방 두 칸과 크지 않은 주방이 딸린 작은 아파트에 살고 있었습니다. 상봉의 감격에 눈시울 적시다 밤이 깊어 올케언니가 오랜만에 회포를 풀라며 저와 오빠와 한 방에 이부자리를 펴주고 올케는 조카들과 같은 방에서 자더라구요. 하지만 날이 밝으면 다시 기약 없이 헤어져야 하는데 잠을 잘 수 있겠어요. 오빠더러 "어디 가 있었기에 이렇게 늦게 왔느냐"고 했더니 한숨을 크게 내쉬고는 "가긴 어딜 갔겠니. 아파트를 새로 수리하고 가구를 들여놓고 하노라 시간이 걸렸지" 하고 나직이 말했습니다. "네가 떼를 썼다고 하더라. 그래서 오늘 오게 된 거란다. 사실은 내일 저녁 2시간 우리 집에 왔다 가게 할 참이었단다." 준비한 선물뿐 아니라 트렁크에 있던 모든 것을 몽땅 털어 올케언니에게 주었지만, 너무 부족한 듯하여 가지고 있던 돈도 몽땅 주었습니다. 이튿날 아침 8시에 1초도 어기지 않고 벤츠가 기다리더라구요. 벤츠가 싫어 보이긴 처음이였습니다.

다음날 공항에서 저는 그 짧은 만남이 못내 아쉬워 눈물이 마르지 않더군요. 이함덕 선생님은 동생이 이미 저세상으로 떠났다는 소식에 울고요.

우리와 같은 편으로 온 러시아 관광객은 어느새 얼근히 취하여 웃고 떠드는데, 우리 일행은 묵묵히 창밖에서 눈길을 떼지 못하더군요. 누구인가 긴 숨을 내쉬며 "우리 조상들이 살던 땅, 처음이자 마지막이구나" 하고 일행 전체의 기분을 일축해버리더라구요. 러시아 관광객이 무엇 때문에 눈물이냐고 묻자 우리 일행 한 분이 "당신들은 우리를 이해할 수 없죠"라고 잘라버렸습니다.

1989년, 수십 년 기다리던 귀국선 대신 대한항공기가 왔다

1988년 서울 올림픽은 소련과 한국의 장벽을 무너뜨리는 역할을 했어요. [19]88년 11월에 처음으로 한국기자단이 알마타를 방문하고 뒤이어 롯데 간부들이 들어왔죠. 신문사와 고려연극 극장 문예부를 맡고 있던 저는 그들의 통역도 맡아주며 자주 만났어요. 중앙일보 기자들이 주축을 이루던 기자단은 고려극장 소속 아리랑 가무단을 한국으로 초청했습니다. 서울공연 준비에 바쁜 나날을 보내는데, 느닷없이 모스크와 주재 북한 대사관을 통하여 평양 문화부가 처음으로 4월 예술축제 초대장을 보냈더군요. 아리랑 가무단이 서울공연 간다는 소식에 평양이 선수 치는 걸 우리는 알았어요. 당혹하더군요. 평양도 가고 싶고 서울은 더구나 가고 싶었죠. 이쪽저쪽 다 가기로 했습니다.

평양예술 축전에 일본, 중국, 러시아, 미국에서 온 동포 예술인들이 참가했어요. 평양공연이 있던 날은 김일성 주석과 사진을 찍기도 했지요. 평양 안내원과 관계자들이 자주 호텔을 찾아와 커피를 마시며 이런저런 얘기를 하다가 서울은 가지 않는 게 좋다고 하더군요. 오빠도 당세포위원장이 부탁하더라며 서울을 가지 않았으면 하더군요. 그곳에서는 아리랑 가무단이 서울공연 초대를 받은 걸 모두 아는 눈치였습니다. 그래서 제가 오빠에게 "서울은 엄마가 살던 곳이요, 한 번도 보지 못한 외가가 있는 곳이고 충주는 아버지 고향인데, 왜 가지 말라고요. 어릴 적부터 서울, 평양은 반드시 가보고 싶었는데"라고 답하고 말았습니다. 오빠도 더 이상 만류하지 않았고요.

공항에 대한항공기가 착륙했다는 소식이 삽시간에 시내 조선인 사이에 퍼지자 그들은 허둥지둥 공항으로 달려갔습니다. 사할린에서 수십 년 기다리던 배는 오지 않더니, 이제 포기하고 살아온 세월이 50년이 가까워오는데 항공기가 왔다고 하자 먼발치에서라도 보려고 사할린 조선인이 밀려간 거죠. 정작 비행기에 탑승할 우리는 뒤로 밀려나 있었죠. 사람들이 붐비는 틈새로 겨우 탑승 수속을 마치고 항공기에 탑승했더니 좌석마다 우리의 한국 첫 방문을 환영하는 의미로 대한항공이 주는 큼직한 선물 가방이 놓여있더라구요. 그 선물에 감격했습니다. 서울 김포공항에 착륙하여 처음으로 외삼촌들 일행을 보자 목이 메이더군요. 처음 보는 외삼촌들에 대한 그리움보다 '3시간밖에 걸리지 않는 이 거리를 우리 부모들은 50년을 오가지 못했구나' 하는 생각이 앞서면서 눈물이 돌았어요.

한국에서의 15일. 꿈 같은 나날이였습니다. 한국에 와서야 6.25가 북한의 남침으로 시작됐음을 처음 알았습니다. 결국 우리는 정부가 쳐놓은 장막 속에 세상 물정을 모르고 살았던 거죠. 한국의 눈부신 발전에 우리는 입을 다물지 못했습니다. 그 첫 방문은 우리 모두의 생각을 뒤바꿔버렸어요. 소련에서 우리가 구사하는 한국말이 얼마나 유치한 수준인가 느꼈고요. KBS 아침방송에서 있은 일인데, 이계진 아나운서가 방송 중에 "한국말을 비슷하게 잘하시네요" 하고 저한테 칭찬하는데, 저는 그 말이 칭찬이 아니라 비웃음처럼 들리더군요. 겨우 비슷하게밖에 못하는 모국말. 창피함이 온몸을 전율케 하더라구요. 그래서 세종문화회관에서 있은 서울 여러 대학 교수님들과의 만남 끝에 "한국에서 뭘 하고 싶습니까? 우리가 도울 수 있는 건 다 해드리겠습니다"라는 단국대학교 유민영 교수님의 질문에 저는 서슴지 않고 말씀드렸습니다. 한국어를 새로 배우고 싶다고요. 유민영 교수님이 "한번 노력해보지요" 하시더군요.

9개월이 지나 유민영 선생님이 알마타 저한테 연락하셨어요. 문교부, 법무부, 외교부, 안기부를 거쳐 단국대학교 대학원에서 현대한국어와 문학을 배울 수 있게 되었다고요. 단국대학교 장충식 총장님이 대학원 전 기간 학비를 면제해주셨다고 하면서요. 이렇게 다시 한국에 오게 되었고, 그것도 떳떳이 대학원생이 되어 서울에서 유학했지요. 롯데백화점과 지금은 없어진 털보네식품회사에서 번역과 통역을 하면서 많은 도움을 받았어요. 그런 일이 없었더라면 제 유학은 시작으로 끝날 수도 있었지요. 그리고 항상 극심한 배려를 아끼지 않으시던 외삼촌들의 도움이 너무나 컸습니다. 돌이켜보면 저는 인복이 많은 사람입니다. 사라토브에서 거주 등록을 도와준 류드밀라 소장님, 신문사 김기철 선생님, 가무단 박영진 단장님, 그리고 가장 고마운 유민영 교수님과 장충식 총장님, 롯데백화점 장 사장님, 그리고 외삼촌들.

Herstories 3

마순희, 1951~1998 북한을 살다

6.25전쟁 때 방공호에서 태어나다

함경북도 무산군 독소리라는 데서 살았어요. 내가 태어날 때는 무산읍에서 태어났어요. 전쟁 때라 무산이 폭격 맞은 그때 내가 태어났다고 하는데 [19]50년인지, 51년인지, 52년인지 잘 몰라요. 우리 형제들이 다 세 살 터울이거든요. 우리 오빠가 [19]42년생, 그다음 언니가 45년생, 그다음에 48년생, 그럼 내가 51년생이래야 내 동생이 54년생이니까 세 살 터울이 딱 맞는단 말이예요. 그래서 그냥 [19]51년생일 거다. [19]51년 12월 6일. 우리 친정엄마 생신이 12월 3일이었어요. 북한에서는 애들 생일을 잘 안 쇠줘요. 귀하게 자라지 않은 이상에 언제 애들 생일까지 챙겨주겠어요. 근데 저는 어렸을 때도 내 생일은 거의 안 잊어먹고 쌀밥이라도 따로 챙겨 먹은 게 엄마 생신 쇠고 3일 만에 내 생일이니까. 전쟁 때는 출생 등록을 안 했잖아요. 7남매 중에서 내가 마지막 두 번째니까 귀하게 자라거나 이랬으면 생일 챙기고 하겠는데, 전쟁 때 방공호에서 낳았으니까 누가 그걸 챙겨주고 기억이나 했겠어요?

해방 후에도 우리 집은 할아버지가 의사를 했단 말이예요. 허가 의사. 한의사였는데, 북한에서는 '동의사'라고 하거든요. 한의사를 하면서 약국도 가지고 있었대요. 집도 조금 크고 재산도 좀 있었나 봐요. 그렇게 힘들게는 안 살았는데, 폭격에. 전쟁 때 방공호에 다 들어가고 하는데, 집 바로 옆에 폭탄이 떨어졌으니까 이게 폭풍에 다 기울어졌대요. 방공호에 들어가면서 나름대로 잠금장치를 해놓고 갔는데, 폭풍에 집이 기울어지면서 문이 열렸단 말이예요. 애 낳고 이틀 동안 못 나와보고 하다 보니 피해가 더 컸죠. 그때 자식들은 다 어리고 아버지가 편찮으셨거든요. 할아버지 할머니는 연로하시니까 나와서 보지도 않고. 엄마가 이틀 만에 나와봤더니, 차라리 직탄을 맞았으면 그 흙더미를 헤치면 그래도 가장집물(家藏什物)이래도 건질 거라도 있겠는데, 기울어진 집에서 문이 열리고 도적이 들어와서 가져가다 보니까 숟가락 하나까지 싹 다 도적질해 간 거예요. 그러니까 허허벌판에 입고 나간, 방공호에 입고 나간 옷이 전부였던 거죠. 그러다나니까 엄청 고생을 많이 했다고 그래요.

할아버지 할머니들이 원래 완고하신데, 이 전쟁판에 언제 누가 죽을지를 모르잖아요. "다 키운 자식들도 살리겠는지 말겠는지 하는 이 북새통에 핏덩어리를 어떻게 키운다고 그러냐"고. "자식이 없는 집에서 자꾸 달라고 그러는데 줘버리구 큰 애들이나 살려라." 근데 우리 엄마가 할머니 얘기를 한 번도 거역한 적이 없대요. 근데 그때는 죽어도 안 된다고 딱 뻗치고. "죽어도 내 품에서 죽이지 남 안 준다"고. 그러다나니까 엄마가 엄청 고생을 했죠. 아버지는 편찮으시고 갓난애기를 업고서 모든 삯일을 하고 집안일을 다 하셔야 되니까. 그래서 엄청 고생을 하시면서도 나를 안 놓은 게 진짜. 그래서 내가 이렇게 살 수 있었던 거죠. 어려서부터 그런 환경에서 자라다 보니까 애가 그렇게 순했대요. 이름을 순희라고 '순할 순' 자라 그랬는지 모르겠는데, 하루 종일 가도 어린애 울음소리를 못 들었대요.

한 7, 8개월 되는 걸 업고 삯김을 매고 그러는데. 하루종일 뙤약볕 아래에서 김을 다 같이 앉아서 고랑 타고 호미로 매는 거잖아요. 매고 나가다 보면 애가 아무 소리도 안 내니까 남자들이 "아주머이, 그거 애 숨이 붙어있는가 보라"고. "걔 어떻게 하루종일 울음소리 하나 없냐"고. 그래 보면 뒷잔등에 업혀서 땀을 짤짤 흘리면서 그냥 자고 있더래요. 그냥 기진해서 잤겠지요. 울 생각도 못 하고. "빨리 애를 젖이라도 멕이라"고. "일은 우리가 좀 더 한다"고. 그러면서 키웠대요. 불평을 하거나 투정을 하기보다 그냥 순종하고 그냥 맞춰가면서 사는 게 그래서 제 성격이 되지 않았을까 생각되기도 해요. 다른 사람의 말을 먼저 들어야 되고, 나는 항상 뒷전이고. 그런 삶을 살았어요. 제가 열네 살 때 아버지가 정치범으로 잡혀가셨어요. 거짓말로 아버지를 불러갔는데 후에 알아보니까 잡혀간 거죠. 그 이후부터는 사람들이 다 이상하게 볼 거 같아서 저는 크게 웃어본 적이 없어요. 돌이켜보니까 내가 어른 되면서 큰 소리로 막 활기차게 웃어본 기억이 없어요. 내 웃음소리를 내가 모르는 거예요.

1955년, 부대기 농사 짓는 아버지 따라 산골로 들어가다

전쟁이 끝난 다음에 진짜 아무것도 없잖아요. 집은 다 폭격해버리고. 무산읍에서 거의 10리를 걸어 올라가면 독소리가 있고, 독소리에서도 10리 더 올라가야 사소라는 데가 있는데, 그 사소에서도 한 10리 더 산으로 올라가면 농막골이라는 데가 있어요. 아버지가 먹을 거랑 없고 직장도 없고 하니까 거기서 부대기 농사를 하셨어요. 부대기 농사라는 게 화전밭. 폭격에 불탄 자리 긁어내고 돌 들춰내고 나무뿌리 캐내고 거기다가 감자를 심는 거죠. 기본 농사가 감자이고 당콩 같은 거. 앉은당콩(강낭콩) 있잖아요. 그런 거 심고. 농막이 몇 개 있어서 농막골이라고 했는지 농막골이라고 불렸는데, 아버지가 들어가 계신 곳이 농막골이였어요. 그래서 땅도 뚜지고 거기다가 감자도 심고. 그러다가 조금조금 밭을 늘리고. 그렇게 하다 보니까 제법 큰 밭이 되잖아요.

아버지가 농막을 짓는데 통나무를 돼지우리 짓는 것처럼 '우물 정' 자로 얼기설기 귀를 맞추어 쌓고. 그 짬은 겨울에 바람이 들어오지 말라고 이끼랑 틀어박았는데, 어떤 데는 말라서 떨어지면 밖이 내다보인단 말이예요. 등잔도 기름이 없으니까 광솔불 켰어요. 광솔이라는 게 소나무 옹이를 잘게 쪼개면 되는데, 불을 붙이면 송진이 나오고. 불이 천천히 붙으면서 기름이 빠질빠질하면서 타는, 그런 걸 광솔불이라고 하거든요. 그 광솔불 켜면서 살았어요. 아침에 깨면 콧구멍이 광솔 연기로 새카만 거예요. 벽이 새카맣게 끄스르고. 크게 불 켜고 할 일은 별로 없으니까 저녁에 어두우면 광솔불 켜고 살았는데 그때 내가 다섯 살 때거든요. 거기에 아버지가 날 데리고 올라가 계셨어요. 우리 집이 사소라는 데 있었는데, 사소에는 학교도 전쟁 이후에 생겨나고 우리 언니랑 오빠랑은 학교 다녀야 되니까 아마도 어린 나를 데리고 계셨는지 모르겠어요.

[19]55년 그때 북한에서는 협동화를 하면서 마을에 있는 사람들 다 모아가지고 협동조합을 조직했어요. 우리가 농막골에서 농사지을 때는 아직 협동조합 사업을 안 할 때라 개인농으로 올라가 땅을 뚜지고 있었잖아요. 감자밭에 드문드문 당콩을 한 포기씩 심어요. 감자밭 속에 당콩이 무성하게 무지가 되어가지고 멀리서 보면 사람이 앉아 있는 것처럼 보였거든요. 거기에 서너 집 정도 있었는데, 여자들이 올라와 있는 집도 있었어요. 그런데 그 집이 이사 가면서 말눈깔사탕이라고 사탕을 주면서 내려가던 생각이 나거든요. 그때에 산간지대의 흩어진 농민들을 재규합해가지고 마을로 불러

내리고 협동조합에다가 모으는 거 했거든요. 개별적으로 부대기 농사를 하면서 살던 사람들 하나씩하나씩 내려보낸 거죠. 그때가 제가 여섯 살 되던, [19]56년도 정도가 됐을 거예요. 내가 후에 학교에서 조선 역사를 배우면서 산간지대 흩어진 농민들까지 모두 규합해서 협동조합에 망라시켰다는 협동화의 3단계에 대해 배우면서 '아, 우리가 농막골에서 내려올 때가 바로 그때였겠구나' 생각했거든요.

아버지가 밭일하러 나가시면 저는 하루종일 집에 혼자 있어야 되잖아요. 근데 봄이 되면 산바람이라는 게 기가 막혀요. 바람이 막 불어치면 집이 무너질 것 같았어요. 어설프게 문 같은 거 달아놨고 거기에 창호지 같은 거 발랐는데, 찢어진 조각이 바람에 날리며 이상한 소리가 나는 거예요. 그 집에 가만히 앉아 있으면 집이 무너질 것 같아서 밖으로 뛰어나가면 또 바람에 날려갈 것만 같고. 나가도 집에 앉아 있어도 무서웠어요. 사방 돌아보면 다 산이잖아요. 그럼 시커먼 데서 뭐가 튀어나오는 것 같이. 그래 무서워서 또 집에 들어가면 집이 무너질까 봐 뛰어나오고. 그래도 소꿉장난. 우리는 세감지 논다고 그러거든요. 세감지 놀면서 혼자서 아버지를 기다리는 거죠. 아버지가 일하고 오실 때 고로쇠나무 진액을. 고로쇠나무를 가지 끝을 잘라가지고 그릇에다 휘게 담아놓으면 물이 차잖아요. 그 수액도 갖다주시고. 엄청 맛있다고 먹은 거 같애요. 여름에는 딸기도 따오시고. 버섯도 따오고. 산나물도 캐오고. 아버지가 일 갔다 오실 때면 거의 빈손일 때가 없었어요.

그때 부르던 잊을 수 없는 노래가 있어요. 내가 '아버지 노래'라고 이름을 지었는데, 고향 떠나 몇 해던가 손꼽아 헤어보니, 호두기(호드기. 버드나무 껍질로 만든 피리)를 꺾어 불던 그때도 옛날 그걸 아버지가 잘 부르셨어요. 그래서 내가 '아버지 노래'라고 이름 지었죠. 그 노래를 아버지가 부르시니까, 배워줬다기보다 그냥 따라 부른 거죠. 저녁에는 마당에다가 모기를 쫓느라 쑥으로 불을 피워놓고 나를 옆에 앉혀놓고 부른단 말이예요. 고향 떠나 몇 해던가 이거 피리로 잘 부셨죠. 그러면 건너쪽에도 집이 있고 아래쪽에도 집이 있고 이런데 사방에서 "조오타, 한 번 더 불어" 이러면서 새카만 데서 소리만 들린단 말이예요. 그러면 아버지가 피리 또 불고. 제가 그때 그 노래를 따라 부르고 배웠어요. 근데 내가 내려오니까 학교 다닐 때에는 그게 유행가라고 못 부르게 했어요. 부르지는 못해도 그 가사를 그래도 잊어먹지는 않았는데, 그걸 중국에 들어가서 들었거든요. 한국의 주현미 가수가 부르더라구요.

1956년, 오빠 등에 업혀 가족들이 있는 집으로 내려오다

그렇게 아버지하고 같이 살다가 어떤 사람들이, 내 기억에는 시꺼먼 사람들이 올라왔어요. 양복을 입었겠지? 시꺼먼 사람들이 올라와가지고 이거저거 다 재고 어찌고 하더니 당장 내려가라고 했나 봐요. 한숨 푹푹 쉬면서. 그래 나는 너무 좋아가지고. 동생도 한 달에 한 번, 열흘에 한 번씩 올라오는데, 그 동생도 보지. 엄마 있지. 오빠랑 언니랑 다 있는 데로 내 혼자 안 살고 내려가면 되잖아. 그래가지고 나는 좋아하고 아버지는 한숨 쉬고. 그해 농사지은 것들 발구에다 싣고 내려오는데, 그때 우리 오빠가 나를 처음 업어줬어요. 오빠가 그때 열몇 살일까? 내보다 9년 이상이니까 열다섯, 열여섯 살 됐겠죠. 학교 다니는 오빠가 올라와서. 어머니도 올라왔고. 같이 내려가면서 10리 산골길을 가야 되니까 나를 업고 갔어요. 업고 내려가는데 그때 단풍이 막 졌는데, 그게 그렇게 이쁘고 좋더라고요. 집에 간다는 생각에. 또 태어나서 처음 업혀보니까. 그래가지고 자꾸 물어본 거 같아요. "어째 저 산이 계속 나를 따라온다"고. 그 "먼 데 산이 나랑 같이 걸어가자고 따라온다"고. 그래 물어보니까 오빠는 "시끄럽다"고 "말 시키지 말라."고 이러고. 아버지는 "거 애가 어쩌다 물어보는데 그걸 그러냐"고.

그래서 리 소재지 마을에 왔죠. 그때까지는 전깃불도 없는 산골에서 살았잖아요. 첫날에 어떤 집 웃방에다가 숙소를 해줬드라구요. 그 웃방에다 당콩이랑 농사지어 왔던 것들 구들에다가 다 널어놨던 생각이 나요. 그날 저녁에 전깃불이 켜지니까 그게 얼마나 신기하던지요. 광솔불만 보다가 난생처음 그런 거 딱 봤으니. 우리 오빠가 빗자루 주면서 하는 소리가 "니 저 불을 끄면 내가 호루래기 줄게." 그때 전쟁 끝난 때니까 총알 깍지들을 동으로 된 걸 반짝반짝하게 닦아가지고 입으로 휘 불면 휘파람처럼 소리가 나잖아요. 그걸 오빠가 끈으로 해서 목에 걸고 다녔는데 반짝반짝해서 어쨌든 너무 가지고 싶은 그런 거였어요. 그거 항상 내가 욕심내는 거 아니까 "니 불만 끄면 내 저거 준다." 광솔불 끄는 생각하고, 그런 거 일도 아니잖아. 빗자루 가지고 쪼끄만 게 그냥 전깃불을 끄려구 아무리 바람 일궈도 이게 꺼 안 지는 거예요. 그래서 완전히 울상이 다 돼서 울먹울먹하는데 아버지가 오빠를 엄청 나무라시더라고요. "쬐꼬만 애를 울게 만든다"고. "가만 놔두지, 금방 내려와 아무것도 모르는 아를 어째 그리는가" 하시면서요. 그게 산골소녀의 현대 문명하고 첫 접견인 셈이었죠.

쪼끄마할 때 일을 어떻게 기억하는가 하는데, 나는 어제처럼 생생하거든요. 그냥 딱 보는 거 같애요. 나는 신발이 없이 자랐잖아요. 뭘 끌고 댕겼는지. 어쨌든 신발이 없었어요. 근데 유치원에 가야 된다고 하니까 아버지하고 엄마하고 "저애를 유치원에 보내야 되는데 신발이 없어 어떡하냐"고. 신발을 사줘야 하는데…. "다른 아들도 신발 못 사줬는데 걔만 신발 사주겠나." 둘이서 그런 애기하는 거 들으면서 잤어요. 이튿날 읍에 내려갔다 오시더니 내 신발을 사온 거예요. 난생처음으로 고무신이라는 거를 신고 유치원이라는 데를 갔어요. 근데 유치원이 이런 유치원이 아니라 선전실. 리 선전실이라는 게 한 개 리에 하나씩 있어요. 민주선전실이었죠. 거기에는 무대 같은 거 있고 나무 의자들 있었는데, 그게 유치원이었어요. 그 옆에 휴게실 같은 그런 데서 잠자고 싶으면 들어가서 자기도 하고. 하루종일 거기에서 선생님 뭐 배워주고. 애들하고 춤 노래 배워주고. 잡지책을 보여줬는데 거기에 '작아도 큰집', '고층건물'이라고 써있었고 사진이랑 있던 게 생각나요. 그네도 타고 놀이를 하고.

근데 놀이도 뭔지 알아요? 마분지에다가 오징어. 우린 낙지라 하거든요. 낙지를 그리고 물고기를 그린 거 오려서. 그 선전실 마당 앞에 이렇게 웅덩이를 파고 모래를 갖다가 부어서 모래 놀이터를 만들고. 선생님이 거기다가 마분지로 만든 물고기를 다 숨겨놓고 나무 꼬쟁이 가지고 이렇게 뒤져서 물고기 잡기 한단 말이예요. 세상에! 혼자 계속 놀던 나한테는 천국이었어요. 애들은 아침에 유치원에 안 가겠다고 엄마한테 따라간다 하고, 울고불고 하고, 집에 도망도 치고 이런 애들 있는데 내가 보기엔 그게 말이 안 되잖아요. 선생이 같이 놀아주고 친구들이 있는데, 거 왜 말을 안 들어요? 그래 말도 잘 들으니까 선생이 나를 보조교사처럼 썼어요. 그래가지고 말 안 듣는 애들 다시 데려오기도 하고. 같이 가서. 그리고 그때 간식을 뭘 줬냐 하면 옥수수 뻥튀기 있잖아요. 뻥튀기를 엿에다가 묻혀가지고 똥글똥글하게 뭉그려서 하나씩 준단 말이예요. 간식도 나를 보고 나눠주래. 하나씩 다 나눠주고 나머지 있으면 선생이 나를 더 주는데 내가 그걸 안 먹고. 다른 애들은 혼자서 막 먹는데. "넌 왜 안 먹는가?" 하면 내가 "언니랑 오빠랑 같이 먹겠다"고. "내 동생이 있어서 집에 가서 같이 먹는다"고. 그러면 선생이 마지막에 갈 때에는 그걸 싸주는데, 내가 치마폭에다가 엿이 묻은 걸 그냥 싸가지고 집에 와서 같이 먹고 이랬는데. 그 선생님이요, 머리 태를 길게 땋아 내린 분이었는데, 이옥희라는 이름이 지금도 잊혀지지 않네요.

1959년, 인민학교에 입학하여 애들을 휘동하고 다니다

그해 겨울 새무산이라고 불리는 학교 뒷동네로 이사를 갔어요. 이사를 가서 거기서 유치원을 다니면서 공동식당을 경험한 거죠. 밥을 식당에서 먹었어요. 공동식당. 그니까 러시아식. 어른 된 다음에 말을 들어보니까 함경북도 쪽에서 극좌적인 사회주의 이론가들이 시범적으로 했대요. 1년인지 2년인지 하다가 그게 안 된다 싶어서 집어치우고. 근데 막대한 예산이랑 들어갔을 거 아니에요. 그 책임을 관리위원장한테 뒤집어씌운 거에요. 우리 농장의 관리위원장이 그때 감방에 갔댔어요. 1년인지 3년인지. 어쨌든 몇 년을 살고 나왔어요. 그래 나왔는데 그 사람이 "내가 위에서 내리 맥였으니까 한 거지" 이런 말을 하는 거 들었거든요. 어쨌든 그때가 [19]57년도 아니면 58년도경인 것 같아요. 내 생각에는. 그때는 협동조합 하고서는 공동식당에 집집마다 쌀을 다 뒤져 당에다 바치고 집에서는 추운 겨울에도 맹물만 끓였어요. 집에서 연기만 나면 와서 본단 말이에요. 쌀은 다 바쳤는데 어디다 숨겨놨다가 밥을 해먹나 그래가지고. 우리 엄마도 그 식당에서 일을 하시고. 유치원은 리 소재지를 거의 5리 넘게 걸어와야 돼요. 걸어서 유치원에 갔다가 저녁이면 오고. 유치원 다니면 소재지 마을에 가니까 아침은 이쪽 식당에서 먹고 점심은 소재지 마을에 가 먹고. 저녁은 또 집 마을에 가 먹고. 그렇게 했던 기억이 나요.

[19]59년도에 학교에 입학했죠. 인민학교에. 12월생이니까, 생일이 늦으니까 아홉 살이잖아요. 내 또래들은 다 여덟 살에 붙고 나는 아홉 살에 붙으니까 애들보다 셈이 좀 일찍이 난 거 같애요. 언니 오빠들이 학교에서 공부 다 잘하고 이러다 보니까 어쩌지 않아도 저는 그냥 최우등. 공부를 하는 게 힘든 게 아니라 공부는 항상 식은 죽 먹기처럼 했던 것 같아요. 학교 끝난 다음에 와서는 집에서 모여서 숙제를 다 하고 모르는 아들 배워줘서 숙제

다 시킨 담에 걔네를 데리고 봄에는 달래를 캐러 다니고 민들레 캐러 다니고 산나물 캐러도 가구요. 우리 오빠가 나를 데리고 다니기 좋아했어요. 우리 학교 다니는 그 오빠가 겨울이면 토끼코(올가미)도 잘 놓고. 여름이면 딸기 따러도 잘 댕기고 산에 가서 돌배도 따오고 이러는데, 다닐 때는 나를 잘 데리고 다녔거든요. 내가 생각해볼 때 말을 잘 들어 그랬는지 암튼 잘 데리고 다녔어요. 근데 오빠가 나를 데리고 갔다 오면 그 딸기밭은 다음에는 완전히 도륙이 나는 거죠. 내가 애들 데리고 가서 몽땅 다 해오니까. 산딸기란 말이예요. 경사진 야산에 있는 딸기밭에 가면 딸기들이 조롱조롱 달린 게 보이잖아요. 애들 데리고 가면 딸기를 보고 너무 좋아서 여기 뛰고 저기 뛰고 하면서 싹 밟아놓는 거야. 우리 오빠, "니, 내 다시는 안 알려준다." 근데 다음에 또 알려준단 말이예요. 머루 따러 가도 머루 넝쿨까지 아작을 낸단 말이예요. 이러니까 애들이 나를 따라다니는 거 너무 좋아하는데, 내가 나쁜 짓을 안 하니까 엄마들이 저녁에 와서 애를 찾다가도 "순희랑 같이 아까 어디서 놀던데" 하면 밤에 안 들어와도 걱정을 안 할 정도로 내하고 같이 나갔다 그러면 걱정을 안 한단 말이예요. 말 잘 듣는 범생이. 애들을 휘동하고 다니면서 잘 살았는데, 그게 열네 살 때까지만이었어요. 열네 살 지나고 그때 9월 20일이 추석날이었는데, 아버지가 그날에 연행돼 가신 거예요.

반일투쟁 증명서류를 못 찾고 돌아가신 할아버지

할아버지가 원래 함경북도 경성군에 사시다가 3.1운동 때 경성의병대 대장을 하셨대요. 3.1운동 때 일제 반대해서 싸우다가 체포된 거예요. 그놈들이 죽지 않을 정도로 때려서 내보내면서 영원히 민란자라는 걸 표식을 한다고 한쪽 귀를 잘라내가지고. 3.1운동 때 반일투쟁하다가 잡힌 사람들의 귀를 하나씩 잘라가지고 그걸 증거처럼 본국에 보냈대요. 일본에 가면 이총(耳塚)이라고 귀무덤이 있다고 해요. 할아버지 귀도 그렇게 잘라서 가져갔단 말이예요. 그러고 할아버지를 추방시킨 거에요. 경성이란 데는 우리 있는 데보다 남쪽이고 따뜻하고 살기 좋았어요. 온천도 나오고. 거기서 추방돼서 할아버지가 무산에 들어온 거죠.

근데 한번 반일투쟁한 사람이 추방된다고 그 마음이 변하겠어요? 무산에 와서 한의사를 하면서 반일투쟁 계속한 거예요. 귀 한쪽이 없어서 할아버지 별명을 '외귀 마 의사'라고 불렀대요. 할아버지는 모은 돈을 군자금으로 보내고. 일 년에 한 번 정도 약품 싣고 이동치료를 나간다고 마차에다가 가득 싣고 회령 쪽으로 갔다가 한 달도 안 돼가지고 빈털터리로 온다는 거죠. 우리 할머니가 "저 영감이 어디 가서 딴살림 차리고 어느 여편네한테 다 싹 갖다주고 온다"고 가족 싸움도 많이 하고 그랬대요. 한 번은 군자금을 모아 가는데, 돈이 없으니까 신용조합이라는 게 있었대요. 신용조합 돈을. 지금 말하면 대출이겠죠. 그걸 군자금으로 먼저 보냈대요. 그런데 날짜가 다 되도록 돈을 마련하지 못하게 되자 연명으로 돈을 빌린 두 사람은 도망을 가고 할아버지 혼자 뒤집어쓴 거죠. 마침 돈이 많은 집으로 딸을 시집보내고 그 돈을 대신 갚았는데, 할머니가 두고두고 딸 팔아먹은 영감탱이라고 할아버지를 욕했다고 하더라고요. 그때에도 군자금을 보내면 영수증 같은 거 다 해줬대요. "해방되면 우리가 보상을 한다" 하고 이런 거를 다 써줬대요.

우리 할머니가 후처거든요. 본처 무덤이 빈세령(빙세령. 함경북도 무산군 북부에 있으며 고갯길로 이용)이라는 그쪽에 있나 봐요. 빈세령 골짜기가 있는데 맨날 그쪽으로 가니까 '본댁 산소에 간다' 이렇게만 생각을 했댔는데, [19]30년대 후반 들어오면서 일제의 탄압도 심하고 그러니까 활동을 좀 못 하셨고 위험했을 거잖아요. 그때 후원금 내고 이런 것들을, 문서들을, 활동했던 문서들을 다 감췄는데, 후에 해방이 된 다음에 그 문서들을 갖다 바치면 할아버지가 반일을 위해 어떻게 했다는 공적이 다 있잖아요. 해방 후 우리 집은 일제 때 한의사를 하면서 밥술이나 먹었다고 친일파로 몰려가지고 할아버지가 이거를 찾자고 생각을 했나봐요. 근데 아무리 가봐도 찾을 수가 없더라는 거죠.

그래서 할아버지가 돌아가시기 전에 유언처럼 남긴 말이 뭐냐면, 우리 삼촌이랑 아버지랑 이렇게 앉혀놓고 말씀하셨대요. 젊었을 때 펄펄 날아댕기던 산인데, 몸이 쇠약해서 자기가 올라가지를 못하시니까 "세월이 흐르니까 산도 자라나 보다. 아무리 찾아봐도 없구나." "뭘 찾으시는가?" 하니까 입 꾹 다물고 말씀을 안 하시더래요. 그때라도 제대로 말씀을 하셨더라면 혹시 그 서류들을 찾을 수도 있지 않았을까. 그 문건만 찾았으면 우리가 친일파 가족이 아니라 혁명열사 가족이 되고 우리 아버지도 그렇게 가시지 않았을 수도 있었을 텐데.

없는 죄도 붙여 반혁명분자를 만드는 시절

무산군이라는 게 일제 때에는 무산군, 연사군, 대홍단군, 지금 행정구역으로 하면 3개 군이 합해서 1개 군이었다고 해요. 그 군에 의사가 할아버지 한 명이었대요. 허가 의사가. 그래서 우리 집은 약국도 하고 병원도 하고 했는데, 한의사는 침놓고 뜸 뜨고 맨날 이렇게 아픈 짓을 하는 사람이잖아요. 애들이 "마 의사 온다" 하면 울던 애들도 울음을 딱 그칠 정도로 좀 세력이 있었겠죠. 그니까 친일파로 몰려가지고. 친일파라고 낙인이 찍혔으니까 아버지한테다가 밀정을 붙인 거예요. 정보원을. 일제 때 면장을 하던 정가가 있었어요. 근데 그건 진짜 친일파래요. 그 정 면장의 조카를 밀정으로 붙여 놓은 거죠. 그 집도 토대 나쁜데, 우리 아버지한테다 그 사람을 붙여놓으면서 "저 아바이한테 붙어서 니가 정보만 다 빼내고 그 사람이 반동분자라는 것만 이렇게 해내면 너 그걸 다 면제를 해준다"고. 그래가지고 정보원을 붙인 거요.

그때는 내가 학교 다닐 때니까. 인민학교 2학년? 열한 살, 열두 살, 이땐데. 날이 흐릿하고 농장에서는 비꽃이 떨어지면 일을 안 하니까 그럴 때면 농장에 일 나갔다 다들 집에 들어온단 말이예요. 이 사람이 그냥 따라 들어오는 거예요. "행님에! 술 한 잔하기요" 뒤꽁무니에 술 한 병 차고. 우리 아버지가 술을 엄청 즐기셨거든요. 우리 집에 와서 개다리소반 요만한 거 놓고서 둘이 앉아 술 마신단 말이예요. 나는 학교 갔다 와서 가방 놓고 "다녀왔습니다" 인사하고 숙제를 하고는 '서투리'라는, 여기서 말하면 '사라구'라는 게 있어요. 그걸 가지고 와서 다듬는 거예요. 그걸 뿌리를 잘라서 먹을 수 있게 만들면 끓는 물에 데쳐 2~3일 우려요. 영양가가 엄청 높대요. 토끼 젖이라고 이름 부를 정도로. 거기다가 가루를 버무려가지고 쪄서 식사 대용도 하고. 서투리를 밑에다가 놓고 위에다가 쌀 좀 얹어서 하면 서투리밥이 되잖아요. 꼬들꼬들하고 밥이 괜찮아요. 맛있어요.

근데 그거를 그 사람이 딱 보더니, "야, 형님네 애들은 어찌 다 저리 똑똑하오. 인사성이 바르지. 공부 잘하지. 학교에 가면 형님네 자식들은 칭찬받기에 정신이 없고 우리 간나들은 공부도 하나도 안 하고. 학교 갔다 와 언제 나한테 인사해본 적도 없고. 지금도 보오. 우리 집 애들 같음 어디 가서 어찌 지내는지도 모르는데 형님네 새끼는 그냥 앉아서 부모를 도와서 저 서투리를 다 다듬고 얼마나 착하냐"고. "근데 이게 우리가 사는 게 어째 이렇소? 일제 때도 조팝이라도 먹었는데, 저 귀한 자식들을 서투리밥도 제대로 못 멕인다"고. 이래고 막 비방한단 말이예요. 그러면 아버지는 그냥 한숨만 쉬고 대꾸를 못 하는데, 엄마는 그 광경을 보면서 막 눈 흘기며 아버지보고 말하지 말라고 그런단 말이죠. 그러니까 얼마나 불안하겠어요. 그때가 [19]60년대 초에 들어와서 분주소에 주재원이라고 그러는데, 여기 말하면 파출소, 경찰이나 같죠. 그 사람들 그런 계획을 다 줬대요. 반혁명분자들 몇 명씩 잡아들이라는 이런 계획을 다 줬는데, 마을에서는 한 달에 한 번꼴로 군중대회라는 거를 한단 말이예요. 군중대회 한다고 그러면 사람들이 떨어요. "이번엔 누가 잡혀갈까?" 그럴 정도로 내가 아는 사람들도 이렇게 잡혀간단 말이예요. 군중대회를 한다 그러면 온 리의 사람들이 다 선전실에 모이는 거죠. 모여가지고 "누구누구가 반혁명 활동을 어떻게 하고 어찌어찌 해서 이 사람을 체포한다." 그 자리에서 그냥 잡아가는 거예요. 재판 이런 것도 없어요. 그렇게 잡혀가면 끝이거든요. 그러니까 그렇게 잡혀갈까 봐 얼마나 속을 조이겠어요.

그때 어떤 일도 있었냐 하면 협동농장에서는 매 집에서 농장소를 맡아서 한두 마리씩 소를 키우죠. 축산반에서도 소를 키우지만, 농장원들 집에 소를 한두 마리씩 키우게 만든 거예요. 가을이 되면 옥수수짚 실어다가 쌓아놓고 작두로 썰어 소여물 삶아서 소를 키운단 말이예요. 우리 집에서 소를 두 마리 키우댔는데, 그중 소 한 마리가 어째 여물을 안 먹었어요. 비들비들 여위어가니까 그 소 때문에 엄청 신경을 많이 썼거든요. 소가 여물을 안 먹는다고 갓 돋아난 햇풀을 뜯어다 먹이느라 아버지가 새벽이슬 맞으시며 고생도 하셨구요. 그런데 어느 날 우리가 키우던 그 소가 죽었단 말이예요. 농장의 수의사가 와서 해부를 하는데, 배를 딱 여니까 그 창자 있잖아요? 뭘 먹었는지를 다 검사하잖아요. 소가 쇠붙이도 짚 속에 있으면 잘 삼킨대요. 근데 위에는 이상이 없고 창자에 소 회충이 꽉 차서 장 불통증이 나서 죽은 거예요. 후에 말을 들으니까, 우리 오빠가 학교 다닐 때 공부도 잘하고 학교

토끼사를 책임지고 다 했으니까 엄청 담임선생님이 이뻐하고 관심했나 봐요. 그 선생님이 학교를 그만두고 농장 관리위원회에서 통계원을 했는데, 어느 날 우리 오빠를 찾더래요. "너네 아버지를 좀 조심하라 해야 되겠다. 내 전번에 말을 듣자니까 너네 소가 죽었지?" 그래서 "선생님이 어떻게 아는가?" 하니까, 그날에 수의사하고 주재원이 말하는 소리를 듣고 속이 섬찟하더래요. "너네 소 죽었다니까 수의사를 내보내면서 그러더라고. 싹싹 뒤지라고. 쇠붙이 하나라도 나오면 이번에는 반드시 집어넣는다"고 이러더래요. 그런데 갔다 와서 다 들춰봤는데, 이상 없고 밸 속에 회충이 꽉 차가지고 밸이 막혀 죽었다니까 주재원이 뭐라 그랬는지 아느냐고. "에이씨, 남의 소들은 쇠붙이도 잘 먹더구만은 걔는 어째 쇠붙이 하나도 안 먹었냐"고. "이번에 쪼끄만 쇠붙이 뭐라도 하나 나왔으면 저 마 영감 집어넣는 건데 그랬다"고. 그래서 그 말을 듣고 너무 기가 막혀가지고 우리 오빠를 부른 거예요. 아빠 조심하라고 그리라고.

소가 죽은 지 얼마 안 되었던 어느 날 저녁에 일하러 갔다가 아버지랑 다 들어오셨는데, 주재원실에서 아버지를 오라고 찾는다는 거예요. 그러면 온 집안이 완전 저승사자 부름받은 것처럼 완전히 기분이 다 다운돼가지고. 열두 시 됐는데도 아버지 안 오시니까. 정줏간에만 요렇게 빼대대한, 진짜 요만한 전구를 이래 켜놓고. 그 밑에서 꿰진 양말도 깁고 이러면서 엄마가 아버지를 기다리시는데. 문턱 하나로 아래웃방이 나뉘는데. 웃방은 새까만데 거기 누워서 잠은 못 자고 엄마를 계속 지켜보면서 나도 못 자고 있었거든요. 밤 12시도 훨씬 넘었는데 발자국 소리가 나는 거예요. 아버지가 아무 말도 안 하고 담배만 피우고. 집안에 담배 연기 뽀얗게 서리더라고. 답답하다고 얘기를 해보라고. 왜 이렇게 늦었냐고 엄마가 그러니까 "하~ 말도 말라. 뭐 말하기 전에는 내보내지 않는다고 그래가지고 계속 이때까지 기다리다가 나왔다"고. 그럼 "뭐라고 말을 하고 나오셨는가"고 하니까, "기본건설 다닐 때에 집수리 좀 하자고 못 한 줌 가져온 거. 국가재산을 내가 도둑질해 왔다"고 그걸 쓰고야 이제서 나오는 길이라고 그러더라고. 해방 금방 돼서 북한에 전후 복구건설 하잖아요? 그때 기본건설이라는 게 지금 도시건설사업소처럼 건설사업소가 있었어요. 아버지가 거기서 일을 하셨대요. 그니까 엄마가 "이렇게 자꾸 하다 보면 그런 걸 모으고 모아서 당신 어떻게 될지 모르겠다"고. "속상해 죽겠다"고. "나도 역시 마찬가지"라고. 둘이서 한숨 들이쉬고 내쉬고 하면서 온 밤 그러는 거 딱 봤잖아요. 그거 다 들으면서 아침에 딱 눈을 뜨면 아버지부터 찾게 되드라고요. "엄마, 아버지 어디 갔어?" 어디 갔다 와도 아버지가 있는가부터 봤어요.

1964년, 반혁명분자라며 아버지를 잡아가다

아버지가 새끼발가락이 하나 없어요. 아마도 특발성 괴저였나 봐요. 발가락을 자르지 않으면 다리까지 잘라야 된다고 해서 발가락을 자르고 다행히 더 번지지는 않았지만, 일이 힘들거나 날씨가 흐릿한 날에는 엄청 통증이 심했어요. 북한에서 이소니꼬찐이라는 쪼끄만 알약이 있어요. 이소니찌드라고 강한 진통제라고 알고 있어요. 아버지 발 아파서 약 달라고 하면 병원에서 그걸 줘요. 날이 좀 흐릿한 날에는 아버지가 잠을 못 이루시거든. 아파서. 새끼발가락이 하나 없는데 엄청 아파하시고 다리를 절어요. 농산반에서 일하는 게 힘드니까 리에 있는 리발소에서 머리 깎는 일을 하셨어요. 그랬댔는데 이것들이 아버지를 눈독 들이고 저 사람을 잡아넣어야 되니까 어쨌든 힘들게 만들어야 되잖아요. "토대도 나쁘고 그런 사람을 왜 저리 쉬운 부문에서 일을 시키냐"고. "그 사람 농장에 내보내라"고. 그래 아버지는 현장에 나왔죠. 다리 절면서 김을 매고 하다 보면 얼마나 힘들겠어요? 우리 지방에선 담배 농사를 많이 지었어요. 담배 농사를 지으면 이제 7, 8월 담배 이파리가 시퍼렇게 독이 다 오르면 담배잎을 따거든요. 다 똑같이 자라는 거 같아도 뒷면을 딱 보면 줄기 있잖아요. 딸 때가 다 된 거는 줄기가 파랗지 않고 하얗게. 그래가지고 익은 담배잎을 따가지고, 담배 건조실이라는 거 혹시 못 보셨어요? 흙으로 2층집만큼 높이. 창문이 하나도 없는 담배 건조실을 지어요. 그 안에다가 딴 담배잎을 새끼줄로 엮어가지고 장대에 매달아서 고열로 쪄내요. 처음 꺼내면 말라서 바삭바삭하단 말이예요. 그거 밖에 널어서 밤이슬에 젖어 습기가 배면 해 뜨기 전에 거두어들여요. 새끼줄에서 담배잎을 뽑아가지고 등수를 매겨 포장을 해요. 1등급, 2등급, 등외. 이렇게 하는데 아버지가 그 등수를 매기는 일을 했단 말이예요.

[19]64년도 9월 20일이었거든요. 아버지가 선별한 담배 급수가 문제가 생겨가지고 아버지가 내려가 해명을 해야 된다 이러더래요. 우리 엄마가 "지금 아침 잡순 게 어디 안 좋은지 배 아파서 지금 누우셨다"고. 혹시 "딴 사람 가면 안 되는가" 하니까 아버지가 한 일이기 때문에 아버지가 가야 된다고. 농장 통계원이 들어와서 쓱 말하고 가니까 아버지가 그게 자기 갈 길이라는 걸 해석을 했는지 모르겠는데, "아, 됐다. 내가 간다"고 그러고 일어나시더래요. 나가시는데 아버지가 솜바지를, 우리 맏오빠가 철도 다니면서 정복으로 내주는 그 솜바지를 아버지가 입고 있었는데, 기웠던 자리가 떨어져서 이렇게 너풀너풀하더래요. 그래 엄마가 "그럼 그거 기워라도 입고 가시라"고. 문턱에다가 발을 올려놓고, 아버지 나가시는데 그 솜바지를 기워 입혀서 보내신 거예요.

우리 엄마도 아버지 나가신 다음에 아무 생각도 없었대요. 근데 30분도 안 돼서 주재원이랑 사람이 두 명 와가지고 가택 수색을 하더래요. 우리 맏오빠가 철도에 나가 있고. 둘째 오빠가 군대 갔다가 제대돼서 해안경비대에 가 있었어요. 그 밑에 오빠는 농장에서 일하고. 맏언니가 전기전문학교에 가서, 그 학교가 생겨서 여자 최우등생이 처음이라고 학교에서 그럴 정도로 공부를 잘했단 말이예요. 그래서 그거 3년을 졸업하고 청진조선소 변전소에서 근무하고 있었어요. 그니까 우리 엄마 생각에는 자식들이 외지에 나가서 일하는 애들이 많으니까 어디서 물건 잃어지면 와서 집을 뒤지겠지. 이래 생각하고 그저 가만히, 생각도 없었대요. 다 뒤지는데 가져갈 게 뭐가 있겠어요. 없으니까 액자에다가 가족사진들을 넣어서 유리를 넣어서 이렇게, 그 사진 액자를 가지고 가더래요. 그리고 오빠의 적위대 혁대 같은 게 있어요. 그거 가져가고. 가져간 다음에도 엄마는 생각을 못 했대요. 10분, 20분 지나니까 벌떡 생각이 나는 게 아버지 생각이 난 거요. '아, 이게 아버지 간 게 거저 일이 아니겠구나.' 그래 막 뛰어서 관리원에 가서 "우리 애 아버지 아까 그 버스에 가면 올라오는 차 없는데 몇 시에 올라오시냐?"고 하니까 통계원은 그냥 고개를 푹 숙이고 앉아 있고. 관리위원장은 어디 갔다 들어오는지 "마 아바이 어디 갔슴까?" 오히려 엄마한테 묻더래요. "관리원에서 심부름 보냈지 않았냐?"고 하니까 관리위원장이 "나 어디 갔다 이제 오는 길인데, 누기 심부름 보냈어?" 하니까, 통계원이 고개를 푹 숙이면서 "주재원실에서 데려갔습니다" 그러니까 엄마도 딱 쓰러지고 온 집안이 완전히 초상난 집안이죠.

근데 9월 19일이 아마 토요일이나 일요일이나 됐는지 모르겠는데. 추석이라서 쉬는 날이었는지. 쉬는 날 전에 우리 도토리 주우러 간다고 학교에서 몽땅 그 사소라는 데를 가을 소풍 삼아 갔단 말이예요. 우리 오빠가 좋아하던 처녀가 사소에 있었거든요. 근데 모두 분교에 모여서 집으로 내려오려고 하는데, 그 처녀가 찾아와가지고 "여기까지 왔는데 집에서 밥이라도 같이 먹고 내일 보내면 안 되냐"고 선생님한테 물어보러 온 거요. 선생님이 승인해줘서 나는 그 사돈집에서. 사돈도 안 됐지만 그때까지는. 많이 좋아하는 남자친구 동생이니까 데려다가 수수떡도 해주고. 대접 잘 받고 이튿날에, 추석날에 나는 내려왔죠. 오니까 엄마 앉아 울고 동생이 앉아 울고 다 이러더라고. 그 집에서 식구들 주라고 수수떡인지 뭐인지 싸줘서 그거 가지고 즐겁게 10리를 걸어서. 그때 내가 열네 살이에요. 그래가지고 들고 왔는데, 와보니까 그런단 말예요. 그날, 추석날 아침에 엄마는 그 생각을 하는 거지. "내 때문에 아버지 잡혀갔다"고. 왜 그러는가 하니까, "추석날인데 쌀이 한 알도 없어가지고 제사밥을 뜰 쌀이 없으니까 제사를 못 지냈다"는 거죠. 그러니까 "조상님이 노여버서(노하셔서) 아버지한테 이런 일이 생겼나 보다"고 엄마는 엄마 탓을 하는 거예요. 사람들이 누구네 잡혀갔다 그러면 자기네한테 불똥이 튈까 봐 "저 사람 반혁명분잔데 너네 동정하냐?" 그럴까 봐 와보지도 못한단 말이예요. 그랬는데 웃방에 살던 까마귀할매라고 그 할머니만 찾아와서 엄마를 위로하고. 나는 그다음 날에 아무것도 모르고 떡 온 거잖아요.

열네 살, 반동의 가족으로 수난이 시작되다

수난의 시기가 닥쳐온 거죠. 중학교 2학년 땐데. 그때까지 학급에서 항상 1등이었어요. 공부나 뭐이나 나는 못 하는 게 없을 정도로 그렇게 하다 보니까 불량소년 이런 애들도 나하고는 할 말이 없은 거야. 근데 아버지가 그렇게 되니까 막 별명을 지어가지고 "마 순사 잡아갔단다", "쟤네 아버지 반동이랜다" 그런 소리 하고. 나는 학교 가는 게 지옥인 거죠. 학교가 저만큼 보이면 물웅덩이에 앉아서 가야 되나 말아야 되나 막 그랬어요. 사람들도 다 수덕거리고. 그전에는 예절 바르다고 기특하다고 그러던 사람들이 우리가 오면 피해 가요. 내가 애들 그렇게 휘동해가지고 많이 다녔는데, 학교에서 애들을 나한테 못 놀게 하느라고, 향토역사라는 거 한다고 "옛날 독소리에 마 대감이라고 살았는데 지주가 돼서 머슴을 데리고 살고" 그런 소리를 계속하고.

그때 북한 예술영화에 〈벗들이여 우리와 함께 가자〉, 이런 예술영화가 있었어요. 항일 유격대 여성 공작원이 위만군, 중국에 위만군 부대 있잖아요. 그 위만군 부대 공작원으로 들어가가지고, 지도관은 악질이고 부관도 악질인데, 그 부대를 와해공작을 해가지고 항일 유격대 편으로 데리고 오는 이런 영화가 있었어요. 거기서 제일 악질적인 부정 인물이 일본 지도관이고 그 부관이었단 말이예요. 학교 선생이 교단에 서서 말을 하면서 애들이 나한테서 계속 붙어 댕기니까 "지금 어느 때라고 지도관이 있고 부관이 있냐? 그 어떤 학급에서는 애들 다 데리고 다니는 지도관이 있고 거기에 따라다니는 부관이 있다"고. "절대로 그러면 안 된다." 애들이 나하고 놀지 못하게 만드는 거예요. 학교에서 왕따 되면 선생들이 나서서 어쩐다는데, 이거는 왕따가 안 되니까 선생이 그렇게 해서 나하고 애들이 못 놀게 하는데, "개네 집엔 왜 갔냐? 가서 뭐했냐?" 그러니까 애들이 선생 눈치를 보고 나한테 오지 못하고. 학교 정문만 딱 벗어나면 막 뛰어서 우리 집에 온단 말이예요. 그럴 정도로 선생들이 나를 그렇게 짓밟았어요.

아버지 잡혀간 다음에 사방에서 막 "마 순사 잡아갔다"면서 그 집에 "순사 혁띠 나오고 순사 칼이 나왔단다" 막말을 하면 나는 말도 안 되는 그 말들을 듣는 게 죽기보다 더 싫었어요. 그 말들이 듣기 싫어가지고 『수학의 지혜』, 『물리의 지혜』, 두꺼운 책들이 있었는데, 제일 안 풀리고 힘든 문제만 골라 풀다 보면 두 번 세 번 풀다가 제일 안 풀리던 문제를 딱 풀어놓으면 속에 엉켰던 게 뭔가 풀리는 거 같은 느낌. 저는 그때 애들의 말이 하나도 귀에 안 들어왔는데. 웃음소리도 안 들리고 노래 불러도 그것도 전혀 안 듣고 공부를 했거든요. 여자중학교에 다닐 때에는 시험이랑 앞두고는 시오 리를 걸어요. 새벽길을 1시간 반 정도 걸으면서 그냥 외우면. 북한의 시험은 한국의 시험하고 틀려서(달라서) 외워야만 되는 거거든요. 어떤 거는 토씨 하나 틀려도 안 돼요. 저는 공부를 그렇게, 어떤 거에 딱 심취한다 그러면 옆에서 폭탄이 떨어져도 저는 몰라요. 그냥 '너네 말하겠음 말해라. 나는 내 공부한다' 이런 생각으로 그냥 했거든요. 그래서 어느 선생님한테서 주목을 안 받는 그게 없었어요.

내가 졸업하는 해가 [19]67년돈데 북한에서 9년제 기술의무교육 시작되는 첫해였어요. 기술학교가 의무교육이 된 거죠. 기술학교가 여자중학교, 남자중학교로 편입이 되면서 제가 중학교 4학년으로, 무산여자중학교 4학년으로 편입돼서 2년 반을 기술학교를 다녔어요. 여자중학교, 한 1,700명 정도가 됐거든요. 1,700명 중에 마순희를 모르는 사람이 있으면 간첩이라고 할 정도로 공부를 잘해서 선생들이 4학년 4반의 마순희라는 학생은 어떻게 공부하고 이러니까, 어떤 때는 우리 교실 앞에 애들 줄레줄레 쭉. 내가 쉬는 시간에 나가려고 하면 쭉 섰어. "너네 반에 마순희 누구야? 마순희 누구야?" 농촌학교에서 왔는데. 자기네는 시내학교에서 난다 긴다 하댔는데, 계속 선생들이 그러니까 누군지 얼굴이나 보겠다고 우리 교실에 찾아오는 거죠.

잊을 수 없는 게 또 있어요. 화학 과목이었는데 선생님이 수업 시작하기 전에 먼저 번 시간에 배운 거 질문하고 점수 매기는 거 있는데, 그걸 "스무 칸을 채우는 사람은 시험을 안 보게 하겠다" 이렇게 선포를 했어요. 1년이 다 지나간 다음에 그 란을 다 채운 게, 10점 만점으로 다 채운 거 나 하나였거든요. 전교적으로. 마지막에 시험 때 딱 되니까 그걸 보여주는 거예요. "너희들하고 약속한 대로 전 칸을 10점으로 채운 학생은 내가 시험 안 보겠다고 얘기했지?" 그래가지고 "너는 시험 치는 동안 앉아 있어도 되고 나가 놀아도 된다. 그냥 10점이니까." 그러다나니까 애들이 "너네 반에 마순희 누구야? 어떻게 공부하면 걔는 그렇게 하냐?" 엄청 그랬거든요.

이렇게 해서 유명해진 게 졸업할 때 큰 상처가 되더라구요. 중학교를 다 졸업한 다음에 대학 추천을 받잖아요. 대학 추천을 해야 되는데, 10점 만점 최우등생이 대학 추천 못 받았다고 그러면 자기네들도 대외적으로 좀 이러니까, 내 성적을 잘라야 되는데, 평소 성적이나 이런 거 가지고 좀 에누리를 하거든요. 70~80프로 시험 성적 보고 나머지는 평소 성적 보고 이러거든요. 그래가지고 10점 주지 말자고 담합을 하는데, 어떤 선생들은 "야, 내가 왜 그러냐? 내 과목에서는 제일 우수생이 걘데 걔를 10점 안 주면 누구를 10점 주냐?"고 안 하는데, 어떤 선생들은 당 조직이 막 이렇게 하라 그러면 거게 동조를 한단 말이예요. 그래서 제가 다 10점인데 딱 두 과목 7점인지 8점을 줘가지고 저를 최우등을 안 시켰어요. 저는 최우등을 안 해본 일이 없거든요. 근데 10점 최우등생이 대학을 못 갔다 그러면 자기네 그럴까 봐. 혁명역사를, 학교의 세포비서 선생이 과목을 맡거든요. 근데 혁명역사는 난 지금 외우래도 다 외울 정도로 저는 100점 만점이에요. 근데 토대 나쁜 사람 혁명역사 10점 주면 안 된다고 이렇게까지 말을 하면서 그 선생이 자르고. 군당 대학모집과에서 추천을 해주는데, 공부도 못 하고 그러던 애들 대학 추천을 다 받는데 나는 전교가 다 알 정도로 이름난 학생인데 아무 데도 못 가는 거예요.

김충길 선생님. 담임선생님이셨는데, 학교에서 제일 무서운 선생이라고 했어요. 참, 선생님 생각하니까 잊을 수 없는 기억이 있어요. 우리는 소풍 가면 한 10리를 걸어서 간단 말이예요. 소풍 가서 다 놀고 오는데 "제자리에 섯!" 딱 애들 세워놓고, "너네 지금 손에 뭐가 있니? 손 들어봐!" 손 이래 들고 이러니까, "너네 가만 생각해봐라. 옛날에 우리 어머니들이 항상 손에서 바늘이 떨어져본 적이 없었고 손에서 걸레가 떨어져본 적이 없었고 그럴 정도로 근면하셨다. 너네 엄마들 생각해봐라. 엄마들이 산에 갔다 오면서 빈손으로 내려올 때가 있더냐. 하다못해 땔나무 한 가지를 꺾어오던, 산나물을 캐오던, 못하면 토끼풀이라도 들고 오시지 빈손으로 집에 들어오시는 엄마를 본 적 있냐? 너네가 자라서 다 그런 엄마 되고 조선 여성이 되는데, 너네가 처음부터 그렇게 배워야 된다"고. "10분 동안 시간을 줄 테니까 손에다가 뭐든지 들고 오라. 절대로 빈손으로 대열에 들어설 생각을 말라"고. 그래서 10분 동안 딱 헤쳤는데 토끼풀 뜯어오는 애들, 빗자루감 가져오고, 다 들고 왔잖아요. 우리가 기술학교 때니까 한 열대여섯 살, 열일곱 살 그땐데 그 나이 먹도록 칭찬을 받아본 건 그날이 처음이었다는 애들도 많았죠. "우리 딸이 어떻게 샘이 나가지고 토끼풀을 다 뜯어왔냐", "돼지풀을 뜯어왔냐" 이런 칭찬을 [들었다죠].

그 선생님이 제가 대학 못 갔을 때 눈물을 보이셨어요. 선생은 구체적인 내막은 모르고 내가 너무 공부 잘하는데 대학 추천 못 받으니까 한번 해보겠다고 대학모집부까지 갔는데, 대학모집부에서 딱 자르니까. 역사 선생이었거든요. 역사지리 분과실이 있고, 그 역지분과로 오라 해서 "똑, 똑" 하고 들어갔는데 선생님이 돌아 못 서는 거야. 눈물이 이렇게 나니까. "순희야, 내한테도 힘이 없구나." 나도 문 차고 나와가지고 혼자서 그 나무더미에서 얼마나 울었는지. 그때는 내가 슬퍼서 운 게 아니라 선생님이 더 안 돼서. 그리고 너무 고마워서. 아휴… 그래가지고 사람들이 안 가는 농업학교에 입학시험을 보러 갔어요. "그 농업학교 졸업해도 농촌이고, 안 다녀도 농촌인데 그거 농업학교 왜 다니냐?" 이럴 정도로 하는데, 나는 그래도 배움이 너무 목멨던지라 그거라도 가겠다고 고등농업학교를 시험을 쳤어요. 다른 대학에 못 가고 말하자면 찌지래기들만 가는 거잖아요. 그래도 최선을 다해서 공부하고 싶어서 정말 이 시험지의 앞뒤 쪽을 100점 맞을 정도로 다 썼거든요. 같은 동네에서 남자중학교에 다니던 전××이란 애는 1분도 안 돼가지고 이름만 쓰고 탁 엎어놓고 나간단 말이예요. 말로만 듣던 백지 시험지를 내는 걸 그날 처음 보았거든요. 근데 붙은 학생을 공시하는데 그렇게 이름만 적어 백지 시험지 낸 애도 다 붙였는데, 나는 안 붙인 거여. 그게 [19]69년도란 말이에요.

30년 걸려 밝혀진 할아버지의 항일혁명사적

할아버지 혁명사적이 이렇게 밝혀지기 시작한 게 [19]68년도였어요. 중앙에서부터 가죽 표지를 한 족보책 같은 거 가지고 왔는데, 이 책이 세 번 내려왔다는데 이런 사람이 없다 하고 돌려보내고 내려오면 또 돌려보내고 했대요. 청진 라남이라는 데에 영예군인(상이군인) 공장이 있는데, 우리 육촌오빠가 살아요. 그 오빠가 마가니까 혹시 이 집 가족이 아니겠나 싶어서 거기로 중앙에서 또 한 번 가본 거예요. "이 집 가족이 함경북도 무산군 독소리에 사는데 왜 그러냐?"고 하니까, 그 "독소리에 세 번씩이나 갔다가 지금 다 빠꾸됐다"고 이러더래요. "우리 작은아버지도 살고 계시고 거기 다 있다"고. 그러면서 오빠가 너무 기가 막히니까 거기에서 막 베꼈지요. 쪼끔만 좀 이거 보자고. A4용지 이런 데 6장 정도 막 적어서. 할아버지 이름이 뭐이고. 어떻게 투쟁을 했고. 큰아버지 마기석은 두만강 유벌공(떼꾼) 하면서 뗏목의 밧줄에다가 연락쪽지 가지고 다니다가 발각되어 체포되었는데, 중국 달라즈 감옥에서 이렇게 최후를 마치고. 이게 다 나온단 말이예요.

거기에 증인이 김영희. 청진시 무슨 구역 이렇게 다 나오는데. 그 사람들이 증인이 된 게 우리 고모가 청진 도당 공급부에 다녔어요. 고모가 몸이 좀 아파가지고 어떤 할아버지한테 침을 맞았나 봐요. 침을 맞으면서 고모가 친정아버지도 의사였는데. 그렇게 유명했는데. 거기다 대고 "성함이 뭐

이냐?" 하니까, "마도원"이라고 그러니까, "아니 그 집 자제분이 이렇게 살아있을 수 있냐?"고 이러면서, "나라를 위해서 그만큼 했으면 열사증 다 받고 그랬겠죠?" 막 이러니까, "아휴, 말도 말라"고. "우리 오라버니는 지금 친일파로 몰려서 정치범 수용소에 가서 소식도 모른다"고 말하니까 "어디 그런 게 있냐"고. 이 사람들이 증인 누구누구 이래가지고 그걸 이렇게 보낸 거여. 그니까 이게 위에서부터 거꾸로 지금 내려온 거예요. 그래가지고 오빠가 막 눈물을 흘리면서 [보낸] 편지가 왔더라구요, 우리 집에. 이렇게 두껍게 등기편지가 온 거예요. 혁명열사 가족만 되면 만경대 혁명학원은 몰라도 가고 싶은 대학 얼마든지 가거든요. 그래서 내가 속으론 코웃음 쳤어. '너넨 그 잘난 농업학교도 날 안 붙이니? 이제 너네 보란 듯이 내가 좋은 대학에 갈 거다' 이런 생각을 하면서 그래도 그걸 견뎌냈죠.

근데 [19]68년도부터 시작된 게 근 30년 지나서 [19]94년, 95년 이때야 해명이 됐어요. 현지에서 신원조회 하는 사람들이 자꾸 반대로 보낸 거예요. 위에서는 이런 사람이 이런 투쟁을 했다고 오는데, 친일파로 몰아가지고 우리 아버지를 잡아넣었으니까 이게 거꾸로 되면 자기들이 다 뒤집히겠으니까 반대를 하고. 이 사람들이 세력이 있으니까 다른 사람들한테 압력을 가한 거죠. 그래가지고 "땅도 몇 정보를 가지고 있었다" 그렇게 거짓말로 다 신원조회를 해가는 거죠. 아버지를 잡아갈 때도 그랬어요. 사람들이 증인이라고 데리고 갔는데, 그 사람들이 후에 와서 눈물 뚝뚝 떨구면서 우리 엄마 앞에 얘기하는 거 나도 들었거든요. "아주마이 진짜 미안하다"고. "갔는데, 사람이 때리는 것만 힘들고 굶기는 것만 힘든 게 아니더라"고. 밝은 고촉 전등을 켜놓고 사람을 자지 못하게 하니까, 3일을 못 자니까 헛소리가 나갈 정도래. 누구누구 모였을 때 "마용한이가 나라를 반대하며 일제 때보다 못하다"고 했다던지. 또 이런 거 저런 거 들은 적이 없는지 등 그 사람이 그 쓴 거 쭉 읽으면서. 그러니까 이 사람은 "그런 일이 없다고 아니라고 아니라고. 그건 거짓말"이라고 이래 말했는데, 3일을 재우지도 않고 심문하니까. 마지막에는 "그런 거 같기도 하다고 얘기를 해서 너무 미안하다"고 눈물을 흘리면서 얘기하더라고요. 그렇게 죄를 만들어가지고 아버지를 잡아넣은 거죠.

우리는 아버지가 금방 나오시는 줄 알았거든요. 처음에 내가 농막골이라는 데서 내려왔을 때 남의 집 웃방에다가 콩이랑 널어놓고 있었다고 했잖아요. 그 집 아들이 출세했어요. 평양에 사회안전부 학교가 있어요. 그 군관학교에서 교관을 하는데, 어느 날 휴가를 내려와가지고 자기 아버지보고 "마 아바이, 고생했지?" 그러더래요. 중앙당 안전원 학교에서 교육 주면서 "함경북도 무산군의 마용한이 사건처럼 사건을 조작해서 만드는 그런 일이 다시는 없어야 될 거"라고 강연자료에 나왔대요. 자기가 그 자료를 가지고 강연을 했으니까. 한 고향 사람이고 자기도 아는 사람의 사례니까 강연자료는 극비인데 이미 나왔으려니 생각하고 자기 아버지하고 얘기를 한 거예요. "그 아저씨 엄청 고생하고 나왔지요?" 이러더래요. "그 사람이 아직도 안 나와가지고 온 집안 식구 눈물 속에서 세월 보낸다"고 이러니까 이 사람이 '아차' 한 거죠. "아버지, 이거 절대 말하면 안 된다"고. "강연자료에까지 나왔으니까 그분이 나왔을 줄 알고 얘기를 했는데, 아버지 그거 말하면 내가 모가지"라고. 이러니까 아버지가 막 지 아들을 "나쁜 새끼, 제 자리를 생각해가지고 죽지 못해 살아가는 사람들한테 그런 희망적인 소식을 알면서도 못 알려주게 하냐"고. 어느 날 아침인지 그 아바이가 찾아왔더라고요. "아주머이, 희망 가지라"고. "힘 내라"고. "형님이 인차 나올 거 같다"고. "중앙당 간부학교에서 강의할 정도면 그게 사실이 아니겠는가" 하고. "우리 조금만 더 기다려보자"고. 그래서 우리는 그렇게 오래 걸릴 줄은 생각을 안 했어요.

청진에 있는 고모랑 또 올려보내면 또 미끄러지고. 또 하면 또 그러고 하면서 어쨌든 그게 [19]90년대 초에 해명이 됐단 말이예요. 근데 90년대 초라 그러면 우리 형제들 일생이 다 망가졌고. 대학도 못 가고 입당도 못 하고 다 그렇게 됐는데. 우리 애들까지도 대학 추천 이런 거 다 끝난 상황이란 말이에요. 그때는 더군다나 토대나 이런 것보다 돈이 제일일 때. [19]90년대 들어오면 이제는 다 그렇게 바뀌고 이런 거잖아요. 그때 중앙에서부터 '반일애국열사 마도원지묘'라고 대리석에 써가지고 열사비가 내려온 거예요. 할아버지 할머니 산소에다가 그걸 갖다 모시고. 군당에서랑 다 같이 화환 들고 올라가고. 해마다 명절 때면 지금도 그런대요. 절당골이라는 데 할아버지 할머니 산소가 있고 우리 식구들 묘소가 거기에 쫙 다 있거든요. 엄마 산소랑 다 있는데. 거기 열사비 앞에 인사하러 온대요. 북한 책에. 내가 지금 그걸 아직 못 봤는데 『세기와 더불어』 9권인지 어딘지. 우리가 탈북한 이후에 나온 책에는 할아버지 혁명사적에 대한 거. '마도원'. 이렇게 이름 딱 찍어서 나온대요. 『세기와 더불어』 제일 마지막에 나온 걸 한 번 좀 봐야되겠다 이런 생각도 들거든요.

나는 지금 가장 후회되는 게 한 가지 있어요. 내가 정말 큰마음 먹고 "우리 아버지 지금 어디에 있어요?" 이래가지고 물어봤다고 그러면 그 사람들이 나한테 뭐라고 대답했을까? 그런데 우리는 그런 말을 물어볼 수조차 없었거든요. 나는 그게 제일 화가 나요. 나 자신에게. 물어봐서 너 같이 잡아가겠다 하던 어찌던 간에 그걸 물어 못 보고 내가 온 게 그게 너무 화가 나요. 아버지는 그렇게 들어가신 다음에 다시는 나와보지도 못하고. 언제 돌아가셨는지도 모르고. 그냥 그렇게 정치범 수용소 귀신이 된 거죠. 정치범 수용소에 있다가 나온 사람의 얘기를 들어보면 [19]72년도까지는 정치범하고 경제범을 분리해놓지 않았었다고 하거든요. 그때 경제범으로 들어가 있던 사람의 얘기를 들을 기회가 있었는데, 그 사람 말하는 게 딱 우리 아버지 같았어요. 무산 사람이라는 것만 알고. 말하는 벙어리였대요. '마 아바이', '마씨, 마씨' 했는데 그냥 말하는 벙어리라고 했다고 하더군요. 자기 말 때문에 온 가족을 이렇게 망가뜨렸다 생각하니까 아버지가 입을 열고 싶었겠어요?

그래가지고 '말하는 벙어리'라고 그랬대요. 다리 저시고 감옥 안에서 머리를 깎아주었다는 거 보니까 우리 아버지가 맞는 거예요. 우리도 소식을 알자고 사방에 줄을 놓고 그랬는데, 끝내 못 알아봤어요. 그래도 언제 어디서 돌아가셨는지라도 알면 참 좋겠는데. 독재정권의 억울한 희생자가 되신 불쌍한 우리 아버지.

주석단에 앉아서 얼굴도 들지 못하는 어머니

우리 어머니가 원래 체격이 좀 왜소해요. 아버지가 그렇게 되다 보니까 자식들 앞에 자기는 천상 죄인이라는 생각에 항상 낮아 사셨어요. 첫해, 엄마는 그냥 앓아누우셨거든요. 그때 내가 중학교 3학년 됐을까? 그때는 돈도 정말로 없잖아요. 엄마는 아파 누우셨는데 약국에 가서라도 약을 지어다 드렸으면 좋겠는데. 그때 진료소 소장이 처음에 왔을 때는 우리 집 신세를 좀 많이 졌대요. 학교 졸업하고 총각으로 와서 합숙생활 하는 게 많이 힘들잖아요. 배가 고프면은 우리 집에 와서 잡숫고. 친자식처럼 그렇게 하던 사람인데 아버지 가신 다음에 병원에 갔는데, "엄마 좀 어떠냐?" 이리 물어보면서. 눈치 봐서 우리 집 식구들하고 가까이를 못 하거든요. "아버지 신세랑 많이 졌는데" 그런 얘기를 하다가 다른 사람 들어오니까 또 얘기를 못 하고. 그 다음에 떼주더라고요. 처방전을 해주고. 그때 돈으로 한 5원 정도를 나를 줬을 거예요.

신작로 따라서 눈보라 막 치는데. 돈이 생기고 처방이 생기니까 제가 그걸 들고 시오 리를 혼자 갔어요. 막 어두울 때 약국에 들어가니까 약국의 선생님이 너무 기막히다고 빗자루로 눈 털어주면서. 근데 그 약 이름도 잊혀지지 않아요. 삼묘환이었거든요. 삼묘환. 근데 난 삼이라고 들어갔고 이러니까 너무 좋은 약인 줄 알았어요. 저것만 사오면 엄마 병 나을 거다 생각했는데. 가서 딱 약을 사니까 소주병 같은 병에다가 알약을 넣은 거였어요. 토끼똥 같은 알약. 약을 싸가지고 품에 안고서 정말 그 눈보라 뚫고 다시 걸어왔는데. 집에서는 "엄마 앓는데 집에 들어와 불 때고 저녁도 안 하고 어데를 갔댔냐?"고 다짜고짜 욕을 하겠죠. 나는 꽁꽁 얼은 손으로 눈덩이 돼가지고 들어왔는데. 그래가지고 약을 드시라고 내놓고 다들 울었죠. 근데 엄마가 그 이후에 그냥 털고 일어나신 거예요. "내가 어떻게 더 누워있겠냐"고. 약을 잡쉈는데 그 약 덕인지는 모르겠는데 어쨌든 일어났어요.

우리 엄마는 엄청 성실하시고 진짜 조선 여성 그 자체였어요. 자기 자신보다 자식들을 위해 모든 걸 다 하는 분이었는데, 아프다가 일어난 다음부터 부대로력(협동농장원의 부양가족이 임시로 협동농장에 나가 일하는 것)으로 일하죠. 근데 집에 먹을 거라곤 없으니까 그때 도마도가 살렸다고 그러더라고요. 농장 작업반장이 "저애들 어떡하겠냐"고. "아주머이까지 쓰러질 거 같으니까 도마도 밭에 경비라도 좀 서라"고. 그러면서 알려주는 게 "밥을 아무리 많이 먹는 거보다 저 도마도 잡숫는 게 더 낫다"고. 그러니까 "매일 식전에, 정말 서리 뽀얗게, 이슬 맺힌 요런 도마도 익은 걸, 고걸 잡숫고. 저녁에 아무 때나 그렇게 잡수면서 도마도 밭에 경비를 좀 서달라"고 하신 거죠. 덕분에 그러면서 우리 어머니가 한 해 그 여름을 버티고 일어나신 거예요.

집에는 먹을 거 하나도 없고 정말 굶을 때도 많았거든요. 다른 집들은 생활이 괜찮은데, 우리는 정말 왜 그렇게 더 힘들었는지 몰라. 그때 밀가루랑 이렇게 격차로 줬어요. 격차라는 게 농장은 분배를 주잖아요. 한 사람당 300키로(kg), 200키로, 이렇게 주는데, 우리가 앞당겨 먹어서 현금분배에서 그만큼 자르고 준단 말이예요. 앞당겨 대여해주는 거나 같죠. 학교에 내가 벤또를 싸가지고 다녀야 돼요. 도시락을 쌀 형편이 안 되는 날이면 신문지에다가 가루를 200그람(g) 정도를 싸서 빈 벤또에다가 넣어가지고 학교에 갔다가 점심시간이면, 우리 사촌언니가 무산에 있었어요. 읍에. 나는 언니네 집 가 밥 먹는다고 벤또를 들고 나온다고요. 나와가지고 빵집에 가면 그 가루를 주면 빵을 바꿔준단 말이예요. 빵을 대여섯 개? 내가 하나 먹고 다섯 개를. 집에 식구들이 굶어 있는데 내가 그걸 먹어요? 벤또에다 싸가지고 저녁에 오고. 그런 것도 없을 때는 신문지에다 빈 벤또를 싸가지고 가방 옆에다 넣고서 갔어요. 점심시간 되면 애들 다 "밥 먹자, 밥 먹자." "나 언니네 집 가 먹는다" 하고 그걸 들고 나와서 무산읍을 한 바퀴 빙 돌고. 밥 먹고 왔다고 그냥 이렇게 해가지고 오고. 엄마는 "또 니 점심 굶고 학교 갔다 왔구나" 하고 가슴 아파하는데 저는 배고픈 걸 몰랐어요.

중학교 3학년 어느 학기, 학부형회의에 갔댔어요. 저녁에 학부형회의에 가면 애들끼리 다 나가서 운동장에서 놀면서 학부형회의 하는 거 창문으로 들여다보고 이랬는데, "야, 너네 엄마 주석단에 앉았다. 너네 엄마 주석단에 앉았다." 이래 들여다보니까 우리 어머니가 교장선생님이랑 같이 주석단에 앉아계시는 거여. 상석에 고개 이래 숙이고 그냥 앉아계시는 거예요. "아우, 엄마 좀, 아무래도 앉았으면 고개나 좀 들 게지" 하는데 엄마가 학부형회의 끝나고 오면서, 손 쥐고 오면서 그러더라고. "순희야, 나는 오늘 학부형회의 갔다가 내내 부끄러워서 얼굴도 못 들었다." "엄마, 거기에 앉아있는 게 뭐가 그렇게 부끄러운데?" "학생을 잘 키웠다고, 제일 모범적으로 키웠다고 주석단에 앉으라고 그러는데 내가 얼굴을 못 들겠더라. 나는 니가 학교를 가는지 공부를 하는지 밥을 먹는지 옷을 빨아 입는지 숙제를 하는지 아예 알지도 못하고 그렇게 했는데 가정교육 잘해가지고 애가 옷차림이 항상 깨끗하다구. 너를 언제 옷을 빨아줘봤겠니? 밥을 먹고 다니는지 내 아무것도 모르고 그렇게 니 절로 댕겼는데 가정교육 잘해서 예절이 바르고. 공산주의 도덕이 제일 모범이고 어찌고 한다고 그래 칭찬하는데 나는 얼굴을 못 들겠더라. 내가 해놓은 게 아무것도 없는데 그래도 내 덕이라고 이렇게 말을 하니까 고개를 들 수 없더라" 그러시더라고요. 우리는 옷차림도 있잖아요. 교복치마 주름을 다 세워서 담요 밑에다 놓구 이걸 깔고 자서 주름이 쫙 서게, 항상 이렇게 입고 다녀야 했거든요.

어머니는 아버지가 그렇게 가신 다음에는 자식들 앞에, 그저 본인은 그냥 죄인이라고 생각을 하신 거지. 우리 오빠는 해안경비대 있다가 탄광에 쫓아보낸 거죠. 우리 언니가 청진조선소에 있다가, 큰 조선소에 변전소면 조선소의 심장이잖아요. 반혁명분자로 아버지를 잡아갔는데, 그 딸을 그런 데 앉혀놓겠어요? 우리 언니가 딱 눈치를 보고 "너희들이 쫓아내기 전에 내 발로 나간다"고. 종업원 총회를 하는데 "사회주의 농촌에 청년들을 부르는데, 부모가 다 농촌에 계시기에 나는 농촌에 진출하겠다." 제절로 결의 토의하고 제절로 나와버린 거예요. 때리기 전에 제가 나온 거죠. 그러다나니까 자식들의 앞날을 다 이렇게 망쳤다고 엄마는 생각을 하신 거예요.

생을 빚진 어머니께 대접한 마지막 음식

우리 엄마는 시집와서부터 고생을 하시고 우리 키우면서도 고생하시고 항상 가난 속에서 사셨잖아요. 언젠가 70이 넘으셨을 때 그 얘기를 하더라고요."순희야, 내가 내 삶을 쭉 돌아보니까 입시 근심 안 하고", 입시 근심이라는 게 먹는 거, 입는 거예요. "입시 근심 안 하고 살 때가 너하고 살 때였는 거 같다" 그러더라고요. 나하고 살 때라는 게 시집가기 전 흥암리에서 살 땐데, 그때 제가 리에 있는 여관책임자를 했거든요. 관리위원장 아바이가 우리 집에 새벽에 몇 번 찾아와서 "여관 문제로 관리위원회 확대전원회의를 하면서 올려 훑고 내려 훑고 해봐도 여관책임자 시킬 사람이 집의 딸밖에 없더라"고 하신 거예요. "순희가 말을 듣지 않으니 어머니가 나서서 딸을 설득시킬 수 없겠는지?" 부탁하신 거죠. 확대전원회의라는 게 리 내의 당 간부들이랑 관리위원회 일꾼들이랑 같이하는 합동회의예요. 사실 1개 리의 관리위원장이라 하면 엄청 권한도 있고 대단한 사람인데, 평범한 농장원 집에 와서 이렇게 사정한다는 게 보통 문제가 아니거든요. "관리위원장 아바이가 몇 번씩 부탁하는데 어떻게 계속 안 한다고 하겠는가"고 어머니까지 간청하셨지만, 저는 "그렇게 안 됐으면 어머니가 하시라"고까지 하면서 말을 안 들었답니다. 다른 것은 몰라도 한창 잠이 많은 20대 초반 나이에 새벽에 일어나서 아침밥을 지어야 한다는 게 제일 자신이 없었던 겁니다.

몇 번을 버티다가 관리위원장 아바이의 간청과 또 어머니의 지청구를 들으면서 스물두 살 때인가? 그래가지고 내가 합숙책임자를 했어요. 합숙책임자를 하면서 열심히 일하기도 했지만 쌀, 돈 걱정을 안 하고 엄마까지 다 부양할 수 있잖아요. 거기는 상점이 리마다 있어서 거기서 공급을 다 한단 말이예요. 상점 책임자가 읍에서 왔는데 제 여자중학교 동창생이고, 식료품 책임자가 여자중학교 후배. 그렇게 하다 보니까 이 안에 공급되는 모든 게 맘대로 된단 말이에요. "나는 상점문이 어느 쪽으로 났는지도 모르고 네 덕에 잘살았던 것 같다"고 하시더라고요. 또 여행증을 못 떼서 가고 싶은 곳으로 못 가는 사람들이 많은데, 분주소 주재원이 제가 일하는 여관에서 식사하다 보니 저는 부탁만 하면 언제든지 증명서를 떼서 어머니 가고 싶으시다 하면 이모네 집에도 마음대로 가시게 했거든요. 그러다 보니 어머니는 일생 쭉 돌아보면 "내 니하고 살 때가 입시 근심 안 하고 제일 맘 편하게 잘살았던 거 같다"라는 말씀을 하신 것 같아요.

그래두 어머니 생각하면 못 해드린 것만 생각나고 내가 더 잘해드리지 못해서 늘 마음 아프더라고요. 그러면 우리 애들이 "엄마는 할머니한테 최

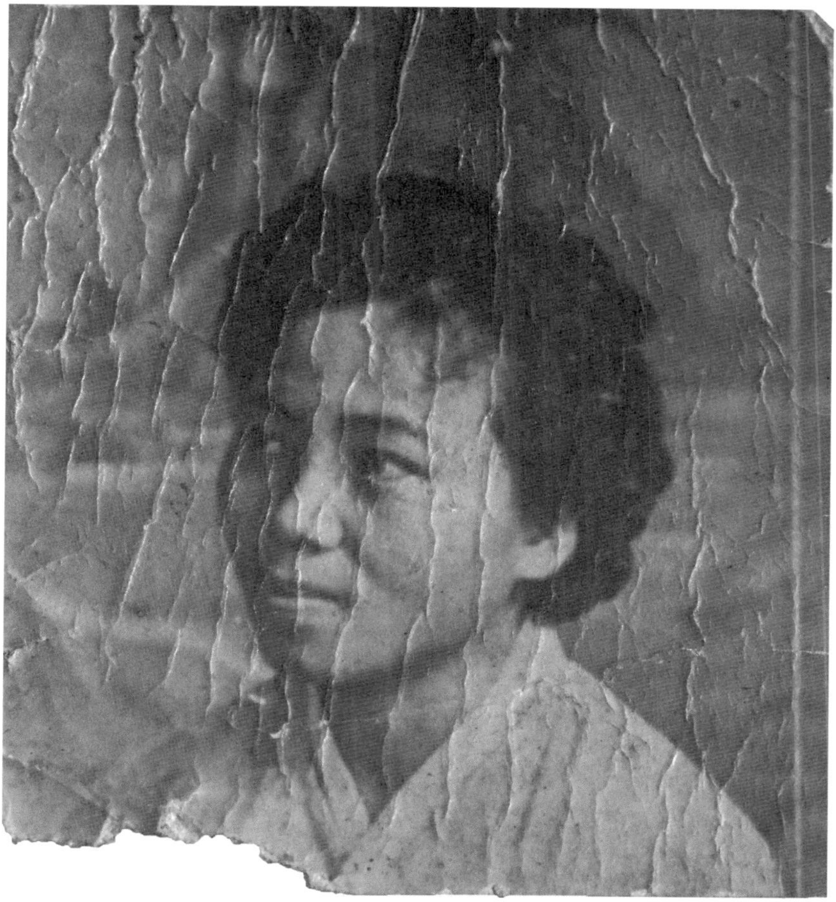

젊은 시절 마순희. 고향을 떠나올 때 겨우 가지고 온 몇 장의 사진 중 하나다.

선을 다했어. 우리보다 할머니를 더 챙긴 거 우리가 모를까 봐" 이렇게 나를 위로하면서 그 말을 하는 거예요. "엄마, 그전에 할머니한테 고기랑 가져가느라고 밖에서 눈무지에다가 파묻어놓고 가져갔잖아?" "니가 그걸 어떻게 아니?" 내가 이랬더니, 자기가 그날 화장실에, 재래식 화장실이 담장 밖에 있었잖아요. 오줌 누느라고 거기 안에 있었대요. 근데 엄마가 오시더니 뭔가를 눈무지에다가 파묻어놓고 집에 들어가시더래요. 뭔가 하고 파보니까 돼지고기가 들어있더래요. 그게 얼마나 먹고 싶었겠어요. 그래두 엄마가 저럴 때는 이유가 있을 거다 생각하고 그냥 말을 안 했대요. 근데 집에 들어오니까 엄마가 할머니 댁에 간다고 나가시니까, 외할머니 갖다 드리느라고 그러시는구나 생각했다고 하더라고요.

그때 [엄마가] 순대를 잡숫고 싶다고 했다는 거예요. 그때는 상상을 못 해요. 돼지고기를 아무 때나 먹을 수도 없는데, 더구나 순대를 아무 때나 해먹을 수는 없잖아요. 돈이 있어도 어디 가서 내가 구할 수가 없단 말이예요. 그때 내가 정양소(요양원)에서 일할 때인데, 이덕향이라고 내 친구가 있어서 함께 밤일을 하면서"엄마가 순대를 잡숫고 싶어 한다는데 순대를 내가 어디서 얻냐?" 이러면서 막 울었어요. "마지막 음식이 아닐까 생각이 든다"고. 근데 덕향이가 소장님한테 얘기해서 쉬는 날인데 인수원이 후방부에 가서 고기를 얻어온 거예요. 돼지 다리 요만한 거, 밸 몇 미터 정도 요렇게 뭉그려가지고 퇴근 시간에 가져온 거예요. 내 너무 고마워서 눈물이 났어요. 감사해서 정말. 요런 바케즈에 들어가는 돼지 다리면 얼마나 크겠어요? 그 돼지 다리하고 밸 이렇게 담아가지고 비닐 씌워 집에 들고 들어가는데, 집에 들어가면 우리 애들이 조롱조롱 셋에 남편 다 있는데, 다들 고기를 맛을 못 보는데 그걸 들고 들어갔다가 어떻게 도로 들고 나와요.

우리 집은 널판자로 울바자 이렇게 치고 그 밖에 변소가 있었어요. 겨울이니까 눈 치워서 밖에다 쌓아놓잖아요. 대문 열고 들어가기 전에 눈을 막 파가지고 바케즈를 덮어놓고서 집에 들어갔어요. 집에 들어가서 옷을 갈아입고, "나 이제 외할머니한테 갔다 온다"고. 그래 나와가지고 그 바케즈 들고 통근차 타고서리 두 정거장 되는 막내동생네 집에 가니까 어머니는 정신없이 이래 누워계시고. 농촌에 계시는 언니가 와서 동생이랑 엄마 시중을 들고 계시더라고요. "엄마 순대 잡숫고 싶었냐"고. "인차 해드릴 테니까," 나는 7시 차에 갔다가 8시 차에 돌아 내려가야 된단 말이예요. 그래가지고 언니가 순대를 만드는데 순대 잡숫는 거 못 보고 나는 나왔는데, 그렇게 순대를 해서 두 고친지 잡숫더래요. "맛있다!" 마지막 음식이였죠.

엄마가 돌아가셨는데 어떻게 해는 그대로 뜨고 사람들은 아무렇지도 않게 살아갈까? 세상이 야속하고 허무한 생각뿐이더군요, 하루 지나고 두 달이 지나니까 사람들이 밥이 목이 멘다는 말을 하잖아요. 그게 현실인 거예요. 목이 멘다는 게. 내가 밥을 넘구자 그러면 이 안에서 뭔가가 올리치면서 넘어 안 가는 거예요. 먹으려고 그러면 뭔가 올라와서 꼭 막혀서. 지금도 여기 와서 너무 행복하게 살잖아요? 내가 이렇게 행복하게 사는 거, 오래 사는 거 바라지 않는다. 내 전체 삶을 한 달하고 바꾸재도 나는 바꾸겠다. 엄마하고 한 달만 살아봤으면. 딱 엄마하고 같이 한 달만 살아봤으면. 이런 생각이 들더라고요. 내 생을 다 주고 한 달만 엄마하고 같이 살아봤으면. 열사증 내려오는 것도 못 보시고. 가시는 순간까지 '자식들한테 짐이었구나' 이런 생각을 하고 가신 거 같애요. 엄마 마음에 죄책감 같은 게 없이 가셨으면. 그 어려운 전쟁 속에서도 나를 버리지 않고 엄마가 키워줬잖아요? 엄마한테 잘하진 못해도 그냥 있는 그대로 최선을 다했고. 그래도 항상 후회는 남죠. 못 해드린 게 더 생각나고. 생에 정말 그거는 빚진 거 같애.

딸들에게 기타를 가르치기 위해 먼저 기타를 배우는 엄마

북한에 있을 때는 저는 행복하지도 못했고. 자랄 때 그렇게 되다 보니까 제가 자신감이 떨어져가지고 대상자를 고르는 것도 좋은 사람을 만나면 그 사람의 일생에 짐이 될까 봐 그렇게 못 하고. 토대 좋은 사람이 나하고 짝을 맞추면 그 사람이 간부가 되지 못하고. 자기 앞길이 막히면 가정불화가 생길 거고. 그러나 자존심에 내 과거가 이렇기 때문에 못 한다고 말을 할 수 없으니까 항상 나는 좋아하는 사람이 따로 있다고 거짓말을 해서 그거 다 물리치고 하다가 우리 남편 시형 되는 분이 "너는 우리 제수 감이다" 입버릇처럼 외우더니 결국엔 제수가 되고 만 거죠. 조금 비슷하다고 생각하는 사람한테 갔는데, 서로 이상이나 이런 게 잘 안 맞았죠. 고난의 행군 때 제가 돈을 벌고 쌀을 벌고 그래도 남편은 계속 들고 나가 술을 마시고. 딴데 눈을 팔고. 그땐 남편을 많이 원망했어요. 지금 와서 곰곰이 생각해보면 남편을 그렇게 만든 게 저였던 것 같아요. 남편한테 미처 신경을 못 썼거든요. 철부지 애들을 입히고 먹이고 학교생활까지 내가 다 책임지고 고생하는데, 남들이 굶어 죽을 때 어지럽지 않을 정도로 옷 입히고 밥 안 굶기고, 그리고 남편도 남들만큼 입고 굶지 않고 그런 정도면 남편한테 최선을 다한다고 생각했어요. 애들 챙기기도, 집 살림에 직장 일에 정말 몸이 10개라도 모자랄 지경이었거든요. 그래서 남편의 외도에 더 배신감을 느꼈던 것 같고. 그러다 보니 남편은 바깥에 더 눈을 돌리게 되고. 또 저는 일과 애들밖에 모르고.

딸 셋을 키우면서 내가 일기장에다가 항상 쓴 게 그거였어요. '내 일생에 사랑이란 다 이제는 끝난 거다. 나는 자식들을 위해서 밑거름이 되겠다.' 이혼하면 아빠 없는 애들이란 소리 듣고. 아빠가 키우면 엄마 없는 애들이 될 거고. 그게 싫어서 결혼 깨지 않고. 가정생활을 못 하면서도 그냥 애들을 그렇게 키웠잖아요. 나는 그냥 너네 키우는 데 밑거름이다 이렇게 생각을 했는데 그게 다가 아니더라구요. 그렇게 행복하지 못한 모습을 보여줄 바에는 차라리 이혼하고 각자가 행복하게 자기 삶을 살기라도 할 게지. "우리를 위해 엄마가 그렇게 했다고 하지만 그런 모습을 보면서 화목하게 사는 다른 집들이 부러웠다"고. 우리 딸이 그런 얘기를 살짝 비치는 걸 듣는 순간에 가슴에 돌덩이 같은 게 탁 들어오는 게 '아, 이게 그렇구나. 내가 희생한다고 생각했던 게 애들한테 얼마나 상처가 되었을까? 어쩔 수 없이 안 좋은 모습을 보일 수밖에 없었던 게, 그렇게 해서라도 가정을 지키려 했던 내 선택이 틀린 건가?' 우린 정말 술 마시고 들어오면 솥뚜껑이 날아가고. 막 때려서 내가 피 흘리면서 도망쳐가고. 이런 적이 한두 번이 아니었거든요. 그런 게 애들한테는 트라우마로 남은 거죠.

북한에서 소년회관이라는 거는 예능인 키우는 데. 큰딸 전문대 보내고 둘째와 셋째 딸은 다 거기 보냈어요. 북한은 다 육체노동이잖아요. 그나마 쉬운 거가 예능 부문이거든요. 내가 떳떳하지 못했기 때문에 애들한테는 더 최선을 다한 것 같애요. 당당한 간부 집 자식이 아닌 이상, 돈이 많고 이런 집이 아닌 이상에 평로동자가 잘살지도 못하면서 애들을 그렇게 예능으로 키운다는 거는 정말 치맛바람이 엔간하지 않으면 안 되거든요. 처음에는 감수성을 키워준다고 기타를, 도레미화솔라시도를 내가 먼저 배웠어요. 애들이 잘 칠 줄 모를 때. 기타를 배울 때 제일 기초로 배우는 노래, "흰 눈보다 하얀 꽃, 금강산의 목란꽃" 간단한 게 있거든요. 기타를 내가 먼저 배워가지고 애들을 배워주고. 잘 치지 못하더라도 기타 소리를 계속 들으면서 음악이 귀에 설지 않은 이런 걸 계속하고 싶어서.

나는 학교 때 가야금을 쳤거든요. 가야금은 구하기가 힘들어요. 기타는 개인이 만드는 걸 사기도 하고 그러니까 좀 쉽더라고요. 그래서 우리 집에는 기타가 3대 있었어요. 딸 셋이서, 기타를 셋이서 쥐고 3중주를 할 정도로,

여러 사진을 모아 만든 가족사진

어렸을 때부터 그래서 그런지 모르겠는데, 애들이 다 예술에 소질이 있었구 또 잘했어요. 근데 그게 어렵다는 거는 2월 16일 김정일이 탄생일이고, 4월 15일은 김일성이 탄생일이잖아요. 그 공연할 때면 애들이 밤새워 연습하느라 힘든 것도 있지만 경제적인 어려움도 컸는데, 무대복을 학교에서 내주거나 그러지 않거든요. 본인 부담을 해요. 내 한 달 급여가 50원 안 되는데, 무대복이 250원 내야 되는 상황이고. 그랬기 때문에 내 옷 중에서 제일 좋은 거 "250원에 니가 가져라" 그렇게 아는 친구한테 제 옷을 주면서 돈을 구해서 준비하는데 저처럼 순수 노동자 가족이, 아빠 엄마가 다 간부도 아닌 게 애들을 예능을 키워가지고 한다는 게 쉽지는 않았어요.

일요일이나 이런 노는 날에 있잖아요. 애들 데리고 산에 갔어요. 도시락 싸가지고. 맛있는 거 못 싸도 옥수수밥에다가 된장 싸가지고, 산에 가서 산나물 캐면서 "이거는 삽주다. 이거는 닥지싹, 이거는 명나물이다." 쌈 싸서 먹을 수 있는 거는 그냥 물에다 씻어가지고 샘물에다가 밥 말아서 된장 찍어서 먹고. 애들에게 추억도 만들어주고 또 애들이 산을 알게 하고 싶기도 했죠. 명절 때면 만년필 하나, 수첩 하나씩이라도 꼭 선물을 해주고. 생일날에 해주거나 그러지는 않아요. 거기는 명절을 중시하지 개인 생일은 중시를 별로 안 했어요. 설날에 내가 애들한테 사진첩을 3개 사서 선물로 주었댔어요. "여자는 시집가면 다 집을 떠나는데 집 사진첩에서 사진을 뜯어서 가져가겠니? 이제부터 너네 사진은 알아서 자기가 관리를 해라." 그렇게 한 3년 되니까 사진첩들이 거의 차드라고요. 그랬는데 올 때 그 사진첩을 그대로 두고 오면 현상수배하고 이렇게 벽에다 붙이는 거. 그게 붙을 생각을 하면 기가 막히잖아요. 그래가지고 창고 안에서 그걸 하나하나 불에다 태웠어요. 찢을 수 있는 거 이렇게 찢어가지고. 이래서 사진을 떨어지는 걸 골라서 몇 개를 가지고 왔죠.

1998년, 돈 벌겠다며 중국으로 간 맏딸을 찾아 국경을 넘다

맏딸을 전문대학에 보냈는데 무산광산에 집단 배치, 제일 힘든 곳에 들어간 거예요. 노임도 없고 배급도 안 주고 계속 힘든 일을 하다가 일주일 동안 휴직을 줬어요. 중국 브로커 한 사람이 "너라도 중국에 가서 돈 벌어다가 엄마랑 좀 편하게 사는 게 좋지 않겠냐?" 북한에 계속 있어야 돈 벌 수단도 없고 '돈 벌어가지고 오겠다' 간 다음에 우린 그걸 알았죠. 목숨 걸고 가는 길인데 다시 온다는 보장이 없잖아요. 일주일 됐는데 "다시 돌아갈 마음이 없으니 딸 하나 없는 셈하고 몇 년만 기다려 달라. 죄송하다"고. 6월 24일 저녁에 편지 받고 하룻밤 새에 짐 다 정리하고 큰딸 찾으러 작은딸 둘을 데리고 [19]98년 6월 25일 탈북했어요. 무사히 찾아서 다시 데리고 돌아온다는 보장은 할 수 없는 상태였기에 집에 남아 있던 두 딸도 데리고 떠났어요.

불행한 예감은 언제나 틀리지 않듯이 중국에 먼저 넘어갔던 맏딸은 이미 인신매매자들에게 팔려 그 고장에 없었고, 데리고 떠났던 두 딸도 위험을 피해 먼 곳으로 보낸다는 미명 아래 흑룡강성으로 팔려 가는, 말 그대로 온 가족이 풍비박산 되었죠. 택시에 태웠는데 딸 둘은 앞에, 엄마는 뒤에, 연길 시내 한복판에서 짝 갈라진 거예요. 정말 하나도 살고 싶지 않았어요. 물 한 모금 안 먹어도 일주일 정도를 살더라고요. 머리가 하얗게 되고 눈이 뵈지 않을 정도로 부었다가 부기가 빠지니까 축 처지고. 마흔여덟 살이니까 아무렇지도 않을 땐데, 갑자기 할머니가 돼버린 거죠. 우리 둘째가 팔려는 갔는데, 언제 도망칠지 모르니까 주인집에서 감시했나 봐요. 브로커가 한 그룹이에요. 연변 시내에서 브로커들이 와서 값을 매기는 거예요. "애는 몇천 원이다" 이렇게 가격을 매겨가지고 인차 팔리면 괜찮은데, 팔리지 않으면 애를 데리고 있다 잡히면 2만 원 벌금. 그러니까 우리 둘째 딸은 "엄마가 연길에 있는데 여기에 살 수는 없다. 나는 아무리 감시해도 언제 도망쳐도 도망친다." [그래서 브로커가] "돈 내면 엄마 데려오겠다" 해서 딸이 엄마를 산 거죠. 엄마를 사간 거죠.

중국에서 4년 반 정도를 살았죠. 북한 당국이 탈북자들을 북송하라고 계속 중국 정부에다가 요구하잖아요. 돌려보내라고. 그러니까 중국 공안당국이 계속 색출해서 북한으로 북송한단 말이에요. 공안에서 잡으러 나온다 하면 자기네는 다 아니까 알려준단 말이에요. 그 전화 받으면 무작정 튀어나와가지고 옥수수 가리든 창고 구석이든 숨어야 되니까. 한 동네에서도 같이 살던 사람들이 잡혀가는 거 눈으로 보잖아요. 언제 잡힐지 모르고 불안하니까 한국 갈 생각을 하는 거죠. 그렇게 잡아가지 않았다면 중국에서 그나마 일하면서 다 살았을 거예요. 탈북자들, 제가 만나본 사람들 물어보면 "그렇게 잡아가지만 않는다 그러면 탈북자 중에 한국에 오겠다고 마음먹은 사람이 몇이나 되겠냐?"고 그럴 정도란 말이에요. 북한에서 어렵게 살다가 중국에 오니까 일을 하면 일하는 만큼 먹고살 수는 있으니까. 잡아만 안 가면 그래도 한국에 오는 것보다는 북한으로 돌아갈 수 있는 확률이 높잖아요. 근데 한국에 온다는 거는 정말로 북한하고는 영영, 다시 돌아갈 수 없는 그런 강을 건너는 거나 같으니까 그걸 선택을 못 하고 그러는 거죠.

그때 티비에서 스페인 대사관인가, 스물일곱 명인지 스물두 명인지 한꺼번에 들어간 걸 본 거예요. 우리 큰딸이 그걸 봤다고. 그러면서 북경에 가면 한국대사관에 들어가면 된다고. 그렇게 막연하게 알고 떠났는데, 와보니까 한국대사관이 다르고 영사관이 다르더라고요. 겨우 영사관을 찾아서 갔는데, 영사관 앞에는 탈북자들이 계속 진입하니까 대형 경찰버스 두 대가 서 있고, 담장 밖에 경찰 두 명이 있고, 건물 안에 경찰 두 명이 항상 보초를 서고 있더라고요. 그래서 어떻게 들어갈 수가 없는 거예요. 경찰들이 20명씩 줄 서서 시간마다 교대를 딱 하고. 무력시위하는 것처럼 돈단 말이에요. 그걸 볼 때마다 가슴이 철렁철렁 내려앉잖아요. 3일째 되던 날에, 금요일이었거든요. 우리는 여비도 떨어지고, 토요일 일요일은 영사관 일 안 보는데 이틀 동안 맹목적으로 있을 수가 없잖아요. 영사관 앞에 작은 매점 같은 게 있어요. 그 소매점에서 영사관 수속하는 사람들이 서류 봉투, 하늘색 봉투를 팔고 있었는데 그걸 애들이 산 거예요. 그리고 사람들이 주는 전단지, 명함, 이런 것들을 쑤셔 넣고 그게 서류 봉투인 것처럼 보여주면서 한 애가 먼저 "빨리 안 오고 왜 그러느냐?"고. "12시 다 됐는데" 어찌고어찌고. "수속하는 데 지금 오전 중에 해야 한다"면서 막 가니까 그쪽 앞에서는 신분증 보자고 하고. "신분증 뒤에 사람 가지고 온다" 하고.

근데 나는 애들 다 들어갈 때까지 발이 얼어붙은 거예요. '저렇게 가다가 잡히면, 하나라도 잡히면 난 같이 잡혀야지. 내 들어가면 뭐 하겠나' 싶어서 밖에서 들어가지도 않고 있는데 그 안에서 "신분증 내라"고, "저 뒤에서 온다"고. 몸싸움하고 이러니까 밖에 서 있던 경찰은 도와준다고 그 안에다 들어가는 거야. 그러니까 나는 유유히 그냥 들어가고. 보니까 둘이 들어간 거예요. 둘은 잽혀서 지금 끌려 나가고 있는 거야. "막내 잡혔다!" 다시 또 뛰어나와가지고 경찰들 막 잡아끌고. 경찰들 옷이 찢어지고. 우리 애들 신발 뒤축이 다 떨어지고 이럴 정도로 몸싸움을 하면서 거게 들어간 거예요. 영사가 지키고 있다가 안심하라고. "여기는 대한민국 땅입니다." 그때 진짜 눈물 나더라구요. 그저 넷이서 부둥켜안고 큰 소리로 그냥 울었죠. 그때가 12시 딱 됐을 때예요. 점심을 먹으라고. 냉면 줬는데, 우리가 밥이 넘어가요?

처음에 걔네들 데리고 떠났을 때는 내가 애들 앞길을 다 망친 거 같애 가지고. 맏딸을 찾으러 떠나긴 했지만, 사실 자식들의 앞길을 내가 다 망쳤다는 생각을 많이 했거든요. 맏딸도 막내딸도 모두 북한에 그냥 있었다면 혹시 더 잘되지는 않았을까? 많이 미안하고. 우리 둘째 딸을 보면서 제일 그런 생각 많이 했거든요. 북한에 있을 때 선전대 가수라면 걸어도 안 댕겨요. 선전대 활동 가자면 선전차가 와서 집 앞에서 '빵빵' 하면, 얘는 북데기 속에서 튀어나온 알처럼 말쑥하게 차리고 그냥 나가서 같이 가고. 고생을 안 했잖아요. 남들처럼 힘든 일도 안 했고. 노래하고 그저 이렇게 하면서. 그러던 애가 중국에 와서 4년 반 동안 이 손에서 흙물이 마를 새 없이 농사일을 엄청 하고요. 손마디가 다 굵어지고. 제일 가난한 집에 팔려갔잖아요. 북에서는 선전대 가수고 잘나가는 그런 앤데 내가 그렇게 데리고 와서. 얘가 5과에도 뽑혀가지고. 5과라는 게 말하자면 북한에서 제일 이쁜 여자들을 골라가지고 대남정찰이나 이런 데 보낼 수도 있고. 그 윗사람들의 시중을 들기도 하고 이렇게 하죠. 어쨌든 5과에 한 번 뽑혀 가면 평생을 보장받는 그런 거잖아요. 얘가 5과에도 뽑혀 갔댔거든요. 도에까지 올라갔다가 거기 군당 조직비서라구 여기 군수보다도 더 센 그런 거 있어요. 우리 딸은 뭐 아버지도 당원 아니고 나도 그러니까 그 조직비서의 딸이 그렇게 가겠다고 그러니까니 걔를 거기다 붙이고 우리 딸은 탈락시켜서 내려온 거예요. 근데 그게 다행인 게 그렇게 탈락돼서 내려왔으니 내가 탈북할 생각을 하지. 걔가 5과에 갔으면 죽어도 그 땅을 못 떠나죠.

이렇게 와서 양쪽을 다 경험해보니까 서로 보고 싶은 사람 소식도 모르고 이런 거만 아니라고 그러면 남한에서 살고 이런 게 뭐가 문제겠어요. 북한에서는 상상도 못 하던 생활을 지금 하고 있잖아요? 근데 가장 힘든 게 그리움인 거요. 나이 먹은 사람들은 더한 것 같애요. "두만강에 가서 빠져 죽고라도 싶다"고 막 이런 사람 있거든요. 너무 가고 싶어가지고. 나 죽기 전에 고향에 가보기나 할까요? 태어나서 제 고향에 제 부모 제 형제 이렇게 헤어져 한 번도 못 보고 살다가 죽을 수 있다는 걸 생각하면 자다가도 막 미칠 것 같아요. 잠도 안 오고.

내가 노래 한 곡 들려드릴게요. 나는 들으면서 눈물이 자꾸 나는데. 이 노래를 딱 듣는 순간 나는 막 죄책감 같은 거. 자책하는 이런 마음이 더 앞서더라고요. 우리 딸이 부르는 노랜데 걔가 가사를 쓰고 한 건데, "떠나올 땐 가는 길 이리 멀 줄 몰랐었고, 가고파도 못 갈 줄 생각조차 못했었네", 그 노래를 들으면 그렇게 집에 가고 싶어 하는 애들을 내가 이렇게 하지 않았나! 애가 이렇게 집에 가고 싶어 하는데. 어휴, 막 이거 들으면 가슴이 먹먹… 스물몇 살까지 살던 그 고향을 떠난 게 그게 얼마나 그립고 그렇겠어요. 과연 언제쯤 고향에 가볼까요.

Herstories 4

이란, 1958~2021 중국을 살다

1958년, 대약진 시대에 태어나다

사람의 인생은 그가 살아온 시대의 역사적 배경을 떠나서는 운운할 수 없잖아요. 저를 놓고 보면 지금까지 살아오면서 같은 연령대의 사람들보다 시대의 중심 혹은 소용돌이 속에서 살아왔다는 느낌이 들거든요. 저는 1958년 1월 6일에 이 세상에 왔지요. 1958년이면 중화인민공화국이 건국되여 10년이 되는 해죠. 좋은 세월이라고 봐야지요. 전쟁도 없고. 이 시기가 중국의 사회주의 건설 시기인데, 중국공산당은 사회주의 건설 총로선을 전당대회에서 채택하고 '대약진'이라는 슬로건을 제기합니다. 모택동 주석은 "15년 혹은 더 짧은 시간 내에 공업생산 면에서 미국과 영국을 따라잡거나 초과하자"고 호소하며 1958년부터 '대약진 바람'이 불었지요.

대약진 시기에 집집마다 무쇠솥이며 쇠붙이를 다 나라에 바쳐서 학교마다 직장마다 집체식당을 운영해 큰 가마밥을 먹었지요. 우리 부모가 근무하는 학교에서도 운동장에다 토벽돌로 용광로 쌓고 가마솥을 다 부숴 넣어 쇳물을 제련한다고 했지만, 그렇게 제련해낸 강철은 아무짝에도 쓸모없는

폐물이 됐어요. 집집마다 솥이 없으니까 다 직장에 가서 집체식당 밥을 먹는 겁니다. 농민들도 제 집에서 밥을 하지 않고 공사식당에 가서 밥을 먹었는데, 처음에는 좋았지요. 당장에 공산주의 사회로 들어서는 기분이였답니다. 하루일과를 마치고 나면 공사식당에 가서 밥을 먹는데, 처음에는 이밥에 고깃국도 먹을 수 있었지요. 그런데 이밥, 고기, 고깃국 그게 이제 몇 달 못 가서 바닥이 나는 겁니다.

엎친 데 덮친 격으로 대약진 시기를 2년 겪고 1960년도부터 [19]63년 사이에 '3년 자연재해'라는 시련이 닥칩니다. 사실 자연재해뿐만 아니고 인위적인 요소도 있죠. 중국의 형님 격이였던 쏘련에서 처음에는 사회주의 동맹이니까 무상으로 막 지원했던 것들을, 쓰딸린(스탈린)이 죽고 흐루쑈부(후르시초프)가 올라선 다음에 모택동이 흐루쑈부 말을 안 들었거든요. 그러니까 전에 무상으로 했던 것을 다 빚으로 안기고 빚을 갚으라고 한 겁니다. 대약진을 한다고 했는데 자연재해가 3년 연속 들고 거기에 쏘련의 빚까지 갚느라고 중국 사람들은 허리띠를 졸라매고 애를 썼어요.

진짜 그 3년은 너무 먹을 게 없어가지고 많은 사람이 굶어 죽었지요. 조선에서 고난의 행군에서 얼마얼마 죽었다 하는데, 아마 중국도 그 시기에 3천만 명은 죽었을 거에요. 먹을 것이 없으니까 대식품이라는 게 있어요. 식품 대신에 옥수수 껍질, 콩깍지 이런 거 다 해도 안 되니까 나중에 흙 같은 게 있어요. 백토인가 뭔가. 그래가지고 로인들이 뒤를 못 보는 거에요. 로인들이 뒤를 못 봐가지고 손가락으로 나무꼬챙이로 홍문을 파고. 많은 로인이 그 시기에 잘못됐지요. 저의 어머니는 "그때 로인들이 세상을 뜨면 자식들이 불효했다는 말을 들을까 봐 제일 걱정되드라"고 하시더라구요. 부모님이 굶어 세상 떠나는 건 아주 불효 아녜요? 그래서 부모님이 세상 뜨는 일이 없게 하려고 어머니하고 아버지가 본인들은 굶으면서도 할아버지 할머니 안 굶기려고 정말 노력을 하고 애썼던 거 같애요. 기억에 남는 게 유치원에서 저녁으로 조밥 한 국자 먹고 엄마 아빠 찾아 학교로 왔는데, 학교식당에서 마침 저녁밥을 먹을 때인 겁니다. 밥그릇을 보니 또 배가 고파나서 엄마 밥그릇을 자꾸 쳐다보니 엄마가 내 앞으로 자기 밥을 밀어주던 생각이 납니다.

행복한 동년, 북경의 모 주석을 노래하다

저희 부모는 다 교원이었어요. 우리 아버지는 학생들의 모든 활동을 조직하고 인성교육 이런 걸 총책임진 학교의 총보도원이었고, 어머니는 조선어문을 가르치는 선생님이었어요. 부모님이 교원인 덕분에 저는 공무원 자제들만이 다니는 유아원으로 다녔지요. 유아원 울 안이 제 기억에는 옛날 지주집의 울 안이었어요. 높은 담장이 있고, 앞마당에는 한 그루의 버드나무가 있고, 뒤뜨락에는 커다란 놀이터가 있었는데, 미끄럼대도 있고, 목마, 그네 등 여러 가지 놀이 기구들이 있었지요. 아마 현 정부 자제들을 포함한 공무원 자제들이 다닌 유아원이라 당시로는 제일 좋은 건물인 지주집을 유아원으로 사용했던 것 같아요.

유아원 선생님들은 대부분이 유아사범교육을 거친 분들 같았는데, 지금 생각해봐도 모두 자질이 높은 분들이였지요. 선생님들은 우리 데리고 기차 타는 유희를 놀 때마다 "모 주석이 계시는 천안문으로, 수도 북경으로 가자야"라고 하면서 계속 그런 꿈을 심어주는 겁니다. 북경이라면 중국의 수도이고, 모 주석은 인민의 대구성이라고 배웠으니 어린 마음에 북경으로 가서 모 주석을 뵙는다는 것이 오매불망 내 념원, 하나의 씨앗으로 자리 잡았지요. 유아원에서 여러 가지 종이접기, 그림그리기, 수공도 배우고, 식자공

부모님의 결혼식 사진. 맨 뒤 중절모를 쓴 분이 친할아버지.
사진 속 하객은 대부분 중국에서 민족교육에 종사하던 1세대 교육자들이다.

부와 간단한 산수공부도 하고, 또 중창조, 무용조에 들어가지고 공연을 다녔던 생각도 나지요. 그만하면 행복한 동년이였지요.

그러던 어느 날 할머니 할아버지가 그때는 연세들이 육십이 넘어가지고 두 분이 한꺼번에 중풍 걸렸어요. 그러니까 저의 부모는 출근하면서 두 로인의 뒷바라지가 너무 힘든 거에요. 그때 제가 네댓 살 되었던 것 같은데, 부모님은 청가받을 수 없으니 유아원에 다니는 저를 뚝 떼서 할머니 할아버지 요강 심부름하라고. 그래서 유아원을 다니다 그만두고 요강 심부름을 했지요. 유아원에 못 가고 요강 심부름을 하는데, 무슨 제대로 했겠어요! 그런데 밤중에 몇 번이고 할머니가 잃어져서 난리 난 적이 있는데, 그때는 화장실이 다 밖에 있지 않아요? 치매기가 좀 있었던지 할머니는 밤중에 화장실에 다녀온다고 나가서는 집으로 온다는 게 집을 찾지 못해서 몇 리 밖의 시골에 가서 헤맨 겁니다. 어머니 아버지는 한밤중에 할머니가 없어진 걸 알고 온 동네를 뒤지다 못해 현 방송국에 가서 방송을 해요. 하얀 저고리 치마를 입은 할머니를 찾으면 어느 동네 몇 호집으로 데려다 달라고. 사람들 말소리에 난리 법석판에 눈을 비비고 일어나 보면, 흰 저고리 치마를 입고 머리에는 수건을 두른 할머니가 머리카락에 성에가 낀 채 어머니 아버지의 부축임 하에 뜨거운 사탕물을 마시고 있는 겁니다.

제가 아주 어리던 그 시절 살던 집은 초가집인데, 할머니 할아버지 계시고 하다나니까 방이 그래도 위에 고방 2개, 중간 방, 정줏간, 이렇게 한 네 칸 정도 됐던 거 같애요. 한번은 연일 퍼붓는 폭우에 큰물이 진다고 해서 이불짐을 꿍쳐놓고 온밤 자지 못하고 앉아 있는데, 갑자기 큰물이 집안으로 들이닥치는 겁니다. 함경도 출신들이 많이 살았던 연변에서는 집 안에 땅을 파고 부엌을 만들고 그 우에 널마루를 펴지요. 그런데 글쎄 물이 부엌으로 밀려 들어가더니 부엌에 폈던 널마루가 둥둥 떠다니고 벽으로는 구석구석 물이 새들어와서 어른들이 이불을 뜯어서 솜으로 물이 들어오는 구멍을 여기저기 틀어막고. 틀어막아도 안 되니 이불 보따리를 짊어지고 학교 강당에 가서 밤을 지샜던 기억이 어렴풋하게 납니다.

아마 [19]64년도, 65년도 그때는 생활이 조금 안정되는 느낌이었어요. 나라 경제가 조금 회복되기 시작했어요. 조금은 살만하니까 저의 할아버지 할머니가 돌아가셨어요. 저의 부모님은 이 시기에는 조금 숨통이 트이고 삶에 약간의 정신적 여유를 찾은 것 같애요. 희미한 기억에 때로는 어머니가 손풍금을 메고 집으로 오더라고. 잠깐이나마 그때 집안에서 손풍금 소리도 났고. 이웃하고 같이 여름철 마당에 돗자리 깔고 포카놀이 하는 것도 몇 번 봤어요. 늘 있었던 일은 아니지만. 그래서 '아, 그때 당시는 울 엄니 아부지도 조금 숨이 나왔었구나' 생각했지요.

1966년 문화혁명, 중앙으로부터 지방까지 패가 갈리다

1959년에 모택동은 공산당 주석만 하고 공화국 주석 자리는 내놓았어요. 대신 류소기라는 분이 공화국 주석과 국방위원회 주석을 겸하게 됩니다. 공화국 주석에 취임한 류소기는 '3자 1포', '4대 자유'라는 정책을 전국에서 추진하죠. '3자'는 자류지, 자유시장, 자체로 손익을 책임지는 것이고 '1포'는 곡물생산량을 매 농민 가정에 맡긴다는 겁니다. '4대 자유' 정책은 농민들이 '대차를 자유롭게, 소작을 자유롭게, 일꾼을 쓰는 것을 자유롭게, 농산품을 팔고사는 것을 자유롭게 하자'는 거지요. 시험적으로 실시해본 결과 농민들의 환영을 받고 농민들의 숨통을 나오게 한 거예요. 그래서 전국에 널리 보급했고, 류소기 주석의 위신이 막 올라가는 거예요. 대약진, 3년 자연재해로 인한 국민경제의 난국을 개선하기 위해 어쩔 수 없이 선택한 정책이 아니였을가 하는데, '3자 1포', '4대 자유'라는 것을 보면 시장경제 성격을 띤 것이죠. 그래서 모택동은 류소기가 당내에 자본주의 길로 나아가려는 가장 큰 주자파라고 지목하게 되고, "자본주의로 나아가는 집권파 류소기 사령부를 포격하자" 이런 대자보를 직접 써서 공개하지요.

이때로부터 문화혁명이 시작된 거예요. 1966년도 5월부터 본격적으로 시작됐는데, 제가 소학교 들어갈 무렵이죠. 문화혁명은 모택동 주석이 직접 발동한 것인데, "중국에서 자본주의의 복벽을 방지하고, 중국공산당의 순결성을 유지하고, 중국식 사회주의 길을 모색하기 위한 것"이라 했지요. 문화혁명이라고 부른 거는 이 혁명이 문화영역으로부터 시작되였기 때문이지요.

문화혁명을 10년 했는데, 중앙으로부터 아래 지방에 이르기까지 좌파와 보수파 혹은 보황파로 패가 갈라지고, 계급투쟁을 한다고 로동자는 생산을 하지 않고, 농민은 농사를 짓지 않고, 학생은 공부를 안 하고, 과학기술자들은 과학연구를 못 하게 되고, 대학교수들은 반동학술권위로 몰려 머리를 깎이고 조리돌림을 당하고 나라를 구하기 위해 피를 흘리며 싸웠던 로간부들, 사회주의 건설을 위해 밤낮을 신근하게 일해온 현장, 시장, 성장 등 간부들은 류소기 로선을 집행한 주자파로 투쟁을 받고. 아무튼 모든 것이 뒤죽박죽 천하가 난장판이 된 거지요.

연변 조선족자치주도 문화혁명의 불길에 휩싸이다

문화혁명의 불길이 우리가 사는 연변 조선족자치주에도 예외 없이 들이닥쳤지요. 일제강점기 일제에 항거하는 무장투쟁에 우리 연변의 조선사람들이 제일 앞장에 서서 용감하게 싸웠거든요. 중국공산당이 이걸 다 알고

1930년에 “조선 공산당원들이 중국공산당에 가입하겠다고 그러면 받아들여라.” 이래서 많은 조선공산당인들이 동시에 중국공산당 당원이 되였지요.

문화혁명 전 중국공산당의 소수민족 정책은 좋았어요. 소수민족에게 한족과 같은 평등한 권리를 주었고, 민족지역에는 ‘민족구역 자치제도’라는 것을 법으로 만들어 소수민족의 권익을 보호해주었지요. 1952년도에 연변에 조선족자치주가 만들어지고, 또 길림성 장백현, 료녕성이나 흑룡강성 내몽골 지역에는 조선족 자치현도 만들어졌어요. 자치정부가 서면서부터 똑같은 나라의 주인이지만 또 소수민족에게 주는 혜택을 받았는데, 문화혁명이 터지니까 이 소수민족 정책도 다 엉망이 되었지요.

조선족은 중국에 발을 붙인 역사가 길지 않고, 친인척이 조선에도 있고 이남에도 있고 이렇잖아요. 조선전쟁 후 3.8선이 고착되는 바람에 남하고는 내왕이 없었으니까 같은 사회주의 나라인 북하고 친인척 내왕이 있었는데, 문화혁명 가운데 중국이 북하고 관계가 틀어진 겁니다. 그러니까 길거리에서 한족 사람들이 조선족을 보고 “너네는 북조선 간첩이다. 너네 나라 조선으로 돌아가라”고 합니다. 일제강점기에 우리 부모님들은 일제의 통치받으면서 강압적으로 학교에서 일본말만 하게 되여 조선 사람 치고는 거의 다 일본말을 할 줄 알지 않지 않아요. 그러니 또 “야, 너희들은 일본말도 할 줄 알지? 너희들은 일본 간첩이다.” 중국 공민이지만 조선 민족이고, 또 일본말을 할 줄 아는 것 때문에 조선족 지식인들, 간부들은 류소기 로선을 집행하는 주자파, 보황파 외에도 조선 간첩, 일본 간첩, 이중간첩으로 몰리여 참으로 많은 억울함을 당하게 되지요.

연변에 주덕해라고 연변 자치주 초대주장을 하던 분이 있어요. 그분은 중국에 있는 조선 민족의 리더인데, 중화인민공화국 건국 당시에 수도 북경에 와서 모택동 주석과 정치협상회의 준비회의에도 참가했던 분이고, 중국 소수민족 정책을 수립하는 데 기여가 있는 분이지요. “연변에서는 주덕해가

곧 류소기 로선이다”라고 인정했기 때문에 주덕해를 옹호하고 두둔하는 연변의 많은 조선족 지식인과 간부들이 주덕해를 나쁜 사람이 아니라고 변호하다가 죄다 두뜨려 맞고 엎어진 거예요. 저희 부모는 다 선생님이었는데, 조선족의 기초교육 제1선에서 정말 열심히 일한 분들이지요. 진짜 열심히 해가지고 공산당원이 됐고, 저의 아버지는 전국 우수총보도원, 어머니는 모범 교원 등의 영예를 수두룩이 안아왔는데, 문화혁명이 터지니 그게 다 죄상이 되었고, 소위 류소기 수정주의 교육로선을 충실히 집행한 보황파라고 비판투쟁 박해를 받는 겁니다. 거기에다가 주덕해를 부정하고 투쟁하는 것에 찬동하지 않자 또 주덕해 보황파라고 박해를 받게 되지요.

1968년, 우리 집 지붕 위에서 보수파와 반란파가 싸우다

1968년 여름인 걸로 기억됩니다. 용정은 주덕해를 수호하려는 소위 보수파인 ‘항대’와 주덕해를 타도하자는 소위 반란파인 ‘홍색’ 이렇게 두 개 진영으로 나누어져 있었는데, 어느 날 시내 복판에서 양측이 가두행진을 하다가 마주치게 되어 서로 상대방에게 돌을 던지면서 충돌하더라구요. 그때 난 소학교 2학년인가 그랬는데, 처음에는 구경거리가 생긴 줄 알고 거리에 뛰쳐나갔지요. 그런데 한 50메터(m) 거리를 두고 대치한 양측 간에 서로 변론하고 욕설이 오가더니만 주먹만 한 돌들이 날아가고 날아오고. 좀 있다가 얻어터지는 부상자들도 나오더라구요. 그러니까 어른들이 막 집으로 가라고 우리를 쫓더라구요. 그렇게 한참을 서로 돌싸움을 하더니만 주덕해를 옹호하는 항대는 소방대를 점거하고, 주덕해를 타도하자는 홍색은 전업국(전력공급소)을 점거했는데, 우리 집은 바로 이 두 파의 중간 위치에 있어서 3.8선에 있는 거나 마찬가지였지요. 양측은 고음 확성기를 걸고 서로 상대방을 향해 변론하기도 하고, 때로는 항대가 몰려와 저의 집 지붕에까지 올라가서 홍색에 대고 주먹질하고 돌멩이질하고. 때로는 홍색이 쫙 밀고 들어와 우리 집 지붕까지 점하고 상대방에게 고함을 지르고 돌을 던지며 야단이였어요. 그러다 보니 저의 집 지붕 기와는 어느 한 장도 성한 게 없었지요.

그런데 어느 날 소방대 쪽이나 전업국 쪽이나 다 조용한 거예요. 어른들 말에 의하면 군대가 좌파를 지지한다고 좌파인 홍색에게 총을 내줬는데, 무장을 든 좌파들에 의해서 항대 사람들이 죄다 중조 변경이 있는 개산툰 두만강변으로 쫓겨갔다는 겁니다. 외할아버지 집이 개산툰 바로 한 역 앞 '팔도하자'라는 곳에 있었는데, 제가 어찌하여 그 사건이 벌어지던 전후에 팔도하자에 가게 됐죠. 중학생이던 작은외삼촌과 이모를 따라 공사 앞마당이라는 데를 가보니 거기에 모인 중학생들, 즉 홍위병들이 하는 이야기가 "홍색 사람들이 항대 사람들을 몰아 두만강을 건느게 했는데, 항대 사람들이 모 주석 어록을 들고 모 주석 만세를 외치며 건너지 않으려고 하자 총으로 뒤잔등을 후려치며 두만강을 건느게 했다"는 거지요. 항대는 대부분 주덕해를 옹호하는 조선족이였는데, 조선에 넘어가는 날에는 큰일이 나지요. "봐라. 저 항대 사람들, 저 조선 사람들은 반혁명 폭란을 일으켜 나라를 배반하고 조선으로 도망갔다"고 말할 구실을 반란파들에게 제공하게 되고, 뿐만 아니라 중조 관계에 돌이킬 수 없는 악영향을 미치게 되는 겁니다.

이 위급한 관두에 연변군분구의 정치위원 조남기가 찦차를 타고 개산툰 두만강 그 현장에 나타나서 좌파들이 항대 사람을 총을 들고 협박하여 두만강을 건느게 하는 것을 제지시켰다고 해요. 조남기라고 하면 중국 조선족 가운데 제일 높이 출세한 분입니다. 이분이 그때 당시 중국인민해방군 연변군분구 제1책임자로 있었어요. 무장을 든 좌파들의 핍박에 일부 항대 사람들이 두만강을 건너게 된다는 소식을 전해 듣고 사태의 엄중성을 파악하고는 급히 현장으로 달려가서 제지시켰지요. 자칫 돌이킬 수 없는 악성사건으로 번질 수 있는 사태를 막았지만, 이 일로 조남기 이분도 연루되여 한동안 연금되고 타격을 받았지요.

1970년, 아버지의 관 위에 흙을 덮으며 끝이 난 동년

저의 아버지도 류소기 교육로선을 집행한 사람이라고 비판을 받고, 또 주덕해를 옹호하기에 항대 편에 서게 되였는데, 무장을 든 반란파들에 의해 개산툰까지 밀려갔다가 조남기가 사태를 제지시켜서야 겨우 개산툰에서 빠져나왔는데, 홍색에 잡혀가서 고문을 당할까 봐 피신해서 산속과 시골로 한 3개월간 전전하다가 사태가 좀 가라앉은 1968년 년말이 시작될 무렵에야 집으로 돌아왔지요. 원래 간경화로 앓으면서도 출근을 견지하던 분인데, 문화혁명에 마음고생을 하고 또 산속으로 피신 다니면서 제대로 먹지도 못했으니 집에 오자마자 간 복수가 와가지고 몸져눕게 되였지요. 그런데도 학교에 진주하고 있던 로동자선전대 사람들이 와서 당내정풍을 한다고 나오라고. 그리고 자료를 써야 하니 학교로 나오라고 해서 아픈 몸으로 학교에 나가 정풍에 참가하고 또 학교를 주도하고 있던 로동자선전대의 요구에 따라 중문으로 자료도 쓰고 하면서 연속 무리를 했지요.

그러다가 간 복수가 와서 배가 남산만이 불러오니까 병원에 입원하는 것을 허락했지만, 그 병원이라는 것도 다 군대에서 장악하고 좌파들이 주도하고 있었기에 제대로 치료를 받을 수 없지요. 그런데 당시 서지주사라는 게 새로 개발되였다고 해요. 무슨 치료제라고 하는데, 구체적인 것은 기억이 나지 않아요. '서지'라는 것은 두부를 만들 때 응고제로 사용하는 것인데, 한국에서는 아마 '간수'라고 할 겁니다. 그 서지주사를 발명했다고 했는데, 이걸 임상실험해야 되잖아요. 우리 아버지가 "내가 공산당원이니 그 서지주사를 내 몸에다가 실험하라"고 한 것입니다. 저의 어머니는 아버지를 살리겠다고 별 민간방법을 다 써보고, 먹을 게 부족한 그 시절에 오리고기 통조림 같은 것을 구해다가 별도로 죽을 쒀 대접하면서 살려보려고 애썼지만, 다른 치료제나 영양제 없이 그 서지주사를 3개월간 맞고 나니 그만 더 빨리 악화되여 서른아홉 살에 세상을 떴지요. 아버지는 1970년 2월에 본인의 생일을 한 주일 앞두고 돌아가셨는데, 자기의 마지막 남은 시간을 짐작하셨는지 집으로 나오겠다고 하셔서 집으로 모셨는데, 원래 미남자였던 아버지가 눈확이 움푹 파여 들어가고 뼈만 앙상하게 남고 배는 남산만 하게 복수가 와서 정말 차마 눈을 뜨고 볼 수 없는 처참한 모습이였지요.

제 밑에 두 살 어린 여동생 있고, 일곱 살 어린 남동생 있었는데, 아버지는 자기가 죽는 모습을 보여주기 싫은지 어머니보고 동생들을 조양천 외삼촌네 집으로 보내라는 것입니다. 아버지의 고집에 못 이겨 엄마는 두 동생을 외삼촌네 집으로 피신시켰지요. 그리고 열한 살 되는 제가 남아서 엄마와 함께 아버지의 임종을 지켰답니다. 삼동설한 한겨울에 찬바람이 불고, 꽁꽁 얼어든 땅을 파헤치고 용정의 영국데기라고 부르는 동산에 마련한 묘자리에 아버지의 관을 내려놓고 제가 맏이라고 저더러 첫 삽으로 흙을 떠서 아버지의 관 우에 얹게 하더군요. 그날부터 저에게서는 동년이 끝났지요.

아버지는 서른아홉 살에 세상을 뜨고 저의 어머니는 서른여섯 살 꽃나이에 아이 셋을 거느린 과부가 되었지요. 두 사람의 로임으로 그럭저럭 살았는데, 아버지가 세상을 뜨니 로임도 한 사람 것으로 줄어들었습니다. 무휼금(공직에 있던 분이 돌아가면 국가에서 1차적으로 유가족에게 지불해주는 1년 로임에 해당하는 보상금 비슷한 것)이라는 것도 없었던 것 같애요. 저의 어머니는 혼자서 애 셋을 키우기도 벅찼겠는데, 힘들게 일하는 것으로 고통을 잊으려 하였는지 더 열심히 학생들을 가르치고 학교 일에 열중하더라구요. 지금 주변에 보면 서른여섯 살에 아직도 시집 안 가고 공주병에 도취된 아가씨들도 많은데 우리 엄마는 아이 셋을 키라니, 학교 선생님 노릇을 잘할려니 얼마나 힘들었겠는가 생각을 하군 합니다. 그때 겪었던 고생 이루 다 말 못합니다. 먹을 쌀이 없어서 식품상점 창고 바닥을 쓸어모은 쓰레기 속에 고른 당면 부스러기 한 소보치를 물에 퍼지워 삶아서 사흘간 버틴 적도 있지요.

아스팔트 길 닦기부터 돼지 멱따기까지 안 해본 일이 없다

제가 어릴 적에 용정에서 현 유아원을 다녔다고 했지요. 현 유아원 애들은 동네 유치원 애들과는 달리 좋은 환경에서 사범교육을 받은 선생님들로부터 교육도 특별히 받았으니까 그애들은 몽땅 용정중심소학교 1학년 1반(중점반)에 진학했지요. 그런데 학교에 다닌 지 1년이 못 되여 문화혁명이 일어나고 유아원생으로 구성된 이 반은 류소기 교육로선의 산물이라고 다 해산시켰지요. 그래서 그 1학년 1반이 싹 다 깨져서 사방으로 흩어지고, 그때부터 학생이 공부는 하지 않고 계속 일하러만 다녔지요. 여섯, 일곱 살 되는 애들인데 길 닦기에 동원돼가지고 세숫대야에다가 자갈들을 잔뜩 담아서는 그걸 머리에 이고 타박타박 걸어서 용정에서부터 연길로 통하는 필수코스인 모아산으로 통하는 그 첫 아스팔트 길 닦기에 나선 거지요. 3학년 때부터는 이불짐을 군대식으로 스스로 꿍져가지고 농촌으로 모내기를 방조하러 나가고, 김매러도 다니고, 가을걷이하러 다녔지요. 일은 몹시 고되였지만, 그래도 농촌에 농사일을 도와주러 갔다는 명분이므로 한 일주일 내지 열흘간 일하고 나면 마지막 날에는 마을에서 찰떡치고 돼지 잡아서 고기

국을 끓여주기에 집에서 평소에 먹을 수 없던 이밥에 고깃국에 운이 좋으면 찰떡까지도 먹을 수 있으니 그걸 바라보고 그 열흘 힘든 노동을 꾹 참고 버텨내였지요.

그때는 겨울이 되면 학교에서 교실마다 석탄으로 난로를 피우는데, 난로를 피우자면 불쏘시개라는 게 있어야 돼요. 그 불쏘시개를 하러 가을이면 비암산, 대포산이라는 데를 벤또를 싸가지고 갑니다. 벤또를 싸가는 날이면 어머니는 없는 살림에 밀가루떡을 구워주던가 아니면 무오가리 반찬을 해주던가 색다른 음식을 해주기에 나무하러 가는 게 오히려 기다려졌지요. 그때 불쏘시개용으로는 싸리나무를 주로 베오는데, 낫으로 싸리나무를 베면서 손등을 잘못 찍어놓거나 손가락을 찍어서 때로는 살이 다 뒤집어지고 피도 많이 흘리고. 지금도 손등과 손가락에 여러 군데 허물이 있지요. 그리고 소학교 때인데 한창 쏘련과 관계가 악화된 시대라서 "전쟁에 대처할 준비를 하고 재황에 대처할 준비를 하며 인민을 위해 복무하자"는 모 주석의 지시를 받들고 소련과의 전쟁에 대처할 준비로 학교마다 공장마다 마을마다 집집마다 갱도와 방공동을 파던 기억도 납니다. 집 마당에 파고 교실 밑에 판 그 갱도나 방공호라는 것이 진짜 전쟁이 나면 오히려 무덤이 될 수도 있는데 위에서 파라니까 열심히 팠던 거지요. 그 갱도를 팔 때도 파고 들어가다가 갱도가 무너져서 죽을 고비를 몇 번 넘었지요.

용정에서부터 조양천으로 가는 데 검은 철교가 있어요. 일제가 중국 동북의 자원을 수탈해가기 위해 수건한 철교지요. 그 철교가 검은색을 띠였기에 우리 용정 사람들은 '검은 철다리'라고 불렀지요. 검은 철다리 밑으로는 '육도하'라는 강물이 세찬 파도를 일구며 흘렀지요. 검은 철다리를 건너면 일본 사람들이 지어놓은 또치카 같은 건물이 있었고, 그쪽에 백양나무가 울창하게 들어서서 가을이면 나뭇잎이 아주 많이 떨어지였지요. 한번은 마대 2개에 나뭇잎을 꽉 채워서 바오라기로 묶어 등에다가 짊어지고 철다리를 건너는데, 뒤에서 기차 경적소리가 울리는 겁니다. 느낌으로는 아주 속도 빠르게 다가오고 있었지요. 그래서 마대를 등에다 진 채로 냅다 앞으로 뛰였어요. 그런데 아뿔사, 발목이 철교 위의 레루(레일) 침목 사이에 빠져버린 겁니다. 낑낑 죽을힘을 다해 발목을 뽑았지만, 오히려 몸이 기우뚱하면서 발목이 더 깊이 빠져드는 거예요. 정말 죽을힘을 다해 종아리 절반까지 빠진 다리를 '악' 하고 소리지르며 뽑았더니만 뽑히는 겁니다. 아마도 살 목숨이였던지 바로 옆에 층집의 테라스처럼 한 메터(1미터) 정도 옆으로 나간 공간이 있어서 거기 란간에 철썩 엎드렸지요. 그러자 기차가 쌩 바람을 일구며 등 뒤로 쏜살같이 지나갔어요.

한때 연변에서는 조선에서 배워왔는지 벼농사에 냉상모를 한다고 상자를 만들어 볍씨를 뿌려서 싹이 나면 논밭에 갖다가 흙째로 심는 벼 재배법을 썼어요. 소학생인 우리도 집에서 상자에 키운 냉상모 심은 것을 가져다 바쳐야 합니다. 아버지가 없으니 상자를 스스로 만들었는데, 못질을 제대로 하지 않아 다 키운 벼 상자를 학교로 들고 가다가 밑판이 떨어져나가는 바람에 랑패를 당했죠. 남동생이 놀이한다고 권총을 만들어 달라고 하여 권총을 만들어주면서 망치질을 잘못해서 손가락에 피멍이 들던 일, 지붕에 기와가 깨지면은 겁도 없이 시멘트에 모래를 섞어가지고 올라가 바르던 일, 김치움을 파고 하수도를 파던 일, 지금도 기억에 생생합니다.

우리 집은 세 번 이사했는데, 아버지 생전에 마지막으로 이사한 집은 당시 말로는 '육간집'이라 하는 정주와 방 2개 달린 낡은 기와집이였습니다. 아버지가 세상 뜨니 살림이 어려워져서 집 면적의 절반인 웃방 2개를 벽을 막고 팔았지요. 우리 집 웃방에는 남편과 이혼한 아주머니 한 분이 애 둘을 데리고 들어와 살았지요. 그 아주머니도 혼자서 로임으로 애 둘을 키우며 우리보다 별로 낫지 않게 살았습니다. 그때는 고기도 식량도 옷감도 뭣이나 다 정량공급제였는데, 돼지고기가 한 달에 1인당 2근인가 정량공급했던 것 같아요. 어머니하고 그 집 아주머니가 어떻게 합의했는지 두 집이 힘을 합쳐 새끼돼지를 한 마리 사서 키우기로 했지요. 집에서 돼지를 키우면 돼지풀을 뜯으러 다녀야 하고, 돼지에게 먹일 뜨물을 거두러 다녀야 하잖아요. 옆집은 애들이 아직 소학생이여서 뜨물 거두러 다닐 수 없고 저와 동생이 뜨물 거두기 전담인데, 한창 사춘기인 중학생이였고 또 학교에서도 학생회 간부이자 선전대 대원이였던 저는 돼지에게 먹일 뜨물을 동네 집집마다 가서 거두러 다니는 게 왜 그리도 창피하던지! 또 다른 문제는 이 돼지가 조금조금 크니까 자꾸 울타리를 뛰쳐 도망가는 겁니다. 도망간 돼지를 잡으러 또 온 시내로 찾으러 다녀야 했지요. 중돼지 정도로 컸을 때 매일 뜨물 거두러 다니는 것도 창피하고, 돼지가 도망가면 다 큰 처녀가 돼지를 찾아 안고 집으로 오는 것도 창피해서 두 집 어머니한테 말했지요. "난 뜨물 거두러 다니지도 못하겠고 돼지 찾으러도 못 다니겠으니 저 돼지를 빨리 없앱시다." 그런데 남자라군 두 집 다 열 살도 못 되는 꼬맹이뿐이고, 두 어머니는 겁이 나서 손이 떨려 식칼을 잡지 못하고. 결국은 제가 제 손으로 키운 그 중돼지 목에 눈을 질끈 감고 떨리는 마음을 진정하고 칼을 박았지요. 참 살다가 별일을 다 해봤다니까요!

김일성대학 여학생처럼 치마저고리 입고 대학 가는 꿈

저는 용정1중을 다녔는데, 그 용정1중의 전신이 바로 대성중학교입니다. 이 대성중학교에서 한국 현대사에 이름을 남긴 인물들도 나오고, 항일열사들도 많이 나오고, 또 해방 후 중국 건설에 크게 기여한 인물들이 여러 명 나온 학교인데, 저항시인 윤동주도 이 학교 출신이랍니다. 제가 중학교 다닐 때는 교실이 모자라서 투피(흙벽돌)를 쳐서 말리어서 그것으로 간이 교실을 짓고 투피로 만든 책걸상에 앉아서 공부했지요. 진흙에다가 물반죽을 하고 거기에 짚을 섞어 장방형 틀에 넣고 벽돌 모양으로 만들어 말린 것을 '투피'라고 불렀지요. 벽돌 대용으로 썼어요. 문화대혁명은 끝나지 않았지만, 로동자들도 생산을 회복하고 농민들도 농사일을 회복하고 학생들도 복과를 하러 교실로 돌아왔지요. 하지만 여전히 학생들에게는 교실에 앉아 공부하는 시간보다 로동에 참가하는 시간이 더 많았지요. 혁명도사 레닌께서는 "공청단원들의 토요일 무보수 의무로동은 위대한 창거이고 신성한 것"이라고 하였으니 당시 순수한 공산주의 청년단원이였던 저는 매일 삽을 가지고 등교하고 짬만 나면 투피를 칠 흙을 파는 일들을 달갑게 하였지요.

쏘련은 [19]50년대 청년들에게는 리상국이였지만 쓰딸린(스탈린)이 서거한 후 흐루쑈부(후르시초프), 브레쥬네브(브레즈네프) 정권이 들어선 후에는 중국과의 관계가 악화되였고, 중국은 쏘련을 '수정주의'라고 불렀고, 더는 중국인의 동경 대상이 아니였어요. 오히려 이웃 나라인 조선을 우리가 생각하는 사회주의 낙원으로 여겼죠. 친척들이 조선에 갔다 올 때면은 당시 중국에는 없는 나일론 자케트(재킷), 나일론 긴 양말, 그리고 가죽은 아니지만 PVC로 만든 이쁜 굽 높은 여성용 신발 같은 것을 가져오고. 또 있잖아요. 사탕이나 엿, 사탕껌 같은 것도 가져왔는데, 질은 차하지었지만 그래도 당시에 중국에는 없는 귀한 생필품들이였지요.

그 와중에 더 부러운 게 조선에서는 설 명절이 되면 김일성 주석이 항상 평양 소년궁전을 방문해서 어린이들과 만나고 명절 선물도 주고 하는 겁니다. 이런 소식은 조선의 신문 잡지나 화보, 조선 방송을 통해서 알게 되지요. 조선의 화보는 어머니 학교에서 정기 구독하는 것을 어머니가 이따금씩 집으로 1년분을 한꺼번에 빌려오군 했고, 방송은 가만가만 청취했지요. 조선 방송을 공개적으로 들으면 조선 간첩으로 밀고당할 수 있기에 공개적으로 들으면 안 되고 방송을 틀어놓고 귀를 라지오(라디오) 가까이에 대고 가만 가만 청취했답니다. 김일성이 소년궁전을 찾아가는 날에는 소년궁전 어린이들이 "아버지 김일성 원수님 고맙습니다"를 목놓아 외치고 만세를 부르며 소년궁전 예술단 공연이 실황으로 방송되군 하는데, 그걸 들으면서 '조선의 학생들은 얼마나 행복할까?' 부러워했지요. 중학교 때 중조 변경에 위치한 '백금공사 동명대대'라는 농촌 분교를 꾸리고 몇 달 동안 농촌에 가서 지냈는데, 이 마을은 바로 두만강을 사이 두고 건너편이 조선 땅이지요. 그때만 해도 조선 쪽 산이 더 울창한 숲이였는데, '야, 두만강이 요렇게 돌아 흘렀으면 여기도 조선 땅이였겠는데'라는 상상도 해본 적이 있어요.

또 문화혁명 때는 봉건주의, 자본주의의 여독으로 사람을 해치는 반동서적이라고 좋은 도서들을 불태워버리지 않으면 아예 도서관을 봉해버리였지요. 구지욕에 불탔던 저는 아버지가 총보도원으로 있던 학교에 가서 쇠사슬로 자물통을 잠가놓고 종이 딱지를 붙여놓은 도서관으로 가서 가만히 쇠사슬 틈으로 들어가서는 책장 안에 봉해놓은 책들을 그 안에 웅크리고 앉아서 읽었던 적도 있는데, 안드르센 동화책이며 『로사의 락타샹즈』, 『모순의 밤중』, 『붉은 바위』, 『서유기』, 『교육뽀에마』, 심지어 『모 주석의 교육에 관한 론술』 등 어린 나이로는 이해도 잘 안 되는 책들을 닥치는 대로 읽었지요.

문화혁명 후기에 모 주석의 "복과를 하고 혁명하라"는 지시에 의해 학생들은 다시 교정으로 돌아와 공부하게 됩니다. 문화혁명을 한다고 문화혁명 이전 교과서 체계를 다 부정해버리는 바람에 새로운 교과서는 미처 나오지 않아 가르치는 선생님들도 힘들고 배우는 학생들도 힘들었는데, 그래도 꼭 공부하겠다는 생각이 있어서 공부하는 날이면 열심히 필기하고 외웠지요. 문화혁명 가운데 등소평이 잠깐 복직하면서 출판사들에서 다시 교과서도 찍고 참고서적도 찍으면서 학교에서는 다시 공부를 틀어쥐었지요. 하지만 저는 돈이 없어서 다른 사람의 교과서를 빌려다가 베끼면서 공부한 적도 있구요. 문화혁명 후기에는 어머니가 학교 선생님이니까 학교에서 주문한 『조선화보』, 『조선문학』, 조선의 『천리마』, 조선의 『아동문학』 같은 그런 잡지들을 집으로 빌려내다가 며칠 두고 보면서 문학예술에 대한 갈증을 해소했지요. 당시 중국은 맨날 계급투쟁을 한다고 하면서 이런 문학예술 잡지들이 나오지 않았는데, 조선의 화보와 잡지들은 나에게는 메마른 밭에 흘러드는 감로수나 마찬가지였어요.

조선의 화보에서 김일성대학 여대생들이 얌전한 단발머리에 까만 치마, 흰 저고리 차림에 멋진 책가방을 들고 학교에 다니는 모습을 봤는데, 참 예쁘고 멋지였어요. 그래서 중학교 다닐 때 계속 저고리, 치마 입고 대학교 가는 꿈을 꿨지요. 대학교 입시제도가 취소된 지도 오래되고 후에는 로동자, 농민, 군인 가운데 표현이 좋은 사람만 추천해서 대학으로 보냈기에 보통 중학생은 대학 갈 것을 상상도 할 수 없던 시절인데, 꿈속에서 나는 수도 북경에 가서 대학을 다니는데 김일성대학 여대생처럼 조선 치마저고리를 입고서 대학 교정을 활보하고 있는 겁니다. 어찌하여 이런 꿈을 꾸게 될까 생각해보니 유아원 시절부터 항상 "기차 타고 모 주석을 뵈오러 북경으로 가요"라고 부르던 동요에 세뇌된 때문인 것 같고, 또 조선 화보에서 보던 조선 여대생들의 모습을 늘 부러워하던 마음에서 비롯된 것 같아요.

1972년, 중학교에 입학하며 인생 멘토를 만나다

1972년 용정1중에 진학하였는데, 중학교에 가서부터 제가 좀 피기 시작했어요. 제 인생의 아주 중요한 길라잡이인 은사 한 분을 만나요. 로동문이라는 분인데, 연변대학 로어계를 졸업하고 연변대학에 남아 공청단 서기로 활약하던 중 문화대혁명을 만나게 되고 문화혁명 가운데서 연변조선족 자치주 주장 주덕해를 보호한 죄장으로 학교에서 쫓겨나 감옥살이했고, 감옥살이하는 동안 부인이 혼자 아기를 낳다가 저세상으로 떠나게 되고 갓난 아기는 남에게 준 큰 아픔이 있는 분이였습니다. 이분이 문화혁명 후기에 감옥에서 풀려나서 연변대학으로 돌아가지 못하고 우리 용정1중 공청단 서기로 좌천 부임하게 됩니다. 이분을 처음 본 것은 전교 공청단원 회의 때였던 것 같아요. 조선족으로서는 보기 드물게 1메터 80이 넘는 장신이였고 곤색 면 중산복을 입고, 로씨야(러시아) 시인 뿌씨낀(푸시킨) 비슷하게 생긴 얼굴이였는데, 창백한 얼굴이지만 깨끗하게 턱수염을 민 자리가 파랗게 보이고 강인한 이미지를 풍기는 분이였지요. 로씨야 언어문학을 전공했던 분이라 그런지 우리에게 맑스, 엥겔스의 『공산당선언』에 대해 이야기하고 국제공산주의 운동에 대해 소개하는데, 어찌도 막힘없이 말씀을 잘하시는지 그 말씀에 이끌리여 그 회의가 끝나자마자 당장 서점에 가서 『공산당선언』 책을 구입하고 맑스, 엥겔스의 서적들을 구입하여 읽었어요. 당시 우리 학교 공청단 간부들은 다 이분을 대단히 숭배했지요.

이분이 두 번째 만난 부인과 년년생 아이 둘이 있었는데, 둘이 다 어린데다가 부인이 산후조리를 제대로 못해서인지 그냥 앓고 있었어요. 그런데 로동문 선생님은 자신의 모든 정력을 온통 학교 일에 쏟아붓다 보니 집에 제시간에 들어가서 아이를 안아주거나 가무를 분담해줄 사이가 없는 겁니다. 이 상황을 알게 된 학교 교의선생님이 저하고 학교 공청단 위원회에서 함께 위원으로 활약하고 있는 웃반 여학생을 조용히 불러내더니 "동무네 둘이 회의가 끝나면 로동문 서기네 집에 가서 앓는 부인을 도와 저녁밥이라도 해주면 안 되겠는가?" 하더라구요. 로동문 서기님네 댁에 곤난한 일이 있는데 도와드려야 되겠다는 생각이 들어서 저와 그 선배는 함께 가서 저녁밥도 해드리고 심부름을 해드렸지요. 그런데 선생님 집 방 책장에 당시로서는 보기 드물게 책이 꽉 차 있었는데, 그 속에서 저의 눈길을 끈 것은 『맑스의 청년 시절』이라는 책이였지요. 그걸 딱 빌려보고 싶더라고. 그래서 선생님에게 “저 책을 빌려줄 수 없는가?” 하니까 안 된대요. 자기가 영 아끼는 책이고 문화혁명 초기, 낡은 책을 모조리 불태우던 그 시기를 피해 겨우겨우 살려놓은 책인데, 빌려줬다가 분실되면 다시 구할 수도 없기에 빌려줄 수 없다고 하더라구요. 하긴 그때 선생님과도 아직 익숙한 관계도 아니였지요. “선생님, 제가 가져다 보고 나서 꼭 제대로 돌려드리겠습니다” 확고하게 말하고 나서 그 책을 집으로 가져다 보았습니다.

중국말로 된 책이였고 글자 수가 아마 30여만 자 되였던 것 같은데, 사실 열네 살 되는 중학생인 제가 장악한 중문으로는 그 책을 순통하게 읽고 내용을 파악할 수준이 안 되였지요. 하지만 나는 전 세계 공산주의자들의 성경이나 다름없는 『공산당선언』을 써낸 칼 맑스라는 분이 어떤 젊은 시절을 보냈는지 너무도 알고 싶었지요. 그래서 『신화자전(新華字典)』 놓고 모르는 글자들은 한 글자, 한 글자 사전을 뒤져가면서 읽어 내려갔어요. 처음에는 모르는 글자가 너무 많았고 읽는 속도도 더디였지만, 점점 읽는 속도가 빨리지더라구요. 『신화자전』이 닳도록 뒤져가면서 아무튼 며칠 만에 그 책을 다 읽었지요. 그런 다음 원래부터 약간 훼손이 되여 있는 그 책에 책가위를 해 씌우고 만년필로 ‘맑스의 청년 시절’이라고 제목을 적어서 갖다 드렸어요. 빌려갔던 책을 책가위까지 정갈하게 씌워서 되돌려주는 저에 대해 선생님께서는 인상을 좋게 받은 것 같애요. ‘책을 안 보는 세월인데도 이 학생은 이렇게 책 읽기를 좋아하는구나.’ 책가위까지 새로 씌워서 가져갔으니 아무래도 좋은 인상을 가지게 된 것 같애요.

길림성 공청단 학생대표로 장춘에 가다

그 뒤로 제가 연길현의 중학생들을 대표해서 길림성 공청단 제7차 대표대회에 참가하게 됩니다. 위에 훌륭한 선배들도 있었는데 제가 대표로 참가할 수 있었던 데는 저에 대해 좋은 인상을 가진 로동문 선생님의 추천이 결정적인 역할을 했을 것이라 짐작하죠. 작은 변경도시인 용정에서 태어나 열네 살이 되도록 제일 멀리 가본 곳이 연길인데, 연길현 중학생 대표로 길림성 공청단 대표대회의 대표로 뽑히는 바람에 제가 글쎄 길림성 수부인 장춘에 가보게 됐잖아요! 우리 학교를 졸업한 선배 학생 가운데 박 아무개라는 남학생 한 분이 또 대표가 됐어요. 그래서 용정1중에서는 길림성 공청단 대표대회에 참석하는 대표가 2명이 나온 셈인데, 학교에서 관악대까지 동원하여 기차역까지 환송식을 한 거예요. 우리 둘을 해방패 자동차에다 실어서 용정 역전까지 바래다주는데, 가슴에는 대야만큼 커다란 붉은 꽃을 달고 우리 학교 관악대가 '빰빰빰 빰빠빠' 악곡을 울리면서. 하여튼 작은 현성에 구경거리 생겼지요. 관악 울리는 소리에 구경꾼들이 몰려들고, 어떤 사람들은 가슴에 커다란 꽃을 단 우리 두 사람을 가리켜 "제훈마?" "결혼하는가?" 하고 물어보는 거 있지요. 그 말에 전 부끄러워 얼굴을 들지 못하겠더라구요.

굉장하게 환송을 받으면서 우리 현의 공청단 서기랑 지식청년 대표들로 구성된 10여 명 대표단 속에 제가 제일 나어린 대표로 끼여 기차를 타고 장춘으로 갔지요. 중학생 가운데 정식 대표는 우리 현에서는 제(저) 한 사람이였고, 그 외에 열석(列席) 대표들 몇이 있었어요. 장춘에 가서 쓰달린(스탈린) 거리에 있는 으리으리한 건물에 숙소를 안배 받았는데, 기록영화로 보아서 익숙한 캄보디아의 시아누크 친왕 부부가 투숙했었다는, 길림성에서 최고급 호텔인 '성빈관'이라는 곳이였지요. 시골의 중학생이 처음으로 이런 대우를 받아보게 되었지요. 제가 장춘으로 가게 되니 어머니가 하는 말씀이 "네 아버지가 문화혁명 전에 길림성 제6기 공청단 대표대회에 참가했었는데, 이번에 네가 7차 대회에 참가하게 되니 감개무량하구나" 하고 눈물을 흘리던 기억이 납니다.

길림성 공청단 대표대회에 와보니 회의를 하는 외에도 참관 견학을 안배해줬는데, 그때 그 유명한 장춘 제1자동차공장이며 길림성 화학공장이며 길림대학, 베쮼의과대학 등을 참관 견학했어요. 장춘 제1자동차공장은 중국의 첫 자동차 제조공장입니다. '홍치(紅旗)'라는 브랜드의 승용차와 해방패 트럭을 생산하였지요. 홍기표 자동차는 중국에서는 중앙 수장들의 전용차였고, 모택동도 홍기표 자동차만 탔어요. 장춘에서의 그 며칠은 정말 제 10여 년 인생에서 제일 집중적으로 강한 자극과 충격을 받은 며칠이지요. 중앙 수장들과 시아누크 친왕이 머물러 갔다는 고급호텔에서 잠을 자 보고, 높은 간부들과 한자리에서 회의에 참가해보고, 또 중국에서 제일 이름난 홍기표 승용차를 생산하는 제1자동차공장도 견학하고, 길림대학 캠퍼스도 보고, 베쮼의과대학 캠퍼스도 가보고, 길림성 교예단이 공연하는 멋진 서커스도 구경하고. 그때 제 머릿속에는 '난 이다음에 집 떠나 멀리 큰 데 가서 더 큰 세상을 살아야겠구나'라는 생각이 둥지를 틀게 되였지요.

'사도존엄'을 반대하는 시기, 선생님께 드린 졸업선물로 비판받다

용정1중에서는 체육하는 학생들과 학교의 선전대 학생들을 한 반에 편입하여 '문체반'이라는 것을 꾸렸는데, 반 학생이 한 70명 됐어요. 저도 문체반 학생으로 그 반의 단 서기를 맡았어요. 그때는 현에서 하는 축구 · 배구 경기, 륙상 등 운동대회와 문예 콩쿨도 많았지요. 축구 시합이 있는 날이면 축구 운동원들이 다 시합에 나가 교실에 남은 학생은 3분의 1밖에 안 되고, 문예 콩쿨이 있는 날이면 선전대 학생들이 절반 또 다 나가요. 그니까 선생님들이 우리 반 와서 가르칠 때 너무 힘든 겁니다. 학생들이 수업 시간에 자리를 지키지 않고 숙제도 바로 해오지 않으니 과임 선생님들에게는 골칫거리고 문제 반인 것이지요.

전 그때 학생 간부로 또 선전대 활동을 하면서도 정말 열심히 공부했어요. 오늘, 저녁 공연을 하고 밤늦게 귀가해서 잠이 쏟아지지만 래일 치를 시험에 대비해 수학, 물리, 화학 공식을 베껴놓은 것을 벽에 붙이고 밤새도록 공부하고 암기해서 6개 과목을 시험 쳐도 과목마다 다 100점을 맞아 별명이 '600공'이였지요. 문화혁명 후기에는 '삼호(三好)학생' 평가제도를 회복하는데, 덕 · 지 · 체 3개 방면이 다 좋아야 삼호학생으로 평가받는데 저는 번마다 삼호학생 되였지요.

1976년 제가 중학교를 졸업하는 시기에 북경대학, 청화대학에 '로농병' 대학생들이 있었는데 그들이 졸업하면서 "제일 간고한 곳으로, 조국이 제일 수요하는 서장(티베트 자치구)으로 간다"는 보도가 신문에 났어요. 그중에 화룡에서 청화대학으로 간 조선족 여학생도 있었죠. 저는 서장으로 간다고 하는 그 청화대학 조선족 여학생이 참 부럽더라구요. 우린 중학교 졸업생이니까 서장 같은 데는 못 간다 해도 길림성에서 제일 간고한 '백성자'라는 곳에 가겠다고 신청했지요. 제가 백성자라는 곳으로 하향할 것을 대자보에 써서 신청했더니 그 밑에 저와 함께 가겠다는 학우들이 10여 명 싸인했더라구요. 따라나서는 학우들이 있으니 저도 막 사기 났지요.

그런데 이 판에 선물 사건이 터지였어요. 중학교 세월 4년 중에 문체반 생활이 3년이고, 김춘식 선생님께서 2학년 때부터 문체반 담임으로 있었지요. 맨 운동원들과 무용, 음악을 하는 학생들만 한 반급이 된 이 문체반 담임을 맡은 것을 자랑스럽게 생각하고 학생들을 너무 사랑했어요. 운동과 예술을 하는 학생들로 구성된 학급이니 학교 운동대회를 해도 문예 콩쿨을 해도 항상 우리 반이 일등을 합니다. 담임 선생님은 항상 사기 나가지고 "우리 반 아이들은 종자부터 다르다" 자랑하며 다녔고 반급에서 활동하는 데 경비가 필요하면 항상 선생님 주머니에서 돈을 털어내였어요. 선생님은 부모님과 부인, 아이 셋을 거느린 가장이고 부인과 집식구들은 다 농촌호구여서 혼자 받는 박봉으로 식구를 부양하는 처지였지요. 그런데 얼마 안 되는 박봉을 털어서 우리 학생활동 경비에 보태주는 게 너무 고마웠지요.

그런 선생님이 고마워서 졸업할 때 우리 학생들이 1인당 돈을 얼마씩 거둬서 어느 학생네 집에 가서 선생님을 모시고 회식을 하고, 당시 돈으로 20여 원을 들여 흰 데트론 와이샤쯔, 검정색 데트론 바지, 카프론 양말, 비닐 샌들, 이렇게 발끝까지 한 세트를 마련하여 선생님께 졸업기념물로 드렸지요. 그런데 어떻게 말이 새여 학교에 진주하고 있던 로동자선전대 귀에 신고가 들어갔지요. 당시 로동계급은 일체를 령도하는 최고권위였지요. '로동자는 만형'이고 로동자선전대가 학교에서 모든 것을 령도하였지요. 저를 아껴주던 로동문 서기는 연변대학으로 도로 갔고, 학교 지도부 성원들은 원래 분들이 아니였지요. 당시 사도존엄을 비판하는 바람이 불 때였는데, 저는 선생님을 비판한는 게 아니라 오히려 반급 학생들과 함께 선생님에게 선물을 사서 줬으니 이건 로동자선전대 눈에는 반면교재지요. 저는 하향 지식청년으로 농촌 내려가기 한 달을 앞두고 매일 학교에 불려가서 로동자선전대 앞에서 검사를 받고 자기검토를 해야 했어요. 담임 선생님은 입당적극분자였는데 졸업반 학생들로부터 선물을 받은 것이 죄증이 되여 방공굴을 파러 다니게 됐지요. 그렇게 한 달간인가 비판을 받으며 마음고생을 하다가 저는 농촌으로 가게 되였지요.

당안 사건을 겪으며 혁명영웅처럼 살겠다는 다짐을 접다

입당도 하지 못하고 간고한 '백성자'로 가겠다고 지원했지만, 그리로도 가지 못하고 연길현 태양공사 유신대대라는 곳에 하향 지식청년으로 갔어요. 그래도 농촌으로 떠나는 날 용정공원에서 북 치고 꽹과리 치면서 광활한 천지인 농촌으로 하향하는 지식청년 환송대회가 있었는데, 이번 기에 농촌으로 가는 지식청년 대표발언을 저보고 하라고 해서 수백 명 지식청년들을 대표하여 "광활한 천지 농촌에는 할 일이 많다"는 모 주석의 어록을 외우고 "농촌에 가서 빈하중농의 재교육을 잘 받겠다"고 결심발표를 했지요. 그러고 나서 이불짐을 가지고 트럭에 앉아서 배정받은 농촌인 태양공사 유신대대라는 농촌으로 갔어요.

농촌으로 간 지 얼마 안 되여 대대 당지부에서 입당적극분자들을 불러놓고 회의를 하는데 저를 안 불러요. '왜 나는 참가하라는 말을 안 하지? 난 학교 때 거의 입당할 뻔했던 사람인데.' 그래서 대대 당지도부 서기를 찾아가 따졌지요. "입당적극분자 회의에 왜 저는 안 부릅니까?" "학교에서 보내준 동무 당안에 입당적극분자라는 게 없소." '당안'이라는 게 한 사람의 매 시기 성장과정을 기록한 보존서류인데, 죽을 때까지 일생 동안 따라다닙니다. 중학교 2학년 때 입당신청서를 쓰고 중학 시절 열심히 입당하려고 노력한 저의 당안에 '입당적극분자'라는 증명이 없다니 그게 암만해도 리해되지 않았지요. '하, 기가 막혀. 어떻게 입당적극분자 증명이 내 당안에는 없지?'

제가 중학 시절에 아주 숭배한 영웅이 있었는데, '썽더웨이다 쓰더꽝룽(生的偉大, 死的光榮)', 즉 '위대하게 살고 영광스럽게 죽었다'고 모택동이 직접 제자를 써서 기념한 열네 살짜리 여자 영웅입니다. 공산당원 유호란이라고 하는데 국민당 놈들이 와서 그 마을을 덮쳐가지고 마을 사람들을 다 모아놓고 "누가 공산당원인가?" 했는데 누군가 이 여자가 공산당원이라고 밀고했지요. 유호란은 작두에 목이 잘리면서도 끝끝내 다른 사람을 물지 않았어요. 유호란 외에도 쏘독전쟁 때 히틀러군에 잡혀 교수형을 당할지언정 나라를 배반하지 않은 쏘련의 영웅 조야, 쏘련의 '오스뜨롭쓰기'라는 작가의 자전 소설 『강철은 어떻게 단련되였는가』에 나오는 주인공 빠벨 꼴차킨, 국제공산주의 운동의 여성 리론가이자 지도자였던 로자 룩셈부르크 등이 저의 우상이였지요. 순수하고 어린 나이였던지라 혁명이 필요[로] 한다면 이런 영웅들처럼 자기 한목숨이라도 선뜻이 내놓을 각오를 하고 '공산주의 실현에 몸 바쳐 싸우겠다', 열네 살에 입당신청서를 당조직에 바쳤던 겁니다. 그런데 이런 나에게 입당적극분자라는 증명이 당안에 없다고 하니 도무지 이해할 수 없었죠.

몇 달 만에 용정에 볼일이 있어 갔는데, 길에서 학교 때 당총직 조직위원이던 선생님을 만나게 되여서 물었지요. "저는 중학교 2학년 때 입당신청서를 제출하고 그 후 줄곧 조직의 배양을 받았는데, 왜서 저의 당안에 입당적극분자라는 증명이 없습니까?" 따지고 물었지요. 그 선생님이 우물우물하면서 대답을 피하는 겁니다. 길에서 만났던 상황이라 그냥 그렇게 지나갔죠.

1976년은 중국인에게 참으로 잊을 수 없는 재난의 해였어요. 1월에 주은래 총리가 세상 떴지요. 3월에 길림성에 유례없는 운석비가 내리였는데, 항간에서 떠도는 말에 의하면 모택동은 길림에 큰 운석이 3개 떨어졌다는 소식을 듣고 '곧 사람이 죽겠구나'라고 부르짖었다고 합니다. 4월 5일에는 천안문 사건이 터졌는데, 천안문광장에서 수만 군중이 자발적으로 집회를 가지고 주은래 총리를 애도하고 4인방을 성토하면서 문화혁명을 부정하는 비폭력 군중 항거운동을 한 거죠. 천안문 사건 이후 얼마 안 되여 7월에 주덕 총사령이 세상을 떴지요. 7월에는 하북성 당산에서 대지진이 일어나 24만 명 이상이 죽고 부상자도 16만 명이 넘었죠. 그런데 9월 9일에 또 모택동이 세상을 뜹니다. 모택동 주석이 세상 뜨자 보통 백성은 정말 세상이 무너진다고 생각하고 사람마다 더없는 슬픔에 잠겼지요. 중국의 제일 큰 별이라 생각하던 주은래, 주덕, 모택동 세 사람이 연달아 한 해에 세상을 뜨고, 하늘에서는 운석이 떨어지고, 땅이 갈라져서 몇십만 명의 희생자가 나오니 진짜 땅이 꺼지고 하늘이 무너지는 공포를 느끼게 되지요.

그런데 10월 6일에 또다시 놀라운 사건이 터졌지요. 문화대혁명 가운데 지고무상의 권력을 휘두르며 4인방으로 불리던 왕홍문, 장춘교, 강청, 요문원 이 네 사람이 체포된 겁니다. 1976년 10월 8일, 아직 시골에 지식청년으로 있던 저는 용정으로 일 보러 왔었는데 길거리에 대문짝만 한 대자보로 "왕홍문, 장춘교, 강청, 요문원 4인방을 타도하자"는 구호가 용정 시내 주요 거리마다, 건물마다 나붙은 것을 보고 깜짝 놀랐어요. '아니, 모 주석이 세상 뜬 지 한 달이 못 됐는데, 모 주석의 부인 강청을 타도한다니 이게 무슨 판이지?' 정말 무슨 세상인지 갈피를 잡을 수 없었지요. 4인방이 구속됨으로써 중국의 문화대혁명은 사실상 끝난 거나 다름이 없었지요.

4인방이 타도된 후 어느 날 용정에 볼일을 보러 갔다가 모교의 당총직 조직위원 선생님을 길거리에서 다시 만나게 되였습니다. 선생님께서는 미안한 표정으로 "동무가 지난번에 물어보던 일을 이제는 말할 수 있소. 사실 그때 로동자선전대에서 '전국이 사도존엄을 비판하는 형세인데, 담임선생한테 선물을 사주는 이런 학생이 어찌 입당할 수 있는가! 사상각오가 이렇게 낮은 학생은 입당적극분자도 될 수 없다" 하여서 저의 입당 문제를 고려하기는커녕 입당적극분자라는 증명도 당안에 넣어주지 못했다는 겁니다. 문화혁명 10년을 쭈욱 돌이켜보고 1976년 한 해 동안 엄청난 일들을 겪으면서 저는 그때 결심을 내립니다. 내 인생에 절대 정치라는 것을 안 하고 절대 간부질을 안 할 것이다! 인류의 가장 숭고한 공산주의 사업을 위해서 내 목숨까지 바치겠다 했는데, 그때 저는 머릿속이 어지럽고 신앙 위기가 온 거지요.

1977년, 농촌 집체호 생활 중 대학입시를 보다

모택동이 그랬죠. "농촌은 광활한 천지다. 거기에는 할 일이 많다. 지식청년들은 그곳으로 내려가라." 이렇게 해가지고 한 해 한 해 많은 중학생 졸업생들이 농촌으로 내려갔는데, 사실은 농민들한테 폐를 끼친 거지요. 농사를 지을 줄 모르는 애들이 와가지고 농사에 도움이 되기는커녕 오히려 부담을 끼쳤지요. '지식청년'이라는 그럴듯한 호칭으로 불렀으나 사실은 문화대혁명 하느라고 공부도 제대로 하지 않은 열여섯, 열일곱, 열여덟 이렇게 되는 중학생 애들이예요. 근데 그때는 있잖아요. 지식청년이 농촌에 가서 뿌리박는 걸 창도할 때였지요. 1968년도에 제일 첫 기로 상해 지식청년들이 대량으로 우리 동북에 내려왔고, 그다음에는 장춘이나 기타 도시에서 온 지식청년도 있었지요. 제가 내려간 농촌마을에도 상해 지식청년들이 있고, 장춘 지식청년 있고, 저처럼 현지 지식청년이 있고, 또 귀향 지식청년도 있어요.

지식청년끼리 '집체호'라는 집을 별도로 짓고 거기에서 남학생 녀학생들이 스스로 밥을 해먹으면서 농민들과 함께 농사를 배우며 농사일을 해요. 저는 [19]76년도 7월에 농촌에 내려가서 [19]78년 1월까지 있었으니 햇수로 하면 3년, 정확하게 따지면 한 2년간 농촌에서 지식청년 생활을 했지요. 처음 [내려가서] 집체호를 짓기 전에는 현지 농민 집에 가서 있고 하는데, 제가 있었던 집은 생산대장네 집이였어요. 그 집에서 반년 있다가 집체호 건물 짓고 나가게 됐는데, 그때 저는 그 집체호에서 부호장을 맡았습니다. 사실 호장을 맡을 수 있지만 여자니까 부호장을 맡았는데, 실제로는 집체호 살림을 맡은 사무장이었지요. 농촌에서 별일을 다 해봤지요. 장화도 없어서 맨발로 봄에 살얼음이 녹지 않은 논밭에 들어가 논밭을 번지는 일도 해보고, 모철이면 벼모도 꽂아보고, 조이밭 김매기, 담배잎 가지치기, 담배잎 따기, 가을걷이, 탈곡. 겨울이면 수리 공사를 한다고 투롱즈(土籠子, 삼태기), 쾅즈(筐子,

광주리)에다 흙을 담아가지고 두 사람이 멜대로 목도해서 제방 쌓기 하고. 집집마다 화장실 다니면서 거름 모으는 거부터 거름 발효시키는 거. 안 해본 일이 없어요. 어쨌든 농사하는 전 과정을 다 해봤습니다. 돌이켜보면 우리 세대는 소학교 1학년 때부터 로동을 시작해서 중학교 졸업하고 농촌 내려갈 때까지 계속 일이 손에서 떠나지 않았어요. 그니까 일이 몸에 밴 거지요. 이 [팔]보세요. 제 팔이 얼마나 굵은가. 곡괭이질하고 삽질하고 호미질하고 낫질하고 하면서 굵을 대로 다 굵어진 겁니다.

4인방이 타도되고 얼마 지나지 않아서 대학입시가 회복됐어요. 문화대혁명이 끝나서 계급투쟁을 하던 데로부터 이제는 '4개 현대화'를 실현해야 하는데, 10년간 대학에서 학생모집을 제대로 하지 않았으니 나라에 인재가 없어서 조급하잖아요. 1977년 9월에 교육부는 10년간 정지했던 전국고등학교 학생모집제도를 회복하기로 하고 10월에 전국 각지의 신문에서 한 달 후 대학입시제도를 회복한다는 소식을 실었지요. 대학입시 회복 후 학생모집 대상은 로동자, 농민, 지식청년, 귀향청년, 퇴역군인, 간부와 당해 고 · 중 졸업생이라 했어요. 이는 천만 지식청년에게 복음이였지요. '한평생을 농촌에서 땅을 파먹으며 살아야 하는가!' 전도가 없다고 비관 실망하던 지식청년에게 대학입시제도 회복은 하늘에서 내려온 동아줄 같은 희망이죠.

대학입시가 회복되고 시험 준비를 해야 하는 그 무렵 저는 아직 농촌에 있었고 시험 준비를 해야 하는 때가 바로 집체호 20명 되는 식구들의 겨울나기 감자, 배추, 무를 장만해야 하고 식량을 장만해야 하는 제일 바쁜 철이라 시험 준비를 하겠다고 집체호를 떠날 엄두를 내지 못했죠. 집체호 안살림을 맡은 부호장이니 제가 시험공부 한다고 집체호에서 나가게 되면 '김치 절구는 거는 누가 조직하며, 쌀을 분배받으면 또 어떻게 누가 건사를 제대로 하겠는가' 하는 근심 때문에 남들은 집에 돌아가 머리를 싸매고 공부한다는데 저는 집체호 겨울 살림에 필요한 거 다 준비해놓고 일주일간 하숙집에 들어가서 대학입시 준비를 합니다.

당시 저는 우물 안의 개구리였어요. 세상이 어떻게 돌아가는 줄 모르고 중학교 때 잠깐 교학을 회복하던 시기에 제가 공부를 좀 잘했으니 대학입시는 문제없이 통과될 거라 생각했지요. 저는 정말 제가 괜찮은가 생각했어요. 연변에 8개 현 · 시가 있는데, 제가 태여나 열일곱 살까지 자란 용정이 조선족 주민이 제일 많다 보니 중국말 수준이 제일 떨어져요. 용정 사람들은 전반적인 문화 수준은 높은데 중국말 수준이 떨어지고, 특히 한족이 많지 않다 보니 중국말 회화가 안 되는 겁니다. 근데 저는 제가 『신화사전』을 뒤지며 중문 책을 읽어보고 중국말로 대자보를 쓴 경력이 있기에 스스로 중문 수준도 괜찮다고 오판해가지고 입시 며칠을 앞두고 현 교육국의 학생모집 사무실로 찾아가서 난 시험을 중국말로 치겠다고 하면서 조선어 수험장으로 배치받은 것을 중국어 수험장으로 바꿔달라고 요구하였지요.

그리고 문화혁명을 겪으면서 소위 정치나 인문에는 신물이 나서 수리화(數 · 理 · 化) 전공을 택하려고 했지요. 문화혁명 중에 공부를 제대로 못 했던 점은 생각 못하고 말입니다. 첫 대학입시를 중문으로 시험 쳐서 청화대학이나 중국과기대학 같은데 붙어서 수리화를 배우고 싶었던 거지요. 조양천 철도중학교 수험장에 가서 중문으로 시험을 쳤는데, 결과는 뻔하지요. 첫해는 시험지 한 장을 가지고 판가름해서 300점 이상이면 대학으로, 300점 이하면 전문학교로 보냈지요. 문화혁명 10년에 중학 교과목의 수리화를 제대로 배우지 못한 제가 거기에다가 중문으로 시험을 쳤으니 낙방할 수밖에 없지요. 200여 점이라 전문학교는 갈 수 있다고 하는데 저는 북경대, 청화대 아니면 안 간다고 하면서 자존심에 도로 농촌으로 내려가 버렸습니다.

1978년, 복장공장 노동자로 일하며 다시 대학입시를 치다

문화대혁명이 끝나니 어머니는 맡은 학생들을 잘 가르치려고 가배의 열성을 쏟아부었지요. 1978년 연길현 교육국에서는 저더러 어머니 신변에 와서 어머니를 돌봐주라고 용정 복장공장 로동자로 데려왔습니다. 제 밑에 있던 여동생은 연변예술학교 무용학부에 입학하여 무용반 학생으로 공부 중에 있고, 열두 살 된 남동생이 어머니 곁에 있었는데, 학교 일에 몰두하는 어머니 때문에 남동생이 홀로 집에서 과자로 끼니를 에울 때도 있었고. 어머니는 몇십 원 안 되는 로임에서 예술학교에 다니는 둘째 딸에게 용돈을 주고 나면 얼마 남지 않는 비용으로 식료품을 제대로 사서 잡숫지 못해서 영양실조에 걸렸는지 한 해에 서너 번씩 입원하는 겁니다. 교육국에서는 교학을 남보다 잘하고 학생들을 잘 가르치는 어머니가 자꾸만 입원하니까 딸이라도 곁에 와서 엄마를 돌보라고 농촌에 있는 저를 올려온 거지요.

제가 시내에 공장 견습로동자로 오게 되니 비록 20원밖에 안 되는 로임이지만 살림에 보탬이 되고, 또 제가 퇴근하여 밥을 지어놓고 동생을 챙기고 어머니를 기다려주니 어머니는 너무도 기뻐서 이제는 살 것 같다고 하셨죠. 제가 복장공장으로 출근하는 그 잠깐 동안 우리 집에 생기가 돌았지요. 예술학교에 있는 여동생은 주말이면 집으로 돌아왔는데, 네 식구가 모여앉아 제가 노래를 하면 여동생은 학교에서 배운 무용을 하면서 식구들에게 회보공연을 했어요. 이때가 아마 아버지를 잃고 나서 우리 네 식구가 제일 행복했던 시기 같애요.

그런데 곧 두 번째 대학입시를 진행할 거라는 소식이 전해졌어요. 고민 끝에 다시 시험을 치겠다고 어머니한테 말했는데, 어머니가 동의를 안 합니다. 공장에서도 동의를 안 하고. 대신 신랑감을 소개해준다고 중매가 들어오는가 하면, 어머니의 옛 제자 가운데도 은근히 제게 눈독 들이고 찾아오는 남학생들이 있었지요. 어머니는 은근히 큰딸이 대학시험을 치지 말고 좋은 남자를 만나 결혼하고 가까이에서 살았으면 하는 바람이였지요. "정말 이번에 대학시험을 꼭 쳐보고 싶고 이번에 붙지 못하면 꼭 엄마 곁에서 엄마와 동생 뒷바라지를 해주며 살겠다'고 했지요. 겨우 어머니를 설득하고, 또 공장에 가서 공장장을 설득하고, 공장 당위서기를 설득하여 두 달간 출근하지 않고 대학입시 준비에만 몰두하는 것으로 허락을 받았지요.

문화대혁명을 겪으면서 저는 정치니 문학이니 하는 것은 다 거짓으로 충만되였다고 생각하고 수리화를 해야 어디로 가든지, 어떤 세상으로 변하든지 써먹을 수 있다고 생각해서 수리화 공부에만 몰두하고, 시험에 합격되지 못해 대학에 붙지 못하면 창피할가 봐 학교에서 꾸리는 보도반에도 다니지 않았지요. 그래도 중학교 담임이시던 김춘식 선생님께서 제가 시험 준비를 하는 것을 알고서 용정2중학교의 교원으로 있는 자기 처남에게 말해 가외 시간에 물리와 화학을 보도해주게끔 안배해주었지요.

그리고 수학을 잘 가르친다고 소문이 난 모교의 김승길 선생님을 찾아가서 제게 수학을 며칠만이라도 보도해달라고 청을 드렸지요. 선뜻 보도해주겠다고 하셔서 날마다 저녁 식사 후 선생님 집으로 찾아갔습니다. 제가 웃방에서 한창 보도를 받고 나면 아랫방에서 미닫이 방문을 노크하는 소리가 나서 방문을 열고 보면 김승길 선생님 부인이 뜨거운 사탕물에 닭알을 푼 것을 저한테 영양 보충하라고 주시더라구요. 물질이 궁핍하던 시기라 집집마다 부엌에다가 암탉을 키우면서 닭알을 받아 부식으로 보탤 때지요. 선생님 댁에도 아이가 셋이였던 걸로 기억나는데, 남편한테 보도받는 입시준비생인 저에게 영양 보충하라고 그 귀한 닭알을 사탕물에 풀어주시니 정말 큰 감동을 받았고, 정말 공부를 잘해야 되겠다 생각하게 되였지요.

어느 날 아침 수험증에 붙일 사진을 찍으러 사진관 문 열기 전에 갔어요. 몇십 명이 사진관 앞에서 문이 열리기를 기다리고 있었는데, 한참 기다리면서 들려오는 말소리에 귀를 기울이니까 대부분 대학입시 준비생들이였는데 서로 '어디 가서 보도를 받는가', '어느 선생님이 보도를 잘해준다' 정보를 주고받는 거예요. 듣고 보니 나만 혼자서 보도반에 가지 않고 스스로 하고 있었어요. '내가 이번에도 리공(理工) 시험을 준비하면서 보도반에 가지 않고 혼자서 준비하다가는 또 못 붙겠구나' 곰곰이 생각해보니, '중학 시절에 수학은 겨우 2원 2차 방정식밖에 배우지 못했고, 삼각도 배우다 말았고, 물리나 화학이나 어느 거 하나 제대로 배운 게 없는데 이번에도 수리화 시험을 쳐서 될 수 있겠나? 아니다. 안 되겠다. 싫어도 인문으로 바꾸자'. 여기까지 생각이 미치자 사진이고 뭐고 얼른 돌아와서 다시 인문으로 시험 칠 것을 신청하였지요.

대학입시 수험장은 용정제2중학교였는데, 수험장에는 내가 아는 나이 많은 선배들도 있었습니다. 이틀간 시험을 쳤던 것 같은데, 시험을 다 마치고 나오는데 어쩐지 좋은 예감이 들더라구요. 그 후 며칠 만에 용정1중 시절 로동문 서기의 후임으로 왔던 허성일 서기가 당시 현 학생모집 판공실인가, 교육국엔가 가 있었는데, 이분이 글쎄 비가 약간 오는데 헐레벌떡 우리 집으로 뛰여와서 울타리 밖에서 제 이름을 막 부르는 겁니다. "야, 야, 야, 야, 니 점수 나왔다." 삼백몇 점인지 됐는데, "이 점수면 이번에는 아무 대학이나 문제없이 갈 것 같다" 알려주는 겁니다. 저는 너무 좋아가지고 이미 연변대학으로 조동해간 로동문 선생님한테 전화로 소식을 알려드렸지요.

선생님은 기뻐하시더니 저더러 당장 연변대학으로 오라고 했어요. 연변대학에 가니 선생님께서 저를 데리고 한어교연조로 찾아가서 거기에 계시는 선생님들께 인사시키는 겁니다. "이 동무가 이번에 시험을 쳤는데 300점을 넘어 맞았다니까! 내 용정1중학교에서 단서기 할 때 학생 간부이고 참 아끼던 학생인데, 대학입학 지망에다 연변대학을 썼다니까 꼭 우리 대학으로 올 겁니다. 이 학생을 잘 봐두세요. 앞으로 잘할 겁니다." 연변대학 한어교연조의 선생님들 몇 분은 문화혁명 후기에 림표와 공자를 비판할 때, 로 선생님이 청해다가 우리에게 비판용으로 『론어』, 『홍루몽』이요, 『수호전』이요, 『삼국연의』를 가르쳐주신 분들이라 약간의 면목이 있었지요. 그 선생님들도 반색하면서 저를 축하해주더라구요.

입학통지서의 그 문장, "민족 복장을 준비해가지고 오라"

근데 며칠 만에 수도 북경에서 대학입학통지서가 날아왔습니다. 소수민족의 최고학부인 중앙민족대학에서 입학 통지가 왔는데, 통지서 뒷면에는 몇 가지 주의사항 외에 '입학 시 민족복장을 준비해가지고 오라'는 내용이 적혀 있는 겁니다. '엄마네! 이거 내 꿈이 실현되는 게 아니야? 늘 조선 치마저고리를 입고 대학 교정에서 공부하는 꿈을 꿨는데, 하늘이 알아봐주는가!' 문화혁명 때는 대학시험을 쳐서 대학교로 갈 수 있는 길이 막혔잖아요. 공농병(工農兵: 노동자, 농민, 군인)만 추천하니까. 농촌에 내려간 첫해에도 대학교 추천이 있었지만, 농촌에 금방 내려간 우리 햇내기 지식청년에게 그런 기회가 차례질 리 만무하지요. 그런 상황에도 저는 늘상 조선 치마저고리를 입고 대학을 가는 꿈을 꿨는데, 중앙민족대학에서 민족 복장을 가지고 오라니 조선 치마저고리를 가져가게 되고 그러니 제 꿈이 실현되는 게 아니고 뭡니까!

대학시험 치는 것을 반대하던 어머니도 너무 기뻐서 자기가 처녀 때 입었던 자주빛 벨베트 치마를 줄이고 옥색 뉴똥 저고리를 찾아서 아래위 한 벌 맞춰줬어요. 복장공장에 가서 대학교에 붙었다고 알리고 학교에서 민족 복장을 가지고 오란다고 하니 공장에서 축하하여 저에게 록색 뉴똥 치마와 분홍색 나일론 저고리를 새로 만들어주는 겁니다. '야, 좋은 세월 만나서 당당하게 실력으로 대학입시를 치러서 100 : 6.5의 경쟁률로 대학에 붙고 또 학비를 한 푼도 안 내고 수도 북경의 중앙민족대학이라는 소수민족의 최고 학부에 가서 공부한다는 게 얼마나 신나는 일입니까!' 용정1중학교 우리 학년 졸업생 가운데 제가 제일 좋은 대학교에, 그것도 남들이 부러워하는 수도 북경의 대학교에 붙은 거지요.

용정에서 북경까지 가려면 기차를 조양천에서 갈아타고, 장춘에서 갈아타야 돼요. 근데 제가 기껏해야 열네 살 때 장춘에 가본 것밖에 없어요. 마침 이모부가 북경으로 출장 오게 되였는데 어머니는 저를 이모부한테 부탁하고, 또 우리 학교 후배 가운데 저와 함께 중앙민족대학에 붙은 후배가 있었는데 그 집 부모는 그 후배를 저한테 부탁하였지요. 저와 후배는 조양천 외할아버지네 집에서 잠깐 쉬였다 역으로 다시 나오기로 하고, 이모부는 군인초대소에 들리여 잠깐 쉬겠다고 하여 6시쯤에 기차역에서 다시 만나기로 하고 헤여졌지요.

6시에 기차 타려고 왔는데 이미 기차는 플랫폼에 들어와 있고 개찰구에서 만나기로 한 이모부가 보이지 않아요. 혹시 이모부가 먼저 탔을까, 아니면 좀 늦게 나오는가 하면서 저와 후배는 검표를 마치고 기차에 올라탔습니다. 기차에 올라타긴 했는데, 느낌상 기차가 영 스산했지요. 이게 도대체 북경 가는 기차가 맞는가 의심이 들면서도 물어보지 않고 그냥 자리에 앉았지요. 그때 저는 별명이 책귀신일 만큼 어딜 가나 틈만 있으면 책을 꺼내 읽었고, 책을 읽을라치면 밥 먹는 것도 불 때는 것도 잊어버릴 지경이였지요. 그 시간도 참지 못하고 책을 꺼내 본 거에요. 같이 가는 후배는 털실로 양말을 뜨느라고 뜨개질 삼매경이였지요.

기차가 뿌웅 하고 길게 경적을 뽑더니 서서히 움직이기 시작하는데, '아뿔사, 이게 웬일이지?' 기차가 북경 방향으로 가는 게 아니라 용정 방향으로 되돌아가는 겁니다. 그제야 당황해서 열차원을 찾아서 물어보니 우리가 기차를 잘못 탔다는 거예요. 뒤늦게 플랫폼에 들어온 맞은켠 기차도 기적을 뽑더니 서서히 움직이기 시작하는데, 그 기차야말로 흰 카텐을 드리운 식당차도 있고 한눈에 봐도 우리가 타고 있는 차보다 훨씬 고급스러워 보였습니다. "엄마네! 이걸 어찌니!" 우리는 조급해서 발을 동동 구르며 기차를 세우라고 했지만, 이미 출발한 두 기차는 갈수록 반대 방향으로 멀어지기만 했어요. "이걸 어찌니! 이래다가 우리 대학교에 못 가는 게 아일가?" 속상해하는데 열차원이 "오늘은 일단 용정으로 갔다가 래일 다시 이 기차표를 가지고 조양천에 와서 북경행 기차를 타라"는 것입니다. "할 수 없다. 오늘은 그냥 우리 집에 가서 자자" 하고 후배를 데리고 우리 집으로 갔지요.

북경으로 떠났다고 생각했던 딸이 후배까지 데리고 집으로 들어가니 어머니가 깜짝 놀랐지요. "야, 북경에 간다던 너네 왜 되돌아왔니? 이모부는?" 우리는 자초지종을 말하고 나서 우리 집에서 자고 이튿날에 남들한테 들키면 망신이니까 도적고양이처럼 살그머니 다시 역전으로 나와서 기차를 탔지요. 이모부는 조양천역에 나와서 우리를 한참 찾았는데 찾지 못하니 먼저 기차에 올랐겠거니 생각하고 차에 올랐는데, 좌석에 와보니 애 둘이 보이지 않자 차 바구니마다 샅샅이 뒤졌는데 찾지 못해서 이모부는 이모부대로 속을 태운 거지요. 우리가 기차를 잘못 타는 바람에 사람보다 짐이 먼저 학교에 도착하게 되었고, 이모부는 혹시나 학교에 가면 우리를 만날가 해서 학교에 가서 찾았는데 우리를 찾지 못했지요. 다행히 우리는 이튿날 순조롭게 학교에 도착했지요. 하지만 이모부가 학교에 와서 우리를 찾은 사실을 학우들이 다 알게 되었고, 짐은 도착했는데 등록처에 와서 등록해야 할 여학생 둘이 제시간에 오지 않았으니 기차를 잘못 탄 일이 우리 반급뿐만 아니라 학교에 다 소문났지요.

1978년, 중앙민족대학에 입학하다

1978년도 10월에 대학교에 왔잖아요. 대학교에 오니까 너무나 좋고 책가방을 다시 들고 다니니 그렇게 기쁠 수 없지요. 그래서 제 얼굴에는 항상 미소가 남실거렸지요. 항상 웃으며 다니니까 선생님들은 "야, 너 리란이는 무슨 좋은 일 있어서 항상 미소하고 다니냐?" 이러더라고. 그래 미소하고 다니니까 남들에게 주는 인상이 좋았는가 봅니다. 거기에다가 제가 교정 안에서 치마저고리를 입고 다니고 하니까 다른 민족의 남학생들도 "친구 하면 안 되겠나?" 말을 걸어오며 자꾸 데이트하자고 신청이 오는 거 있지요. 그런데 어머니가 저를 학교에 보내면서 하신 말씀이 있었어요. "어디에 가나 절대 혼자서 남자를 만나지 말라. 그리고 나중에 신랑감을 만나더라도 꼭 조선족을 만나야 한다." 어머니의 그 가르침을 명심했지요. 꽤 멋진 남학생들이 데이트 신청을 했지만, 절대 만나지 않았고 일일이 사절했습니다. 또 대학교에 공부하러 왔으니 열심히 공부하고 학교활동에 적극 참가해야지 남학생과 데이트 같은 거 하면 안 된다고 생각했지요. 남학생들이 자꾸 말을 걸어오니 저는 '내가 항상 웃으니 상대방이 자기를 좋아하는 걸로 착각해서 그러는구나. 이제부터는 웃음을 헤프게 흘리지 말자'라고 생각하여 맞은켠 멀리서부터 남학생이 오는 것을 발견하면 이내 엄숙한 표정을 짓고 눈길이 꼿꼿해서 매서운 눈초리를 하고 지나갔지요.

그런데 남편을 대학교에서 만났어요. 처음엔 호감이 별로 없었어요. 키는 크고 얼굴도 괜찮게 생겼는데, 몸이 약하고 얼굴색이 가무잡잡해서 병이 있어 보이고. 또 쪼끄만 덧니 하나가 윗니 중간에 딱 났는데, 입 벌리고 웃을 때면 채 자라지 않은 덧니가 이미지에 감점이 되는 겁니다. 금방 대학교에 왔을 때 개학 전날 이분이 우리 여학생 숙소로 찾아왔어요. 우리 여학생들에게 한다는 말이 "래일이면 개학인데, 공산당원들이! 다 교실 청소하러 갑시다." 저는 중학교 때 입당할 뻔한 사람이 입당 못하고 대학교까지 왔는데 그 말이 되게 귀에 거슬리더라구요. '뭐, 교실 청소하는데 공산당원들만 나가서 하자고? 이런 판이구나!' 하면서 이 사람을 안 곱게 봤지요. 그런데 밉게 본 사람과 길고도 질긴 인연을 맺을 줄이야!

중학교 때부터 선전대에서 무용을 했던 저는 학교에 와서 학우들에게 조선족 무용을 가르쳐서 학교 문예공연 무대에 오르기도 했어요. 그런데 북경대학에서 한족 학생들에게 우리 조선말을 배워주는 반이 있는데, 그 반 담임 선생님이 학교에 "조선무용을 하는 학생이 있으면 보내서 자기네 한족 학생들에게 조선무용을 가르쳐 달라"고 청탁을 했어요. 그 청탁을 받고 당시 널리 유행하던 「연변 인민 모 주석을 열애하네」라는 노래에 맞춰 안무한 조선족 무용을 지금 남편이 된 K 학생과 제가 가서 가르치게 되지요. 사실 그 무용을 다른 남학생들에게도 배워줬는데, 다른 남학생들은 사후에 다 까먹고 K만은 확실하게 기억하고 있어서 둘이 무용을 가르치러 다니게 된 거지요.

그런데 북경대학에 가서 무용을 배워주고 다시 뻐스 타고 학교로 돌아오면 학교 식당은 문을 다 닫아요. 그러면 학교에서 세 뻐스역이나 떨어진 동물원 쪽에 있는 식당에 가서 사먹어야 합니다. K는 뻐스가 학교 부근에 도착할 무렵이면 "이제는 학교 식당이 문을 닫았을 건데 동물원 쪽으로 밥 먹으러 나가지?"라고 여러 번 제안하더라구요. 그럴 때마다 저는 "고맙지만 난 안 간다" 딱 사절했지요. 개학 첫날 공산당원만 청소하러 가자고 말해서 미운털이 박힌 데다가 절대 혼자서는 남자를 만나면 안 된다는 어머니 말씀이 항상 제 머리를 지배하고 있었기 때문이지요. 그렇게 단둘이 만날 기회도 있었지만 그냥 피했는데, 나중에는 결혼에까지 왔고 지금까지 40여 년째 동반자로 살고 있습니다.

남편은 본관이 평안도 의주예요. 시아버님은 조선에서 넘어와서 단동의 봉성이라는 곳에서 살았는데, 원래는 학생들을 가르치는 선생님이였대요. 조선전쟁 때 지식인이고 하니까 통 · 번역관으로 뽑혀 나간 거에요. 전선에서 통역을 했어요. 정전되고 나니까 처음에는 북경에 배치를 받고 또 상해에 발령받아 한 2년 근무했답니다. 그런데 집에 두고 온 부인과 애들이 생각나서 "저는 조선사람이니 이런 대도시에서 못 살겠다. 집으로 보내달라"고 제출했는데, 상급에서는 조선족이니까 조선족이 많이 사는 연변으로 보내준 겁니다. 시어머니는 또 남편 있는 상해로 가겠다고 봉성에 있던 집을 다 팔고 노모님과 애들을 데리고 상해로 떠나려는 참인데, 어이없게 조선족이라는 것 때문에 산 설고 물 설고 낯선 연변으로 가게 된 거지요.

그렇게 되어 평안도 사람이 함경도 사람들이 주로 살고 있는 연변으로 가게 되고, 남편은 연변에서 태여나다 보니 팔자에도 없는 연변사람인 된 겁니다. 시아버지는 연변의 화룡이라는 곳 현정부에 공무원으로 배치받았는데, 그 화룡은 기차길이 막히는 곳이고, 두만강을 사이 두고 조선과 가까운 곳이지요. 시아버지는 낯선 화룡이란 곳에 가서 재능을 펴보지도 못하고 아들 둘만 더 만들어놓고 간염에 걸려 천진에 가서 3년간 치료를 받다가 40세 좌우에 천진병원에서 세상을 뜨게 되였답니다. 시중을 갔던 시어머니는 남편을 살려내지 못하고 남편의 시신을 천진이라는 낯선 곳에 묻고 다시 화룡으로 돌아와 노모와 함께 아들 넷을 거느린 서러운 과부살이를 하게 되지요. 다행히 네 아들이 다 반듯하게 잘 자라서 나중에 아들며느리를 따라 연길에서도 살아보고 북경에 와서도 살아보면서 좋은 세월을 잠깐이나마 누리다가 가셨지요.

한국소설 『청춘극장』을 읽으며 세상을 다시 보다

제가 대학에 온 1978년도는 중국에서 개혁개방이 시작되는 첫해였지요. 당시 천안문광장에서는 거의 매일 군중집회가 열렸어요. 산골로 농촌으로 내려갔던 지식청년들이 북경으로 와서 천안문광장으로 모여들어 문화대혁명을 부정하고 각 지역 산골과 농촌의 지식청년 실상을 고발하는 강연을 하였지요. 북경시 제일 주요한 거리인 장안가 서쪽의 서단 벽에는 각종 대자보가 나붙어서 문화혁명 때문에 얼마나 많은 사람이 박해를 받고 얼마나 많은 가정에 비극이 생겼는지를 폭로했습니다. 문화혁명이 끝나고 이 몇 년간은 위로부터 아래로 사상이 제일 혼란하고 각종 주장이 난무할 때였지요.

이런 역사적 소용돌이 속에서 수도 북경에서 공부하고 있는 대학생으로서 저는 엄청난 사상 갈등과 신앙 위기를 겪게 됩니다. '전엔 집단주의, 대공무사한 것만 강조했는데 이거는 인간의 본성을 위배하는 게 아닌가? 공산주의라는 게 도대체 실현될 수 있을가? 공산당이 과연 이런 혼란된 국면을 바로잡을 수 있을가?' 이런 고민을 하다가 저의 멘토 격이였던 로동문 선생님한테 고민을 털어놓는 편지를 쓰기도 했지요. 물론 그분도 명쾌한 대답을 줄 수 없었지요. 그런데 중국공산당이 사상해방을 하고, 잘못을 시인하고, 력사적으로 루적되여온 억울한 사건, 조작된 사건, 잘못 처리된 사건을 바로잡고, 억울한 루명을 쓰던 분들 루명을 벗겨주고, 공직을 회복해주고, 개혁개방을 추진하면서 당과 정부의 사업 중점을 계급투쟁이던 데로부터 사회주의 경제건설로 옮기고 4개 현대화를 실현하기 위해 노력하는 것을 지켜보면서 중국공산당의 집정능력, 자기정화 능력에 대한 믿음과 신심을 가지게 되더라구요. 그래서 인류의 최고 리상 경지인 공산주의 사회는 지금 당장 실현이 안 되고 내 생에는 볼 수 없을 것이지만, 언젠가는 꼭 실현될 것이며 그 과정이 아무리 험난해도 나중에는 그쪽으로 갈 것 같았습니다. '한번

2015년 중국항일전쟁승리 9.3 대열병식. 남편과 함께 소수민족 관례대표 100인에 선정되어 열병식에 참여했다.

믿었으면 끝까지 믿어보자' 이렇게 작심하고 1981년 4월 대학교 시절 중국 공산당에 정식가입하게 됩니다.

북경도서관에 가면 연변에서는 볼 수 없었던 한국소설, 일본소설, 한국에서 출판한 우리말로 된 세계 명작들이 있더라구요. 처음으로 본 한국소설이 『청춘극장』인데, 작가는 아마 김래성이 맞을 겁니다. 소설 『청춘극장』에는 북경의 거리 이름도 나오고 건물 이름도 나옵니다. 백영민이라는 주인공 외에도 여러 인물을 정말 피와 살이 있는 인간답게 묘사하였더라구요. 특히 인상 깊었던 건 최달근이라는 반면인물이 나오는데, 당시의 중국소설 같으면 반면인물은 처음부터 무조건 나쁜 사람으로 묘사하는데 이 소설에서는 왜서 그 사람이 나쁜 사람이 되였는지를 아주 설득력 있게 부각했어요. 그러니까 너무 충격인 거예요. '아, 세상은 이렇구나. 단순히 흑과 백이 아니구나. 그 중간에 회색지대도 있구나.' 그런 걸 『청춘극장』을 보면서 느끼게 되고, 나중에 중국에 수입제 영화들이 들어오면서 인도영화, 일본영화, 애급영화, 어느 나라 영화나 다 들어오는데 그런 영화들을 보면서 인간 세상에 대하여 단순한 흑백 론리를 떠나 좀 관용적인 시선으로 볼 수 있었고 생각을 더 넓게 하게 됐어요.

1982년, 중앙민족어문번역국에 배치받다

조선민족언어문학 전공을 해가지고 1982년도 7월에 졸업해서 '중앙민족어문번역국'에 배치받았어요. 1950년대에 번역국이 있었다가 후에는 별도로 번역국이라는 걸 두지 않고 민족출판사라는 곳에 번역임무를 다 맡겨주고 했는데, 1975년도에 모택동 저작 다섯 권을 출판하면서 '조선족 번역

일꾼들이 있어야 되겠다' 해서 다시 번역국을 만들었어요. 이 번역국은 소수민족 배려정책의 산물이라 할 수 있어요. 해마다 전국인민대표대회와 전국정치협상회의라는 것을 인민대회당에서 개최하는데 거기에 몽골족, 위골족, 장족, 카자흐족, 조선족, 이족, 좡족 이렇게 일곱 가지 소수민족 언어로 된 동시통역실을 마련해놓고 동시통역을 해주는가 하면, 대회의 모든 서류를 소수민족 언어로 번역해주는 일을 전담하는 국가상설기구였지요. 평시에는 중국어로 된 맑스, 엥겔스, 레닌, 스딸린, 모택동 저작을 우리 언어로 번역해서 동북의 조선족 사회에 보내주지요. 번역국에서 25년 동안 이 일을 했어요.

대학을 졸업할 때만 해도 국가에서 직장을 분배해주고 우수생은 더 좋은 직장에 분배해주었지요. 남편은 학교 때 반장을 했고 배구도 잘 쳐서 1호로 이 직장에 배치받았어요. 저는 학교예술단에서도 활약했고 공부도 잘했지만 여학생이였고, 대학졸업생을 배치할 때 받는 직장에서는 여학생을 꺼리는 경향이 있었죠. 또 둘이 다 수도 북경의 한 직장에 배치받는다는 게 쉬운 일이 아니였지요. 저는 연변으로 돌아갈 각오를 했는데, 결국은 미래를 함께할 것을 약속한 두 사람이 다 남들이 부러워하는 수도 북경의 좋은 직장에 배치받게 됐어요.

처음에 번역국을 찾아가는데 길이 왜 그리 먼지 몰라요. 우리 학교에서 사실은 멀지 않은 곳인데 대단히 멀어 보이더라고. 쏘련 사람들이 와서 지어준 국무원 유치원 자리인데, 모택동 선집 다섯 권을 번역하면서 다시 번역국을 세울 때 사무실이 없어서 국무원 유치원 건물을 사무실로 쓰게 됐다죠. 인사과 간부를 따라 조선어문 번역실에 들어가니 사람마다 두꺼운 사전들이 진열된 테이블에 앉아 있었고, 두꺼운 유리 안경을 낀 분들도 여럿이 보였습니다. 도서실 벽에 진열된 책장 안에는 맑스, 엥겔스, 레닌, 스딸린, 모택동 저작들이 쭈욱 진열되여 있었고요. '이런 엄숙한 직장에 와서 내가 혁명 령수들의 책을 번역한다고?' 속으로 겁 좀 먹었죠.

거의 일 년 넘게 베끼는 일만 시키더라구요. 번역한 원고를 전문가들이 1심, 2심, 3심 하는데 3심까지 거치고 나면 맨 처음 번역원고는 알아보기도 힘들게 새빨갛게, 새파랗게 고쳐지지요. 그런데 그것을 역자 본인한테 베끼게 안 하고 우리 새내기들한테 베끼게 하는 겁니다. 야, 펜을 쥐였던 손가락이 움푹하게 자리가 패이도록 3심을 거친 알아보기 힘든 원고를! "이거 원, 문화혁명 후의 첫 정규 대학생이라고 열렬히 환영한다 해놓고는 번역 대신 제일 밑에 베끼고 교정하는 일만 시키는구나." 의견이 많았지요. 돌이보니 그때 3심을 거친 타인의 번역원고를 필사하고 교정하면서 번역 공부를 제대로 한 것 같아요.

"빵이 있게 될 것이고, 우유가 있게 될 것이고, 모든 게 있게 될 것이다"

졸업 후 원래는 결혼을 급하게 할 생각이 아니였는데, 직장에서 각각 숙소를 받은 게 너무 불편한 겁니다. 저는 그나마 원래 유치원 세탁실을 베니야판으로 막은 작은 한 칸을 숙소로 배정받았지만, 남편은 조선어문 번역실 주임의 판공실을 숙소로 배정받아 주임이 퇴근한 후에야 들어가 밤잠만 자고 아침에는 내줘야 했지요. 아무튼 한 직장에 배치받았는데, 밥을 같이 해 먹으려 해도 집체호구여서 당시 배급으로 내주는 쌀표나 고기표를 받을 수 없었어요. 결혼식은 이듬해 연변 어머님 곁에 가서 올렸지만, 너무 불편하니 졸업 몇 달 후 겨울에 아예 결혼등록을 해버렸지요. 그러니까 직장지도부에서는 제가 혼자 있던 숙소를 신혼 살림방으로 쓰게 허락했고, 남편은 신랑 자격으로 당당하게 제 방으로 와서 밤잠을 잘 수 있게 된 거지요.

신혼 방은 유치원 세탁방을 가로세로 막아서 두 집이 들게 한 것인데, 베니야판으로 벽을 만들고 한쪽 벽에는 또 문이 있었지요. 창가에는 쎄멘트로 쌓아 올린 커다란 수조가 3개 있는데, 거기에 녹슨 수도꼭지가 3개나 달려 있구요. 전에는 거기가 여러 세대가 쓰던 공동주방이었어요. 왼쪽 벽에는 기름이 올리 튀여 얼룩지고 바닥에는 기름때가 덕지덕지 앉았는 걸 새 대학생이 온다고 우리 번역실의 나이 드신 여자분들이 열심히 청소했다고 하더라구요. 그래서 바닥은 깨끗해 보이는데, 벽은 올리 튄 기름 자욱이 여기저기 얼룩졌더라구요. 세계지도를 제일 큰 걸로 사가지고 왼쪽 벽에 착 붙이니까 기름얼룩이 다 가려져요. 오른쪽 벽에 문이 쏙 들어간 데다가는 책 상자를 쫙 쌓았죠. 그래도 뵈기 싫잖아요. 시집올 때 가지고 오는 '횃댓보'라는 게 있어요. 카텐 비슷한 건데, 모란꽃이 활짝 피여난 분홍색 횃댓보를 오른쪽 벽에 쫙 펴서 걸어놓으니 보기 싫은 책 상자도 가려지고 신혼 방 분위기가 좀 나더라구요. 신혼 침대는 나무로 된 독신 침대 하나 더 얻어다가 방에 들여다놓았지요. 12평방메터쯤 되는 곳이 커다란 나무 침대를 들여다놓으니 공간이 아주 좁았지요. 하지만 그래도 제 집이잖아요.

남편은 침대에 누워서 창가 쪽 콩크리트 수조를 바라보며 "야, 저기 저 수도꼭지 하나를 틀면 우유가 콸콸 쏟아져나오고, 또 하나 틀면 시원한 맥주가 콸콸 쏟아져내리고, 또 다른 수도꼭지를 틀면 기름이 줄줄 흘러내리면 얼마나 좋을가!" 그러면 난 쏘련 영화에서 나오는 대사로 화답했지요. "빵이 있게 될 거야. 우유가 있게 될 거야. 모든 게 있게 될 거야!" 「레닌의 1919년」이라는 쏘련 영화에 나오는 대사로 기억해요. 제1차 세계대전 후 쏘베트(소비에트) 정권이 공고해지기 전에 쏘련 국민이 기아와 추위에 시달리는데 영화에 나오는 레닌의 근위병 와씰리가 너무 힘들어하는 부인을 안아주면서 레닌이 령도하는 혁명이 승리하고 사회주의가 승리하면 좋은 세월이 올 것이라며 빵도 있게 되고 우유도 있게 되고 모든 것이 있게 될 것이라고 위안하던 말입니다.

정말 가진 게 아무것도 없잖아요. 둘의 로임을 합쳐봐야 한 60원 되나? 그래도 효도하느라고 적어도 10원씩은 시집과 친정에 드문드문 부치고 이랬잖아요. 하루 삼시 먹는 게 밀국수와 김치였어요. 제일 싸고 해 먹기도 쉬운 게 밀국수였지요. 북경 오니까 그래도 마른 밀국수를 살 수 있더라고요. 둘이서 석유곤로에다가 맨날 밀국수를 끓여 먹는 거예요. 물질이 아주 궁핍하던 시기인데, 취사용 석유 구매도 한 번에 천 밀리리터로 제한하는 겁니다. 밥을 하다가도 석유가 떨어져 또 사러가군 하지요. 그런데 둘이 살림을 차리니 남북으로 오고 가는 친구들은 다 북경에 들리였고, 그들을 한 끼라도 대접해야 하는데 고기가 떨어지거나 석유가 떨어지거나 채소가 떨어져서 울음이 나오려 할 때가 많았지요. 그럴 때마다 그 영화 대사를 주문처럼 외웠어요. "빵이 있게 될 것이고, 우유가 있게 될 것이고, 모든 게 있게 될 것이다."

25년간 인민대회당에서 국가최고회의 통 · 번역을 하다

직업에 대한 막연한 꿈이 여러 가지였지만, 제일 강렬한 것이 기자와 통역이었죠. 영화 시작 전에는 항상 기록영화를 먼저 방영했는데, 주로는 모택동이 외국 손님을 만나는 장면이 많이 나오지요. 모 주석이 나올 때면 기자들이 맨 앞에서 사진기를 들고 촬영하는데, 그때는 모 주석을 만나는 것이 인생에 제일 큰 영광이였으니 기자가 되어 맨날 모 주석을 보게 되니 얼마나 좋을가 생각했고, 또 모 주석이 외국 손님을 만나는 자리에는 항상 여자 통역원이 곁에서 통역해주는 장면이 나오기에 저 통역원들은 맨날 모 주석을 만날 수 있으니 얼마나 좋을가 통역원들이 참 멋져 보였지요. 근데 나중에 보니까 어느 날엔가 내가 그 꿈을 다 실현하고 있었던 거예요. 모 주석은 만나지 못했지만, 국가번역기구의 번역원으로 해마다 인민대회당에 들어가서 국가최고회의 통 · 번역을 하고, 인민대회당에 한 해에 두세 번씩 드나들면서 중국 최고 지도자들을 만나 그들과 단체 사진도 같이 찍고 했지요. 중한 양국의 경제문화 교류에서 양측 고위급 지도자들, 중요 인사들의 통 · 번역을 맡아 하고 있고, 직업기자는 아니었지만 수도 북경의 중요한 뉴스를 글과 사진으로 동포사회에 전하는 특약기자 역할을 하고 있더라구요.

전국인대(전국인민대표대회)와 전국정협(전국인민정치협상회의) 통 · 번역원으로 근무하던 그 25년간 우수한 조선족을 참 많이 만나봤지요. 인민대회당에서 각 분야의 우수한 조선족을 만나게 될 때면 그냥 단순히 맡은 번역만 하게 되는 게 아니라 조선족 출신의 인민대표들과 전국정협 위원들의 소식을 내가 동포사회에 알려야지 하는 의무감이 생기더라구요. 그래서 전국인대, 전국정협의 번중한 통 · 번역 임무를 맡아 하면서 짬짬이 취재하고 인터뷰하고 기사를 만들어 연변일보에 전하고 조선족 사회에 전한 거지요. 인민대표대회 문건이나 문자 번역을 맡은 분들은 인민대회당에서 대회를 개막하면 한가하지요. 문자번역원들은 대회가 시작되면 슬슬 비서처에서 안배하는 영화관람도 하고 수영도 하러 가는데, 저는 새벽 6시에 일어나 동료들과 함께 전용차로 인민대회당에 들어가서 낮에는 대회당 동시통역과 짬짬이 현장취재를 하고 밤이면 돌아와 기사를 쓰거나 인터뷰하러 다니면서 정말 몸이 두 쪽이 나게 일했지요. 다 무보수로 가외 시간을 이용하여 기자 노릇을 한 겁니다.

그때는 중앙인민방송 조선어부에서도 기자를 파견해서 조선족 위원들, 대표들을 취재한 적이 없었어요. 제가 대회당 동시통역원이라는 직무의 편리를 활용하여 대회당에서 만난 우리 대표들과 위원들을 취재해서 연변일보에 기사를 보냈는데, 덕분에 연변일보가 그때는 전국인대와 전국정협의 조선족 대표위원들의 따끈따끈한 소식을 전하는 유일한 우리말 매체가 됐지요. 그때 연변일보 부주필 림장춘이라는 분이 저하고 손이 맞았지요. 림장춘 부주필은 제 원고가 오는 것을 기다리기 위해 신문사에서 숙직을 서면서 한밤중에라도 제 원고 팩스가 도착하면 편집하여 이튿날 신문에 실었지요. 당시 팩스가 집에도 없고 직장에도 없고 하여 장안거리에 있는 전보청사에 가서 기사 원고를 한 장에 50원 주고 전송하군 했지요. 제 로임이 150원에서 200원 정도 되었는데, 비싼 거 고려할 새 없이 빨리 뉴스를 전해야 한다는 생각뿐이였지요. 다행히 남편이 그때 여행업에 종사하게 되어 조금은 경제적 여유가 생기기 시작해서 원고 팩스를 보내고 인터뷰하러 택시타고 다니고 하는 일에 돈 때문에 망설이지 않을 수 있었지요. 취재하러 다니면서 자기 돈 많이 팔고 다녔지요.

조선족 매체 기자들 가운데 아마 제가 디지털카메라도 제일 먼저 갖추었을 겁니다. 남편이 출국했다 사온 일본제 후지카메라였는데, 신문에 쓸 사진을 찍을 목적으로 카메라를 가지고 다녔어요. 하지만 그때는 사진기가 흔하지 않았고, 사진 찍을 기회가 많지 않아 취재하거나 인터뷰하고 나면 꼭 "그 사진 찍어 그걸 시처주오"라는 부탁을 받게 되는데, 사진을 인화해달라는 것이지요. 사진 찍기 귀하던 그 세월에 저는 기사에 필요한 사진만 찍지 않고 사진들을 많이 찍어서 사진 속의 인물들에게 무상으로 나눠드리군 했는데, 작은 일이지만 사진을 받은 분들이 감동하여 인터뷰에 잘 응해주고 취재에 적극 협조해주더라구요. 중국의 3호 인물이 된 장덕강 위원장, 전국정협 부주석 조남기, 국가민족사무위원회 주임 이덕수. 이런 국가지도자들이 다 저의 인터뷰를 받았지요.

2007년 중앙민족어문번역국에서 은퇴하다

전국에서 온 인민대표와 정협 위원들은 처음 북경에 와서 회의에 참가할 때는 대다수가 서로 몰라요. 제 생각에는 이 우수한 조선족의 대표와 위원들을 네트워킹하면 참 좋을 거 같았지요. 특히 연변 건설에 대해서도 많은 조언을 줄 수 있을 것 같았지요. 그래서 전국 각지의 조선족 위원, 대표들을 해마다 한자리에 모여 간담회를 하게끔 조직해주었지요. 가교 역할을 했어요. 2007년 3월의 전국인민대표대회와 전국정협을 마감으로 저는 중앙민족어문번역국의 통 · 번역 생활을 접게 됩니다. 그해 제가 곧 은퇴할 것이기에 마지막으로 전국인대 조선족 대표들과 전국정협 조선족 위원들이 북경에 있는 조선족 엘리트들과 함께 만나서 모임을 하도록 조직해줬지요. 5년 임기인 전국인대 대표들이나 전국정협 위원들은 인민대회당에서 폐막식을 마치고 그 길로 안녕하고 헤여지는데, 제가 나서서 모임을 조직하여 나중에도 서로 연락이 오가게 만남의 장을 만들어주어 다들 좋아했지요. 제가 은퇴한 후에는 누구도 그런 모임을 다시 조직한 적이 없대요. 언젠가 어떤 모임에서 국가민족사무위원회의 리덕수 주임(장관)을 만났는데, "야, 리란 동무가 없으니까 이전처럼 량회 대표들의 만남 같은 좋은 활동을 조직하는 사람이 없어요"라고 아쉬움을 표시하더라구요.

중국에, '산시니안흐이덩 산시니안흐이시(三十年河东 三十年河西 sān shí nián hé dōng, sān shí nián hé xī)'라는 말이 있어요. 황하의 물줄기가 동쪽으로 30년 흐르고, 서쪽으로 30년 흐른다는 얘기로 세상일은 알 수 없다는 거죠. 저의 집은 할아버지 세대에 조선에서 중국으로 왔는데, 저는 중국 동북에서 북경으로 왔고, 또 저의 자식은 북경에서 북미로 갔다가 또 유럽으로 갔어요. 저는 국적 개념으로는 중국 공민으로서의 정체성, 혈연 개념으로 보면 한민족의 정체성을 가지고 있지요. 그런데 제 아들은 혈연 개념으로는 한민족이지만 이미 중국에서 살다가 북미로, 또 유럽으로 가서 살다 보니 글로벌 정체성을 가지고 있다고 봐야지요. 150여 년간 우리 중국 조선족의 삶이 참 다양해진 것 같아요.

우리 엄마 아버지가 적당한 시기에 나를 낳아줬고, 또 용정이라는 중국 조선족의 두터운 문화적인 토양에서 자양분을 섭취하며 자랐고, 부모님의 선행을 보고 자라고 또 중학교에 가서도 좋은 선생님들 만났고, 덕분에 어린 나이에 장춘에 가서 눈을 틔우고 왔고, 개혁개방 후 첫 기의 대학생이 되여 그렇게 동경하던 수도 북경에 와서 공부했고, 또 중앙민족번역국이라고 하는 곳에 배치받아 해마다 한 번씩은 전 중국의 이목이 집중되는 인민대회당에서 중국의 최상류 엘리트들을 만나봤고, 북경에 있다 보니 한국과 정식 수교하기 전부터 한국의 정 · 재계 인사들을 만나고, 한국에도 1989년부터 오가고. 유아원 세탁방에서 신혼살림을 시작했는데 지금은 300평방메터 되는 아파트에서 유족한 생활을 하게 되고, 은퇴 후 사회공익 봉사활동을 하면서 가고 싶은 곳으로 아무 때건 훌쩍 떠날 수 있는 자유로운 삶을 살고 있지요. 이런 과정을 통하여 세상에 대한 공부, 세상을 바라보는 시야가 넓어지게 되고, 생각의 폭이 넓어지게 된 것 같아요. 지금까지 저의 성장에 도움을 주셨던 모든 고마운 분들의 은덕이지요. 정말 감사한 일이지요!

Herstories 5

박연희, 1961~2010 중국을 살다

길림성 연길시 중심에서 태어나다

1961년 5월 20일 길림성 연길시에서 태어났어요. 연길시 하면 서시장 모르는 분들이 없어요. 그곳에서 태어났어요. 집이 딱 방 2개였는데, 미닫이가 중간에 있었어요. 방도 엄청 작았어요. 그때 벌써 우리 할아버지가 아파서 요강통을 머리맡에 놓고. 딱 부엌 곁이에요. 할머니 있었고, 삼촌 둘이 있었고, 대가정이었어요. 그곳에서 살다가 아버지가 직장에서 분배받아서 집을 두 번 정도 옮겼어요. 두 번째로 이사 간 집은 부루하통하라고 있어요. 연길에 유명한 그 부루하통하. 바로 강변 곁에 집이 있었어요. 부루하통하 그쪽에 이사 갔을 때 방이 3개였어요. 그 집에 있다가 할아버지도 돌아가시고 할머니도 돌아가셨어. 그리고 옮겨간 곳이 청년늪 부근이었어요. 호수처럼 물이 고인 곳에 청년늪이라고 해서 연길시에서는 서시장, 부루하통하, 청년늪 하면 무조건 다 알아요. 거기서 내가 신문사 다니고 또 결혼도 하고 그랬거든요.

연길 시내 사람들이 모이면 본토배기가 별로 없어요. 열의 여덟은 외현에서 왔어요. 여기 서울에 막 집결되어 있듯이 다 올라오는 거예요. 본토배기 사람들은 조금 느슨해. 지방 사람들에 비해 조금 마음의 여유가 있어요. 근데 외현에서 올라온 사람들은 경쟁 관념이 심해요. 본토배기 사람들 막 누르려고 하고 너무 악을 쓰더라고요. 외현에서 올라왔기 때문에 아마 그런 게 생기는가 봐. 사람들이 모였을 때 어디서 태어났나 하면 "나는 서시장 부근 어디"라 하면, "어, 거기서 태어났나?" 하고 모든 사람이 그렇게 딱 중심이라는 거 신기해하고. 아버지, 엄마가 좋은 직장 다니고, 또 내가 소학교, 중학교, 대학교 쭉 이렇게 자라면서 여기에서 끝까지 살았으니까 본토배기라 조금 으스댄 거죠. 살면서 그게 내 삶에 많이 도움이 되었죠. 내가 만약 엉뚱한 다른 도시에 갔으면 너무 힘들었을 거 같애.

평생 연변일보를 사랑한 아버지

할머니, 할아버지가 함경북도 쪽에서 오신 거 같아요. 우리 할아버지가 용정, 지신이라는 곳 있어요. 명동에서 별로 멀지 않아. 지신촌이라는 데 있고. 할아버지가 사형제인데, 한 분은 그 동네서 살다 일찍 돌아가셔서 저는 못 봤거든요. 한 분은 항미원조전쟁에 나가서 돌아가셔서 열사증 타서 그 집 앞에 맨날 붉은 꽃을 달아줬어요. 그리고 한 분은 한국에 나왔어요. 근데 우리 아버지랑 삼촌이랑 한국에 나온 할아버지를 엄청 많이 찾았어요. 그때 KBS에서 사연으로 찾기를 했잖아요. 그때부터 찾았는데, 우리 삼촌도 한국에 나왔고 그랬는데 못 찾았어요. 지금까지. 저의 아버님이 용정현 지신향에서 태어났는데 공부를 엄청 잘했대요. 그래서 용정 대성중학굔가 그쪽 중학교를 다녔는데, 남동생이 거의 두 살 터울이래요. 둘 다 공부를 잘했는데, 대학을 못 갔대요. 그때는 등록금이 쌀을 바치는 거였대요. 쌀 몇 섬. 근데 두 사람이 대학을 가려니까 쌀이 모자랐나 봐. 그래서 자기 동생을 대학 보내고 자기는 신문사에 취직한 거죠. 그 동생이 지질학원에 갔어요. 엄청 좋은 대학인데, 그 동생이 문화대혁명 시절에 "북조선 특무다", "조선족이니까 북조선하고 가깝다" 이래갖고 학교에서 많이 당했나 봐요. 타격을 받아서 평생 정신질환을 가지고 살아갔어요. 결혼도 하고 뭐 여러 가지로 했는데도 늘 정신이 왔다 갔다 해요.

연변에서 제일 큰 신문사가 연변일보예요. 연변에서는 제일 큰 공산당 당보예요. 공산당의 선전기구 1호예요. 아버지는 고중을 졸업하고 연변일보사에 바로 들어와서 퇴직할 때까지 한 직장에 있었거든요. 근데 진급을 빨리 못한 원인이 우리 외할아버지가 일본학교 교장을 했나 봐요. 그러다가 연변출판사 사장으로 있었대요. 그니까 일본 특무, 반혁명, 여러 가지 이유로 해서 외할아버지가 문화대혁명 때 사람들한테 맞아서 갈비뼈 부러져 자살하고. 아버지, 엄마가 같은 직장에 있었어요. 그니까 직장에서 아버지, 엄마가 다 "외할아버지하고 관계를 끊는다" 각서도 쓰게 했대요. 계선을 나눈다고 각서를 썼기 때문에 엄마가 외할아버지가 돌아가셨는데도 할아버지 보러 못 가더라고요. 그래서 출근 못하고 온 하루 집에서 울더라고요. 나는 그때 나이가 어리니까 이게 무슨 일인지 몰랐는데, 후에 보니까 외할아버지가 그렇게 돼갖고 그 영향을 받아서 아버지가 당에도 늦게 들고 진급도 늦게 하고. 아버지는 그런 이야기를 안 하는데, 엄마가 좀 많이 미안해하는 거 있더라고요.

아버지가 글을 많이 썼어요. 글을 많이 썼는데도 그렇게 진급을 빨리 못 하고 50대 가서부터 조금조금 급을 줘서 최종에는 부총편이란 직으로 퇴직을 하고. 그랬는데 신문을 너무 아끼는 거예요. 아버지가 평생 연변일보를 정말 아끼고. 우리가 장그릇을 놓을 때 때때로 받치개를 할 수 있잖아요? 막 방방 뛰는 거지. 안 돼. 아버지 없을 때는 써. 아버지 있으면 누구도 못 써. 밥그릇 위에다 이렇게 신문을 놔도 안 돼. 밥알 다 뜯어갖고 난리도 아니었어요.

예전에 연변에 벼농사를 하는 유명한 분이 있었어요. 아버지가 이 사람의 글을 써서 책으로 내고 싶었는데, 이게 돈이 안 되는 거예요. 그래서 퇴직을 앞두고 용정시의 시장도 찾아가고 어디 선전부도 찾아가고 이래서 겨우 돈을 얻어다가 『해란강의 넋』이라는 책 하나를 출판했는데, 그게 아버지의 유일한 책이에요. 아버지가 그 책을 출판한 다음에 너무 좋아하는 거예요. 엄마가 한 살 연상이에요. 그래서 아버지 엄마가 같이 환갑을 쇘는데, 그때 자기 선배들을 다 모시고 "선생님들한테 제가 숙제를 바친다"고. 숙제책을 받친다면서 그 책을 한 권씩 나눠주는 거예요. 보지도 않는 책을 왜 저렇게 할까? 별로 만족이 안 됐는데, 내가 지금 책을 내려고 많이 준비를 하다 보니까 '아, 이 책이 이런 의미였구나!' 아버지한테는 그렇게 소중했는데 그걸 못 느꼈어요. 아버지가 환갑에 선생님들한테 숙제책을 바치는 걸 보고 인상이 깊었어요. 그래서 '아버지' 하면 평생 신문을 사랑했던 사람. 가족에는 별로 신경을 안 쓰고. 책을 많이 읽고 글을 쓰는 걸 좋아했고. 그런 아버지였다.

엄마의 어록 "맏이는 절대 얻지 마라"

신문사에서 엄마 아버지가 어떻게 만났냐 하면, 신문사에 그때는 군중무가 있었어요. 엄마가 한 살 위인데, 아버지하고 춤추면서. 아버지가 되게 잘났어요. 키는 작은데. 그래서 나이 차이를 극복하고 결혼했는데, 뭐가 문제였냐 하면 우리 아버지가 너무 가난한 거지. 외할머니가 우리 어머니하고 나이 차이가 여섯 살 차이예요. 친할머니가 돌아가고 외할아버지가 스무 살 짜리 처녀애를 데려다가 다섯 동생을 쭉 나은 거야. 엄마는 첫 부인한테서 낳은. 그러니까 외할머니와 관계가 안 좋았는데, 외할아버지하고 외할머니가 우리 아버지를 유독 예뻐했어요. 우리 외할아버지는, 글 쓰는 사람이라는 이것 하나 때문에. 우리 아버지가 결혼할 때 신도 없고 속옷도 없었대요. 외할머니가 다 갖춰줘갖고. 그냥 욕하면서. "너 죽게 고생할 거다" 하면서도. 우리 엄마가 뭐 말 듣겠어요? 여섯 살 차밖에 안 나니. 그래서 결혼했는데, 우리 엄마가 지금도 "야, 내가 엄마 말을 좀 들어야 됐는데."

외할아버지가 문화대혁명을 겪으면서 온 시내에 화장실 있잖아요. 그 수세식 화장실 손으로 퍼서 그 똥을 가져가고. 그걸 외할아버지가 온 시내를 다니며 다 했어요. 근데 그걸 안 꺼리고 점심 때마다 그 냄새 나는 외할아버지를 데려다가 식사하게 하고. 술 한 잔씩 대접하고. 나는 너무 싫었지. 그 냄새 때문에. 근데 아버지가 눈치 보면서도 외할아버지 그렇게 해. 그러니까 외할머니하고 외할아버지가 우리 아버지를 엄청 예뻐하는 거야.

결혼하니까 형편없이 가난하기도 하고, 동생 셋이 주렁주렁 있고 하나는 정신환자고. 그러니까 그 몫이 다 아버지 엄마한테 간 거야. 어머니도 외할아버지가 바로 돌아갔으니까 외할머니가 나이 어리지. 동생 다섯을 주렁주렁 낳았으니까 이 짐이 다 우리 부모들한테 있는 거야. 엄마 아버지가 로임 타는 날이 똑같았어요. 신문사에 같이 다니다니까. 지금도 기억나네. 19일이 급여 나오는 날이거든요. 그러면 할머니가 전날 아니면 그날에 딱 오셔서 문턱 베고 누워계세요. 나는 왜 문턱 베고 누워계시는지를 몰랐는데, 후에 보니까 달마다 돈 가져가세요. 할머니 할아버지가 농촌에 사시다 보니까. 아들 하나 그렇게 출세한 것처럼 됐으니까 돈을 달마다 가져가더라고.

어머니가 엄청 고생했죠. 엄마가 업여 시간에 별걸 다 했어요. 실로 뜬

옷 있잖아요? 스웨터에다가 꽃을 새기는 거. 꽃 새기지 않으면 그 마디마디를 손으로 다 이렇게 접어서 마무리하는 것. 그걸 딸 셋 데리고 그냥 부업으로 한 거예요. 그다음에는 콩나물 키워서 팔았어요. 엄마가 밤새워 물 주고 콩나물 키우면 우리 딸 셋이 각 식당마다 날라주고. 지금 생각하면 '야, 그 고비를 어떻게 넘겼을까?' 너무 아득한 거예요. 아버지가 사형제 맏이예요. 엄마가 칠형제 맏이예요. "맏이는 절대 얻지 마라", "외현의 남자는 절대 얻지 마라." 딸 셋한테, 우리 엄마 어록이었어. 근데 셋 다 맏이, 셋 다 외지를 얻었어.

엄마가 이름 불러줄 시간도 없는 셋째 딸

내가 클 때는 열한 식구였어요. 할머니 할아버지. 집도 작은데, 애가 다섯이었어요. 내가 셋째고. 어머니 아버지, 삼촌 둘. 열한 식구가 사는데 너무 싫었어요. 내 여동생이 또 간질병이었어요. 왜냐하면 위에 딸 넷을 주렁주렁 낳고 연년생으로 남자애를 낳다 보니까 얘가 젖을 못 먹은 거예요. 큰언니가 업어서 키웠거든요. 얘를 어떻게, 업다가 떨궜나 봐요. 그래서 간질병이 왔는데, 우리 집은 초점이 걔한테 다 쏠려있는 거야. 얘가 맨날 아프니까. 얘가 그냥 여섯 일곱 살 사유를 갖고 있는 거예요. 그리고 조금만 정신이 들면 자꾸 나가서 죽겠다고 물에 빠지는 거예요. 엄마 아버지가 걔 때문에 고생을 엄청 했고. 우리 집은 걔가 시한폭탄이야. 그니까 나는 내 동생이 너무 싫은 거예요. 한창 클 땐데 누구도 나를 보는 사람 없고. 걔한테만 다 초점이 가 있고. 돈도 다 걔가 써요.

나는 셋째니까 우리 엄마가 이름도 불러줄 시간 없어요. 일하고. 앓는

부모님과 5남매. 뒷줄 오른쪽에서 두 번째가 박연희.

동생, 그래. 시어머니 시아버지. 막 이게 너무 벅차니까 자녀들에 대한 사랑이 어딨어요. 근데 나는 내만 그런 줄 알았지. 다른 자녀는 다 사랑하는데 나만 사랑 안 주는가 알았고. 부모에 대한 원망이 엄청 컸어요. 책가방이 어디 있는지. 숙제 검사도 못 하고. 학부형회의를 해도 못 가고. 아예 부모 없는 자식이야. 그래서 그게 늘 원망이었지. 혹시나 내가 정말 다리 밑에서 주워오지 않았을까 그런 생각까지 하면서.

공부는 열심히 했어요. 아버지 영향을 받아서 독서를 많이 했어요. 모택동 선집이 그때는 1권부터 4권까지만 새로 나왔어요. 근데 그걸 아버지가 번역하러 북경에 갔댔어요. 그래서 우리 집에 그게 몇 권 있었어요. 하도 궁금하니까. 그리고 누구도 나를 관심 안 하니까 내가 할 일이 없는 거야. 그니까 그 책만 들여다본 거야. 알았겠어요? 모르고 했는데. 책을 읽고 독서 필기를 썼는데, 그게 전 학교 선생님들하고 학생들 모범이 된 거예요. 내가 졸업할 때에 열네 살이었거든요. 한 학교에서 한 명 뽑아서 공청단, 그 청년단원이라는 게 있어요. 거기다 가입을 시키는데, 내가 열네 살이라 나이가 미달이 돼서 못 했구요.

중학교를 올라가려고 하는데 한족 학교 추천이 됐는데, 아버지가 너무 반대해서 한족 학교를 못 갔거든요. 그때부터 아버지에 대한 원망이 막 쌓인 거예요. "조선족 학교를 가야지 한족 학교 어찌 가냐?" 아버지가 반대해서 조선족 학교로 갔는데, 조선족 학교에 가니까 공부 안 하는 남자들이 30명이고, 공부 잘하는 여자들이 20명에, 반장인 거예요. 그니까 이게 공부를 안 하고 남자들 교육하는 그런 일만 하면서. 또 남자들한테 뭔가 땍땍거리면서 단결을 잘 못하는 거예요.

마지막 집체호 세대로 농촌에 내려가다

집체호 시절이 있어요. 1년이었어요, 딱. 우리 집에서 버스 타면 30분 거리에 농촌에 내려갔어요. 농촌에 내려갔는데, 열여섯 식구인 거야. 한족이 여섯 명이 있는 거야. 지금처럼 이렇게 몸이 실하기나 하면 되는데 너무 말라갖고. 머리도 단발머리를 하니까 언니를 따라왔거나 오빠를 따라온 줄 알고 자꾸 집 가라는 거예요. 근데 언니 둘, 엄마, 할머니. 여자 넷이니까 난 일이란 걸 안 해봤어. 아예 모르는 거야. 나는 이건 내놓은 강아지야 완전히. 열여섯 명의 밥을 하는데 밥을 하고 보니까 왜 좁쌀을 그렇게 많이 줘요? 좁쌀에 돌이 엄청 많은데 남자들이 밥 먹는데 돌을 밥상에 쫙 세워놔. 돌이 항상 많고, 쌀을 대중을 못 하는 거야. 밥이 많이 모자라갖고 나는 늘 굶는 거예요. 그때 여자애들은 나를 엄청 미워했죠. 내가 밥을 못 하니까, 남자들이 자기네 먹어야 되니까, 그리고 돌을 안 씹어야 되니까, 아침이 되면 남자들이 깨나서 물 길어주고, 쌀 일어주고. 나는 맨날 뭐가 모자라고 안 되고 하는데 걔네들은 잘하니까 남자들이 도와 안 주는 거예요. 그래서 내가 맨날 걔네들한테 눈찍혀 욕먹었지. 일하는 거는 너무 힘든 거예요. 김매는데 허리가 끊어지는 거야. 나는 한두 번 하면 못 하겠더라고. 그래서 나는 맨날 앉아있어. 맨날 못 하는 사람 중에 하나야. 일도 못 하지, 밥도 못 하지. 그렇게 열여섯이 복닥복닥하면서 같이 생활하다가 1년 있다가 다 같이 나라에서 올라오라 해갖고 올라왔는데, 집체호 생활이라는 게 중국에선 좀 길었어요. 나는 1년. 우리가 그 시대 마지막이에요. 그 후에는 집체호가 없었어요. 그게 1980년도에요.

1961년생이니까 1981년에 스무 살인 거죠. 20대를 생각하면 첫사랑이에요. 집체호 시절 농촌 내려갔던 남자하고 첫사랑이 된 거예요. 부모들끼리 너무 잘 아는 사이인데, 두 집이, 특히 우리 집에서 반대하는 거예요. 왜냐하

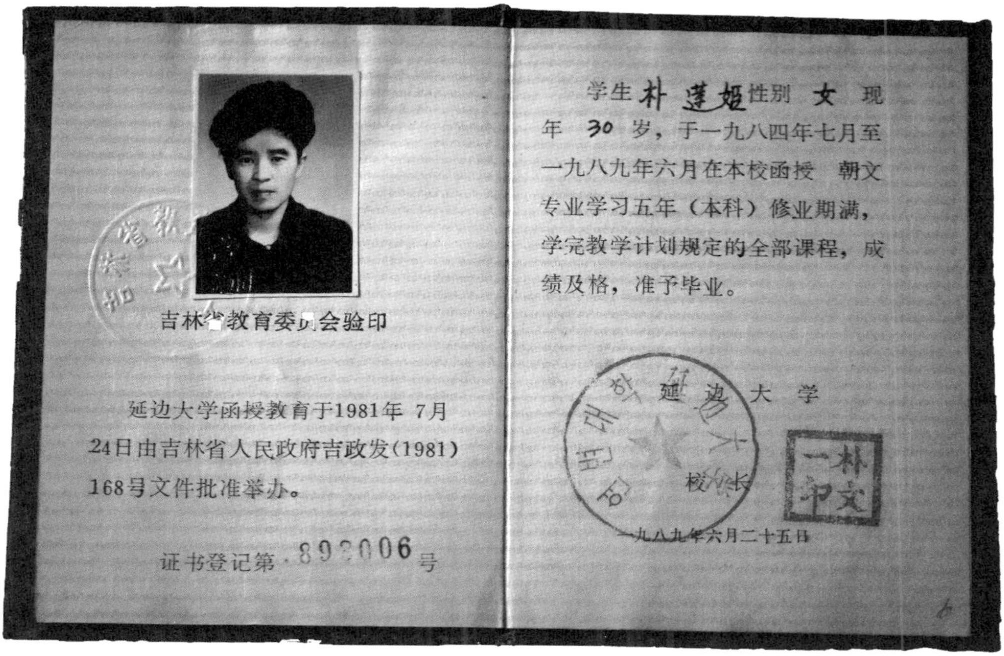

吉林省教育委员会验印

延边大学函授教育于1981年 7月24日由吉林省人民政府吉政发(1981)168号文件批准举办。

证书登记第 89[illegible]006 号

学生朴莲姬性别女现年30岁，于一九八四年七月至一九八九年六月在本校函授朝文专业学习五年（本科）修业期满，学完教学计划规定的全部课程，成绩及格，准予毕业。

延边大学

校长

一九八九年六月二十五日

연변대학교 조문학부 학사증. 후에 한국행 비자를 받을 때 요긴하게 쓰였다.

면 이쪽 집이 가난하다. 우리 집도 별로 잘 살지 않는데, 그 집은 엄청 더 가난했고. 또 장애인 남동생이 있었고. 그 남자애만 이 집에서 출세한 거예요. 그렇게 반대하는데, 나는 그게 나를 위한 건지 알 수 없잖아요. 아버지가 죽기 살기로 반대하는 거예요. 그래서 둘이 한 달 연애를 했나? 그러다가 깨진 거예요. 첫사랑이 그렇게 되고 대학을 가려고 첫해 대학시험을 쳤는데, 사랑놀이를 하다 보니까 못 붙었어. 그게 평생 아버지 향한 원망으로 막 쌓이는 거야. 조선족 학교를 간 것도 원망이 되고. 조선족 학교가 거의 문화대혁명 시기 공부를 안 하고 드문드문 농촌에 나가 일만 시키는 거예요. 학교 분위기가 공부를 안 하는 학교. 그게 다 아버지 쪽으로 가서 내가 평생 아버지를 원망했거든요.

그러다가 직장에 다니게 됐는데, 직장에 다니면서 대학시험을 치니까 점수가 점점 내려가는 거예요. 그래서 '안 되겠다. 내가 이러다가 성공 못 하겠다' 해서 연변대학 함수반 시험을 쳤어요. 방학에 공부하고 평소에 시험을 쳐서 성적이 되면. 5년짜리에요. 조문학부. 그래서 시험을 쳐서 높은 성적으로 대학을 갔고 5년을 졸업하고 학사증, 그때 처음으로 함수생들한테 학사증을 주는 게 있었어요. 그때 학교 다니며 결혼하고 임신하다 보니까 임신 막달인 거예요. 그러면서도 외국어, 일어 시험을 쳐서 학사증까지는 받았어요.

아들 편 안 하고 내 편이 되어준 시어머니

스물여섯에 결혼했는데 한 연길시면 잘 알고 만나겠는데, 연길시가 아니고 다른 외현이예요. 남자가 내보다 여섯 살 이상이었어요. 인물도 별로였고 맏이였어요. 우리 집에서 또 다 반대해요. “엄마 아버지가 맏이여서 너무 힘들었는데, 니가 또 맏이를 가냐?”, “나이가 또 너무 많다.” 그때 남편 직장이 정직장이 아니고 계약직 비슷한 그런 직장. 하니까 안 된다 하는데, 그것도 막 우겼죠. 나는 좋다고. 결혼식을 5월에 하려고 했어요. 그때 내 동생이 4월에 죽은 거예요. 그러니까 “이 결혼식 못 한다. 다음 달에도 못 한다” 하더라고요. 어떻게 어떻게 미뤄서 10월에 했어요. 결혼하고 보니까 우리 시어머니가 북한 출신이에요. 시아버지가 6.25전쟁 때 북한 넘어가서 전쟁터에서 끝나고 오면서 북한 처녀 손목 잡고 중국에 왔어요. 시아버지가 전쟁 트라우마로 일찍 돌아가니까 시어머니가 어렵게 자식 셋을 키웠거든요.

결혼했는데, 시어머니가 그릇을 가져와서 상 위에 놨는데, 남편이 자꾸 “그릇을 왜 자꾸 이렇게 다 삐뚠 거 샀냐?”고. 근데 나는 받을 때는 몰랐어. 보니까 그릇이 다 삐뚤어. 다 이렇게 어슴푸레 모양이 안 맞는 거야. 그래서 왜 이렇게 안 맞는가? 후에 보니까 시어머니가 북조선 장사를 한 거야. 그릇 갖다가 북한에 팔고 이러면서 안 팔리는 거, 삐뚤어진 걸 우리 집에 준 거예요. 마음은 안 그랬겠죠. 근데 남편은 내가 샀다고 생각하고 막 난리하더라고. 그래서 내가 언젠가 참다 참다 “너 엄마가 가져다줬다”고. “우리 엄마가 왜 이렇게 삐뚠 거 가져왔냐”고. “너 엄마한테 물어보라”고. 그니까 우리 집도 별로 잘 살지 않고 시집도 잘 살지 않으니까 우리 힘으로 살아야 되니까 너무 힘든 거예요. 나는 앞으로 우리 아들이 결혼한다면 좀 도움이 되고 싶어. 옛말로 손가락 싸맬 천 조각도 안 줬다 하잖아요. 그릇들을 줬다는 게 다 삐뚤어간 거 줬고. 근데 시어머니는 정말 현명했어요. 내가 지금도 고마운 게 애를 한 살이 돼갖고 데려가서 애를 다 키워주고. 내 생일이면 용정에서 수육 만들어갖고 전날에 우리 집에 와요. 그래서 점심까지 나를 챙겨주고 가고. 정말 시어머니가 잘해줬어요. 그리고 아들 편 안 하고 그냥 내 편하고.

젊은 나이에 너무 지루했던 연변일보

결혼해서 나도 신문사에 다녔는데 아버지가 평생 여기서 일했기 때문에, 아버지가 신문에 대한 애착이 강했기 때문에 우리도 어쩔 수 없이 그걸 따라가야 돼잖아요. 내가 젊었기 때문인지는 몰라도 아버지 어머니한테는 소중했는데, 나는 좀 따분했던 거 같아요. 조금 달아 다니며 그러고 싶은데, 그럴 수 있는 거는 아예 없어요. 통제되어 있기 때문에. 그냥 위에서 하라는 대로 하기 때문에 내용을 고칠 수 없고. 위에서 원고가 다 내려오고. 지시가 내려오는 대로 거기에 따라서 만들어서 문장을 내보내고. 나가서 취재하는 일도 별로 없어요. 위에서 뭘 해라 하면 그걸 갖고 이리 돌리고 저리 돌리고 하면서 만들어 내보내는 건데, 아무 변화 없고 따분한데다가 돈도 엄청 요만큼인 거예요. 그때 급여가 35원이었어요. 인민폐로. 남편도 연길에 직장을 옮겨 와서 일하는데 남편이 27원을 받았나? 그니까 집이 마련이 안 되는 거예요.

남들이 바라보는 신문사는 너무 좋은 직업이야. 아버지가 조금 높은 급에 있으니까 나를 돌봐서 다른 부서로 옮기는 게 눈치 보이는 거예요. 다른 사람 같으면 좀 하는데, 아버지는 그냥 정치만 하고 그런 분이라 고정하니까 나를 돌봐주지 않는 거예요. 다른 사람의 아버지들은 막 자기 자녀를 여기 놓고 저기 놓고 잘해. 그것도 원망스럽고 하니까 옜다 모르겠다 때려치운 거예요. 아버지, 어머니, 언니, 형부 다 와갖고 회의를 열고. "신문사를 떠나는 건 니가 자멸하는 길이다. 죽는 길이다. 안 된다. 안 된다." 온 식구가 다 했는데도 내가 또 고집이 세요. 못 이겨. 그럼 "집 사달라" 그러면서 막 강을 부린 거죠. 어떤 사람은 직장에다 그래도 적은 내놓고 나가고 이랬는데, 내가 적을 두고 나오려니까 다시 여기에 발 들여놓을 거 같애서 '아니다. 절대로 나는 그 짓 안 하겠다. 내가 어떻게 해도 적을 버리고 나와야 되겠다.' 적을 버리고 나왔기 때문에 내가 지금까지 이렇게 버텨올 수 있었던 거 같애. 뒷길이 없는 거예요. 만약에 힘들었으면 다시 신문사에 들어갔을 거 같애요. 뭔가 남겨놨으면.

내가 신문사를 떠나오는 거 유일하게 엄마는 반대를 안 했어요. 아버지는 "너네는 바르게 살아야 된다"며 이렇게 했는데, 엄마는 "하고 싶은 일을 다 해라. 내가 못 했기 때문에 너네는 정말 하고 싶은 일을 다 해라. 그래서 나가 봐라. 더 커야 된다. 신문사 평생 봐도 별거 아니다. 너 나가 봐라." 그니까 엄마가 늘 하고 싶은 일을 할 수 있도록 밀어준 거예요. 신문사, 방송, 이렇게 바뀔 때마다 엄마가 "아유 괜찮지. 할 수 있지. 뭘 못 하겠니." 엄마가 그런 도전적인 정신이 좀 있었던 거 같아요. 아버지는 고정적인 것만 해야 되지 틀에서 벗어나는 걸 싫어했는데, 엄마는 개방적이었어요. 그래서 늘 "하고 싶은 일을 해라." 근데 세 딸이 다 하고 싶은 일을 했으면 큰일 했겠는데, 두 딸은 아무리 하래도 안 해. 우리 둘째 언니는 교원만 했어. 큰언니는 평생 일보사에서 쭉 있다가 퇴직하고. 다 고정한데, 이놈 셋째 딸만 막 뛰어나가고 이러는 거야. 그래서 이미지가 안 좋아요. 세 딸 중에 저 딸이 제일 뭐라고 할까? 사물 없다고 해요. 좀 억세고 드세고. 세 딸 중에 내가 제일 세다고. 그렇게 좀 안 좋은 이미지가 있어요, 우리 집에서.

연변일보 하면 뭉클해지는 그런 게 있어요, 지금도. 누군가 내 글을 갖다가 연변일보에다 냈어. 누가 가져다 냈는지 몰라. 나는 투고를 안 해요. 다티 나니까. 아버지에 대한 글을 썼어요. "나는 어쩔 수 없이 아버지 셋째 딸인가 봅니다" 이러며 아버지에 대한 글을 썼더니만 후에 연길에 가니까 사람들이 "아, 저기 박하림 딸이 그거 글 썼다"고 그러면서, 아버지를 외우면서 그러더라고. 아버지가 살아계셨다면 내가 글 쓰는 걸 너무 좋아했을 거 같애. 근데 내가 그때 아버지가 있을 때 신문에 수필 비슷한 걸 냈어요. 근데 자꾸 글을 내면 아버지가 뒷문으로 내준다고 해갖고 안 내주더라고요. 싫어하더라고요. 그래서 그거에 대한 원망도 좀 있었죠. 이렇게 저렇게 보면 부모나 환경이 자녀들을 만든 것 같고, 사람을 만들어내는 것 같아요. 내 혼자서 어디서 뭐 뚝 떨어져서 나올 수는 없지 않나. "환경이 결국 사람을 만든다." 그게 맞는 말인 거 같아요. 그래서 너무 감사한 거죠. 부모한테 감사하고.

1992년, 바다에 뛰어들다. 시아하이!

1992년도에 무역회사에 들어가서 회계를 했어요. 연길시에 제일 먼저 세운 무역회사였어요. 경리가 두 사람이고 회계가 있고. 내가 들어가고 한 5명이 직원이었는데, 엄청 돈을 잘 썼지요. 그때 연변에 무역 바람이 불어갖고 엄청 장사가 잘됐어요. 러시아와도 무역하고. 해남도에 가서 무역하고. 그래서 차, 택시차, 그걸 들여다가 팔기도 하고. 달러를 택시에 혼자 싣고 훈춘까지 4시간을 달렸어요. 교역도 쉬워요. 러시아에 달러 주면, 오케이 하면 차가 국경 넘어왔어요. 차가 80대씩 들어왔어요. 그래서 제가 2년 만에 연길시는 아닌데, 시교에 집 한 채를 샀어요. 한 30평 되나? 그런 집을 샀어요.

그리고 장사도 했어요. 북한에 가서. 북한 사람들 음식이 없잖아요. 음식 모자라. 꽈배기, 월병 그걸 갖고 갔는데 여름이 되니까 다 곰팡이가 낀 거 있죠. 근데 그걸 또 팔았어요. 어떻게 팔았냐 하면 행주로 싸악 닦아갖고 다시 쪘어. 다시 찌니까 다 원상 돼. 그래서 그걸 팔아갖고 싼 가격으로 텔레비전을 사왔어요. 칼라. 중고. 그때 중국에 없었어요. 채색. 이걸 사서 내가 보지 않고 되팔았어. 중국 돈으로 2,500원 받았는데, 그게 로임의 10배였어요. 그렇게 엄청 돈 벌었어요. 너무 신나는 거 있죠.

러시아에 가서도 장사를 했어요. 그때는 꼴까닥 망해버렸어요. 옷이고 뭐고 다 가져갔는데, 시장에 내 가격보다 더 싼 게 가득한 거예요. 시장이 쫙 열려 있어. 그래서 가져갔던 가격으로 다 되넘겨주고 구경하다 온 거죠. 그건 돈 하나도 못 벌었어요. 블라디보스토크 그쪽으로 해서 하바롭스키 시장에 갔댔어요. 그래서 일주일 지났거든. 일주일 먹고. 돈 탈탈탈탈 털리고. 그냥 본값도 못 하고 집으로 온 거죠. 나는 장사를 못 하겠다. 엄청 무섭더라고. 총 들고 다니는 사람들도 밤에 있고.

우리 앞집에서 전날에 집에 돌아간다고 돈을 다 찾은 거예요. 이 사람들이. 러시아에서는 은행 이게 안 되는 거 같더라고요. 그니까 고향에 돌아가려고 돈 다 찾았는데, 그날 저녁에 누가 알려줘서 여자 둘을, 형님하고 시누이 사이인데, 죽여버리고 돈 다 뺏어간 거예요. 앞집이 바로. 근데 거길 지나는데 다리가 움직여지질 않더라고. 너무 무서워서. 근데 이 사람 둘이 죽었는데 냉장고에 넣었어요. 냉동시켰어요. 그걸 냉동고에서 빼가야 하는데 돈이 없는 거야. 가족이 왔는데, 엄청 돈 달라고 하더라구. 두 사람인데. 그래서 그 남편분이 목에다 패쪽을, 목이 쉬어서 말을 못 해요. 시장에 와서 "우리 마누라하고 내 여동생이 죽었는데, 냉동실에서 꺼내와야 되는데 돈이 없다고." 패쪽 메고 시장에 돌아다니며 돈을 후원받아서 시체를 가져갔어요. 그래서 나는 러시아는 그 한 번에 혼나고 다신 못 갔어요. 구경 가면 갔지 장사는 안 되더라고.

그니까 처음에는 조선족이 이게 한국이 아니었어요. 러시아를 많이 갔어. 한국에 가서 돈 안 벌었어요. 러시아에서 돈 엄청 벌었어요, 먼저 간 사람들은. 그러다가 한국 문이 열리면서 한국 쪽으로 더 쏠린 거죠. 중국에서는 '시아하이(下海)'라 해요. '바다에 뛰어들다', 하해. 이렇게 '시아하이' 해갖고 성공한 사람들이 꽤나 있는 거 같애요. 1978년부터 개혁개방 일어났는데, 공무원 하다가 나간 사람도 있어요. 나간다는 게 어떤 뜻이냐 하면 외국으로 가거나 중국의 큰 도시로 가는 거예요. 나가서 영업하는 거예요. 중국

전체를 보면 그냥 큰 가마밥을 먹잖아요. 사회주의라는 건 공동 분배예요. 일 많이 해도 적게 해도 똑같게 나눠. 그걸 틀을 깬 거죠.

사람들이 나가서 엄청 부자 된 사람도 있고, 망해서 쫄딱한 사람도 있고. 그때 조선족이 많이 나갔죠. 조선족만 나갔겠어요! 전체적인 중국이 다 나가고. 한국에 나오는 것도 그 물결을 타고 나온 거죠. 다 나가야 되는 세월이고, 다 돈 벌어야 되니까. 잘된 거라고 생각해요. 조선족 기업가들은 아마 그때 다 출세한 거죠. 지금 조선족기업가협회가 도시마다 있는데, 엄청 잘나가요. 그냥 한국만 하는 게 아니고 미국, 각 나라에다가 뭘 세우고 하는데 뿌듯해요. 틀을 안 깼으면 연변 사람이 거기까지 갈 수가 없는 거예요. 그 틀을 깨놨으니까 제 아는 곳은 다 찾아가고. 막 밀치고 나간 거죠. 그래서 다행이라고 생각해요. 아마 북한이 깨지면 그렇게 잘 살 거예요. 그 틀을 깨면. 머저리가 어딨겠어요. 내보내면 다 자기 생명줄을 걸고 싸우는 거니까.

망한 사람 딱 한 사람 봤어요. 송이버섯을 했어요. 한국에 내보냈어. 근데 그 송이버섯이 바로 내일이면 포장돼서 나가야 돼. 콘테이너에다 싣고 가야 되는데, 전날에 비가 와서 전 재산을 다 털린 거예요. 물속에 잠겨갖고 다 떠내려간 거죠. 그래서 끝내 홧병으로 이 사람이 죽었어요. 죽기 전에 마누라가 한국에 돈 벌러 간 거예요. 마누라를 한국에 보내느라 빚진 거야. 사채빚처럼 5푼 리자, 2푼 리자 이런 걸 꿔서 남자가 열심히 돈 벌었는데 어느 날 망했어. 그래서 죽게 됐어. 남편이 죽자 마누라가 왔어. 한국에서. 와서 이틀 만에 화장했다 그러더라고. 화장해서 추도식 하는데 우리 언니랑 갔대요. 가니까 마누라가 눈썹을 했더래. 눈썹 문신을 해갖고 반창고를 붙이고 왔더래. 그래서 한국 간 여자들이 나쁘다고 막 질책하고 난리를 했어요. 한국 간 여자가 나쁜 게 아니라 한국 사회가 다 나쁘게 된 거야. 연변에서 그게 글로도 나왔어요. 「반창고」라고. 사람들이 한국을 얼마나 욕했는지 몰라. 그 여자 때문에. 그게 한국 사회 탓이예요? 그 여자 탓이지.

마흔둘에 연길시 텔레비전 방송국에 입사하다

내가 하고 싶었던 일이 방송국의 아나운서였어요. 근데 그때 벌써 나이가 마흔둘인 거야. 아나운서는 죽어도 안 되는 거지. 직장에 들어가자니까 "안 된다. 서른다섯 살 남자만 기자를 뽑는다" 그래서 내가 막 떼질 쓰고. 신문사에서 기자 했던 경력이 있어서 조선말 방송사인 연길시 텔레비전 방송국에 입사했는데, 사회교육 생방송인 「여성시대」 프로그램을 했어요. 그때 나는 방송사업이 너무 잘된 거야. KBS에서도 상 받고. 오십, 육십 이렇게 쭉 생각해보면 일하면서 행복했던 건 그래도 방송일인 거 같아요. 처음에는 스트레스도 많고 그랬는데, 방송일을 하면서 글도 많이 썼고. 그다음에 사람들과 만나면서 그 즐거움이 있었던 거 같애. 밖에 나가면 다 알아주는 거. 누가 뭘 챙겨주지는 않아도 다 알아주는 거. 다 "박 기자! 박 기자!" 하며. 그래서 그게 제일 좋았던 거 같애요.

일하면서 자녀에 대한 사랑을 별로 못 준 거 같애. 늘 일이 바빴어요. 애가 중학교에 갔는데도 방송일을 하니까 집 바로 못 들어오는 거야. 끝나서 뭘 해야 되고, 마무리해야 되고, 또 식사를 해야 되고, 다른 사람 만나야 되고. 그런 일의 연속이잖아. 남편도 늦게 오고. 연길 시내가 별로 크지 않아요. 밥을 챙겨줄 수 없으니까 내가 밥 먹는 식당에서 애를 불러요. "우리 어느 식당에 있으니까 니가 여기를 오라." 그러면 애가 학교에서 끝나갖고 그 식당을 와. 그러면 포장해갖고 "집에 가 먹어라" 이래. 우리 애가 습관이 돼갖고 내가 집에 있는데도 "어머니, 오늘은 어느 식당입니까?" 오히려 좋아하는 거예요. 맨날 맛있는 거 사주니까. 애가 그렇게 오면 또 곁에서 막 돈 쥐어줘 보내고, 택시 태워 보내고. 애가 막 신나는 거야.

그러다 보니까 애가 대학을 가야 되는데, 대학시험을 앞뒀는데, 이 엄마가 이러다가는 애를 대학을 못 보낼 거 같애. '아, 안 되겠다.' 먼저 집에 있는 TV부터 다른 집에 옮겨 갔어요. TV를 안 본다고. 그다음에 이거 어떻게 하면 될까? 내가 방송은 해야 되고, 애는 대학 보내야 되고. 우리는 직장에 핸드폰이 2개예요. 하나는 개인 핸드폰이고 하나는 직장에서 통일로 쓰는 건데, 직원들끼리는 다 무료예요. 그래서 그 폰 이외에는 개인 핸드폰을 다 꺼버렸어요. 그리고 1년을 사회생활은 접듯이 하고 방송만 하고. 그래서 애를 공부시켜서 대학 보냈어요. 그렇지 않았으면, 내가 정말 원래대로 했으면 애가 라면만 먹고 대학을 못 가죠. 아예. 그래서 저녁마다 내가 틀고 있으니까 우리 애가 기가 막혀갖고 "어머니, 어디 저녁에 식사 안 갑니까?", "나 식당에 가 좀 얻어먹게 어머니 좀 가시오." 1년을 버텼어요. 그렇지 않았으면 아마 실패했을 거예요.

2010년, 행복했던 방송일을 접고 한국에 나오다

애는 커서 대학시험을 치고 대학교를 갔는데, 있던 돈을 대학 1년 학기를 내놓으니까 두 번째, 세 번째 학기, 4년을 공부할 돈이 없는 거예요. 그때 생각에는 '아이고, 내가 뭘 못 할까?' 했는데, 결국 나와보니까 한국밖에 길이 없는 거야. 그래서 직장에 얘기하니까 직장에서 그런 역사가 없다는 거예요. 한국 나가는 역사가. 중간에 퇴출이 없다는 거예요. 퇴직 전에는 그건 생각지도 말라고. 직장에서 방송을 8년 하다가 텔레비전에 옮겨가서 한 1년을 하는데 엄청 잘됐어요. 왜냐하면 방송국에는 젊은 애들이, 경험이 없는 애들이 많이 왔고. 나는 나이 먹을 대로 먹었으니까 사회 경험이 많고, 작가이고. 한국도 그간에 서너 번 왔다 갔고. 이러니까 프로그램을 잘 만들 수 있는 기초를 가진 거예요. 국장은 기술만 알고 나는 기술은 모르지만 국장하고 코드가 맞는 거예요. 자기가 텔레비전으로 옮겨가면서 "나하고 같이 가자. 가서 우리 방송 만들어보자" 해서 내가 그 숱한 사람 제치고 티비로 갔어요. 그래서 1년 만들었는데, 나는 내 프로그램을 만드는 것뿐 아니라 다른 프로그램도 새로 개발해서 다른 사람한테 주는 거예요. 그래서 잘나가는 때인데, 그니까 안 된다고 하는 거예요.

그때는 대학 졸업장이 있으면, 영사관에다 넣으면 직장이 없어도 F4 비자가 나왔어요. 해서 몰래 F4를 딴 거예요. 그다음에 어떻게 하면 갈까 해서 하루는 국장하고 술을 마셨어요. 무조건 "나는 한국에 가야 된다. 좋든 궂든 나는 가야 되니까 다른 사람 빨리 선발해라. 3개월 이내에 나는 간다." 그니까 막 자존심 허락 안 해갖고 막 울더라고요. 나는 무조건 한국 가야 된다 그니까 그때 놓더라고요. "그럼 내가 3개월 내에 사람 찾겠으니까 3개월만 잘 해달라"고. 그래서 3개월 그리고 한국에 나왔거든요.

전 직원이 거의 500명이 되는데, 내가 10년 방송국에 다녔고 나이가 많고 하니까 전 직원이 다 "왜 한국 가냐?" 그 사람들 지금도 의문이야. 그 사람들은 '아마 저게 한국에서 좋은 남자를 만났는갑다' 이런 생각도 하고. 또 어떤 사람은 내가 한국에서 힘들게 일한 걸 글로 중국 잡지에 발표하니까 "이 사람이 직접 일한 게 아니고 자기가 식당을 꾸리면서 이런 글을 썼다" 해갖고 우리 직장에서는 "서울에서 박연희가 큰 식당을 잘 꾸리고 있다" 이래. 아이고, 식당의 화장실 청소나 하고 다니는데 큰 식당을 운영하고 있다고? 우리 직원들은 그렇게밖에 생각 못 하는 거죠. 저 사람은 절대 설거지를 하거나 청소를 하거나 이럴 사람이 아니니까 글을 아무리 써 보내도 '얘는 문장으로 만들었지. 얘 일이 아니다' 이렇게 생각해서 나는 가면 말을 안 해. "어, 그래그래. 우리 식당 한번 놀러 와봐라" 그 정도로 얘기하는 거죠.

멋지게 기자 할 줄 알았는데, 한국말을 못 알아듣겠더라

한국에 여러 번 다녔으니까 내가 한국을 안다고 생각한 거예요. '한국에 가면 나는 멋있게 기자를 하든지 뭘 할 거다' 했는데, 첫 달에 와서 기자 일을 했는데, 90만 원 나왔어요. 90만 원 나왔는데 집세 25만 원, 교통비, 밥 먹은 거 하니까 20만 원이 남는 거예요. 이걸 갖고 애 학비를 어떻게 대요? 못 대잖아요. 댈 수가 없는 거예요. 그래서 그다음에 3D업종 일을 했죠. 식당, 설거지, 서빙. 서빙하면 욕을 엄청 먹어. 못 알아들으니까. 그다음에 죽 집에 가서 2년 일했어요. "돌려라, 돌려라, 돌려라" 하면서 이걸 그냥 돌려갖고. 한쪽으로 매일 돌리니까 어깨에 석회가 쌓여 수술해야 된다는 거야. 화장실을 갔는데 뒤를 못 닦는 거예요. 모텔에 가 청소해보고, 가정부도 8개월 해보고. 그렇게 해서 애가 졸업했는데, 이제 집에 가야 되는데 못 가고 있다가 한쪽 팔이 그러니까 일을 아예 못 하니까 '안 되겠다. 중국 가자' 하고 중국에 가서 두 달 있었어요. 그니까 하나도 안 아픈 거예요. 병도 아니야 이거는. 근데 중국에 가니까 이미 내 자리는 남이 다 들어갔고, 나는 퇴직할 나이가 다 돼서 우리 또래들은 다 뒷꼬방(뒷방)에 앉아 있는 거예요. 내가 할 일이, 돈을 벌 수가 없어서 또다시 나왔죠.

그때 국회에 자리가 비어있는 거예요. 제일 말등 직원이 어디 연수를 간다 해서 자리 하나 비었는데, 거기 중국 통역도 필요하고 그래서 중국 갔다가 와서 거기에 들어갔거든요. 남들은 "어우, 잘됐다. 잘됐다" 했는데, 이때 125만 원. 제일 낮은 임금. 그래도 그만하면 괜찮은가 하는데, 문제는 전화를 받으면 무슨 내용인지 전달을 못 하는 거 있죠. 알아 못 듣는단 말이예요. "조선족인데 왜 못 알아듣냐?" 해도 못 알아듣는 거예요. 사람이 바보겠어요? 근데 한국말을 못 알아듣는 거예요. 그니까 전화도 못 받아. 나이 제일 많아. 근데 나는 쫄도(쫄따구)야. 인턴인데, 신문 나누고 이런 거 다 괜찮아.

손님 와서 커피도 내가 해줘야 돼. 이것도 다 괜찮은데, 그 국회의원이 방송을 만들었어요. 방송기재로 방송을 만들어 편집해서 빨리빨리 내보내고 홍보해야 되는데, 그 기재가 다 영문으로 돼 있는 거예요. 중국에서 컴퓨터를 많이 했지만, 한국의 시스템도 다 다르고.

얼렁뚱땅 1년이 거의 됐어요. 근데 그 국회의원이 선거하느라고 안산에 내려갔어요. 안산에 내려가니까 좀 숨 나오더라고요. 다문화 사람들과 만나고, 중국 사람들과 만나고, 홍보를 하고 이러니까 좀 숨 나. 그전까지는 난 직장에 미운털이야. 그냥 그 일만 해도 내가 못 따라가는데 맨날 중국 출장가, 중국 손님 오면 나가서 2~3일 밥 사주고 구경 다니고 이러니까. 직장 일을 못 하니까 그 일을 나머지 분들이 나눠 한단 말이예요. 그니까 얼마나 미웠겠어요? 직장에서도 따돌림이지, 따라는 못 가지. 야, 얼마나! 나오고 싶은 생각 엄청 많이 했어요.

1년이 지나서 지금 직장인 외국인 글로벌센터에 다니게 됐는데, 그때는 일주일에 두 번. 그다음 해인 2017년에는 일주일에 두 번, 2018년에는 일주일에 세 번. 그니까 두 번 할 때는 한 달에 70만 원이고 세 번 할 때는 한 달에 100만 원이에요. 그 값 갖고 못 살잖아요. 그니까 못 노는 거예요. 통역도 하고 번역도 하고. 그 돈이 뭐 얼마 돼요? 20~30만 원 정도. 그래서 2017년 말까지는 내가 그냥 파출을 했어요. 파출을 하루에 12시간 하니까 직장 두 날(이틀) 다니는 것도 못 다녀요. 그래서 반나절씩 하니까 돈이 안 돼요. 그게 또 스트레스인 거예요.

그러다가 내가 그동안 했던 업적이 있어갖고 정직원으로 채용됐는데. 그것도 어우… 시험 치러 온 애들이 다 20대, 30대. 한국 국적 갖고 있고. 그래서 정말 직장에서 많이 고민해갖고. 내가 나이 먹은 게 그 사람들도 고민이 되잖아요. 그래서 과장님하고 센터장님이 내한테 와서 자꾸 이러는 거야. "박연희 샘, 좀 머리를 길러보지?" 그다음에 "쌍꺼풀을 해라"든지. 그 사람들 보건데 좀 안타까운 거야. 나이가 너무 많으니까. 이게 서울시 직속이에요. 그니까 만 60세면 내보내야 되는 거야. 그러면 또 다른 사람을 배양해야 되고. 뭔가 되게 힘든 거야.

중국 사람들이 많이 집결된 곳이라 중국 사람은 한 사람 있어야 하는데. 요행인 것은 내가 동포사회에서 그동안에 쌓아온 게 있는 거예요. 문인협회서 사무국장 3년 하고 지금은 이사로 있으니까. 그다음에 글을 『동포타운 신문』에 한 3년 연재했어요. 동포사회에서 내가 그래도 괜찮은 이미지니까 센터에서는 동포사회와 네트워크를 하는 데 내가 필요한 거예요. 그래서 지금 하고는 있는데, 이거는 상담이 중요한 게 아니라 문서놀음이 더 많은 거야. 온 하루 문서를 작성하는데 직장에서는 제일 꼴찌지. 가랑이 찢어진다고 해야지. 엑셀로 다 해야 되고, 피피티로 다 만들어야 되고. 단어 하나도 틀리면 안 되고. 서울시에다 올려보내는 공문은 딱 그 틀에서 조금도 벗어나면 안 돼요.

중국에서는 몰랐던 것들

어찌 보면 내가 한국에서 고생을 많이 했는데, 그 덕분에 글이 엄청 많이 나왔어요. 중국에서의 글은 글도 아니야. 왜냐하면 중국에서는 내가 생각하고 고민하는 글을 쓸 시간이 없어요. 남을 취재하는 글만 썼는데, 여기 오니까 취재를 안 하잖아요. 그니까 내 글만 써. 어려우면 글이 나온다더니만 아무래도 어려워서 글이 많이 나온 것 같고. 내 글이 엄청 업그레이드됐어. 중국에서는 연변식, 중국식으로 정치적 · 혁명적인 게 많았는데 조금 순수

화됐고. 중국에 있을 때는 조선족 이주사 1년에 한두 번도 언급을 안 하거든요. 이주사에 대한 거, 역사에 대한 거. 이거는 한국하고 트러블이 있는 거잖아. 중국에서 안 좋아하는 거야. 그러니까 몰랐어요. 6.25전쟁도 '아, 이거는 한국에서 먼저 전쟁을 일으켰는가' 이렇게 생각하고 한국에 왔거든요. 한국에 와서 내가 내 민족의 역사를, 조선족 이주사를 그래도 알게 된 거야.

그다음에 중국에서 살 때 중국을 바라보는 시각하고 한국에서 중국을 바라보는, 또 한국 사람들이 중국을 바라보는 시선에 영향을 받는단 말예요. 예전에 천안문 사건 이런 것도 혁명운동이라고 그냥 긍정적으로만 생각했는데, 지금 보니까 그게 조금은 아니더라구요. 내가 한국에 나와서 정말 다른 시선으로 중국을 바라볼 수 있는 게 나한테는 어떤 도움이 되지 않나 그런 생각을 하고.

중국에서는 국가가 우선이고, 사회주의 우선이고, 공산당이 우선이고, 가족 우선이고 나는 없어. 나를 내세우면 나쁜 사람이야. 근데 여기 오니까 내가 우선이야. 너무 좋은 거 있지. 나라도 중요하지 않고, 가족도 중요하지 않아. 교회에서 "당신은 사랑받기 위해 태어난" 그 노래를 듣는데 눈물이 막 떨어지는 거야. '아, 나도 이렇게 사랑받기 위해 태어났는데 그 많은 식구에게 사랑을 못 받았구나!' 그게 너무 억울하고 그래서 이제부터라도 내가 나를 챙기는 거. 이게 한국에서 큰 득이고.

그리고 중국에서 뭔 도전이 있었겠어요? 없지. 중국에서는 내가 방송사업을 10년 한 게 제일 큰 성과 같은데, 로임이 똑같아요. 똑같기 때문에 내가 도전할 필요도 없어. 잘 만들어도 그 돈. 못 만들어도 그만이야. 여기는 일 하루만 안 하면 없잖아요. 영이잖아요. 그니까 정말 자본주의 사회라고 하잖아요. 이게 필요하겠다 생각해. 그렇지 않았으면 사람들이 발전을 못 했을 거야. 내가 중국에 쭉 10년 있었다면 지금쯤 퇴직을 할 거고. 5년 전부터는 뒷꼬방 노인이 돼야 해요. 아무 의욕도 없지. 매일 나가서 컴퓨터 보고 책보다가 퇴근하는 거예요. 근데 한국에 와서 10년 되는 생활은 아주 격동적이고 도전적이야. 마구 정신없이 뛰었던 거 같애.

한국 생활 10년, 여전한 그 질문

한국에 처음 왔을 때는 몇 날 며칠 눈물 흘리고 비행기 보면 눈물 나고 그랬는데, 비행기 보면 이제는 히쭉 웃어요. 한 4년, 5년 지날 때까지도 한국 사회에 대한 원망이 많았죠. 그 원망도 지금 돌아보면 내가 무지했기 때문이지. 한국 사회가 나를 중국에 있을 때처럼 대해줄 줄 알았고, 편집기자를 시켜줄 줄 알았지. 어떤 분들은 나한테 이런 부탁을 해요. "선생님, 연변에서 아나운서 되게 잘하는 분이 한국 가야 된다는데, KBS에다가 소개해주세요" 해서 내가 "KBS에 한국분들 줄 서있어요. 중국 사람 절대 안 돼. 오지도 말라"고. 그러듯이 오기 전에는 내가 그 사람처럼 생각한 거예요. KBS? 무슨, 개인방송도 못 들어가는데 KBS예요. 근데 올 때는 기대가 엄청 많은 거야, 한국사회에 대한 기대가. '나는 조선족이고 국문학과 졸업했고 한글로 글 쓰고 이러기 때문에 나는 쉽게 돈 벌 거고, 가서 트러블이 없을 거다' 생각했는데 처음부터 걸리는 거죠.

당근을 보면서 다 이래. "너네는 당근은 먹어봤냐?" 그래. "사장님, 이 당근 중국산이예요. 왜 이러세요." 그다음에 또 뷔페에 가면 과일인데, 리치! 중국에 제일 많은 게 리치예요. "야, 너 이거 먹어봤어?" "어우, 정말 나한테 한 매 맞으려 한다. 중국에 제일 많은 게 이거예요. 얼마나 맛있다고. 계절마다 있어요." "중국이 어떻게 계절마다?" "중국은 땅이 넓으니까 사계절 다 있어요. 왜 이러세요." 그리고 KBS에 가서 제일 많이 받은 물음! "선생님, 그렇게 좋은 방송국 일을 그만두고 왜 한국에 나왔어요?" 그다음에 "선생님은 한국하고 중국이 축구하면 어느 쪽을 응원하겠어요?" "어우, 아나운서님! 그 얘기는 10년 전에도 했는데 그 얘기는 빼세요. 그거는 진부한 얘기예요."

'왜 다를까'가 아니라 '그냥 다른 것'

작년에 중국에 출장 갔다가 천안문광장에 갔어요. 천안문광장에서 엄청 먼 데까지 다 계엄령을 내려서 가까이에 못 가게 하더라고요. 한국분 두 분하고 나하고 셋이 갔는데, 한국분들은 좋다고 사진 찍고 그러는데 나는 감정이 뭉클뭉클하는 거예요. 모택동 초상이 그대로 있고, 천안문광장이 그대로 있고. 한민족이고 그렇다 하지만 여전히 달라도 너무 다르다. 그걸 내가 같은 줄 알고 왔던 게 얼마나 둔했나. 같은 한민족인데 '쟤네 왜 우리와 다를까? 왜 다를까?'가 아니라 다른 거는 분명해요. 정말 분명하게 얘기한다면 조선족은 한민족이라고 해도 국적만 다른 것 아니예요. 자란 환경에 따라 무조건 다른 거. 그래서 나는 중국 동포들도 자신을 알았으면 좋겠어. 자기 절로. 나는 한민족이지만 중국에서 쭉 살았고, 한국 사람들 여기서 살았고. 그래서 다르다. 다르다는 것을 알고 나를 알아야 한국 사람들하고 접촉할 때 그 사람들의 시선이라든지 악성댓글, 이걸 다 받아들일 수 있을 것 같아요. '한민족이라 해놓고 왜 너네는 우리를 이렇게 업수보고 욕설하냐?' 이거를 생각하는 게 아니라.

우리 직장에는 지금 7개 나라가 있어요. 점심을 같이 먹거든요. 하루는 같이 먹는 분이 네팔분이예요. 팔에 털이 엄청 많아. 시커매. 밥을 손으로 먹

2019년 삶이야기 총동창회. 동포 상담과 네트워크 활동에 대한 이야기를 들려주고 있다.

어요. 처음엔 불편해 죽겠는 거야. 밥이 코로 들어가는지 입으로 들어가는지 미치겠는 거야. 그렇다고 저 멀리에 가 앉을 수도 없고. 손으로 먹는 거 더러워 어쩌나 했는데. 빵 같은 데다가 치즈 같은 거 바르고 쌈 싸먹듯이 이러는데. 근데 지금은 너무 편해진 거 있죠. 먹어보고 싶고, 말도 걸고. 지금은 내가 좀 마음이 열린 것 같애. 내가 조각보도 다니고 동포 네트워크도 하고 국회도 다니고 이게 다 쌓여서 이렇게 된 게 아닌가 그런 생각을 해요. 한국에서 정말 정착해서 발 딛고 살려면 이런 노력이 필요하다고 생각해. 내가 먼저 나를 알아야만 상대를 알 수 있잖아. 지금도 어떤 분들은 20년 지나도 안 고쳐져서 한국 사회를 욕하고 한국인을 욕하고 자신을 비관하고 이런 사람 많은데, 나와서 사니까 정체성 고민으로 여기서 받는 스트레스가 많은데, 나는 한국분들보다 중국 동포를 구하고 싶어요. 자꾸 '한국 사람과 같은데 저 사람들 왜 저러는가?'가 아니라 내가 나를 아는 게 제일 중요하다고 생각해. 그래서 나는 중국 동포들이 나를 알아서 좀 편하게 지혜롭게 살아갔으면 좋겠어.

한민족 말고 연변사람, 중국말 아니고 고향말

미워했거든요. 나도 한족들을. 나는 내가 거기 주인인 줄, 본토배기인 줄 알았지. 그냥 걔네들이 미운 거예요. 왜냐면 민족이 서로 다르니까 뭐가 잘 안 맞아요. 연변에서 텔레비전 방송할 때 조선말 프로그램, 중국어 프로그램 같이했는데 조선말이 15분, 중국어가 15분 이렇게 같이하니까 내가 먼저 만들어놓으면 얘네가 중국어로 번역해서 화면은 그대로 나가니까. 이게 너무 미운 거죠. 근데 한국에 왔잖아요. 중국 사람이 그렇게 반가울 수가 없어. '와, 이게 뭐야? 중국 사람 그렇게 싫어했는데 왜 이렇게 반갑지?' 센터에도 거의 중국 사람이 찾아와요. 조선족은 한국말 되니까 다 나가서 하는데, 중국 사람들이 말 못 하지. 뭘 모르니까 찾아오는데 너무 반가운 거 있죠. 이상하게 사람이 변화되드라구.

저번날에도 평화교육하고 9시 반 넘었는데, 열다섯 명이 동대문을 가는데 표를 못 떼갖고 전철역 안에서 난리인 거예요. 그래서 또 오지랖이 넓은 게 지나는 못 가고 한 30분 거기서 헤맸어요. 카드 사는 기계가 만 원짜리 넣으면 5천 원, 6천 원 이렇게 거스름돈이 나오는데 그날은 없었나 봐. 천 원짜리만 요구하는 거야. 들어가면 나오고. 열다섯 명이 다 천 원짜리 바꾸려면 어디 있어요? 그래서 슈퍼에 가서 그걸 다 바꿔갖고 넣느라고. 내가 오지랖은 오지랖이야. 근데 그걸 못 지나가겠는 거야. 거기 안내원이 있긴 있는데 말이 안 통하니까. 모르는 척할 수도 없고 그 자리에서 30분을 서서 그거 사주고. '어디 가 내려야 된다' 중국말, 한국말 써주고 집에 오니까 11시 지났더라고. 중국 사람들이 "따재, 따재, 그럼 넌 조선족인가 한족인가?" 막 그러는데, "조선족" 하니까, "몇 년 됐는가?" 그래. "여기 한 10년 됐다"니까 감사하다고 자기네들이 과일씨 이런 거 샀던 거 가방에 넣어주고. 오는데 되게 뿌듯한 거야. 내가 웃었어.

내가 지금 KBS 한민족 방송 하나를 주일마다 하고 있고, 드문드문 통역도 하고 있어요. 한국에서 국제박람회 열린다든지 한중교류가 있다든지 그럴 때 나가면 막 신나고 그래요. 직장에서는 중국말을 하긴 하는데 전체적으론 아니잖아요. 근데 통역으로 나가면 온 하루 중국말만 해야 되거든요. 신나는 거 있죠. 기분 좋고. 저번에 중국의 실크로드, '이따이이루(一帶一路)' 이런 게 있어요. 한중포럼을 했어요. 가니까 알리바바 이런 단체들 400개 단체가 왔드라구. 토론에 갔더니만 중국어로 포럼 하는데, 괜히 좋은 거 있죠. 집을 오는데 콧노래가 나오는 거 있죠. 이렇게 언어라는 게 중요하구나, 정말. 이런 감정을 뭐라고 말할까? 중국 사람들은 "여기서 돈 벌다가 중국에 돌아갈 거 아니야? 왜 한국에 남지 않냐?" 이런 질문 숱하게 많잖아요. 근데 사람이 이렇게 생겨먹었는데, 이런 감정이 있는데 조금 이해해줬으면 좋겠다. 한국 사람들도 미국에 갔는데, 어느 장소에 갔더니 맨 한국어로 한다면 그 사람이 하루 정도는 얼마나 행복하겠어요? 사람들이 '한국', '한국'만 하지 말았으면 좋겠다. 우리가 물론 한민족이라고 하지만, 결국에는 민족보다 더 중요한 게 내가 태어난 고향이 아닐까 싶어요.

Herstories 6

이진선, 1962~2021 사할린을 살다

외할아버지가 마카로프시 탄광으로 끌려왔어요

제 이름은 이진선입니다. 러시아 이름은 예브게니아입니다. 저는 1962년 8월 15일 사할린 포로나이스크시에서 태어났습니다. 포로나이스크시는 사할린 북쪽에 있습니다. 포로나이스크에서 고등학교를 졸업한 다음에 사할린사범대학교와 모스크바의 현대인문 아카데미 심리학과를 졸업했습니다. 사범대학을 졸업한 후에 포로나이스크로 와서 유치원 선생님으로 일을 시작했습니다. 결혼했습니다. 아들 둘, 손자 두 명, 손녀 한 명입니다. 현재 유즈노사할린스크 한인회문화센터 문화담당, 주한인회에서 직무를 수행하고 있습니다. 1996년부터 현재까지 한인회 활동을 하고 있습니다. 한평생 포로나이스크에서 살아왔는데, 3년 전에 가족 사정으로 홈스크시로 이사했습니다. 홈스크시에 오자마자 한글학교를 맡아 운영하고 있습니다. 홈스크 한인회 활동도 하고 있습니다. 그래서 항상 바쁩니다.

저는 삶이야기는 처음입니다. 한국말도 배우면서 가르치고 있지만 아직 부족합니다. 그래서 러시아말로 아니고 한국어로 얘기를 해야 하니까, 걱정합니다. 사할린에서 우리 가족의 역사는 외할아버지부터 시작되었습니다. 깊이 모르겠지만, 외할아버지는 사할린 마카로프시 탄광으로 끌려왔습니다. 다음에는 외할머니가, 제 어머니가 한 살 때 따라왔습니다. 아빠 고향은 경상북도 경주입니다. 아빠가 사고로 일찍 돌아가셨습니다. 우리 어머니는 스물세 살까지 마카로프시에서 살다가 아빠와 결혼해서 포로나이스크로 왔습니다. 포로나이스크시에서 엄마가 영주귀국할 때까지 살아계셨습니다. 현재도 인천에 살고 있습니다. 남편 부모님도 마찬가집니다. 우리 시아버지는 강제 모집으로 끌려왔습니다. 샤흐툐르스크시 쪽으로 끌려왔습니다. 샤흐툐르스크시는 서쪽에 있습니다. 산판에서 일했습니다.

공부를 잘해도 까레이스키는 1등을 할 수 없는 시대를 살다

제 어린 시절과 젊은 시절은 소련 시대였습니다. 어릴 때는 공산주의 시대에 다 무료로 잘살았다고 말할 수 있지만, 그래도 우리 민족은 차별을 많이 느꼈습니다. 어떤 차별이냐면 학교에서 같이 열심히 공부해도 그래도 상을 우리는 못 탔습니다. 1등 못 하게 했습니다. 꼭 러시아 학생이 1등 했고, 우릴 “까레이스키, 까레이스키” 이렇게 놀렸습니다. 엄마는 “우리가 고향으로 못 가니까 러시아말 열심히 악센트 없이 배워서 대학 졸업하고 성공을 해야 한다”고 자주 말했습니다. 엄마도, 할머니 할아버지도 힘들어도 우리를 위해 러시아어 하려고 노력했습니다. 왜냐하면 집에서 우리말을 사용하면 악센트 생기고 우리말도 러시아말도 잘 못하기 때문에 학교에서도 놀리고 또 나중에 공부를 못 하는 걸로 선생님들이 착각하면서 이상한 학교, 안 좋은 학교로 옮길 수도 있었습니다.

우리 부모님이 자식 교육을 위해서 힘을 많이 썼습니다. 거의 모든 사람이 밭에서 일을 많이 했습니다. 채소를 심어 시장에 가서 팔았습니다. 이렇게 돈을 모아서 우리한테 교육시켰습니다. 우리는 쉬는 날에만 부모님의 밭일을 도와주었습니다. 밭에 가는 날에는 우리 가족이 다 모여서 아침 일찍, 아니면 미리 경찰서에 가서 허가를, 여권에 도장 찍어서 받아야 합니다. 무국적이니까 밭에 가도 허가를 받고, 밭에서 일을 다 마무리하고 돌아갈 때도 우리는 다시 경찰서에서 무국적 여권에 도장을 찍고 버스나 기차에 탈 수 있었습니다.

남자들은 군대에 가고 싶어도 무국적 때문에 못 갔습니다. 우리 민족은 성질도 급하고 자부심이 강하기 때문에 아주 많이 싸웠습니다. 까레이스키라고 무시하니까 많이 싸우고 감옥에도 엄청 많이 갔습니다. 무국적 때문에 대학에 입학하고 싶어도 허가를 받으려면 3개월을 기다려야 했습니다. 허가를 받아도 원하는 도시로 못 갔습니다. 3개 도시에서만 우리가 공부할 수 있었습니다. 하바이(하바롭스크), 이르쿠츠크, 노보시비스크.

대학을 졸업해도 높은 자리에 취직 못했습니다. 소련 여권이 있는 사람만 높은 직책을 맡을 수 있었습니다. 85%가 러시아인, 15%가 한인입니다. 소비에트 사회주의 때 한인은 변호사, 경찰, 공무원, 선생님이 되는 것은 금지였습니다. 대학을 졸업해도 취직하는 것 너무 힘들었습니다. 저도 고등학교 공부할 때, 꼭 선생님이 되고 싶었습니다. 엄마가 "무국적이니까, 대학을 졸업해도 취직하기 너무 힘드니까 이모처럼 회계원 되라"고 해서 회계원 자격증도 가지고 있습니다. 회계사 칼리지를 졸업했습니다.

고향에 돌아가야 한다며 소련 국적을 거부한 할아버지

해방 후에는 1950년도에 소련 국적을 받을 수 있었는데, 할아버지가 받지 않았습니다. 꼭 길이 열리면 고향으로 돌아간다고 마음을 먹었습니다. 할아버지가 소련 국적을 안 받았으니 부모님도 우리도 다 무국적 됐습니다. 우리 부모들은 소련 국적에 대해서 관심이 없었고 믿지 않았습니다. 혹시나 또 거짓말을 해가지고 나쁜 일이 생길 수 있으니까. 왜냐면 1950년도에 고향으로 가고 싶은 사람들이 이렇게 말했습니다. "북한으로 보내준다. 나중에 북한을 통해 한국으로 갈 수 있다." 그렇기 때문에 무국적을 조선 국적으로 바꿨습니다. 바꿨는데 거짓말이었고, 다시 무국적으로 바꿨습니다. 결국 또 속이고, 한국으로도 못 갔습니다.

시간이 흘러도 변하는 것이 없었습니다. 하지만 소련 여권 없이 생활하기 힘들고 어려웠습니다. 부모님은 우리 미래를 위해 소련 국적을 받아야 한다고 결정하고 정부에 편지를 쓰기 시작했습니다. "우리가 해방 후에 소련에 남았으니까 국적을 달라. 우리는 소련 국민으로 살고 싶다. 남자들은 군대에 가고 싶다." 이렇게 수년간 계속 편지를 썼습니다. 그 결과 1980년도부터 다 소련 국적 받을 수 있었습니다.

엄마가 슬플까 봐 의붓아버지의 학대를 참았죠

제가 두 살 때 아버지가 사고로 돌아가셨습니다. 자기 생일날에 돌아가셨습니다. 아버지가 돌아가신 후에 나, 6개월 된 여동생과 친할머니가 계셨습니다. 친할머니는 연세가 너무 많이 드셨고, 치매에 걸렸습니다. 엄마는 많은 슬픔과 어려움을 겪었습니다. 3년 만에 어머니가 재혼하고 남동생이 태어났습니다. 엄마는 제지공장에서 일했습니다. 아주 힘든 일이었습니다. 야간 근무도 하고 아침에도 일찍 나갔습니다. 그래도 우리를 위해 꼭 밥을 준비해놓고 출근했습니다. 월급이 너무 적어서 엄마는 아르바이트도 많이 했습니다. 제가 맏딸이라서 집안일을 다 했습니다. 동생들 학교와 유치원으로 보내고, 빨래와 청소도 했습니다. 세탁기가 없으니 맨날 손빨래를 해야 했습니다.

지금 의붓아버지는 돌아가셨지만, 그와 우리의 관계에 대한 아픈 기억이 가슴에 아직 살아있습니다. 청소년이었던 내 눈으로 보면 그 시기에 의붓아버지의 태도가 너무 심했습니다. 의붓아버지는 술에 취하면 우리를 때렸습니다. 무슨 생각으로 그랬는지 나는 아직도 이해하지 못합니다. 어머니가 집에 안 계실 때 학대했습니다. 실수를 안 했는데, 동생 잘못 봤다고, 유치원에서 늦게 데리고 왔다고 아무튼 여러 가지 이유로 엄청 많이 맞았어요. 어머니는 우리를 먹여살리기 위해 열심히 일했습니다. 쉬는 날이 있었는지 기억도 안 납니다. 엄마가 스트레스를 받는 게 싫어서 의붓아버지가 독재적이라고 말하지 못했습니다.

한번은 이런 일이 있었습니다. 의붓아버지가 친구들과 함께 술에 엄청 취해서 집으로 왔습니다. 무슨 생각으로 그랬는지 모르겠지만, 그는 친구들에게 자식들을 교육하는 방법을 보여주겠다고 했습니다. 그날 허리띠로 얼마나 두들겨 맞았는지…. 밤새 아팠지만 참고 아침에 학교로 갔습니다. 아무도 그 일에 대해 알지 못했습니다. 체육시간에 선생님이 제 등을 보고는 어머니를 학교로 불렀습니다. 엄마는 충격을 받고 하염없이 울었습니다. 집으로 돌아와서 엄청난 일이 터졌고, 엄마는 이혼하기로 결정했습니다. 그 순간 그냥 있으면 안 된다는 생각이 들었습니다. 그래서 "엄마, 내가 잘못한 것 같아. 아직 깨닫지 못했어"라고 말했습니다.

엄마가 서른여덟 살 때 의붓아버지가 직장에서 사고당해서 그 후에 회복하지 못해서 17년 동안 누워있다가 55세에 돌아가셨습니다. 젊었을 때는 신체도 좋고 멋있었고 얼굴도 잘생겼습니다. 오래 아프고 계속 누워있으니까 너무 말랐습니다. 아픈 사람을 돌봐야 할 때는 많은 인내가 필요합니다. 약을 챙겨주고, 의식 없을 때는 밤새 지키고 있어야 하고, 화장실을 못 찾아 실수를 했을 때는 하루종일 빨래를 해야 했습니다. 이 기간에 어머니도 아파서 제가 아주 힘들었습니다. 어머니는 아주 힘들고 고통스러운 삶을 살았습니다. 여성의 행복 느끼지 못했습니다. 너무 많이 고생했기 때문에 엄마가 저에게 "일찍 결혼하지 말라"고 말했습니다. 저의 꿈은 우리 어머니가 고향에서 건강하고 행복하게 오래오래 사는 것입니다.

돈이 없어 통조림 한 캔을 다섯 명이 나눠먹던 사범대학 시절

의붓아버지 밑에서 어렵게 자라면서 아빠를 기억하지 못했지만 자주 생각했습니다. '아빠가 살아계셨으면 우리를 사랑하고 아끼고 보호하고 돌봐주었을 텐데. 친아버지가 아니어서 우리를 이해하지 못한다'고 생각했습니다. 집에서 도망치고 싶었습니다. 빨리 열여섯 살이 되기를 기다렸습니다. 소련 시대에는 열여섯 살에 여권을 받을 수 있었습니다. 무국적 여권을 받았습니다. 그래서 이동 허가를 받기 위해 끊임없이 경찰서를 방문해야 했습니다. 반드시 허가! 허가! 허가! 경찰 허가. 허가 없이 움직이면 잡히고 벌금을 내야 했습니다. 또 고등학생들은 모두 '꼼소몰(공산주의청년동맹)' 조직에 들어갔습니다. 하지만 무국적 학생들과 청년들은 참여할 수 없었습니다. 정말이지 우리는 자유롭게 못 살았습니다. 소비에트 시대에는 봉사나 여러 활동을 하고 싶어도 금지였습니다. 그래서 저는 어머니의 꿈을 이루기 위해 교육에 모든 힘을 쏟았습니다. 고등학교를 졸업하고 바로 사범대학교에 입학했습니다.

소련 시대에는 공부를 무료로 했습니다. 공부 잘하는 대학생들은 장학금을 받았습니다. 제가 대학에서 공부할 때는 한 달에 장학금이 30루블이었습니다. 30루블은 큰돈이 아니었습니다. 그래도 20루블을 집으로 보내고 남은 10루블로 한 달을 살았습니다. 우리는 대학교 시절에 밀가루로 만든 음식, 빵, 마카로느 파스타를 제일 많이 먹었습니다. '가바츠코바야 이끄라'라는 채소 파스타도 많이 먹었습니다. 버터는 너무 비싸서 못 먹고 해바라기 기름을 주로 먹었습니다. 기숙사에서 한 방에 대여섯 명씩 지냈습니다. 장학금 받은 첫날은 200그램짜리 고기 통조림을 다섯 명이 나누어 먹었습니다. 냄새만 맡았습니다. 소련 시대 가을에는 감자를 캐라고 농장으로 보냈습니다. 나중에 밭에 남아 있는 언 감자를 모아서 '드라니끼'라는 벨라루스식 감자떡을 만들어 먹었습니다.

사범대학 졸업 후에 소련 여권을 받았습니다. 고향으로 돌아와서 유치원 선생님으로 취직했습니다. 결혼은 일찍 했습니다. 열아홉 살에. 그 시대에는 여자들이 빨리 시집을 갔습니다. 남편은 하바롭스크 체육대학교를 졸업했습니다. 현재 홈스크 스포츠학교에서 복싱을 가르치고 있습니다. 아홉 살에 복싱을 배우기 시작해서 라이트급 챔피언 타이틀을 획득했습니다. 열여섯 살까지 출생증명서로 이동하며 복싱 대회에 참가했습니다. 그러다가 무국적 여권을 받은 후에 문제가 생기기 시작했습니다. 복싱 대회에 참석해야 하는데, 출국 허가를 명시된 시간에 받지 못해서 경쟁에서 탈락합니다. 그런 경우가 많았습니다. 우리가 사는 곳은 사할린섬입니다. 사할린에서 모스크바까지 비행기로 9시간 걸립니다. 경기에 참가하기 위해 선수들은 소련 여권을 가지고 있는 친구에게 빌려서 복싱 대회에 참여했습니다. 소비에트 시대에는 사할린에만 한인의 거주지가 있었기 때문에 사할린에서 살지 않은 러시아 사람은 한인을 얼굴로 구별하지 못했습니다. 모두 다 닮고 비슷하다고 말했습니다. 남편은 아버지가 1년 만에 빨리 소련 여권을 받았기 때문에 스포츠 경력도 성공적이었습니다.

1994년, 50년 만에 만난 한국 할아버지

1993년 처음으로 한국을 역사적 조국으로 보고, 무엇보다 한국을 더 잘 알아야 한다고 생각했습니다. 학교에 다닐 때는 역사와 지리 수업 시간에 북한에 대해서만 얘기를 들었습니다. 뉴스를 통해 대한민국은 1988년 올림픽을 개최한 나라라고 알고만 있었습니다. 한국에 대한 나의 깊은 관심은 한러 외교관계가 시작하면서 나타났습니다. 그리고 그 시기에 사할린에서 한인협회, 노인협회, 이산가족협회가 설립되었습니다.

첫째로 제가 기억하는 것은 많은 동포들이 친척을 찾기 시작했습니다. 우리 가족도 마찬가지였습니다. 우리 외할머니는 형제가 셋입니다. 할머니는 사할린에서, 할머니 남동생은 한국에서, 또 한 분은 북한에서 살고 있었습니다. 세 형제의 운명은 이렇게 되었습니다. 1994년 50년 동안 만나지 못한 친척을 처음으로 사할린에서 만나게 되었습니다. 한국에 계신 할아버지와 그의 아내가 사할린을 방문했습니다. 잊을 수 없는 만남이었습니다. 우리 외할머니는 자녀가 8명이어서 대가족이 모였습니다. 모두 행복했습니다. 많이 듣고, 묻고, 알고 싶었지만 의사소통에 문제가 있었습니다. 어머니와 이모 두 명은 1세대니까 우리말을 했습니다. 나머지는 조금 이해했지만 말은 하지 못했습니다. 손자들은 전혀 말도 못 하고 이해하지도 못했습니다. 답답하고 창피했습니다. 한국 할아버지는 손자들에게 "꼭 우리 말을 배워야 한다. 풍습과 전통도 잊지 말고 지켜야 한다"고 말을 했습니다. 옳은 말이라고 생각하고 한국에 살고 있는 친척하고 대화하기 위해 우리말을 배우겠다고 마음을 먹었습니다.

1996년, 한국어 연수를 다녀오다

1962년도에 소련 정부의 결정으로 모든 조선학교가 문을 닫게 되었습니다. 거의 30년 후에야 사할린 동포들은 다시 모국어를 배우고 말하고 알 수 있는 기회가 생겼습니다. 저는 친척들이 한국으로 떠난 후 3개월 만에 우리 말을 배우기 시작했습니다. 1세대인 신국웅 선생님에게 한국어 수업을 받았습니다. 가나다부터 배우기 시작했습니다. 왜냐하면 글도 모르고, 쓰기와 말할 줄도 전혀 몰랐습니다.

1993년에 사할린 한국교육원이 문을 열었습니다. 교육원에 가서 원장님께 한국어 연수를 보내달라고 부탁했습니다. 원장님은 내 부탁을 들어주셨습니다. 1996년에 한국어를 제대로 배우기 위해 한국으로 유학을 갔습니다. 국제진흥원에서 3개월 동안 한국어 수업을 받았습니다. 연수하러 갔을 때 집에 있는 돈을 모두 가지고 떠났습니다. 그 돈으로 방 4개짜리 아파트를 살 수 있었습니다. 어린 아들 두 명을 놔두고 갔습니다. 3개월 동안 연수를 받으며 집 생각이 나서 많이 울었습니다.

연수를 마무리하고 집에 돌아온 후에 학교에서 한국어를 가르쳐 달라는 제안을 받았습니다. 저는 새로운 일을 시작하는 게 두려워서 교장 선생님에게 답을 주지 않았습니다. 좀 생각할 시간을 달라고 부탁했습니다. 매년

한국어 교사 연수 시절. 오른쪽에서 세 번째가 이진선.

8월 말에 교사 및 강사 대회가 개최됩니다. 교장 선생님은 내 대답을 기다리고 있었습니다. 교장 선생님은 "아직 한국어가 부족하다고 생각하지만 배우면서 가르쳐 봐"라고 말했습니다. 그 말씀을 듣고 수락했습니다. 그래서 유치원 동포 아이들만 모아서 한인 그루파(그룹)을 만들고, 프로그램을 만들고, 또 한국어 선생님도 1명 추가되어 한국어를 가르치기 시작했습니다.

물론 어려운 것이 많았습니다. 첫째는 우리 '카레이스키 그루파'에 같은 나이가 아닌 2~6세 아이들이 모였습니다. 선생님은 1세대인데 우리말을 잘했지만 가르치는 방법을 몰랐습니다. 그래서 주간 보고서, 프로그램, 수업 준비, 통역, 행사. 모든 일을 내가 해야 했습니다. 하지만 말을 못하고 참았습니다. 손자를 유치원에 데려온 1세대 할머니들은 내가 한국어를 가르칠 수 있다고 인정하지 않았습니다. 그들은 내 능력을 확인하려 했습니다. 매일 아이들에게 숙제를 내주면서 답을 가져오라고 시켰습니다. 당시 나는 서른네 살이었는데, 내 나이의 사람들이 모국을 전혀 몰랐기 때문에 1세대인 할머니들이 나를 믿지 않았다고 생각합니다. 너무 속상하고 불안했지만, 그래도 실망하지 않도록 열심히 한국어 공부를 했습니다. 매일 몇 시간씩 공부했습니다.

한인의 역사인 유물을 모아 「한국인」 전시를 열다

유치원에서 일한 지 한 달 만에 포로나이스크 한인회에 초대를 받았습니다. 예전에는 어르신들이 사회사업에 젊은 사람을 부르지 않았습니다. 왜냐하면 첫째는 우리가 한국어를 몰랐고, 두 번째로 반드시 고향으로 돌아갈 것이라고 믿었기 때문에 자녀들은 사할린에서 부모님의 슬프고 고통스러운 삶이야기를 알 필요가 없다고 생각했습니다.

저도 그 당시 사할린에서 한인의 삶, 우리 가족이 카라푸터 시대(가라후토 시대. 일본이 사할린을 점령한 시기)에 어떻게 살았는지 아무것도 몰랐습니다. 우리 부모님, 할머니와 할아버지도 우리에게 "옛날에 우리가 이렇게 이렇게 살았다"고 얘기를 했던 기억이 안 납니다. 여름방학 때 할아버지와 할머니 집에 갔습니다. 그들은 아파트 아니고 주택에 살았습니다. 부엌이 가장 크고, 석탄과 나무로 덮인 뻬치카가 있었습니다. 할아버지는 일을 마치고 집으로 돌아오면 저녁 식사 때 꼭 술을 한 잔 마셨습니다. 뻬치카 앞에 앉아서 노래를 부르거나 눈물 흘리는 모습을 봤습니다. 부르는 노래는 「돌아와요 부산항에」, 「아리랑」이었습니다. 이것이 할아버지에 대한 나의 추억입니다. 어릴 때부터 할아버지가 자주 부르던 「아리랑」 노래를 아직까지 기억하고, 부를 수도 있습니다.

2007년 시립박물관 부관장으로 자리를 옮겼습니다. 한국어를 가르치는 것은 그만두지 않고 계속 가르쳤습니다. 박물관에서 일하면서 한국에 대해 경험과 지식을 얻었고, 한인회에서 활동하면서 미래 세대를 위해 한국인에 대한 전시를 만들어야겠다는 생각을 하게 되었습니다. 아이디어가 받아들여지고 준비를 시작했습니다. 가장 힘들었던 일은 전시에 필요한 유물을 모으는 것이었습니다. 유물을 모으는 데 한국의 대구문화센터, 주한인회, 주이산가족회, 주노인회에서 많은 도움을 받았습니다. 또 사할린 동포들도 수집을 많이 도와줬습니다. 제일 인기가 많은 것은 한식입니다. 사할린에서 모든 민족이 우리 음식을 좋아하고 직접 만들고 있습니다. 2010년에 나의 꿈이 이루어졌습니다. 「한국인」 전시가 오픈되었습니다. 기분이 너무 좋았습니다. 한인문화센터에서도 사업이 한창입니다. 나는 문화를 담당했기 때문에 여러 프로그램과 시나리오를 작성하고 한민족 문화 행사를 개최하는 책임을 맡았습니다.

원하는 데서 공부하고 원하는 직업을 가질 수 있게 되다

어머니는 자주 "일찍 결혼하지 말고, 같은 민족하고 결혼해야 한다"고 반복했습니다. 꼭 같은 민족하고 결혼하는 것을 부모님들은 원했습니다. 대부분 남자들이 다른 민족의 여자와 결혼했습니다. 그런 경우는 전쟁 같았습니다. 왜냐하면, 다문화 가정 문제가 있었고, 또 양쪽 [가족]의 인정이 없었습니다. 지금은 모든 것이 바뀌었습니다. 저도 러시아 며느리가 2명이고, 다문화 가족이 되었습니다. 처음엔 반대했지만, 결국 허락했습니다. 가족의 삶을 탓하고 싶지 않았습니다. 결혼식을 올리기 전에 아들들에게 조건을 제시했습니다. "앞으로 튼튼한 가족이 되고 서로 인정하면서 이혼할 생각하지 말고 끝까지 살아야 한다"고 말했습니다. 나는 혼혈 손자들에 대해 많은 걱정을 했고, 그들에게 의붓아버지가 있는 것을 원하지 않았습니다. 지금 우리 아들들의 가족은 행복하게 살고 있으니 저도 행복합니다.

많은 시간이 흘러갔습니다. 페레스트로이카는 우리의 삶과 태도를 완전히 바꾸어놓았습니다. 우리를 '까레이스키'라고 놀리는 것을 멈추고 인정해주었습니다. 다문화 가족도 많아졌지만, 우리의 전통을 인정하고 지키고 있습니다. 제일 인기가 많은 것은 한식입니다. 사할린에 사는 모든 민족이 우리 음식을 좋아하고 직접 만들고 있습니다. 예전에는 고춧가루와 마늘 냄새가 난다고 우리와 함께 말하기도 싫어했습니다. 요즘에는 우리보다 한식을 더 즐겨 만들어 먹고, 식당에서도 보면 제일 많이 주문하고 있습니다.

페레스트로이카 시대는 아주 어려웠지만, 우리의 삶은 많이 달라졌습니다. [이제는] 러시아 국적이어서 원하는 데로 가서 공부할 수 있고, 변호사와 공무원도 될 수 있습니다. 자기 목표를 위해 부지런히 노력한다면 시장과 국회의원도 될 수 있습니다. 사촌오빠는 국가두마의 유일한 한인 국회의원이 되었습니다. 사할린에 계신 둘째 사촌오빠는 주 두마의 의원이었습니

손주 돌잔치. 한복 입히고 돌잡이도 하고 민족 풍습대로 하려고 노력한다.

다. 남동생은 공무원입니다. 사할린주 정부에서 근무합니다.

부모님은 고향을 찾아, 제자들은 꿈을 찾아 한국으로 떠나지요

2000년에 영주귀국 프로그램이 시작되었습니다. 고국으로 가고 싶은 꿈이 이루어졌습니다. 시부모님은 2006년 모스크바에서 한국으로 영주귀국 했습니다. '고향마을(경기도 안산의 아파트 단지명. 영주귀국 사할린동포들의 거주 공간이다)' 거주하셨습니다. 시아버지는 5년 동안 고향마을에서 살다가 세상을 떠났습니다. 나의 어머니는 2007년도에 짝을 매고 인천으로 영주귀국 했습니다. 우리는 어머니를 보내고 싶지 않았습니다. 그러나 꼭 한국에 가고 싶다고 강력하게 말했습니다. 부모님을 영주귀국 보내고 우리 자녀들은 항상 걱정하고 불안해하고 있습니다. 이산가족 문제가 또다시 발생했습니다. 사할린으로 끌려간 모든 동포를 해방 후에 고향으로 다시 데려갔으면 문제가 없었을 것이라고 생각합니다.

마지막으로, 나는 행복한 사람이라고 말하고 싶습니다. 직업이 실현되었고 제자, 동료 및 친구들의 존경을 받으면서 강하고 친절한 가족을 만들었습니다. 사할린 동포의 역사와 상황 등을 잘 알게 되었습니다. 수년 동안 많은 행사의 조직위원장이었기 때문에 큰 경험을 얻었습니다.

한국어 교사로서 저는 제자들의 성공이 아주 자랑스럽습니다. 10년이 훨씬 더 지난 이야기지만, 포로나이스크에서 한국어에 관심을 보인 고등학생이 그 당시 한국어를 반년도 배우지 못했는데 제 권유로 한국어 말하기 대회에 참가했습니다. 그 후에는 한국어를 전공하기로 하고 사할린 국립대학을 졸업한 후에 동양김나지야 한국어 교사로 활약하고 있습니다. 또 다른 제자는 유지나 스베틀라나입니다. 그녀는 제게서 2년 좀 넘게 한국어를 배웠는데, 한국으로의 유학을 꿈꾸다가 학교를 졸업하고는 한국으로 떠났습니다. 그의 소원이 이루어진 것입니다. 유학 서류 등 준비를 제가 도와줬습니다. 성균관대학교를 졸업한 스베틀라나는 현재 K-pop 가수 '라나(LANA)'라는 이름으로 활동하고 있습니다.

앞으로도 계속 우리 어르신들을 위해, 청소년을 위해, 우리 자식을 위해 한국어를 가르치고 한인 활동을 열심히 하겠습니다. 이것으로 제 삶의 이야기를 마치겠습니다. 관심해주셔서 감사합니다.

Herstories 7

배안젤라, 1975~2021 사할린을 살다

내가 태어난 사할린섬 아니바시는 보성이랑 비슷해요

원래 고향은 대구인데, 친할아버지가 브이코프 탄광 쪽으로 [징용당해 오셨어요]. 할아버지가 돌아가신 다음에 우리 아버지가 할머니랑 아니바 쪽으로 이사 왔어요. 러시아 사할린섬 아니바시에서 제가 태어났어요. 아니바시에는 바다가 있으니까요, 한쪽에는 산도 많아서 진짜 예뻐요. 저는 보성 자주 가봤는데, 보성이랑 비슷해요. 한쪽에는 바다가 있고, 한쪽에는 산도 많이 있고요. 농사 많이 지어요. 바다가 있어 조개도 많이 나오고, 생선도 많이 있고. 바다가 앞에 있어 저녁에는 좀 추운 바람이 불어와요. 9월이 제일 추운 시기예요.

아버지는 수도 건설하는 일을 많이 했어요. 아빠는 일을 많이 했는데, 공부를 제대로 안 했고, 또 국적도 없었으니까. 한번은 이런 일이 있었어요. 직장에 다니다가 회의가 있었는데, 누구를 반장으로 할지. 러시아 사람도 있었고 우리 아빠도 있었는데, 아빠는 까레이스키라고 [반장 안 된다고 했어요]. 우리 아빠는 최고인데, 왜 그렇게 해야 되는지. 왜 안 되냐고. 아빠는 화나서

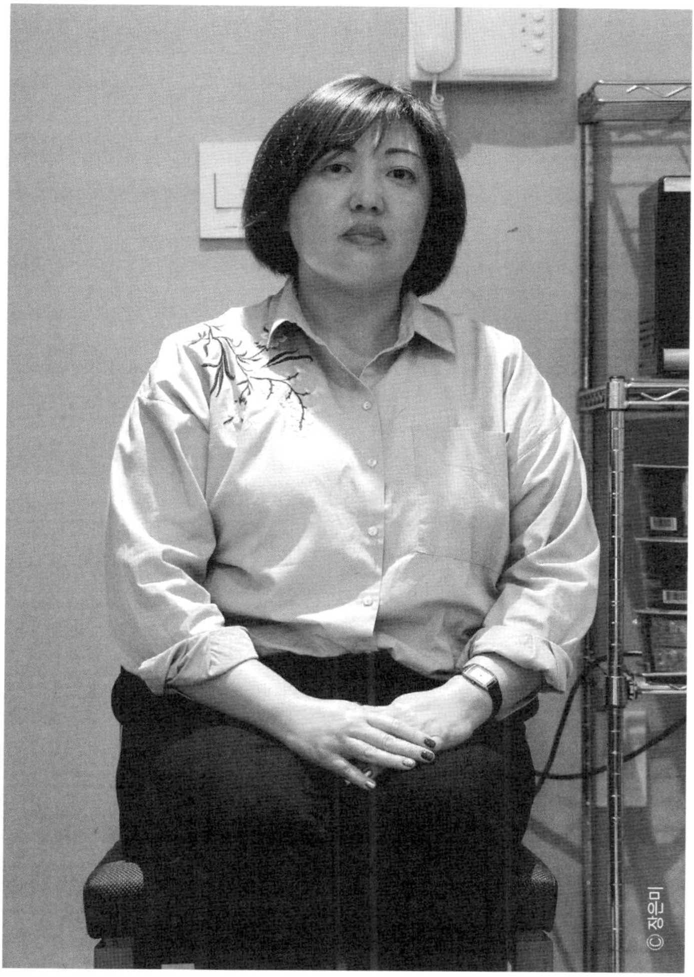

2019년 삶이야기 참가

술 마셨고. 「돌아와요 부산항에」 노래 부르고. 지금도 어제처럼 그런 그림이 [떠올라요]. 우리 아빠가 소비에트 국적을 제가 학교 들어가기 전에 받았어요. 왜냐하면 제가 학교 들어가야 되는데, 아빠가 국적 안 받으면 딸한테 힘들다고 그렇게 했어요.

안젤라 데이비스 같은 여성 리더가 되라고 지은 이름이죠

제 러시아 이름이 '안젤라'라고 하는데, 우리 아빠가 [지어줬어요]. 한국 사람들한테 설명해주면 안젤라를 '앤젤'이라고 생각하는데 아니예요. 저는 1975년생인데, 그 당시 미국에는 안젤라 데이비스라는 유명한 여자가 있었어요. 그분은 자기 국민을 위해 데모도 하고, 진짜 여성 리더였어요. 그렇게 [되라고] 아빠가 제 이름을 [안젤라라고 지어줬어요]. 아빠가 세 살 때부터 러시아 알파벳 다 배워줬어요. [그래서] 일찍 책을 읽었는데, 학교 들어가니까 이런 일도 있었어요. 처음에 학교 들어가면 애들이 거의 읽을 줄도 모르고 쓸 줄도 모르고. 저는 [글을] 거의 다 알고 갔는데, [다른 애들은 하나도 모르고 왔으니까] 한 번 딱 학교에 갔다 오고 다음날부터 안 갔어요. [애들이 글 다 배우고 난 뒤에] 내년에 간다고 그렇게 얘기했어요.

어렸을 때 제가 창문 쪽에 서있고, 아빠 손잡고 무슨 놀이를 하고 있었어요. 바깥 날씨도 봄인 거 같은데, 햇빛도 나고 그림처럼 그런 기억이 [나요]. 아빠가 일찍 돌아가셨는데, 제 기억에서 계속 같이 있었어요. 어렸을 때는 딱 두 시대로 [나눠어요]. 아빠가 살아계실 때와 [아빠가 돌아가시고] 나서는 완전히 다른 세상에서 살았죠. 아빠가 돌아가신 다음에 너무 외로워서 막 혼자서 [아빠 묘가 있는] 그 산에 갔어요. 걸어서 가면 40분 이상 가야 되는데, 몇 번 혼자서 갔다 와서 울고 또 얘기하고 집에 들어가곤 했어요. 나중에는 할머니가 엄마한테 "안젤라 혼자서 다니는데 그렇게 하면 안 된다"고 얘기했어요. 저한테 그랬어요. "아빠가 지금 다른 데 있으니까 그렇게 하면 안 된다." 사람이 죽으면 옷 다 태우고 하잖아요. 저는 몰라서 아빠 와이셔츠 하나 가지고 [있었어요]. 이사 갈 때 보니까 가방 안에 아빠 와이셔츠가 그대로 있었어요. 아빠가 담배 많이 피웠는데, 그냥 담배 말고 러시아 담배. 아주 독한 게 있었는데, 지금까지도 그 냄새 나면 아빠 생각이 나요. 아직도 어떨 때는 '아, 아빠 있었으면…' [하고 생각해요].

아빠가 돌아가시자 열여섯에 어른이 되어야 했어요

우리 친구들이 그래요. "안젤라 엄마 엄마 아니야. 딸이야." 왜냐면 아빠가 갑자기 돌아가셔가지고. 그때 아빠 나이는 42세, 엄마 나이는 40세, 제 나이는 열여섯 살. 아빠가 돌아가시고 엄마는 쇼크 받아서 거의 7개월 동안 미친 사람처럼 그냥 자고 밥 먹고 다시 자고 그렇게 지냈으니까. 그 7개월 동안에 제가 애기에서 어른[이 됐어요]. 다섯 살 차이 남동생이 있었으니까 학교 보내줘야 되고 다림질, 빨래까지 다 했어요. 남동생이 음악학교에 바이올린 배우러 다녔는데요. 그것도 다 챙겨줘야 했으니까. 솔직히 아빠 살아계실 때는 집에서 공주처럼 아무것도 안 했는데, 갑자기 이것도 해야 되고 저것도 해야 되니까 진짜 힘들었어요. 지금도 남동생에게는 엄마가 아니라 제가 엄마죠. "누나, 나 아프다" 아직까지도 그래요. 남동생한테 아들 두 명이 있는데, 아프던지 감기가 들었든지, 애들 학교에 무슨 문제가 있으면 저한테 전화해요.

아버지 나이가 지금 저보다 좀 더 젊었으니까, 그때 돌아가셨으니까 너무 힘들었어요. 제가 다른 데 가면 '엄마 또 힘들 거야' 그런 생각으로 하바이(하바롭스크), 아니면 블라디(블라디보스토크)로 공부하러 갔으면 나중에 도움이 더 많이 될 수 있는데 어디도 안 가고 사할린 사범대학교 들어갔어요. 공부하다가 3년 지나면 학교 들어가서 교사로 일할 수 있어요. 제대로 월급도 받고, 낮에는 일하고 저녁에는 공부했어요. 학교에 처음 들어가면 월급이 적었어요. 월급 받으면 학교 생활비로 들어가야 되는데, 그 돈 엄마한테 다 주고. 그냥 베트남 국수. 한국 라면은 물 붓고 조금 있으면 많이 불잖아요. 베트남 국수는 그냥 그대로 있어요. 맛이 없고. 그래도 아주 싸서 그거 먹고. [한 달이면] 마지막 한 주는 돈이 없어요. 누구나. 학생들은 돈이 없으니까 우리 다 검은 빵 나왔고 또 간장 나왔는데, 그 간장도 좋은 거 아니에요. 제일 싼 거. 그거 그냥 빨면서 먹었어요.

12년 동안 역사교사로 일하다가 돈 벌러 한국 왔어요

학교에 처음 들어갈 때는 블라우스 하나, 와이셔츠 하나, 치마 하나 딱 있었어요. 빨고 또 입고 빨고 또 입고 했는데, 남편 얘기는 자기 와이셔츠 5개밖에 없는데 5개 더 있어야 된다고. 똑같은 거 입고 나오면 안 된대. 남편은 저보다 잘 살았어요. 그렇게 좀 차이 났어요. [남편은] 할머니 할아버지도 있었고, 아빠 엄마 다 있었는데, 공부도 한국에서 [대학교] 졸업했어요. 저보다 진짜 똑똑해요. 나중에 자기는 한국말만 아니라 변호사 되고 싶다고 러시아에서 또 대학 들어갔어요. 저는 사할린대에서 역사 선생으로 졸업하고 일반 학교에서 12년간 일을 했는데 그만했어요. 왜냐하면 월급을 많이 안 주니까요. 그때 러시아는 경제적으로 너무 어렵게 살고 있었으니까. 우리 딸 세 살밖에 안 됐는데 남편은 변호사 되고 싶다고 또 대학교 들어갔고. 먹고 살아야 되니까 저는 한국으로 왔어요.

그때는 노비자 그런 시스템이 없어가지고 비자 받고 3개월 한국에서 있었는데, 식당에서도 아르바이트했고 여러 가지 일을 했어요. 러시아보다 3배 정도는 더 많이 받을 수 있었으니까. 식당에서 그때 받은 돈이 1,200불 정도. 사할린에서는 400도 받으려면 힘들어요. 잠깐 해보려고 한국으로 나왔는데 매우 힘들었어요. 그때는 '하… 진짜 한국 사람 아니다' 그런 생각이 들었어요. 제 생각이나 방법이 한국 사람 같지 않으니까. 일 때문이 아니라 마음이 힘들었어요. '내일 비행기표 딱 바꿔가지고 집에 돌아간다' 하고 한 달 내내 계속 울었어요.

매일 울고 그렇게 했는데, 그래도 그냥 한 달 지나니까 두 달도 지나고. 석 달이 지나니까 그때는 제가 자신감이 생겨가지고, 또 그렇게 무섭지 않고 '아, 난 다 할 수 있다' 그런 생각이 들었어요. 그렇게 오래 안 했어요. 나중에는 우리 엄마가 "안 된다. 러시아 가족이니까 집에 같이 있으라"고. "사할린에서 일하라"고. 친정엄마지만 딸도 맡겼으니까 좀 미안하잖아요. 우리 딸도 계속 엄마 없으니까 힘들었어요. 그때 한국에서는 마요네즈 같은 물건 많이 나왔는데, 그 물건 도매시장에서 사서 아니바 시장 가서 팔고. 거의 1년 왔다 갔다 했어요.

까레이스키의 피는 다른 색깔인지 궁금했어요

한국에 처음 나왔을 때 [식당에서] 아르바이트했는데, 한국 아줌마들이 그렇게 무시했어요. 처음에 제가 들어가니까 밥 줄 때는 이렇게 줬어요. 던지고. 그렇게. '아, 왜 그럴까? 저도 까레이스킨데'. 우리 어렸을 때는 러시아 애들이 우리한테 그렇게 했어요. '김치 냄새 난다' 그런 식으로. 어렸을 때는 '까레이스키 되고 싶지 않아' 그런 생각 있었어요. 저는 어렸을 때부터 꿈이었어요. 진짜 러시아 사람이 되고 싶다고. 머리는 하얗게 하고, 눈도 크게 하고. 그래서 아빠한테 "열심히 공부하고, 공부만 많이 하면 인정받을 거야. 아빠처럼 그렇게 살지 않을 거야."

그 얘기했더니 아빠는 "아니야. 너는 로스키(Rusky, 러시아인)라고 하면 안 된다. 왜냐하면 너는 까레이스키야" "왜?" 그러고 물어보니까 "너는 피가 까레이스키니까 할 수 없다. 죽을 때까지 까레이스키"라고. 그때 열두 살 정도였는데, 저는 '왜?' '까레이스키는 다른 피인가?' '색깔이 다를까?' 보려고 [손목을 그었어요]. 그거 아직도 남아있어요. 진짜 피가 다르게 생겼는지 궁금해서 했어요. 그때 아빠 얘기는 "너는 피가 까레이스키"라고. "죽을 때까지 까레이스키"라고 하니까요. 지금은 [알지요]. 그거는 그냥 피가 아니라 DNA 코드 있잖아요? DNA 코드. 그냥 필링, 느낌이 아니라. 「아리랑」 노래도 할 적에는 안에서 무슨 에너지 나와요. 사물놀이 할 때도 심장이 똑같이 그래요.

코르사코프 앞바다에서 고향가는 배를 기다리던 마음을 느껴보세요

코르사코프시도 바다 앞에 [있는] 시인데, 그쪽에는 망향 동상 있거든요. 그 바다 앞에는 옛날에 아무것도 없었고요. 우리 할아버지 할머니 때는 바다 앞에 댐 딱 만들어놓고 [고향으로 가는] 마지막 배를 너무 오래 기다렸는데. 우리 할아버지는 항상 그쪽에서만 있었고요. 지금은 한국 사람들이 많이 구경 오는데, 그냥 사진 찍고 '여기는 그런 일이 있었다' 그래도 관심이 없으니까. 그 사실을 그 사람들한테 얘기해도 그쪽에서는 "아, 그거는 그냥 히스토리예요." 저한테는 그냥 히스토리 아니거든요. 그 역사는 그냥 스토리 아니라 우리 가족사인데. 아픔이 있는데. 제가 몇 번 나올 때마다 그쪽에서 바람이 불어오면 50년 전에 똑같은 바람이 우리 할아버지 얼굴도 만져보고 했고. 그리고 바닷소리도 똑같은 바닷소리를 우리 할아버지도 듣고 있었고. 그런 생각 하면 진짜 막 눈물이 나와요.

5년 전에 우리 아니바시에서 한글학교를 시작했는데요. 저는 제대로 한국말 안 배웠어요. 3세니까요. 우리 부모가 집에서는 그래도 한국말 하니까 이해를 다 하는데, 말을 제대로 못 해요. 창피해요. 그런데 나이 많이 먹었으니까 한국어 선생님 하라고. 그래도 저는 제대로 한국어 안 배웠으니까 고민 많이 했죠. 우리 애들도 솔직히는 로스키니까. 러시아말로 하고 러시아 방법으로 생각하니까 러시아 사람이지. 그래도 피가, DNA 코드가 있으니까, 우리 애들을 위해 그런 사실 꼭 알게 하고 싶었어요.

우리 까레이스키 애들은 다 한인인데, 집에서도 어떻게 하냐면 '젓가락' 그렇게 말을 안 하고 일본말로 '하시' '하시' 하고 있고. 인사할 적에도 우리 할머니도 한국말 하다가 또 러시아말 하다가 말을 섞어서. 예를 들자면 제일 많이 쓰는 거는 '말라도슈(молодежь, 청년)들'. '들'은 한국말이고 '말라도슈'는 청소년[을 뜻하는 러시아말]. 그렇기 때문에 우리 애들이 진짜 한국문화가 뭔지 [몰라요]. 한글학교에서 처음에 애들 3명 데리고 할머니 몇 명 집에 세배하러 갔는데, 할머니가 막 울었어요. 1세 할머닌데 자기는 사는 동안 한 번도 세배 못 받았대요. 애들이 그거 보면서 또 해야 된다고 말을 해요. 우리 애들이 처음에 세배할 적에는 한 달 정도 배웠거든요. 애들이 절 어떻게 해야 되는지 모르고. 손 어디로 가야 되는지 모르고. 그냥 스텝바이스텝 하니까요. 그애들이 요즘은 진짜 잘하고 있어요.

우리는 러시아와 한국의 가운데 서있는 다리이죠

우리 전라남도 쪽에는 좀 친해가지고. 보성. 녹차 수도. 그쪽에서 학생들이 45명 와봤구요. 지금 두 번째로 그런 프로그램을 했는데, 그쪽에서는 애들이 와서 우리 러시아 문화 보여줬고. 또 워크숍 같이 참석하고. 우리 사할린, 진짜 러시아 애들도 있고 우리 교포 애들도 있으니까 같이 팀 만들어 보성 가서 그쪽에서 문화도 배우고. 여러 가지 그렇게 하고 있는데요. 우리 애들도 한국 학생들이 올 때 친해가지고 인스타 받고. 서로서로 연락하고 다 하니까요. 제 생각에는 그냥 이거는 끝난 거 아니라 앞으로도 애들이 나이 들면 서로서로는 아마 전쟁이 일어날 수가 없을 거[라고]. 전부 다치니까. 그런 생각도 하고 있고요.

제가 얼마 안 됐지만 한인회에서 일하고 있고요. 솔직히 한인회에서 일하는 건 돈 버는 일 아니잖아요. 돈 나가는 일이잖아요. 그래도 제 생각에는 그 일은 진짜 꼭 해야 되는 일이라는 생각이 듭니다. 우리 사할린 아니바시 디아스포라. 어떻게 같이 살아야 되는지 고민 많이 했는데 제 생각에는 우리는 브릿지, 다리죠. 한쪽에는 러시아 사람 있고, 이쪽에는 또 한국분들이 있고, 우리는 가운데 있으니까요. 이쪽도 알고 이쪽도 아니까요. 가깝게 만들 수 있어요.

또 저는 지금 한인 직장에 다니지만 한국분들이 요즘에는 사할린도, 러시아 쪽도 많이 들어오잖아요. 여러 가지 문제 생기는데 그중에 제가 하는 일이 이민국 문제 같은 거, 비자 문제 같은 거, 회계 다 하고 있고요. 그리고 어떨 때는 안내도 부탁하면 안내도 하고. 요즘엔 소문이 나서 저한테 직접 전화해갖고 "안젤라 씨, 우리는 언제언제 사할린 들어간다. 가이드해줬으면 좋겠다" 그런 식으로 하고 있고요. 제 생각에는 한국이 옛날보다 많이 가까워졌어요. 너무 가까워졌고요. 비행기 타고는 3시간밖에 안 걸리지만 그거보다. 얘기했잖아요. 처음에 한국에 나와서 얼마나 힘들었는지. 그런 생각이 났으니까요. 우리는 진짜 가깝게 만들어야 돼요. 한국을. 또 1세 할머니 할아버지들 [한국으로] 이사[영주귀국] 갔으니까. 사할린에는 2세, 3세 후손들이 살고 있으니까요. 가깝게 만들어야 돼요.

진짜 마음이 안타까운 거는 1세는 거의 다 [한국으로] 이사 갔고. 4세와 5세까지 애들은 거의 러시아 애들이고. 우리 부모들이 2세인데, 한국에서도 아무 관심이 없고. 특별히 만든 프로그램이 없잖아요. 2세분들을 위해. 어떨 땐 그냥 그런 생각이 들어요. 1세보다, 3세보다, 2세분들이 진짜 버려진 사람들처럼 [생각돼요]. 자기 부모들이랑 같이 있을 수도 없고. 왜냐하면 부모들은 이사 갔는데 자기들은 같이 못 가잖아요. 한국으로. 또 자기 애들이 있으니까 2세분들이 러시아에도 못 가요. 2세분들도 나이 많이 먹었잖아요. 저희 어머니가 75세. 마음이 좀 안타까워요. 제 힘으로 엄마 한국도 보내주고 제주까지는 가봤는데, 그래도 한국에서는 관심이 없으니까. 2세를 위해 만드는 프로그램이 더 많이 생겼으면 좋겠구요. 우리 사할린에서도 2세를 위한 프로그램 없잖아요. 1세를 위한 프로그램만 있죠. 저는 그쪽으로 좀 우리가 했으면 좋겠구요.

한국은 쇼핑하는 곳 아니고 할머니 할아버지 고향이라 알려주고 싶어요

한글학교 선생님이 필요한데 유즈노사할린스크 쪽에서는 30분, 40분 떨어져 있으니까 [선생님을 구할 수가 없어요]. 거주 비용 다 줄 거고, 점심도 아무 걱정이 없는데 우리 선생님들 진짜 없어요. 졸업한 학생들 2명이 왔는데, 러시아 애들, 완전 러시아 애들인데. 한국어를 알긴 하는데요, 마음에는 필링 없어요. 한인 애들 중에서 자기는 한글 선생님이 하고 싶다 그런 게 없어요. 꿈이 없고요. 완전 다 모델, 케이팝 아이돌, 그런 식으로 하는데 그거는 좀 문제 있어요. 애들이 한국은 자기 할머니 할아버지 고향이라 생각 안 하고요. 그냥 쇼핑만. 좋은 옷, 좋은 차, 좋은 세상이니까요. 사할린보다. 그거는 좀 문제예요. 우리 부모들이 1세, 2세분들은 힘들게 열심히 많이 일했으니까. 자기 애를 위해. 애들은 그 사랑을 다 받았는데, [애들은 부모 세대의 역사를] 어떻게 생각해야 하는지 잘 모르는 것 같아요.

제가 알기로는 재외동포재단에서 애들을 위해 프로그램을 많이 하는데, 우리 한인 가족이 자기 애들 한국으로 보내주는 건 쉬워요. 할머니들 한국에 있으면 더 좋고. 그냥 그것도 없으면 한 주, 두 주는 보내줄 수 있는데 한국에 쉽게 나갈 수 있으니까 신경을 그렇게 많이 안 써요. 우리 어떨 때는 진짜 창피해요. 다 우리 교포들, 한인이기 때문에 애들을 공짜로 보내주는데 뭐 박물관, 뭐 여러 가지 프로그램. 그렇게 역사적으로 프로그램 만들면 애들 관심은 딱 하나 쇼핑. 무료로 들어갔는데 애들이 1,000, 1,500, 3,000 바꿔달라고. 많은 사람이 돈 모아가지고 한국문화 배운다고 보내줬는데, 애들이 와서는 쇼핑만 하고 큰돈 쓰고 하니까 그런 프로그램 계속해야 되는지 생각해요. 무슨 목적으로 왔는지 물어보면 "부모들이 시켰으니까 왔지." 아니면 "우리 할머니 할아버지 한인회에서 하니까 공짜로 왔다" 그런 식으로 잘 몰라요. 제 생각에는 우리 학생들이 좀 배워야 돼요.

한 사람이라도 세상의 시스템을 바꿀 수 있다고 생각해요

제가 지금은 유즈노사할린스크 살고 있고요. 학교도 유즈노서 다녔고요. 아니바는 한인회 하니까. 한글학교도 아니바에 있어요. 금요일까지 자기 일 보고. 제가 프리랜서 하니까요. 다니는 직장도 따로 있구요. 토요일만 제가 한글학교 하니까 그쪽에 아침에 가면 저녁에 집에 들어와요. 또 한인회에서 한 주 내내 "안젤라, 내일 2시 손님들 오니까 꼭 있어야 된다" 그러면 프리랜서니까 제 시간에 맞춰서 하면 되니까요. 진짜 바쁜데, 한인회에서는 한 번 한다 하면 안 한다 말을 못 해요. 하면 꼭 해야 돼요. 그냥 해야 되는 거 아니라 다른 데보다 최선을 다해야 해요.

옆에 사람들이 "안젤라는 최고다" 그런 말 듣기 위해서가 아니라 진짜 할아버지, 제 아버지 히스토리를 위해 하는 거예요. 솔직히 제가 '다른 사람보다 일을 더 잘하니까 한인회에 들어갔다' 그건 사실이 아니에요. 지금 좀 다른 사람이, 저보다 열심히 하는 사람, 일을 많이 하시는 분이 있으면 좋겠는데 하시는 분들이 없으니까. 그래도 제 생각에는 할머니 할아버지 인생, 자기들이 어떻게 살았는지, 자기 꿈은 딱 하나밖에 없었잖아요. 그냥 고향 가겠다고. 우리가 그거 잊어버리면은 진짜 DNA 코드 완전 약해진 거죠.

저는 지금 거의 오십인데, 서른 살, 스무 살 때는 다른 사람이었죠. 다른 사람. 다른 생각이 있고 다른 걱정도 있고. 옛날에는 제 가족만 생각했는데, 지금은 넓게 생각하죠. 그냥 집에서 청소만 하는 그런 삶은 못 살 거예요. 앞으로 한인회에서 일해야 하는지 아니면 내 가족을 위해 해야 하는지 생각했

2019년 동북아코리안여성평화회의. 동포대표로 선언문 낭독하는 배안젤라.

는데, 앞으로 아마 또 열심히 [한인회 일] 할 것 같아요. 아빠 딸이니까요. 해야 된다는 생각이 들어요.

러시아는 페레스트로이카 때나 지금 거의 다 똑같은데, 옛날에는 돈 있는 사람들이 그래도 그렇게 많이 보이지는 않았어요. 지금은 다 보여요. 진짜 완전히 많이 차이 나요. 사할린에서 진짜 많이 느낄 수 있어요. 우리는 지금 한인회에서 거의 돈 안 받고 일하는데, 제 생각에는 한 사람이라도 세상의 시스템 바꿀 수 있어요. 보통 사람들이, 생각 있는 사람들이, 그냥 좋은 목적으로. 자기 생각으로, 자기 행동으로. 좋은 생각, 좋은 행동으로. 아마 우리가 우리 미래 만들 거예요. 지금도 만들고 있어요. 앞으로 10년 후에는 어떤 세상이 있을 건지 모르지만 그래도 그런 사람들이, 돈이 우선 아닌 사람들. 그때도 아마 필요한 사람들이 그렇게 있을 거예요.

Herstories 8

장올가, 1975~2001 우즈베키스탄을 살다

따끈한 온돌이 놓인 할머니 집의 추억

저는 소련 시대에 태어나 열여섯 살 때까지 어린 시절을 그 시대에 살다가 1991년 소련이 15개 나라로 해체되면서 우즈베키스탄이라는 나라 국민이 되었어요. 소련에서는 대부분 민족이 서양적으로 생겼기 때문에 고려인으로서 차별받는 느낌이 항상 있었어요. 저는 그래서 어렸을 때는 '왜 이렇게 생겼는지' 원망하기도 했어요. 왜 그런 얼굴, 외모로 태어났는지. 나는 누군지, 왜 여기서 사는지 그런 게 많이 싫었거든요.

근데 할머니 집에 가면 거기 콜호즈(협동농장)는 다 고려인분들이 집단으로 살았기 때문에 너무 좋은 거예요. 타슈켄트 지역에 위치한 '팔리타젤(Politotdel)'이라는 좀 유명한 고려인이 많이 사는 지역(고려인 농장)이거든요. 옛날에는 '아리랑'이라는 공연단도 거기 있었고, 정말 멋있었어요. 우즈베키스탄에서는 3개월 동안 여름방학이고, 그래서 여름방학만 되면 할머니 집에 가는 거예요. 차로 가면 4시간 정도 걸려요. 거기 가니까 모든 사람이 저랑 비슷하게 생겼으니까 정말 편안하고 좋았어요.

할머니는 한국어 쓰셨어요. "일어나라", "밥 먹어" 그런 거 기억 나요. 할머니 친구분들이랑 한국어 거의 다 썼더라구요. 제 기억에 보면 거기 살았던 학생들도 한국어 배웠더라고요. 되게 부러웠어요. 저는 "그런 거는 어떻게 해? 어떻게 해?" [궁금해하고]. 할머니 집에 거실은 보일러식(온돌)으로 되어 있는 거 처음 보았고, 조금 놀라기도 했어요. 바닥이 따끈따끈하니까 너무 좋은 거예요. 우리 사는 데는 보일러 전혀 없었고, 완전 다른 나라에서 사는 것 같았고 신기했어요.

할머니 집에는 고구마 항상 있는 거예요. 시장이든 어디든 다른 집에서 한 번도 본 적이 없었어요. 저는 "감잔데 왜 달아요?", "어디서 이렇게 났죠?" 궁금했어요. 할머니가 항상 심는 거예요. 할머니 집에만 있는 거예요. 집 옆에 창고 같은 거 있었어요. 항아리 보면 된장도 있고. 간장, 된장 직접 하셨거든요. 메주하고 직접 만드셨어요. 거기서만 그런 거 있는 거예요. 다른 데는 그런 거 없어서 신기하고. 그래서 좀 다른 문화에 접근이 되는 거예요.

할머니 집에 과일나무 많았어요. 아침에 일찍 일어나야 돼요. 과일을 따야 되고, 씻고 말려야 돼서요. 과일이 너무 많아서 말린 과일 따로 보관했어요. 주머니에 묶어서 친척이랑 가족마다 나눠주는 거죠. 근데 여름방학 때 사촌들이 할머니 집에 모이면 거의 5명 정도 됐거든요. 우리가 계속 이 주머니 조금씩, 저 주머니 조금씩 훔쳐먹은 게 기억나요. 그래서 딱 걸리면 벌서는 거죠. "아유, 아쉽다", "이렇게 많은데", "우리가 먹으면 얼마나 먹는다고." 그런 얘기도 했는데 할머니는 "왜 훔쳐먹어? 먹고 싶으면 얘길 해야지." 그런데 우리는 훔쳐먹는 게 더 맛있는 거 같았어요.

거기 되게 넓었어요. 집 바깥에서 많이 놀았죠. 옆집에도 많이 놀러 가고. 나무에도 올라가고, 공놀이도 하고, 술래잡기도 하고. 넓었으니까 숨을 데도 많았어요. 많이 놀았어요. 닭도 있어서 알을 낳으면 알도 주워서 할머니한테 갖다주고. 돼지한테 밥 주기도 하고. 오빠들이 닭 괴롭히고, 돼지도 괴롭히고. 그러면 할머니가 혼내느라 파리채를 드시면 도망가기 바빴죠. 집 마당이 넓어서 우리는 계속 도망가고. 할머니가 힘들면 집에 들어가셨어요. 우리는 바깥에서 놀다가 배고프잖아요. 집에 가야 되니까. 그래서 "할머니, 잘못했어요!" 막 울면서. 결국은 할머니가 "씻고 와!" 그래서 씻고 오면 맛있는 것도 해주시고. 저녁에 텔레비전 보게 해주시고. 하루종일 텔레비전 못 보거든요. 몇 시부터 몇 시까지만 텔레비전 볼 수 있었고요.

낮에는 낮잠 꼭 자야 되는 거예요. 낮잠 자기 전에 공부 계속 시켰어요. 공부에 대해서 할머니가 좀 욕심이 있었어요. 우리가 나이 거의 비슷했거든요. 오빠들도 오빠지만 몇 개월 오빠. 동생도 1년 동생. 또래였어요. 구구단 외워야 되는 거예요. 구구단 합격하면 낮잠 자는 거죠. 사촌오빠들, 언니들은 금방금방 하는데 저는 힘들었어요. 저는 너무 안 되는 거예요. 오빠들이, 언니들이 들어가서 자는데 저 혼자서 바깥에서 구구단을 외우던 그 고생도 기억해요.

할머니는 손주 중에서 한 남자 손주를 많이 좋아했어요. 더 잘해주시고. 우리가 싸우면 항상 그 손자 편이었어요. 아들의 아들, 손자. 좋은 거 먼저 애한테 주시고. 애가 뭔가 잘못하면 잘못한 게 없고 우리만 혼나고 그랬어요. '다 똑같은데 왜 애만 사랑하지? 이렇게나 사랑하지?' 그랬거든요. 그래서 혼자 '진짜 사랑하나 봐!' 질투도 하고 샘도 나고 그랬어요. 근데 다들 알고 있었어요. 고모도 삼촌도 다 알았어요. 할머니가 그애만 사랑하는구나. 다들 그렇게 얘기하고 저도 그렇게 생각했어요. 외할머니가 아들한테 해주는 거, 친할머니가 그 손주한테 해주는 거 똑같았어요. 양쪽으로.

하얼빈에서 나고 평양서 살다 우즈벡으로 이주한 어머니

엄마가 1남 3녀 중에 막내예요. 엄마는 하얼빈에서 태어났어요. 외할아버지가 소련에서 살다가 북한으로 일하러 가게 되어 가족이 북한에서 살았어요. 외할아버지가 연대장이었기 때문에 엄마는 대사관에서 공주처럼 살았대요. 외할아버지가 돌아가시는 거는 약간 좀 자연스럽지 않았[다고 하]구요. 건강하시고 젊었었는데 [돌아가셨으니까요]. 엄마가 기억하는 거는 외할아버지가 돌아가실 때 군인들이 많이 양쪽으로 딱 섰고, 총으로 탁탁 쏘는 거예요. 아주 크게 오랫동안 총소리 나서 엄마는 전쟁 난 줄 알았대요. 엄마가 외할아버지 묘에 한번 가보고 싶다고 했어요. 평양에 있어요.

외할아버지가 돌아가시면서 형편이 어려워졌어요. 외할머니가 힘들어해서 엄마가 일곱 살에 가족 모두 소련으로 돌아왔어요. 근데 소련 쪽에서 모스크바 살 건지 타슈켄트 살 건지 살고 싶은 데를 고르라 했고, 외할머니 친척이 우즈베키스탄에 많이 계셔서 그리로 간다고 하셨어요. 나라에서 나오는 돈이 있었지만, 애들이 4명이라 좀 부족했어요. 그래서 외할머니가 농사짓기 시작하셨어요. 그때 엄마가 되게 고생했다고 했어요. 일곱 살 때 우즈베키스탄으로 엄마가 가게 돼서 그때 일도 많이 하고, 밭에서 일하는 분들한테 밥도 해주고 빵도 만들어주고 그러셨더라구요. 엄마가 제일 씩씩하고, 막내지만 좀 남자처럼 살았던 거 같애요. 좀 강했어요, 우리 엄마가.

나만간에서 우리 외할머니하고 엄마랑 이모는 같은 동네에 살고, 외삼촌은 타슈켄트에 살고, 작은이모는 페르가나시에서 살았어요. 외할머니가 농사 너무 힘들어서 반찬장사 하게 됐어요. 우리도 일요일마다 가서 도와줬어요. 당근 반찬, 배추 반찬, 반찬 많이 해놓고 할머니가 시장에 가서 팔았어요. 잘 팔았다고 해요. 그때는 많이 없었기 때문에 아주 잘 팔렸어요. 맛있기도 하고. 우즈벡 사람들도 맛있게, 입에 맞게 하니까 장사 잘되었어요.

어린이집 시절부터 대학교까지 고려인 동창은 7명뿐

엄마가 나만간에서 공부하다가 남은 공부 마치러 타슈켄트에 간 거예요. 거기서 아빠를 만났어요. 아빠 만나 1975년 10월에 저를 낳고. 저 낳으면서 이제 거기서 대학교 공부 마쳐야 되는 거예요. 우리나라 대학교는 5년 공부해야 되거든요. 그래서 거기 살다가 대학교 마치고 나만간으로 발령받았어요. 그래서 다시 나만간으로 온 거예요. 엄마가 대학교 졸업하시고 직장 바로 들어가셔서 나라에서 집을 준 거예요.

저는 나만간시에서 태어나고 거기서 살았어요. 거기는 고려인이 많이 없었던 거 같아요. 저도 크면서 어린이집 다니고. 어린이집 갈 때 고려인 애들이 2명, 1명 이렇게 있었어요. 학교 갔을 때도 우리 반에는 고려인이 2명밖에 없었어요. 다음 반에도 한두 명 정도 있고. 아마 세 반만 고려인 있고 나머지 반은 아예 없었어요. 입학하면 초등학교 4년 동안 같은 반으로 쭉 가는 거예요. 담당 선생님도 안 바뀌었어요.

학교에서는 한 명 친한 친구가 있었어요. 타타르족이고요. 어떻게 친하게 됐냐면, 엄마들끼리 먼저 친했어요. 그다음에 우리가 한 학교 가게 되니까 거기 이제 [반이] 달라지지 않잖아요. 해마다 계속 같은 반 됐으니까 쭉 가는 거예요. 10년 동안 거의. 근데 대학교는 따로 갔어요. 지금은 러시아에서 살고 있고. 페레스트로이카 끝나고 러시아 갔어요. 타타르인은 대부분 러시아 갔거든요.

문화가 많이 달랐어요. 우즈베키스탄 주식이 빵이잖아요. 우리 가족 먹는 거 고려인 음식 대부분 먹었어요. 하루 한 끼 꼭 밥 먹었거든요. 된장찌개 비슷한 거. 반찬도. 그래서 다들 이렇게 먹는 줄 알았는데요. 친구 이렇게 사귀어보니까, 놀러 갔는데 전혀 다른 거예요. '우리만 그렇게 먹는구나.' 그때 알았어요.

우즈베키스탄에서는 초등학교부터 고등학교까지 한 학교에서 공부해요. 초등학생들은 오전에 공부하고, 중 · 고등학생들은 오후부터 공부해요. 중학교는 오후부터 시작해서 저녁까지 공부하면 사교육 같은 거는 없었어요. 우리 공부할 때는 전혀 그런 거 없었고 필요한지도 몰랐죠. 그리고 학교에서 숙제 엄청 내줬어요. 지금도 많이 내요. 한국에는 숙제가 없어서 제가 놀라긴 해요. 근데 학생들 입장에서 숙제 없는 게 더 좋은 것 같아요. 우리도 숙제는 부모님 몫이죠. 그런데 엄마가 숙제 도와준 거 기억이 없어요. 아빠가 러시아로 농사지으러 갈 때는 엄마가 이제 돈 벌어야 하고 활동도 많이 하셨어요. 일도 하면서 뭔가 사업을 많이 하기 때문에 신경 많이 못 쓰고 대신 필요한 거 다 해줬어요. 옷이나 가방이나 다 사주고 먹을 거 다 해주고. 근데 숙제 봐준 거는 기억에 없어요. 엄마가 어디 출장이나 사업하러 가면 외할머니 아니면 큰이모가 우리 집에 와서 봐주셨어요.

교재는 일단 받으면 뒤에 [이름] 써요. 누가 몇 년도에 받았는지. 그리고 [학년이 끝나면] 반납해야 돼요. 그거는 좋은 거 같아요. 한국에는 매년 교재 버리니까 쓰레기가 너무 많아요. 그거는 안 좋은 거 같다는 생각이 들어요. 계속 교육 유형이 바뀌어서 그런지 모르지만. 거기는 이렇게 교육이 자주 안 바뀌었죠. 교재 일단 몇 년 동안 쓰는 거고. 우리 계속 [물려]받아 쓰고. 그래서 엄마가 일부러 [표지를] 쌌어요. 반납할 때도 멀쩡하게 반납해야 해요. 반납 안 하면 학년이 올라갈 수 없었어요. 교재를 잃어버리거나 못 쓰게 만들면 대신 사줘야 되든지 아니면 돈으로 내든지, 아니면 그 책을 찾아야 돼요. 그래서 소중하게 생각했어요. 거기 안에 낙서하는 거는 절대 안 했죠. 공책에만 적고. 반납할 때 확인해요. 선생님이 확인하고 낙서 있으면 혼나기도 했어요. 그러면 창피했지요. 뒤에 이름 쓰잖아요. 누구누구라고 썼어요. 마지막 쓴 사람이 [누구인지 이름이 적혀 있으니까] 낙서 있으면 좀 창피해요.

사범대학교 들어가니까 그래도 우리 반에 고려인이 5명 정도 있더라고요. 되게 좋았어요. 그때는 뭉쳐서 잘 지냈어요. 우리가 장학금 받는 마지막 세대였어요. 5년 동안 장학금 받으면서 공부했거든요. 근데 제가 입학한 다음해부터는 입학 장학금이 없어진 거예요. 돈 내고 공부해야 되는 거예요. 장학금으로 공부할 수 있는 마지막 세대였으니까 너무 고맙고 너무 운이 좋다고 생각해요.

대학생부터 직장인까지 동원되는 우즈베키스탄의 목화 수확

우즈베키스탄 기후는 목화 키우기에 아주 잘 맞아서 많이 심고 수출해요. 목화 수확 때는 대학생부터 모든 직장인이 가야 돼요. 왜냐하면 기계로 할 수 없거든요. 다 손으로 해야 되니까. 9월부터 11월까지는 목화 수확하러 가야 되는 시기라서 학생들은 일주일, 이주일 이렇게 돌아가면서 가는데 대학생들이 두 달 동안 거기에서 살았고 그때는 공부도 못 했지요. 엄마도 직장 다닐 때 토요일, 일요일은 수확하러 가는 거예요. 어렸을 때 엄마 따라서 몇 번 가봤어요. 애기 봐줄 사람이 없으니까 애들이 엄마 따라서 갔어요. 신나고 재미있고 좋았어요. 엄마가 수확을 잘해요. 엄마 대학교 때는 수확 많이 해서 상도 받았어요 .

대학교는 9월에 입학하잖아요. 얼마 안 돼서 수확하러 가야 하는 거예요. 놀러 가는 거도 아니고 아주 힘든 일이었지요. 시골 가서 먹고 자고 씻고 생활해야 되는 거예요. 건강하면 가는 거고 건강하지 않으면 못 가는 거고, 이렇게 돼 있었어요. 제가 위장이 좀 안 좋았어요. 수확 때 병원 계속 다니는 거예요. 엄마가 "너는 아프니까 치료 받아야 된다"고. 그래서 얼마 동안 치료도 받았어요. 딴 학생들이 수확 갈 때 우리는 학교 가서 청소하거나 도서관에서 봉사 활동 좀 많이 했어요.

1학년도 그렇고. 2학년도 그렇고. 3학년도 그렇고. 못 가는 거예요. 친구들이 갔다 오면 재밌는 얘기 많이 해요. 너무 궁금한 거예요. "엄마, 나도 가고 싶은데, 가고 싶은데." 막 졸랐어요. "정말 가고 싶냐?"고 엄마가 물었고 "가고 싶어, 가고 싶어" 그래서 보냈어요. 시골 학교에서 우리 머물렀어요. 큰 교실이 있는데 거기서 영화도 보여주고, 가끔은 파티 같은 거도 마련해줬어요. 춤추는 음악이 나오면 춤추고. 디스코? 그거 되게 유명했고. 그런 면이 좋았어요. 그것 때문에 가고 싶었어요. 대학생들이 노는 게 너무 재밌고, 즐거워하고 좋았어요.

근데 일주일쯤 버티다가 제가 운 거예요. "엄마, 여기 너무 힘들어. 데리고 가" 그런 거예요. 엄마가 다른 일꾼을 사서 대신 보냈어요. 저는 집에 가고. 그런 적도 있었어요. 너무 힘든 게 뭐냐면 하루에 10킬로 이상 수확해야 먹고 자고 한 거 계산하고 나머지를 돈으로 주는 거예요. 1인당 하루 몇 킬로 이상 수확해야 [하는데] 저는 그걸 못 하는 거예요. 수확은 못 하고 계속 마이너스인 거예요. 먹고 자고 하는 돈은 우리 몫이었어요. 1킬로 단위로 계산했어요. 일 잘하는 사람은 돈 많이 벌었어요. 엄마가 대학교 시절에 수확 잘했으니까 돈을 많이 벌었어요. 엄마는 돈을 버시고 저는 망했고.

시골에서 온 사람들이 아주 잘해요. 빨리빨리 많이 수확하고 돈 잘 벌었어요. 좋아하는 사람도 있었어요. 돈을 벌 수 있었으니까. 근데 어떤 사람은 망하는 거죠. 근데 거기는 1학년, 2학년, 3학년 같이 있는 거예요. 후배도 있고 선배도 있고. 같이 있으니까 재밌긴 했는데, 위험하기도 했죠. 선배들이 이만큼 수확했는데 모자라요. 그러면 후배한테 막 빼앗기도 했어요.

소련이 해체되고 우즈베키스탄 국민이 되다

소련 살 때는 밀가루, 석유, 설탕 등을 나눠주는 '식표'라고 있었어요. 가족에 따라 표 주는 거예요. 몇 개, 몇 장, 몇 그람. 사람마다 몇 그람씩 이렇게 된 거예요. 이 표가 있어야 뭐든 저렴하게 살 수 있었어요. 그것도 저는 재미있다고 생각하는데, 다른 분들은 좋아하지 않았어요. 옛날에 전화기도 많이 없었고, 정해진 날 몇 시부터 몇 시까지 밀가루 등을 살 수 있어요. 그러면 식표 들고 가는 거예요. 줄 서서 그거 사면 기분이 좋은 거예요. 안 먹으면 다른 사람들이랑 바꾸기도 하고, 팔기도 하고. 시장놀이처럼 좀 재미있었어요. 그런 시기 있었어요. 술 식표도 있었어요. 근데 우리 집은 술 잘 안 마셨거든요. 그래서 술은 필요 있는 사람한테 팔고, 대신 설탕이나 쌀[로 바꾸었어요]. 우리는 쌀 많이 필요해서 쌀로 바꾸기도 했어요.

소련 때는 우리 열다섯 나라를 자유롭게 이동할 수 있었기 때문에 좋았어요. 여행도. [소비에트연방으로] 한 나라지만 지역마다 문화가 다르니까요. 그래서 엄마가 많이 돌아다녔어요. 우리도 좀 왔다 갔다 할 수 있었어요. 가까운 외국으로 갈 수 있었어요. 그래서 엄마는 외국에 몇 번 나갔다 왔더라고요. 나갔다 오면 신기한 물건들도 들고 오고, 이야기도 많이 들었어요. 엄마한테.

근데 페레스트로이카 때부터 달라진 거예요. 갑자기 페레스트로이카 바람이 불면서 이제 자기가 갖고 싶으면 돈으로 살 수 있었어요. 집이든 차든. 그래서 집도 샀어요. 우리 집 되는 거예요. 국가에서 주는 집을 샀어요. 비싸지 않은 거 같았어요. 돈 좀 잘 버는 사람들은 자기 거 생긴 거예요. 일단 집을 살 수 있어요. 자기 집을. 그리고 우즈벡 사람들은 땅 좋아해요. 땅도 살 수 있었어요. 돈 없는 사람들은 아예 아무것도 못 사는 거죠. 아무것도 소유 못하는 거죠. 사람들이 달라지는 거예요. 잘 사는 사람들이 생기고, 못 사는 사람들이 생긴 거예요. 점점 심해지고.

1991년에는 아예 소련이 해체되는 거예요. 그래서 우즈베키스탄 나라 같이 열다섯 나라가 생기는 거예요. 완전 충격이었어요. 언어도 그동안 러시아어 사용했거든요. 근데 갑자기 우즈베키스탄 나라 생겼기 때문에 공식어가 우즈벡어 되는 거고. 서류도 학교도 이제 우즈벡어로 다 해야 되는 거고. 제일 큰 문제는 돈이 우즈벡 돈으로 바뀌는 거예요. 그래서 그동안 갖고 있던 돈이 거의 물거품으로 되는 거예요. 그래서 많은 사람이 그걸 극복 못하고 자살도 많이 했고.

고려인은 러시아어를 사용했기 때문에 친척이나 아는 사람 있으면 러시아로 많이 이동했어요. 언어 때문에 좋은 일자리도 밀리고 하니까 고려인은 이제 러시아로 갈 수밖에 없는 거죠. 근데 러시아는 환영하지 않았어요. 자유롭게 받아주지 않아요. 우리 가족은 갈 곳이 없어서 거기서 그냥 살아왔고. 그리고 엄마가 우즈벡어는 할 줄 알았어요. 왜냐하면 어렸을 때, 외할머니 농사지을 때 우즈벡 사람들과 많이 일했어요. 그때 엄마가 많이 배웠대요. 잘 배웠대요. 저는 아쉽지만 우즈벡 사람이랑 교류 많이 못 해서 우즈벡어는 못 배웠어요. 근데 엄마가 아주 잘 배웠대요. 그래서 직장을 잃어버리지 않고 그냥 그대로 일하게 되고.

아빠는 우즈벡어는 몰랐고 기술이 있었어요. 시계 같은 거 고치고. 근데 이제 거기도 밀리기 시작하는 거예요. 어떤 친구분이 먼저 러시아 갔다가 "우리 여기서 농사 짓자." 아빠를 불렀어요. 아빠가 러시아 갔어요. 거의 1년 내내 거기 계셨어요. 양파농사 지으셨어요. 아빠는 농사가 잘되면 가을에 와서 집에서 같이 지내고, 농사가 잘 안 되면 돈이 없어서 그냥 거기서 지냈거든요. 그래서 오랫동안 아빠를 못 보는 기억이 있어요. 그때는 보고 싶어도 못 보고 그래서 힘들었어요.

한국 드라마를 통해 한국이라는 나라를 알다

저는 사범대학 러시아어, 러시아문학과 졸업하고 선생님 실습까지 갔어요. 학교에서 선생님 활동해보니까 좋았어요. 학생들도 좋았고. 러시아어와 문학 가르쳤는데요. 월급은 많지 않아요. 선생님들이 월급도 많지 않고, 할 일이 많아요. 가르치는 거 이외에 여러 가지 일을 해야 되는 거예요. 그때는 선생님들이 학교 일 끝나고 나서 가까운 지역의 전기나 가스세 납부하지 못 하는 사람들 명단을 들고 가서 [미납 공과금을] 받아 와야 되거든요. 이거는 학교 이외의 일 시키는 거예요. 그래서 충격이었고. 그리고 목화 수확도 해야 되는 거예요. 제 수업 대신 누구에게 맡기고 저는 일주일 동안 거기 있어야 되고. 그다음에 그 선생님 가고 저는 그 수업 또 맡아야 되는 거예요. 돌아가면서 하는 거지요. 저는 아니다 싶어 그만[두었어요].

소련 때는 다 국가에서 해주니까요. 공부만 잘하면 대학교도 무조건 갈 수 있었고. 대학교 끝나면 직장이 있는 거예요. 소련이 해체되면서 돈이 있어야 공부할 수 있고. 좋은 직장도 아는 사람이 있어야 들어갈 수 있는 게 너무 심해졌어요. 돈 벌 거리가 없어서 노인들만 집에 계시고 젊은 애들이 돈 벌러 거의 다 외국으로 나가는 거지요.

그때는 이제 독립했으니까 다른 나라에 대해 알게 되고 한국 드라마도 보게 됐어요. 우즈베키스탄은 인도 드라마가 인기 많았어요. 그거만 보다가 갑자기 한국 드라마 보게 됐어요. 그래서 '뭐지?' 저랑 비슷하게 생긴 사람들이 나오는 거예요. 그거 「별은 내 가슴에」. 최진실하고 남자가수 나오는 드라마였어요. '거기가 어디지?' 왜냐하면 한국에 대해 별로 아는 게 없었거든요. 그때 알았어요. 한국 드라마를 통해 '한국이라는 나라가 있구나.' 왜냐면 북한만 알았죠. 한국은 별로 알려지지 않았어요. 우리 쪽에. '이거 뭐지?' 이렇게 하다가 관심 많이 가지게 되고. 엄마가 알아보니까 청소년들 한국 방문 프로그램이 있었어요. 그래서 엄마가 신청했어요. 신청하는데 제가 당첨 됐어요.

1998년, 처음으로 한국을 방문하다

1998년이니까 스물셋에 한국에 처음으로 오게 됐어요. 한국에 오니까 저한테는 완전 천국이 따로 없었어요. 저랑 비슷하게 생긴 사람들이고, 한국어를 쓰고. 다들 행복해 보였어요. 그때는 간절하게 '여기서 살았으면 좋겠어.' 여기서만 행복하게 살 수 있을 것 같은 거예요. 첫눈에 한국의 매력에 빠져서. 여기는 산도 너무 멋있고. 우즈베키스탄은 산이 많이 없고 이렇게 아름답지 않아요. 여기는 산을 보니까 나무도 많고 아름다워요. 풍경도 예쁘고. 사람들도 친절하고. 꼭 여기에 돌아와야겠다는 꿈이 생긴 거예요.

다시 한국으로 오는 게 간절했어요. 유학 가든, 아니면 근로자로 가든, 시집 가든, 이렇게 길이 세 가지 보이는 거예요. 엄마한테 이야기하니까 일단 한국어 배워야 된다고. "일단 타슈켄트 가라. 거기서 한국어 배워라. 어떻게든 보내줄게." 거기는 세종어학당이 있어요. 한국어 배울 수 있는 학교예요. 친척이 타슈켄트 살아서 도움 많이 받았지요. 사촌동생이 세종어학당에서 한국어를 공부했고, 동생 덕분에 세종어학당을 알게 돼서 입학도 했어요. 한국어 배우면서 한국 사장 밑에서 볼링장에서 일도 하게 되었어요. 세종어학당에서는 단계별로 반이 있었어요. 교재도 따로 있었고. 교장은 한국분이에요. 학비를 내고 공부해야 되는 거라서 좀 비싼 편이었어요. 처음에 엄마가 다 해줘서 신경 안 쓰고 하다가 취직하는 바람에 제가 학비를 낼 능력이 생겼고, 그때부터 제가 내고 공부했죠.

그러면서 [한국 가려고] 알아볼 때 유학은 좀 비쌌고. 유학은 안 되니까 일하러 가자. 근데 그때는 고려인 동포에게 H-2 비자 아예 없었거든요. 일단 노동부 가서 신청하고 준비하는 거예요. 서류 준비하고 절차 있어요. 다 되는 게 아니라 기술이 있는 사람들을 먼저 뽑는 거예요. 기술은 어떤 기술이냐면 집짓기 아니면 거제도. 배 지을 때 페인팅하고. 아니면 용접. 그런 사람들이 많이 갔더라고요. 그런데 저는 적합한 기술이 없어서 몇 번 탈락했어요.

사진 한 장 주고받다 갑자기 성사된 결혼

근데 먼 친척 여동생인데요. 남편이 한국 사람이에요. 볼링장에 자주 오는 거예요. 자주 한국에 왔다 갔다 했어요. 어느 순간에 동생이 물어보는 거예요. "언니, 혹시 시집 안 가고 싶냐? 한국으로" 그런 거예요. "괜찮은 사람 있으면 갈게" 이렇게 했죠. 저도 그때 스물세 살 정도 됐으니까. 우즈베키스탄에서는 시집 일찍 가는 편이었어요. 가도 된다고. 가고 싶다 했죠. 사진 달라고 해서 사진 하나 줬어요.

우리 시어머님 친구 중에 식당 사장님이 있어요. 근데 친척 여동생 부부가 [한국에 가면] 자주 가는 식당이라서 이야기 나온 거예요. 우리 어머님이 "우리 아들 결혼해야 되는데, 혹시 우즈베키스탄에 아가씨가 없는지?" 그런 거예요. 그래서 동생이 제 사진 보여준 거예요. 그리고 좀 지나서 저한테 사진 한 장 갖다주는 거예요. "이 남자 어떠냐?"고 그러는 거예요. 그래서 저는 "괜찮다"고 했죠. 갑자기 자기 어머님이랑 온대요. 갑자기 좀 불안하고. 그래서 미리 알아봤죠. 직장, 뭐 그런 것들. 공무원이라고 했고. 시동생하고 어머님 모시고 살아야 되고. 근데 어머님이랑 사는 게 조금 두려웠어요. 왜냐면 그 드라마 생각이 나서. 한국 시어머니들이 좀 장난 아닌 거 같아서 고민 많이 했고 걱정했어요. 꼭 같이 살아야 되는지. 어떻게 같이 살지? 그런 거.

엄마도 놀랐어요. 제가 엄마 말 잘 듣고 그러는데, 갑자기 시집갈 때는 내가 "간다" 이렇게 해놓고 허락을 물어보지도 않았어요. 근데 엄마가 반대도 안 하고 그냥 알았다고. 아빠는 러시아 계시고 그래서 아빠한테 편지 쓴 거예요. "저는 시집갈 거 같다. 근데 멀리 한국으로 가는 거 같다. 언제 어떻게 볼지 몰라요" 그랬는데 9월에 양파 수확 아직 못 해서 아빠가 못 오시고, 많이 걱정했나 봐요. 그래서 충격받으시고 돌아가신 거 같아요. 저를 보내야 되는데, 못 보고 보내는 거 같아서. 심장마비로 돌아가셨어요. 주머니 속에 제 편지 있는 거예요. 저 때문에 돌아가신 거 같기도 하고. 그래서 너무 많이 울었고. 미안했고.

한국 어머님이랑 남편이 우즈베키스탄으로 오는데 오지 말라고는 못 하고. 비행기표도 다 예약하고 공무원이라 미리 휴가 낸 거니까요. 저는 엄마랑 고모랑 아빠 장례에, 러시아 가는 날에 미래 신랑과 어머님이 우즈베키스탄으로 오시는 거예요. [아버지 장례식 마치고] 이제 우즈베키스탄에 돌아왔죠. 그래서 신랑과 어머님이랑 처음으로 뵙고 보니까 남편은 말이 없었고요. 무뚝뚝하고. 눈도 못 맞추는 거예요. 그래서 어머님이 왜 같이 오셨는지 그때 알았죠. 처음엔 왜 두 분이 [같이] 오는지 몰랐죠. 두 분 보니까 착하게 보였어요. 제가 본 드라마와는 완전히 다른 어머님이었어요. 저는 집안일을 아무것도 못 하게 하시는 거예요. 그래서 남편보다 어머님 보고 '아, 시집가도 되겠다.' 결혼식도 거기서 하려고 했는데, 아빠가 돌아가시는 바람에 결혼식은 못 하고. 타슈켄트에서 할머니 사시는 데 레스토랑에서 친척끼리 [모여서] 약혼식만 했어요. 할머니께 가서 절하고. "이제 제가 시집간다" 이렇게. 아빠가 안 계셔서 할머니는 우셨어요.

2001년, 결혼이민자로 다시 한국에 오다

2001년 한국에 결혼이민자로 왔어요. 완전 다른 세상 같았어요. 설레고 행복했어요. 원래는 오자마자 결혼식도 할 생각이었어요. 그런데 아버지가 돌아가시는 바람에 우리 할머니가 6개월 이상 후에 해야 된다고 그래서 결혼식을 6개월 미뤘어요. 이제 한국어 배워야 되는 거예요. 제가 배운 거는 읽기 정도. 생활 언어 이런 거는 안 배웠어요. 한국어 배워야 되는데 어머님하고 남편은 직장 나가고. 저는 집에 삼촌(시동생)이랑 있는 거예요. 삼촌도 가끔 친구 만나러 나가고, 저는 집에 혼자 있고. 그래서 텔레비전 보다가 드라마에 푹 빠진 거예요. 한국 드라마 재미있고. 하나도 못 알아들었지만 계속 보기만 했어요. 그래도 이렇게 귀가 열렸어요.

2005년에 딸을 낳았어요. 우리 집에서 경사 났어요. 어머님이 너무 좋아하시는 거예요. 아들 둘 키우다가 갑자기 조그만 딸이 생긴 거니까. 딸 낳으려고 병원 갔는데 엄마가 못 오시는 거예요. '왜 못 오시지?' 좀 서운했어요. 애기 낳자마자 전화한 거예요. 엄마한테. 근데 엄마가 전화 안 받고 큰이모가 받는 거예요. "엄마가 전화 받을 수 없어." 근데 갑자기 울음소리 들렸어요. 전화 너머에서. 그래서 "이모, 무슨 일이야?" 물었더니, 외할머니 돌아가신 거예요. 제가 애기 낳은 날.

그때는 우리 엄마가 외할머니를 돌봐주셨어요. 제가 엄마랑 살 때도 외할머니가 치매 약간 있었어요. 그래서 엄마가 아니다 싶어서 우리 집으로 아예 외할머니를 모셨어요. 그래서 그때도 고생한 게 많이 기억나요. 외할머니는 어디 가시면 집도 잊어버리고 그래서 엄마가 할머니를 찾느라 엄청 많이 돌아다녔어요. 너무 힘들었어요. 그것 때문에 제가 타슈켄트로 갔는지도 몰라요. 그런데 이렇게 이제 돌아가시고 엄마가 못 오시는 거예요. 그때는 너무 슬펐어요. 왜 그동안 잘해드리지 못했을까. 후회 많이 했어요. 엄마는

© 장은미

장올가의 집. 러시아, 우즈베키스탄, 한국의 기념품들이 어울려 있다.

외손녀 첫 돌잔치에 오셨어요. 그 당시에는 엄마가 90일 관광비자로만 올 수 있었기 때문에 오셨다가 90일 동안 있다가 다시 가고. 그다음에 또 제가 보고 싶다고 하면 다시 오시고. 90일만 계시고 다시 가고 그랬어요.

우리 딸을 거의 어머님이 다 [키우셨어요]. 근데 딸을 좀 힘들게 키웠어요. 너무 울보였어요. 젖만 먹고 분유 줘도 안 먹었어요. 그때는 많이 힘들었어요. 밤에도 젖 물고 잤어요. 제가 아무것도 할 수 없었어요. 아예 저한테 달라붙어 있었어요. 11층에서 살았거든요. 이렇게 밑에 보니까 여기서 떨어지면 죽겠어요. 그런 생각이 들었어요. 힘들어서. 같이 떨어졌는데 저만 죽으면 애가 혼자 남으면 좀 안쓰럽고. 만약에 저는 살아놓고 애가 죽으면 또 못 견딜 거 같고. 그런 생각도 했어요.

처음엔 되게 기뻤는데, 병원에 있을 때는 쪼그맣고 좋았는데, 근데 이제 생활로 닥쳐보니까 그거 아닌 거예요. 제가 없어지는 거예요. 애만 있는 거고. 애 위주로만 사는 거고. 먹고 싶을 때 못 먹고 자고 싶을 때 못 자는 거예요. 삼촌이 계셔도 뭐 해줄 게 없잖아요. 대신 젖 줄 수도 없고. 몇 번이나 젖 떼려고 했어요. 그런데 애가 너무 아팠어요. 젖 뗄 때마다. 다른 건 못 먹으니까. 일단 첫돌까지만 먹여보자. 돌 지나서 이제 어떻게든 떼야 되는데, 근데 애가 2월에 태어났어요. 겨울에는 젖 떼면 힘들다고 "봄에 하자" 그런 거예요. 봄에 시작하면서 너무 힘들었고. 저도 아프고 딸도 아프고. 그래서 입원하게 됐어요. 입원하면서 어쩔 수 없이 젖 떼게 된 거죠.

젖 떼니까 어린이집도 보내고. 근데 딸이 계속 우는 거예요. 제가 밖에서 듣는 거예요. 울음 그치면 가려고. 근데 계속 안 그치는 거예요. 저는 계속 기다리는 거예요. 창문 밑에서. 30분, 1시간 있다가 그치는 거예요. 그때 가는 거예요. 너무 울면 전화 오거든요. "어머님 오시라"고. 집에 갔다가 2시간 후다닥 지나고. 이제 데리고 와야 되는 거예요. 그래도 어린이집 가니까 몇 시간이라도 제가 좀 살겠더라고요.

“너희들, 한국 사람이 돈 주고 사는 주제들이야”

근데 둘째 임신한 거예요. 둘째는 원래 계획에 없었어요. 너무 힘들었기 때문에 ‘좀 나중에 낳자’ 이렇게 생각했어요. 근데 생긴 거예요. 당황스러웠어요. 어머님은 “낳아야지”라고 하셨어요. 다행히 그때는 엄마가 오셨어요. 낳기 전에 엄마가 오신 거예요. 아들을 낳았어요. 아들은 먹고 자기만 하는 거예요. 너무 고마웠어요. 엄마가 애를 데리고 한 바퀴 돌리고, 놀아주고. 오랫동안 잤어요. 딸은 1시간 정도 자다가 깨고 그랬는데, 아들은 3시간 자기도 하고. 완전 다른 거예요. 그래서 ‘오, 이런 애기도 있구나’, 너무 예뻤어요. 그때는 거의 엄마가 아들을 키웠고, 전 젖만 줬어요. 놀아주고 [기저귀] 갈아주고 다 엄마가 했어요.

그때 공부 다시 시작했죠. 다문화센터에서 여러 가지 프로그램이 생기는 거예요. 통 · 번역 교육 있었고, 이중언어강사 양성과정 생겼고. 그거 다 교육을 받았어요. 처음에 왔을 때 주변 사람들이 우리를 원숭이처럼 봤어요. 왜냐면 공부하러 다닐 때는 결혼이민자들이 모여서 이렇게 돌아다니니까요. 외국에서 온 결혼이민자를 안 좋게 봤었어요. 거부감도 많이 느꼈고요. 좋지 않은 반응을 느꼈어요. 당황했어요. 왜냐하면 우즈베키스탄에 살 때 여러 민족이 같이 살았잖아요. 그래서 다문화라는 게 저한테는 익숙했어요. 근데 여기 오니까 거부하고, 좀 낮게 보고. 특히 결혼이민자 보면 “너희들, 한국 사람이 돈 주고 사는 주제들이야.” 그런 반응이 있었어요. 저도 대학교 나오고, 엄마도 집이 세 채나 있는데. 그거 아닌데. 되게 상처 많이 받았어요.

외국인, 다문화 가정과 정치인들이 한 토론에 참석하게 되었어요. 한국에 저 같은 결혼이민자들이 많이 와서 공부도 열심히 하고 도움을 많이 받았으니까 우리도 할 수 있는 게 있는지 물어봤어요. 근데 [그분들] 대답이, 제가 깜짝 놀랐어요. “결혼이민자들이 안 그래도 큰 도움을 주셨어요. 아기 낳으니까." 그러는 거예요. 그때는 '아, 우리를 애기 낳는 기계로 보는구나' 그런 생각이 들었어요. 그런 분들이 그런 의식이면 일반 사람들은 어떤가! 그때 많이 실망했고. 뭐, 그것 때문에 우리를 들어오게 해준 것 같기도 하고 그랬어요.

외국인 같은 외국인 아닌, 한국인 같은 한국인 아닌

저는 영어도 좀 공부했어요. 그래서 영어지도사 회사에 들어갔는데, 어린이집마다 파견식으로 보내주는 거예요. 영어 선생님으로 2년 동안 어린이집, 학원 이렇게 다녔어요. 근데 계속 저한테 들리는 이야기는 "선생님은 외국 사람으로 알고 있었는데, 한국 사람이네요?" 유치원 가면 원장들이 "어, 당신은 외국 사람 같지 않네요. 외모가 진짜 외국 사람이었으면 좋겠어요." 그렇게 말을 하는 거예요. "하얗지 않더라도 우즈벡인처럼 생겼으면", "아무튼 동양 쪽이 아닌 외모였으면 좋겠어요." 그래서 사장님도 이야기하는 거예요. "너는 외국 사람도 아니고 한국 사람도 아니고 뭔가 좀 애매하네." 그러는 거예요. 그거 듣기 싫어서 회사 그만두었어요. 제가 그렸던 한국이, 그 한국이 아닌 게 좀 부딪쳤어요. 저도 약간 그런 느낌이 있어요. 차라리 진짜 우즈벡처럼 생기든지, 아니면 그냥 한국 사람이든지. 그것도 아니고 저것도 아니고. 그래서 외국인 같은 외국인 아닌, 한국인 같은 한국인 아닌. [내가] 누군지. 그런 게 아직도 힘들어요.

다문화센터를 통해 유치원이나 학교 가서 다문화 이해교육 강의하거든요. 여러 나라 팀이 있어요. 러시아, 중국, 일본, 베트남, 우즈벡 이렇게요. 근데 러시아 선생님도 그렇고 저도 고려인이거든요. 다른 분들은 다 그 나

© 장은미

2019년 삶이야기 총동창회. 결혼이주여성의 삶에 대해 들려주고 있다.

라 민족이에요. 그래서 수업 가서 "베트남 선생님 오셨어" 그러면 "어, 베트남 선생님이구나" 아주 반겨주고. 근데 제가 딱 교실에 들어가면 "우즈벡 선생님 맞으세요?" "어, 선생님 한국 사람이잖아요." 학생들이 그래요. "네~ 비밀이 있어요. 조금 기다려요. 알려줄게요." 그래서 그때 고려인에 대해 이야기하는 거예요. 재미동포, 재일동포, 조선족까지는 아는데 고려인은 전혀 모르니까요. 알려주면 학생들이 신기해하고, 끄덕끄덕하면서. 그때는 제가 너무 뿌듯해요. 뭔가 새로운 세상 알려주는 것 같은 느낌? 몰라서 그런 거니까 제가 알려줘야 된다고 그런 마음이 있죠. 좀 많이 알려주면 좋겠어요.

우즈베키스탄 땅에서 태어났지만, 가보고 싶기도 하고 그립기도 하지만, 고향인지 아닌지 아직 모르겠어요. 여기도 고향이 아닌 거고. 거기도 고향 아닌 거 같고. 왜냐하면 제가 자란 시대는 소련이었고, 지금은 소련이 없어진 거예요. 제 고향은 소련이잖아요. 고향이 없어진 셈이지요. 어느 날 소식 들은 거예요. 할머니 돌아가시고 거기 살던 막내고모도 이사 가니까 할머니 집이 팔렸대요. 갑작스럽게 팔렸대요. 상의 안 하고 팔아서 마음이 아직도 꼬여 있어요. 서운하고. 팔게 되면 살 생각이 있었어요. 사서 거기서 엄마가 지내도 되고. 아니면 우리 놀러 갈 때 지내면 되고. 얼마나 좋아요. 거기[할머니 집] 모일 때가 제 기억에 제일 행복했고. 아빠 안 계실 때도 그 가족 안에 제가 있는 게 좋았어요. 모이면 화투도 치고 한국 음식도 먹고 한국에서처럼 사는 게 부러웠어요. 많이 많이. 때만 되면 거기 가고 싶은 거예요. 그곳이 제일 편안한 곳 맞아요. 그 집이 제 고향. 그런 것 같아요. 그런데 이제는 그것이 없어진 거예요. 그래도 한국으로 시집온 거, 여기서 가족을 이룬 거는 제가 제일 잘한 일이 분명해요.

Herstories 9

조미수, 1976~2013 일본을 살다

부모님은 도쿄에서 태어난 재일조선인 2세

1976년 3월생이고요. 태어난 곳은 도쿄. 부모님도 다 도쿄에서 태어나셔서 2세이고요. 제가 3세입니다. 친할아버지는 제가 초등학교 들어가기 전에 돌아가셨고, 외할아버지는 제 어머니가 아주 어렸을 때 돌아가셨어요. 친가 쪽은 경상북도 출신이시고, 외가 쪽은 평택 출신이셨던 거 같아요. 1세인 할아버지, 할머니들은 1930년대 후반에서 1940년대 초반쯤에 건너오셨고. 저희 부모님은 다 1946년생이세요. 해방 다음 해에 태어나셨거든요. 일본에서 태어나시고 도쿄에서 자라시고. 그래서 저의 가장 가까운 친척들은 다 도쿄에 계시거든요. 먼 친척이랄까, 할머니의 형제분들은 한국에 계시고. 근데 거의 교류는 없어요. 유일하게 지금도 만나는 건 외할머니의 조카가 되죠. 저의 어머니의 사촌동생 되는 분. 할머니의 막냇동생이 살아계시고. 그 분의 딸들, 그 이모들만 제가 연락하고 가끔 만나기도 해요.

아버지는 8남매의 네 번째세요. 조선인이 모여서 사는 동네에서 형편은 어렵게 사셨던 거 같아요. 그 시기야 다 가난하게 살았으니까. 주변에 조선사람들이 많고. 아버지도 형제분들은 다 일본 학교를 다니셨고 일본 이름을 쓰셨고요. 동네는 도쿄의 서쪽 끝자락에 있는데, 지금은 시가 합병해서 아키루노시라고 불려요. 그 시의 다마가와라는 큰 강 근처에서 자라셨대요. 고등학교까지 계속 거기서 사셨고.

한편 어머니는 외할아버지가 살아계셨을 때까지는 좀 잘 사셨대요. 근데 외할아버지는 젊은 나이에 돌아가셨어요. 어머니가 다섯 살 때. 외할아버지가 갑자기 돌아가시니까 살림이 어려워지고. 할머니가 고생하면서 혼자서 딸 둘을 키우셨다고 하세요. 어머니도 다마가와 근처의, 아버지랑은 다른 동네에서 자라셨고. 어머니는 초등학교부터 고등학교까지는 조선학교를 다니셨어요. 그래서 동포사회에서 조금은 교류가 있으시고. 어머니는 고등학교를 졸업하고 나서는 일본의 디자인 전문학교를 가셨어요. 아버지는 고등학교 졸업하고 나서 재일동포가 하는 회사에 입사하셨으니까 그 이후에 한국어를 조금 배웠다고 하셔요.

나중에 아버지한테 들은 얘기가, 아버지 형제분들은 다 일본 학교 가셨고 조선인이라는 것을 감추고 사셨어요. 저희 큰아버지 같은 경우는 조선인이라는 것을 엄청 꺼리셨어요. 그래서인지 아주 일본식 취미를 하시거나 그랬던 걸로 기억해요. 친척 중에는 이미 일본 국적으로 귀화를 한 분도 계시고요. 근데 아버지만이 조선장학회라는 재단이 관리하는 빌딩 관리회사에 입사하시고 일하셨어요. 그렇게 접하게 되니까 우리말 공부도 좀 하셨나 봐요. 민족교육도 받으시고. 그래서 아버지만 '우리학교(해방 직후 재일조선인 1세들이 일본땅에서 살아가게 될 후손들을 위해 세운 조선학교)', 민족교육에 관심이 있으셨나 봐요. 그래서 친척들 안에서 저희 남매가 유일하게 우리학교를 다녔어요. 친척 모임에 가면 저는 완전히 일본어 이름으로 불려요. 소위 통명(通名)이라고 하는 성이 '나쯔야마(夏山)'라고 하거든요. '미수'라는 이름의 한자는 일본식으로 읽으면 '미키'니까 일본식 이름은 '나쯔야마 미키'예요. 한 번도 써본

적은 없지만요. 하지만 친척 안에서는 '미키'라고 불리고. 그런 환경이었고. 그런데 저희들은 아마도 아버지 어머니의 생각이 있어서 우리학교를 다니게 됐어요. 초등학교부터 중학교까지.

동네 아이들이랑 내가 다르다는 것을 느낀 조선학교 시절

저는 둘째예요. 한 살 터울 오빠가 있고 여섯 살 터울의 여동생이 있어요. 제가 태어나고 자란 곳은 나카노구라는 동네인데, 전철을 타고 우리학교를 다녔어요. 그때까지는 뭐, 당연하지만 어느 나라 사람이라는 것 상관없고 잘 모르잖아요. 그런데 초등학교 다니기 시작하면서 동네 아이들이랑 내가 '다르다'라는 것을 느끼게 됐죠. 왜 나만 전철을 타고 교복을 입고 다니는지. 조선학교는 교복을 입고 다니니까요. 다른 애들은 학교에서 일본어를 배우는 것 같은데 우리는 아니고. 그런 것을 초등학교 시기에 은근히 느끼게 됐지만, 그렇다고 특별하게 뭔가 다른 것은 없었어요, 동네 애들이랑은. 그런데 학교를 다니면서 학교 주변에 있는 일본 학교 학생들이 왕따를 하거나, '조센징(조선인)'이라고 조롱하거나. 그럴 때 상급생들이 막 화를 내고 뛰어가고 싸우고 뭐 그런 것도 있었지만, 그런 것이 일상이었던 것 같아요.

초등학교는 아주 작은 학교였어요. 그 당시엔 도쿄에 초등학교가 9개 있었는데, 아홉 번째의 '도쿄제9'라는 쪼그만 학교 다녔어요. 초등학교 때 기억이 별로 없는데, 학교가 아주 허름한 학교였는데, 제가 6학년 때 리모델링을 했어요. 학부모들이 조금씩 기부금을 모아서 했다는 걸 나중에 들었죠. 그 당시에는 모든 것이 '아버지 수령님'의 덕분에 우리가 이렇게 살고 있다고 배웠기 때문에 학교가 리모델링을 한 것도 '아버지 수령님이 뭔가를 하

도쿄조선중고급학교 중등부 시절

셨겠구나'라고 생각했죠.

저는 여러 가지 궁금증이 많은 아이였던 거 같아요. 세상에 관심도 많았고. 뭔가 우리학교 교육에 대한 의문을 점점 갖기 시작했던 거 같았어요. 그런데 일단 공부를 잘했고, 초등학교까지는 선생님이 반장을 시키곤 하는 그런 아이였어요. 우리학교는 아주 화목하고 가족적이기도 하는 동시에 폐쇄된 공간이라고도 할 수 있어요. 저는 언제부턴지 외국이나 밖의 세상에 관심을 갖기 시작했어요. 영어도 빨리 배우고 싶었고, 어른이 되면 꼭 세계에 나가서 여행가가 되고 싶단 꿈도 있었고. 한편 학급 친구들이랑 갈등도 생겨서 빨리 이 학교를 떠나고 싶다는 생각이 강해졌던 게 중2 때였어요. 우리학교를 떠나자. 떠나고 싶다고.

그런 참에 어머니가 고등학교 간다면 우리학교를 갈지 일본 학교를 가볼지 선택하게 해주셔서 일본 고등학교에 진학한다면 입시를 봐야 하니까 학원을 가야 했어요. 그래서 입시를 거쳐 고등학교부터는 일본 사립학교를 다니게 됐어요. 중2까지는 학교가 힘들었어요, 저에게는. 학교에 가면은 누군가와 또 기싸움을 하게 되고. 그런데 중3이 되고 나서 이제 졸업을 앞두고 보니 학급 친구들이 다 친해졌어요. 하나로 똘똘 뭉치고 친하고 다정하고. '아, 나는 여기서 떠나는구나' 생각하니 왠지 섭섭해지고. 제가 일본 학교 간다고 했더니 친구가 울고, 가지 말라고, 그런 드라마 같은 시간이 잠깐 있었어요. 그러니까 우리학교를 떠나는 해방감보다 혼자서 여기서 떨어지는 느낌과 일본사람만의 사회에 처음으로 가는 긴장감을 갖고 있었던 걸 기억해요.

전혀 다른 세상에 들어온 것 같던 일본 고등학교 시절

우리학교와 일본 학교가 다르지 않다고 생각했는데 완전 달랐어요. 먼저 재일동포라는 존재를 일본 친구들이 잘 몰라요. 저는 처음 자기소개를 할 때 어차피 '조미수'라는 이름이니까 일본사람은 아니라는 게 들킬 거라고 생각해서 스스로 "나는 자이니치(재일조선인)인데 우리 친해지자"라는 식으로 인사했어요. 나중에 들으니까 친구들은 저를 이상한 애라고 생각했대요. "무슨 말인지 몰랐다"고. 그만큼 저는 일본 친구들이랑 어울리는 데 긴장하고 있었고, 다른 친구들은 조선사람이 무엇인지도 몰랐다는 거죠.

일본 학교의 생활은 처음에는 전혀 다른 세상에 들어와 버렸다는 느낌이 들었어요. 수업 내용도 다르니까 성적도 갑자기 꼴찌로 떨어졌어요. 일본에서 국어라고 하면 당연히 일본어, 근데 우리학교에서는 외국어의 하나였거든요. 그러니까 수준이 다를 수밖에 없죠. 고1 때는 '왜 내가 일본 학교에 와버렸을까. 그냥 조선 학교에 갈 걸 그랬다'고 조금 후회했던 거 같아요. 과목 중 아무리 노력해도 못 했던 게 일본 역사였어요. 우리학교에서 하나도 안 배웠으니까. 다행히 선택과목이었으니까 고2부터는 신경 안 써도 됐지만. 그래서 고1 때는 전반적으로 꼴찌 수준이었지만 2학년 때는 중간쯤까지 갔고. 3학년 되어서 이제 대학을 생각해야 하는구나 싶어서 학원도 막판에 다녔어요.

고등학교 시절은 알바를 하고 친구랑 놀고. 그리고 외국에 가고 싶다는 꿈을 꼭 이루고 싶었어요. 그래서 처음으로 미국에 서머스쿨로 갔어요. 우리 고등학교에서 모집하는 프로그램에 참가해서 LA의 시골 마을에서 한 달 동안 홈스테이했어요. 그것이 계기가 돼서 영어는 좀 열심히 했고요. 그리고 제가 글쓰기를 좋아해서 문학부나 문예창작과 쪽에 진학을 생각하게 됐어요. 제 고등학교는 어느 대학교의 부속 고교였는데, 마침 그 대학교의 예술학부에 문예창작과가 있었거든요. 진로는 그쪽으로 방향을 잡게 됐어요.

또 고등학교 시절에는 일본 학교에 다니는 재일동포 학생들의 모임에도 많이 참가했어요. 동포 학생들에게 장학금을 주는 '장학회'라는 재단이 있는데, 거기서 매달 공부모임이나 교류모임을 해요. 여름에는 캠프도 가고. 처음으로 우리학교 출신이 아닌 동포 친구들을 만나게 되니까 반가웠고, 이야기도 통하니까 곧 친해져서 친구들을 만나는 게 좋아서 열심히 다녔던 것 같아요. 이렇게 돌아보면 제가 꽤 활발한 편인 거 같네요. 호기심이 많고 알아서 찾아가서 뛰어 들어가고. 새로운 곳에 가는데 하나도 겁이 없어서 부모님도 정말 어이가 없다는 듯이 "너는 하고 싶은 대로 해라"라는 식으로 인정을 해주셨던 것 같아요.

고등학교 시절부터 '아, 내가 이 사회에서 일반 일본인 친구랑은 완전히 다른 존재구나'라고 깨달은 부분이 많아졌어요. 생각의 기반이 다르다고 할까요. 일본 친구들에게 당연한 것이 나에게는 당연하지 않았고. 역사 수업에서, 특히 일본 고등학교에선 식민지 시기 역사 등은 잘 배우지 못해요. 그 시점에 가기 전에 학기가 끝나니까. 그래서 한반도와 일본의 역사와 관계에 대해 모르고, 재일조선인에 대해 모르는 것도 당연한 거예요. '무엇을 어떻게 배우는지에 따라, 또 어떤 입장으로 받아들이는지에 따라 많이 차이가 나는구나'라는 부분에 관심을 가졌죠. 그래서 동포 학생들의 모임에서 토론에 적극 참여하게 됐어요. 재일동포로서의 고민 같은 것을 다 털어놓을 수 있었으니까. 흔히 말하는데, 정체성의 흔들림 같은 걸 많이 느꼈어요. '도대체 나는 누구인가?'라는 것. 그런 고민을 껴안으면서 살다 보니 사회문제에 관심이 가지 않을 수 없었던 것 같아요.

1997년 피스보트를 타다, 역사문제를 만나다

대학교는 희망대로 예술학부 문예과에 붙었는데요, 신입생이 되자마자 수업은 포기. 다른 모든 것이 너무너무 재미있어서요. 대학교에선 학업 이외의 모든 것을 배운 자리였던 것 같아요. 학교 수업보다 노는 게 재미있어서. 밴드 동아리에 들어갔는데, 거기서 만난 친구들이랑 너무 잘 맞아서 맨날 동아리 활동에 시간 다 쓰고. 대학입학이 1994년인데 그 무렵은 나름 밴드 붐이었어요. 그때까진 전혀 밴드에 관심 없었지만, 짝꿍이 된 친구가 한다고 하니까 따라가서 그냥 빠졌어요. 맨날 동아리방에서 지내고, 동아리 시간이 끝나면 술 먹으러 가고. 새벽까지. 수업은 땡땡이만 부리고 있었지만, 예술학부라는 게 좀 자유로운 분위기였어요.

근데 고1 때 여름방학에 미국에서 지냈던 그 경험이 너무도 좋아서 '대학생이 되면 꼭 돈을 모으고 스스로 해외여행을 갈 거야'라고 꿈꾸고 있었어요. 그래서 대학교 1학년 방학 때는 북유럽 단기유학에 참가하고, 그 후 2학년 때 처음으로 스스로 계획해서 배낭여행을 떠났어요. 그걸 위해 알바를 무지 열심히 했고요. 그런데 3학년 하반기가 끝날 무렵에 '피스보트'라는 국제교류 항해를 알게 됐어요. 어디선가 포스터를 봤는데, 객선으로 세계여행을 하는 프로그램이라고 하더군요. '세계여행'이라는 말에 마음이 사로잡혔어요. '아, 나 이거 꼭 가고 싶어!'

몇 달 지나고 피스보트 사무실을 찾아갔어요. 거기서 자원봉사를 하면서 드디어 4학년 여름에 동남아시아 각국을 도는 3주 정도의 항해에 처음으로 참여했어요. 피스보트는 단지 여행을 가는 것이 아니라 해외 사람들과 직접 만나서 전쟁과 침략의 아픈 역사를 바로 배우자는 취지로 시작한 평화단체예요. 제가 참가한 항해는 홍콩, 베트남, 필리핀 등을 갔는데 일본의 아시아 침략에 대해 논의하는 선내 강의 등 프로그램도 많았어요. 저는 국제

사회 문제에 대해 애초에 특별히 관심이 있었다는 건 아니지만, 여러 가지 배우는 게 많다고 흥미롭게 느꼈고 점점 관심을 가지게 됐어요.

제가 처음 참가했던 그해가 1997년, 일본군 '위안부' 문제가 한창 화제였을 때였어요. 위안부 문제가 터지고 일본 사회에서는 전쟁 책임과 전후 배상에 관한 문제가 뜨거운 이슈로 오르고 있었는데, 반대로 극우적인 '새로운 교과서를 만드는 모임'이라는 게 목소리를 올리기 시작했어요. "일본의 자학적 역사관을 버리고 일본의 자부심을 키우라"고 우기는 역사 왜곡의 단서가 된 우익단체죠. 그런데 어느 날 피스보트가 그 우익단체와 맞붙어 토론하는 포럼을 기획했어요. 항해하는 배 위에서가 아니라 도쿄의 어느 홀을 대관해서. 그때 저는 자원봉사 스태프로 참여했는데, 너무 어이가 없어서 차마 못 듣겠는 거예요. 그때 토론은 우익파하고 소위 진보파의 논자들이 디베이트를 하는 형식이었는데, 우익파들이 정말 막말하는 걸 그때 처음으로 직접 보게 된 거죠. "강제징용, 강제연행 그런 말은 없습니다"부터 시작하고요. 저는 너무 분노해서 눈물을 꾹 참았어요. 정말로 이런 말 하는 사람들이 있구나! 왜 이런 말을 할까? 여기에 살아있는 증인들이 있는데? 더구나 그 자리에는 교복을 입은 조선학교 학생들이 참가하고 있었는데 말이죠. 그때의 충격을 생생히 기억해요.

지금 생각하면 그 시기가 일본 사회에서의 역사 인식 왜곡의 싹이 땅밑에서 얼굴을 내밀었던 때가 아니었을까 싶어요. 그때부터 25년이 지났는데 여전히, 아니 더 심해졌죠, 지금은. 그 시기는 그나마 나았다고 생각될 정도로. 그때는 역사 왜곡을 당당하게 하는 우익의 주장이 아직은 대다수라고는 생각하지 못했어요. '새로운 역사 교과서를 만드는 모임'이 지은 교과서를 채용하는 학교도 거의 없었고요. 요즘 따라 그 시기 생각이 많이 나요. '아, 그 시기가 정말 시작이었구나.'

2000년 피스보트에 입사하다, 평화활동가가 되다

제가 피스보트에 끌렸던 이유가 두 가지 있었어요. 하나는 세계여행이고, 또 하나는 포스터에 크게 실린 '피스보트를 추천하는 말'이었어요. 제가 정말 좋아하는 작가의 한 마디가 실려 있었거든요. "피스보트를 응원합니다. 나도 이 배를 타고 가끔 여행합니다"라고. 피스보트는 각 분야 인사들을 초청하고 선내에서 강의해요. 강사진 중 한 분이 제가 좋아하는 아동문학 작가 하이타니 켄지로 선생님이었어요. 저는 평생 한 번이라도 그 작가님을 만나보고 싶었어요. "나도 배를 타고 여행을 한다"고 하시니까 혹시라도 뵐 가능성이 있을지 모른다는 기대를 품고 피스보트를 찾아갔는데, 생각지 않게 그 꿈이 금방 이루어졌어요. 마침 제가 참여한 3주간의 항해에 하이타니 선생님께서 강사로 오신 거예요. 거기서 저는 자원봉사 스태프의 혜택을 누리며 선생님의 강의 준비 등을 도와드리기도 했어요. '이렇게 내가 꿈꾸던 사람을 만날 수 있다니, 너무 좋다!'고 들떴죠. 젊은 사람의 꿈을 다 이루어주는 것 같은 자유로움이었어요. 거기서 같이 여행한 친구들도 꽤 오래 연락을 주고받는 사이가 됐고. 20대 초반의 풋풋한 청년에게 너무너무 자극이 많은 거예요. 처음 만나는 사람, 처음 해보는 일, 처음 방문한 아시아 나라들. 피스보트는 정말 저의 인생을 바꾸는 계기가 될 것 같다고 느꼈고, 실제로 그런 계기가 됐어요.

그런 인연으로 대학교 졸업 이후에는 하이타니 선생님이 설립하신 출판사에서 일하게 되었어요. '인생이 이렇게 신기하게 굴러가는구나' 해서 정말 행복했어요. 하지만 입사한 지 두 달 만에 그 출판사가 문을 닫아버렸어요. 운영이 어려워져서요. 그런데 아무래도 신입사원인 저를 안쓰럽게 여기셨는지 전임 편집자분이 저를 개인적으로 고용해주셔서 하이타니 선생님을 비롯한 여러 작품의 편집작업을 도와드리게 됐어요. 그렇게 졸업하고 나서 바로 2년간 편집작업을 했어요. 그러던 어느 날 피스보트에서 스태프를 모집한다는 이야기를 들었어요. 한번 자세한 이야기를 들어보자는 생각으로 피스보트 사무실을 찾아갔어요. 근데 면접을 보자마자 "그럼 다음 주부터 출근하세요"라고 하는 거예요. 출근해서 뭘 하는지도 몰랐는데요. 그렇게 아주 무턱대고 앞뒤 생각 없이 뛰어들어갔던 거 같아요.

피스보트에 입사한 게 2000년 6월쯤. 그때부터 2012년까지 12년간 아주 청춘 시절을 다 바쳤다고 생각해요. 20대부터 30대 중반까지. 그때 그 시기에 함께 피스보트 활동을 했던 동료들은 다 평화활동가라고 생각해요. 없는 길을 파헤치고 만들어갔다는 느낌이 있고, 여러 가지 어려운 일도 많았고, 아침부터 밤새도록 일했고. 그래도 젊었고 활기가 넘쳐서 해냈던 것 같아요. 특히 세상의 움직임과 연동하고 있다는 느낌. 제가 입사한 다음 해인 2001년 9월 11일 미국 동시다발 테러가 일어났어요. 그때 저는 도쿄 사무실 근무였지만, 배는 항해 중이었어요. 완전 난리 났죠. 국제적인 상황도 난리지만, 우리 단체로서는 운영과 안전 문제도 그렇고. 또한 평화단체로서 국제사회에 목소리를 내야 했고요.

그 후 아프간에 대한 폭격을 하느니 마느니 하는 국제사회의 분위기에 일본 시민단체들이 모여서 아프간 공격을 절대 반대하는 평화 연대체를 만들었어요. 거기서도 피스보트가 한몫을 했죠. 저는 그즈음부터 피스보트의 일원으로서 연대체에 참여했고, 그 흐름으로 2002년 일본에서는 제법 큰 반전 집회 활동에 참여하게 됐어요. 이라크 전쟁 반대 운동 시민연대체였어요. 이라크 전쟁이 벌어지기 전에 공격 반대 시위도 했고, 미국대사관 앞에서 단식도 했고. 결국 2003년 2월 말 전쟁이 일어나기 직전 이라크에 '평화사찰단'이라는 명목으로 갔다 오게 됐구요.

지금 돌아보면 2000년대 초반 그 시기의 일본 사회에서 보통 20대 청년이 겪은 경험이 아닌 것 같아요. 평화활동이라는 것에 몸소 들어갔고, 언론에 많이 노출도 됐고. 좀 흥분상태가 계속됐던 것 같아요. 일본에서 오랫동안 평화운동을 해온 시민단체들 50여 개가 들어간 연대체의 운영위원으로 모임에 참여했는데, 저희들이 압도적으로 젊은 거예요. 일본 활동가분들은 거의 50대… 아니 60대? 그래서 피스보트를 비롯하여 젊은 친구들이 참여하니 소중히 여겨주셔서 아껴주시는데, 기대도 큰 만큼 해야 할 일들이 너무도 많아지는 거예요. 그리고 어깨도 무거워지고. 집회에서 몇천 명 앞에서 연설도 해봤고요. 그러다가 정말 보람있게 활동하긴 했으나, 좀 피로가 쌓여서 번아웃이 된 것 같은 그런 시기였어요.

2005년, 한일 관계가 삐끗거리는 시절, 한일 시민이 함께 항해하다

이라크 반전 연대체 운영위에서는 잠시 발을 빼고 원래 피스보트 업무로 들어갔어요. 세계 일주 크루즈 스태프로서 3개월 동안 항해하고, 그 외에는 도쿄 사무실에서. 우리는 '육상근무'라고 부르곤 했는데요, 세계 크루즈와 관련한 사업을 계속 했어요. 그러다가 2005년에 처음으로 한국의 단체와 피스보트가 공동으로 운영하는 '피스 앤 그린보트(Peace & Green Boat)'라는 합동 크루즈를 하게 됐어요. 한국 파트너 단체는 환경재단. 이 한일 합동 크루즈를 2008년까지 네 번 담당했어요.

2005년 일본 고이즈미 총리가 야스쿠니 신사를 참배하는 바람에 한일 관계가 삐끗거렸던 당시 한일 시민이 함께 평화의 항해를 한다는 계획에 언론들도 주목했어요. 그런데 두 나라의 서로 다른 단체가 하나의 프로젝트를 한다는 거 자체가 여러 가지 갈등과 고민이 있었죠. 그때까지 저는 한국이라는 나라를 잘 몰랐어요. 한국에는 세 번 정도 짧은 기간 방문한 적이 있는

2005년 한국과 일본 시민들의 합동 크루즈, 피스 앤 그린 보트 선상

정도였으니까. 이때 처음으로 한국인과 한국 문화에 접했던 것 같아요. 문화가 다른 두 단체가 하는 것이니까 충돌이 있을 수밖에 없는 거예요. 단체로서의 사고방식과 운영방식의 차이라는 것도 그렇고, 한국과 일본의 문화 차이라는 것도 꽤 컸어요.

이게 한일 간이라 해서 역사문제 등을 갖고 진지하게 논쟁하는 갈등이 아닌 거예요. 선내 식당에 김치가 한 종류밖에 안 나왔다고 한국 측은 못마땅해하고, 일본 측은 그래도 김치는 제공했는데 뭐가 문제냐고 그러고. 그런 걸로 싸운다니깐요. 현지 투어를 나가면 일본 참가자들은 시간을 엄수하고 질서 있게 진행하는 게 무엇보다 중요하고, 한국 참가자들은 식사를 맛있고 푸짐하게 하는 게 무엇보다 중요해요. 서로 가치관이 다른 거예요. 같이 하나의 사업을 한다는 건 그렇게 어렵지만, 무엇보다 서로를 잘 알 수 있고 더 깊은 교류가 되는 것 같아요. 처음에는 서먹서먹했지만, 마지막에는 원팀이 되고 정말 좋은 분위기였어요.

피스보트는 그때까지만 해도 수많은 세계 일주 항해를 해왔지만, 항해 참가자의 절반이 외국인, 그것도 한국인인 크루즈는 처음이잖아요. 물론 한국 측은 모든 것이 처음이고요. 피스보트는 선내에서 다양한 강의나 자체 프로그램을 즐기는데, 한국 참가자분들은 처음엔 "놀러 왔는데 무슨 공부를 하냐?" 하는 분들이 많았어요. 하지만 다채로운 강사 선생님들의 동아시아에 대한 강의와 포럼, 그리고 참가자들끼리 하는 프로그램, 예를 들면 탁구대회와 바둑대회, 언어 강습, 콘서트, 축제 등을 점차 즐기게 됐어요. 그때 크루즈 참가자는 한국과 일본에서 반반씩 타고 총 500~600명. 약 2주를 배를 타고 여행하면서 지내는 거니까 하나의 작은 마을이 이동하면서 같이 지내는 것 같았어요. 한 마을이지만 다른 언어, 다른 문화가 오고 가는. 식당에서 한국분과 일본분이 합석하면 "오겡키데스까?" "어디서 오셨어요?"라는 식으로 서로 배운 인사말로 대화를 시도해보거나 해서요, 참 흐뭇했어요.

'아, 이거야말로 사람들이 교류하는 자리구나'라는 느낌이 있었어요. 그래서 한일 크루즈는 그런 점에서 짧지만 찐한 경험이라고 생각했어요.

12년간 청춘을 바친 피스보트를 '졸업'하다

2008년까지 한일 크루즈를 담당한 후 2010년, 2011년은 세계 크루즈에서 '피스보트 지구대학'이라는 프로그램을 담당했어요. 3개월 세계 항해를 통해 분쟁, 환경, 인권 등 각 주제를 가지고 평화를 배워가는 교육 프로그램이에요. '지구대학생'이라 부르는 참가자들은 20~40대 30명 정도의 멤버들이고요. 저는 지구대학생들과 강사 선생님들 사이에서 프로그램을 준비하고 진행하는 역할이죠. 이 프로그램을 통해 평화교육에 눈을 뜨기 시작했던 것 같아요.

근데 2011년 항해가 끝난 후 정신적으로 불안정해져 있었어요. 너무 지쳤다는 것도 있지만, 저에게 시간과 여유가 너무 없어서 정말 세계여행이라는 남들이 해보지 못하는 많은 경험을 하면서 배우는데 흡수가 잘 안 되는 거예요. 그냥 그저 빨리 시간이 지나가길 바랐고, 제가 담당한 사업을 무사히 끝내는 것만 바랐고. 아침에 일어나 베개에 머리 붙일 때까지 한숨도 쉬지 못하는 것 같은 나날이었어요. 또 어마어마하게 많은 사람이랑 너무 오랜 시간을 함께 지내다 보니까 너무 지친 거예요. 쉼이 너무 부족했어요. '이렇게 좋은 환경에서 내가 원했던 일을 하고 있는데 제대로 역할을 못 하고 있다'는 식으로 자기평가가 계속 떨어지고. 그래서 이제 피스보트를 '졸업'해야 한다고 생각했어요. 12년간 청춘을 바쳤으니까. 그래도 정말 많은 것을 배웠고 저에게 있어서는 정말 모교 같은 느낌이에요.

피스보트를 퇴직한 후 몇 달 있다가 보통 회사에 입사했어요. 인터넷 쇼핑 상품을 유통하는 회사에. 회사원으로 일하다가 10개월 정도 지난 무렵 한국 대학원에 유학해볼 생각은 없냐는 추천을 받았어요. 성공회대학교에 '아시아비정부기구학'이라는 특이한 전공이 있는데, 아시아 각 지역에서 NGO 활동가들이 모여 공부하는 석사과정이에요. 거기서 공부해보라는 추천을 받았어요. 마침 그때가 갈림길이었던 것 같아요. 그냥 평범하게 회사원으로 살아가는 것도 나쁘지는 않았는데 내 생활에서 뭔가 좀 '이건 아니다' 라는 생각이 들었던 시기였으니 거의 고민도 없이 가기로 결심했어요.

2013년, 한국에서 재일동포의 정체성을 다시 고민하다

한국에는 열아홉 살 때 가족 다 같이 왔던 게 처음이었고, 그 이후에는 일이나 회의 때문에 1박 2일로 오고 가거나, 한 번 휴가로 4박 5일 정도 머무른 게 다예요. 그래서 대학원 유학을 계기로 2013년부터 처음으로 한국에 일정 기간 생활하게 됐어요. 다만 아시아비정부기구학은 기본적으로 아시아 각국에서 온 학생을 대상으로 하니 수업도, 생활 언어도 다 영어였어요. 저에게는 영어로 수업을 들어야 한다는 게 지옥이었죠. 동기 학생 10명 중에 제가 가장 영어를 못하는 편이었어요. 그렇게 아시아 친구들이랑 같이 기숙사 생활을 했죠. 인도네시아, 베트남, 미얀마, 태국, 몽고, 파키스탄, 방글라데시, 일본, 그리고 한국. 정말 재밌게 잘 지냈어요. 다들 학생이라기보다 자기 나라에서 어느 정도 시민활동을 해온 사람들이라서 석사과정에서 학업을 쌓으러 왔다기보다는 한국 생활과 문화를 즐기고 배우는 데 더 에너지를 쏟았다고 할까요. 토론할 때는 엄청 활발하게 했지만, 대학원 생활은 참 즐거웠어요.

그런데 문제가 영어로 석사논문을 써야 했다는 것이죠. 지금 생각해도 어떻게 그걸 해냈는지 모르겠어요. 논문 주제는 '재일조선인의 일본 참정권 획득 운동'이었는데요. 처음에 논문 프로포설을 쓸 때는 '동아시아의 평화와 시민들의 활동' 이런 방향으로 주제를 잡으려고 했는데 너무 막연한 거예요. 그러던 어느 날 수업에서 '시티즌십', 즉 시민권이라는 말이 나왔는데 그 단어가 마음에 계속 걸렸어요. 시티즌십, 시민권이 무엇인지 너무 알고 싶었어요.

논문 부제가 '국가의 틀을 넘어서'였는데요. 이를테면 '일제강점기에 일본으로 건너온 조선인의 후손이라는 정체성을 가지고 일본의 온전한 시민권을 얻어 살아가는 것은 불가능한가?'라는 질문이 제 안에 계속 있었어요. 왜냐면 국적이 일본이 아닌 재일동포들은 평생 일본에서 살면서도 참정권을 비롯해 온전한 시민으로서의 권리가 없으니까요. 온전한 시민권을 취득하려면 왜 일본 국적으로 귀화하는 것밖에 방법이 없는 걸까? 국적을 취득해야만 국민이 되고, 국민이 되어야만 시민으로서의 권리가 보장되는 걸까? 그런 질문의 답을 찾고 싶었던 것 같아요. 물론 논문을 쓴다고 답을 찾을 수 있는 건 아니었지만요.

결국 고민은 계속 똑같은 것 같아요. 어렸을 때부터 품었던 나의 정체성, 재일동포라는 존재에 대한 질문과 고민. 일본 대학교 졸업논문도 '재일조선인의 역사와 현주소'를 주제로 썼고요. 하지만 한국에서 영어로 이런 주제의 논문을 쓴다는 건 너무 무모한 도전이었네요. 그래도 하나 좋았던 건 대학교에서 작은 연구 주제 발표모임을 가졌는데, 처음으로 동기 대학원생들과 학부생들 앞에서 재일동포에 대해 발표할 수 있었다는 것. 제 발표를 들은 베트남 친구가 잘 들었다고 해줬어요. "재일동포라는 존재에 대해 더 알고 싶다는 생각이 들었다"고 말해줬던 게 참 뿌듯했어요. 그러는 과정에서 조금씩 생각의 정리가 되어간 부분도 있었어요.

2014년, 일본인, 한국인, 재외국민 사이의 어정쩡함 속을 살다

대학원 수업이 다 끝난 뒤 일본에 돌아가 이듬해 2월 말에 다시 한국에 왔어요. 반지하 원룸에서 자취생활을 하면서 논문 마무리에 집중한 기간이었어요. 거의 집에 박혀 지냈는데, 그 시기는 한국 생활에서 제일 힘들었던 1년간이었던 거 같아요. 주변에 의지되는 친구도 없고 여러 가지 모르는 게 많았어요. 일상생활에서의 자잘한 문제, 예컨대 자취방 수도꼭지가 고장 났는데 누구한테 말하면 되는지도 모르는 거예요. 말이 하나도 안 통하는 외국도 아닌데 이런 것도 못 하나 싶어서 한심해졌고. 한국어를 할 줄 안다고 스스로는 생각했는데, 일상 언어들이 바로 안 나오는 거예요. 은행에서 '돈을 찾다' 이렇게 말하고 싶을 때 일본어를 그대로 직역처럼 말하면 '돈을 끌어내다' 이렇게 되거든요. 그래서 은행에 갔는데 돈을 찾는다는 그 쉬운 말 하나 못하거나 일상생활에서 흔히 쓰는 표현과 어휘력이 극히 부족했어요. 말 더듬는 게 부끄러워서 제대로 물어보지도 못하고 그래서 별것 아닌 일도 며칠간 해결하지 못한 적도 있었어요.

그럴 때 "한국인인데 그런 것도 몰라?"와 "아, 역시 일본인이니까 모르겠네요!"라는 말을 듣는 게 너무 힘들었어요. 그런 말을 정말 많이 들었으니까요. 이를테면 집주인은 제가 일본에서 왔다고 하니 일본사람은 방을 깨끗하게 써주니까 좋다고 반겨줬는데요. 거기서 제가 아무리 일본사람이 아니라고 해도 소용이 없단 말이에요. "일본인인데 그 정도면 한국말 잘하시네"라고. 사실 일본에 살고 있었을 때는 '외국인'인데, 거기선 말과 문화를 익혀 있고 외모의 차이도 별로 없으니까 제가 일부러 이름이나 국적을 말하지 않는 한 티가 나지 않죠. 그런데 한국에서는 어쨌든 '내국인'인데 한마디 말을 하거나, 누구나 아는 생활상식을 모르거나 하면 바로 '외국인' 티가 나요. 심지어 저는 그냥 가만히 있는데 "분위기가 일본적이다"라고 하는 사람도 있었어요. 그래서 일본에서 살 때보다 스스로 더 이방인처럼 느껴졌고, '한국인이 아니라 재일조선인이구나'라고 의식하지 않을 수 없었죠.

2013년 한국에 유학하러 왔을 땐 재외국민은 당시 주민등록법상 주민등록이 아니라 '국내거소신고'를 해야 했어요. 주민등록증도 외국인등록증도 아닌 '재외국민 국내거소신고증'을 가지고 다녀야 했고, 은행 계좌도 휴대폰도 다 그 신고증으로 등록했는데요. 사람들이 그런 걸 모르니까 가끔 너무 헷갈리는 거예요. 한번은 휴대폰 대리업자가 거소신고증을 보고 '외국인'으로 등록해버렸어요. 그러면 휴대폰 인증으로 등록하는 모든 것을 외국인으로 등록해야 하고, 그런데 외국인이 아니니까 절차가 엇갈리고. 그렇게 불편한 일이 많았죠. 그런데 2015년 법이 바뀌어서 재외국민도 주민등록을 하게 됐어요. 이제는 명실공히 주민등록증을 한 한국인이 됐는데요. 하지만 큰 차이점은 주민등록증에 여전히 '재외국민'이라고 적혀 있는 점이에요. 이게 가끔 외국인과 동일하거나 비슷한 취급이 돼요. 이를테면 국민건강보험에 지역가입하려면 한국에 입국한 후 6개월 체류해야만 가입 자격이 생겨요. 그 6개월 동안에 잠깐이라도 국외로 나갔다면 또 재입국한 시점에서 6개월을 채워야 해요. 재외국민도 주민등록증이 있는 똑같은 내국인인데 말이죠.

'재외국민'의 표시를 떼려면 일본의 영주권을 없애야 한다고 하더라구요. 그런데 우리 재일동포들이 일본 영주권을 얻기 위해 얼마나 치열하게 싸워왔겠어요? 일제강점기 시기에 '일본인'으로서 건너오거나 끌려와서 일본에 살게 된 조선인이 광복, 즉 일본의 패전 이후에 갑자기 본인 선택권 없이 '외국인' 취급이 됐어요. 재일동포들의 특별영주권은 그냥 주어진 권리나 일본 우익들이 억지 주장하는 것처럼 '특권' 같은 것이 아니라 재일동포들이 힘겹게 싸워 얻은 역사 그 자체인 거예요. 재일동포의 정체성에 관련하는 부분이라고 저는 생각해요. 아무리 한국에 거주한다고 하더라도 쉽게 포기할 수 있는 건 아니죠. 그렇다면 '평생 여기서 산다고 하더라도 어정쩡한 입장에서 살아야겠구나'라는 것을 깨닫게 됐어요.

2015년, 아는 척도 동정도 없이 있는 그대로를 받아주는 사람과 결혼하다

서울에서 자취생활을 시작한 2014년은 그런 여러 가지로 정신적인 스트레스도 많았고 우울한 시기였던 거 같아요. 고독하고 우울한 2014년이라는 그런 기억이 있어요. 아, 하나 더 큰일이 있었다 하면 4월 16일이죠. 제가 혼자서 자취생활을 시작한 게 3월이었는데, 한 달 만에 세월호 사태가 터진 거예요. 집에서 그 뉴스를 계속 봤어요. 그러니까 마음이 더 침울해지죠. 어디 나가서 친구들이나 동료들이랑 그 서운한 마음, 슬픈 마음을 나눌 수 있었으면 좀 더 나았겠지만 그럴 사람도 없어서 힘들었어요. 하루종일 혼자 집에서 논문을 쓰면서 궁금하니까 뉴스를 보고, 답답하지만 아무것도 못 하고 동네를 서성이고. 그래서 그 4월은 아주 괴로운 봄이었어요.

그해 7월에 조각보의 동포여성들 삶이야기에 처음으로 참가했어요. 그때 저랑 짝꿍 되신 분이 안산에서 동네 지역활동을 하시는 분이셨는데, "안산에서는 지금도 계속 매주 금요일에 동네 주민들이 모여 촛불집회를 하고 있다"고 하셨어요. 그때 저는 '4월에는 그렇게 가슴 아파했는데 시간이 지나면서 벌써 나는 아무렇지 않게 일상생활을 누리고 있구나' 하는 죄책감 같은 것을 느꼈어요. 그래서 그분에게 한번 안산을 찾아가 보고 싶다고 해서 동네 촛불집회에도 참가하고 그분이 동네 주민분들과 함께 운영하는 방과후학교 등도 방문했어요. 그렇게 삶이야기로 만난 인연으로 그분이랑 친분이 쌓였어요.

가을이 끝나갈 즈음, 그 안산분의 소개로 한 남성을 만나게 됐어요. 첫인상으로는 우리가 너무 공통점이 없다는 느낌이었죠. 사업장 노동자로서 금속노조에 속하고 노조활동을 제법 열심히 하는 분이었는데, 한편 저는 일본에서 NGO 활동을 하고 아시아 친구들이랑 같이 유학을 거쳐 한국에 거주하는 사람이잖아요. 저는 노동조합이 어떤 건지 잘 모르고, 별로 통하는 얘기가 없었어요. 그래서 별로 연이 없겠구나 싶었는데, 한참 있다가 두 번째로 만났어요. 다시 만나보니까 생각보다 편하게 이야기를 나눌 수 있었던 거예요.

저는 그 당시 한국에서 새로 사람을 만나기만 하면 "일본 출신이고, 재일동포다"라고 미리 말하곤 했는데, 어떤 사람은 "설마 조총련계는 아니죠?" 그런 식으로 대꾸하는 사람도 가끔 있었어요. 그래서 처음 관계를 맺을 사람이 내가 재일동포라고 알면 어떤 반응을 보일지 좀 경계하는 부분이 있었어요. 대부분 재일동포가 뭔지 아예 모르거나, 괜히 아는 척하거나 했는데요. 소개로 만나게 된 그 남성은 이야기를 나누다 보니 아는 척도 안 하고 괜한 동정도 안 하고 그냥 있는 그대로를 받아주었다는 인상이었어요. 그리고 또 하나, 대화하다가 북한에 대한 이야기가 나왔어요. 그 남성은 "나는 빨리 통일되면 좋겠다. 그러면 금강산에 가보고 싶다"고 소박하고 솔직하게 말하는 게 참 좋아 보였어요. 한국에서 사람들을 알게 되면서 남한도 북한도 아닌 재일조선인으로서의 정체성과 가치관이 스며있는 저와 대한민국 사람들 사이에 많은 차이와 거리감을 느끼곤 했는데, 그 남성이랑 대화할 때는 그런 거리감이 덜 들어 편안함을 느꼈어요. 그렇게 자연스럽게 계속 만나게 됐어요. 특히나 너무 외로움에 지쳐버렸던 시기라는 것도 있어서인지 누군가 곁에 있어주고 이렇게 이야기를 나눌 수 있다는 것만으로도 큰 위로였어요.

제가 그 시기에 한국 생활을 힘들어한 나머지 과하게 예민해지거나 나도 모르게 남에게 공격적인 말투로 대응하곤 했어요. 의사소통이 잘 안 돼서 부딪치는 일도 잦았고요. 그런데 그분은 '그렇게 하지 말아야 했어'라는 식으로 저를 절대로 탓하지 않았고, 힘내라는 말도 안 하고 가만히 곁을 지켜줬어요. 그분을 1년쯤 만나면서 생활에도 익숙해지고 마음이 훨씬 더 편해졌던 것 같아요. 저를 아는 친구가 처음에는 제가 항상 어깨에 힘이 잔뜩 들어 있고 굉장히 날카로워 보였대요. 그런데 1년 만에 보니까 많이 부드러워졌다고 하더라고요. 그 남성이랑 2015년 말에 결혼하게 됐어요.

2015~2019년, 한일 시민 합동 뮤지컬을 공연하다

같은 시기 2015년에 한일 시민 뮤지컬에 관여하게 됐어요. 원래 일본에서 계속 활동한 시민 참여 뮤지컬 단체였는데요. 그 단체 설립자가 재일동포이고 저의 피스보트 시절 동료였어요. 그분이 한일 시민이 함께하는 뮤지컬의 꿈을 품고 한국에 왔는데, 오랜만에 재회하고 이 사업을 저도 도와주기로 됐어요. 그냥 회의 통역 정도로 생각했는데, 설마 거기에서 제가 뮤지컬을 같이하게 될 줄은 생각도 안 했어요. 근데 알고 보니 너무나도 큰 프로젝트이고, 뭔가 발 뺄 수 없는 상황이 점점 되어갔죠. 한국에서 이런 사업을 함께하는 게 저에게는 쉽지 않았는데, 저를 포함하여 첫 공연 준비에 중심역할을 한 5명이 공동대표가 되고, 그 후 비영리시민단체를 만들었어요.

2015년에 첫 공연을 했는데요, 한국과 일본에서 반반씩 총 100명이 출연하는 시민 뮤지컬이에요. 각 지역에서 100일 동안 연습하면서 그중 네 번 정도 일본에서 출연자들이 와서 합동연습을 했어요. 뮤지컬에는 '서로의 차이를 인정하고, 다양성을 존중하는 사회를 만들어가자'라는 메시지가 담겨 있는데요, 일본에서 이 뮤지컬을 매번 100명 출연자를 모집하고 공연하고 있어요. 그래서 출연자들이 '뮤지컬에서 나의 끼를 좀 발휘해보자'라는 마인드보다 뮤지컬 취지에 공감하고 몸으로 배움을 얻어간다고 할까요. 소중한 활동의 하나로 생각했으니까 일본에서 한 달에 한 번씩 한국에 올 정도로 엄청난 열정을 가지고 함께해줬어요. 한국 참가자들에게도 그런 마인드가 점점 전해지고 감동이 있었던 거 같아요. 한국 사회에도 회사에서든 학교에서든 자기 몸을 안전하게 담아둘 장소가 없다고 할까. 누구에게도 속내를 말할 수 없고, 가족과의 불화가 있고, 그런 답답함을 누구나 갖고 있잖아요. 그런 것들을 풀어놓을 수 있는 안전공간이 됐던 거 같아요.

이 뮤지컬은 우리 세상의 갈등과 평화를 압축해서 그린 거라고 할 수 있어요. 요약하면 서로 다른 문화를 가진 4개 대륙이 서로의 존재를 모르면서 화목하게 살고 있었는데, 어느 날 다른 대륙을 알게 된 사람들 사이에서 교류와 갈등이 벌어진다는 그런 내용이에요. 예를 들면 전쟁 장면에서는 서로를 알게 되면서 친해지고 싶은 사람들과 경계하는 사람들이 나타나기 시작하는데, 권력자들이 자기 대륙을 지키기 위해 전쟁으로 몰아가는 그런 장면이 있어요. 그 장면을 연습하면서 서로를 미워하는 감정을 만들어보는데, 갑자기 옆에서 누군가가 펑펑 울고 있는 거예요. 한 한국인 참가자가 "만약에 실제로 전쟁이 일어난다면 우린 이 일본 친구들과 서로 상처를 주기만 해야 하는 것일까? 라고 생각해보니 너무 슬퍼졌다"고 하는 거예요. 뮤지컬 결말은 전쟁이 벌어져 결국 세상이 망하고 재생하는 이야기인데, 재생하는 안무를 연습하면서 각자 자기 가족을 떠올리거나 내 안에서의 갈등에 대해 생각하거나, 여러 가지 생각을 통해 자연스럽게 대화를 나눴어요. 그렇게 좋은 취지와 감동적인 만남이 있었고, 4년째부터는 한국 단독 공연도 하게 됐어요. 물론 과정은 쉽지는 않아서 저도 다 내팽개치고 도망가고 싶을 정도로 부담을 느끼기도 했지만, 그래도 5년간 해냈다는 것이 뿌듯해요. 하지만 저 스스로 '뮤지컬 사업을 계속하고 싶은가?'라는 고민이 있어서 결국 5년째가 끝난 다음 해에 단체 임원을 그만뒀어요.

저는 스스로 큰 그림을 그리고 추진해갈 수 있는 스타일이 아니에요. 뭔가 계기가 있으면 흐름을 타고 저 나름 할 수 있는 것을 열심히 하는 것뿐. 그래도 제가 관심이 있는 것, 제가 할 수 있는 것에 대해 충실하고 솔직한 성격인 것 같아요. 돌이켜보면 벽에 부딪친 적도 몇 번이나 있었고, 그때마다 어떻게든 넘어가거나, 넘어갈 수 없으면 도망치거나 했죠. 열심히 해도 더 이상 안 된다고 생각하면 방향을 바꾸는 것도 나쁘진 않다고 생각하게 됐고요. 피스보트를 그만둘까 고민하고 몇 달 동안 휴직했던 시기가 있는데요. 결국 퇴직을 결심하고 같은 팀의 팀장에게 이야기를 했어요. 저는 휴직 끝에 결국 떠난다고 하면 팀장이 아주 실망하는 게 아닐까 두려웠어요. 그런데 그는 "그래도 조미수는 계속 활동가인 거지?"라는 말을 했어요. "당신이 계속 활동가로 살아간다면 피스보트에서 하든 다른 곳에서 하든 상관없잖아"라고. 저는 그 순간 너무 큰 부담을 준다는 생각에 "그건 아직은 모르겠어요"라고 대꾸했지만, 지금 떠올리면 참 고마운 말씀을 주셨다고 느껴요. 그 정도로 저를 신뢰해주셨다는 것이니까.

내 삶의 공간에 공존하는 또 다른 삶을 깨닫는 평화교육을 준비하다

여전히 "어디서 온 사람이냐?"라는 질문에 예민하게 반응해버리는 것 같아요. 얼마 전에 동네 피부관리를 받으러 갔을 때 일인데요. "어디서 오셨어요?" 하고 묻기에 "안산 사람이에요"라고 대답했는데, "외국인이세요?" 하는 거예요. "한국 사람인데요"라고 했더니, "아, 말투가 조금 외국인 같아서요." 이런 대화를 몇 년이 지나도 매일같이 되풀이해야 하는 거예요. 저는 그럴 때 한국인이지만 일본 출신이라고 되도록 말하려고 해요. 물론 그런 구체적인 설명까지 필요 없는 상황도 있지만, 그래도 그냥 '한국인'이라고 하는 것보다는 '재일동포'라고. 일일이 그렇게 설명하는 건 귀찮지만 그 귀찮음이 저의 정체성인 것 같아요. 아마도 그게 저에게는 그나마 가장 편한 방식인 거라고. 일본에서 나고 자랐다는 사실은 달라지지 않고, 무엇보다 한국에서 나고 자란 사람과 똑같은 마인드가 될 리 없으니까. 마인드는 겉으로 보이지 않지만, 만일 제가 몇 년 후엔 원어민과 똑같이 아주 유창하게 한국어를 구사하게 된다고 하더라도 그것은 달라지지 않을 거예요.

어떻게 보면 다시 새로운 재일동포 정체성과의 만남이라고 할까? 더 의식적으로 살 수밖에 없다는. 앞으로 평생 한국에 산다면 그런 의식은 이제 버려도 된다고 생각하는 사람도 있겠죠. "이제 한국 사람 다 됐다"는 말. 그 '한국 사람'이란 무엇일까? '국민'이란 무엇일까? '시민'이란 무엇일까? 저는 그런 부분에 관심이 있으니까 쉽게 버릴 수 없어요. 저는 그냥 '재일동포, 재일조선인이라는 게 자기 자신을 표현할 때 가장 편하니까 그렇게 살아가는 거겠지'라고 지금은 받아들이고 있어요.

그래도 그렇게 받아들이고 여기서 생활할 수 있다는 건 그나마 행운인 거 같아요. 한국에 사는 재일동포 중에 그렇지 않은 친구도 있으니까. 저보다 더 오래 한국에 살고 있는 재일동포 친구가 계약직으로 일본어 강사 일을 하고 있는데, 회사 측에선 일본 이름을 쓰라고 한대요. 왜냐하면 원어민이 더 인기가 많으니까 일본인으로 보여야 한다고 해서요. 그 친구는 일본에서 재일동포라는 것을 감추고 일본 이름으로 살아야 한다는 게 너무 힘들어서 일본 생활을 다 정리해서 한국에 왔는데, 한국에서 또 그런 취급을 받아야 했어요. 그래도 먹고살아야 하니까 어쩔 수 없이 회사가 시키는 대로 일본 이름으로 강사를 하고 있는데, 그게 얼마나 억울하겠어요. 한국 사람들이 재일동포에 대해 전혀 모르면서 이런 차별이 존재한다는 것을, 이건 명확히 부당한 차별이라는 것을 얼마나 알고 있을까요? 그런 이야길 들으니까 너무 가슴이 아프고, 저의 고민 같은 건 고민도 아니라고 생각했어요. 그런 아픔을 재일동포들은 누구나 다 조금씩 갖고 있는 것 같아요. 불편하거나 억울한 말을 들어도 그냥 참고 넘어가고. '한국 사람들은 어차피 이해를 못하니까' 하고 삼키고 살고 있는 거죠.

그런 문제의식에서 '뭔가 내가 할 수 있는 일이 있을까?'라고 계속 고민하고 있어요. 아직은 작은 움직임이지만, 조각보에서 '상호이해 평화교육'이라는 프로그램을 하게 됐어요. 이런 느낌은 한국에 사는 재일동포뿐만이 아니라 각 지역 동포들에게 크고 작게 공통되는 부분이 있어요. 어느 중국동포분이 이런 이야기를 하셨는데, "한국에 오니까 갑자기 외국인이 됐다. 나는 이제까지 중국에서 조선족으로 살면서 한국어를 하고 한국 문화로 살아왔는데, 한국에 와보면 사람들이 완전히 외국인으로 보니까 깜짝 놀랐다"고 하셨어요. 그 말에 너무 공감이 가는 거예요. 그래서 '이렇게 느끼는 건 재일동포만이 아니구나'라고 깨달았어요.

왜 한반도에서 흩어진 동포들이 존재하는지, 동포들이 어떤 역사, 문화, 생각을 가지고 살아왔는지를 남한에 태어나고 자란 사람들도 잘 알아야만 편견을 깰 수 있다고 생각해요. 한국뿐만 아니라 어느 사회에서든 작은 파문을 일으키는 질문을 던질 수 있는 것은 '경계에 있는 사람'이라고 생각을 하니까. 그래서 각 동포 여성들이 자기 삶이야기를 통해 서로 이해를 넓혀가는 그런 평화교육을 시도하는 중이에요. 누군가의 삶을 통해 내 삶의 공간에 또 다른 삶이 있다고 깨달아가는 것. 그것을 통해 함께 사는 사회를 만들어가는 것. '아주 먼 길일 수도 있지만, 제가 할 수 있다면 그런 길을 찾아가는 것이 아닐까?' 어렴풋이 그런 희망을 품고 있어요.

Herstories 10

김향, 197×~1998 북한을 살다

유치원 시절, 언제나 늦는 엄마를 기다리다

197×년 1월생이고요. 함경도에서 태어났어요. 가장 어렸을 때 기억은 유치원 다닐 때 무용반이었거든요. 선생님이 무용도 가르쳐주시고 노래도 하라고 그러시고. 혼성듀엣 시켜가지고 발로 막 통통 튀는 것도 있어요. 근데 제가 통통 못 튀었나 봐요. 발을 한 대 딱 때리시면서 듀엣 연습시키던 기억도 나고. 탁아소 때 기억도 있는데, 엄마가 항상 늦게 왔어요. 1층은 젖먹이부터 시작해서 아주 어린 애들. 2층에는 유치원 준비반 애들이 있었나 봐요. 2층에서의 기억이 저녁에 막 어둑어둑해지는데 선생님들이 없어요. 시커매요. 불 안 켜서 그런데 밖은 안보다 환하잖아요. 애들이 다 창문에 붙어 앉아 있는 거예요. 애들이 서너 명이 있었어요. 엄마 언제 오나 계속 내다보고. 북한 창문들은 통창이 없어요. 유리를 조각조각 이어붙인 창문이 많았어요. [창가에] 앉아 유리와 유리가 이어진 틈에다가 두 번째 손가락으로 죽 내리그었는데, 피가 막 나고. 그거 보고 울면서 엄마를 계속 찾던 기억도 나고.

엄마가 아침 7시에 출근하셔서 밤 12시, 1시에 퇴근하셔요. 그 학교가 영예붉은기학교, 이중영예붉은기학교, 모범체육학교. 갖은 영예는 다 가지겠다고 애들을 좀 많이 달궜나 봐요. 그래가지고 엄마가 항상 12시, 1시에 들어오고. 시험이 있으면 언니들 집까지 데려와서 아파트 복도에서 공부시키고. 언니들이 밖에서 에이, 더블유, 영어단어 암기하던 기억도 나고. 저는 유치원 끝나고 엄마네 학교에 가서 엄마네 학급 책상 맨 뒤에 앉았던 기억이 있고. 혼자서 마당에서 놀던 기억이 있고. 엄마 분과실, 국어문학교원이었으니까 국어문학분과실 들어가서 엄마를 기다리던 그런 기억도 나요.

우리는 유치원 때 총놀음을 많이 놀았어요. 군사놀이, 전쟁놀이. 남자애들은 총 쏘고 여자애들은 머리에 꽂는 빈침 있잖아요? 그걸로 부상병들한테 주사를 놔준다고. 처음에 편을 가를 때 홍군, 청군 하면서 홍군은 좋은 사람, 청군은 나쁜 사람. 홍군에 뽑혀가고 싶어서 맛있는 걸 가져와서 대장한테 홍군 간호사 시켜달라고. 안 시켜주면 괜히 우울해 있고.

산가지 아시는지 모르겠어요. 모나무. 산가지라고. 모나무는 정육각형 모양의 나무토막에 빨간색, 노란색, 파란색 등 색깔별로 있고. 그다음에 산가지는 길고 가는 나뭇가지를 만들어가지고 선생님이 수학 시간에 "산가지 3개!" 하면 3개 딱 들고. "노란색, 빨간색 모나무 몇 개, 이거 더하면 얼마예요?" 이렇게 하고. 수학공부가 끝나면 나무통 안에 넣어두곤 했어요. 엄마가 그거는 잘 만들어주셨던 거 같아요. 학부형이나 학교 목수 선생님들한테 부탁해가지고. 그거 꺼내는 재미도 너무 좋았던 기억도 나고.

집에서 못 받은 사랑을 학교에서 다 받다

인민학교 2학년 때 처녀 선생님이 우리 학급 맡으셨는데, 선생님이 저한테 책임도 맡기시고. 항상 자기네 집에 갈 때도 데리고 가셔서 옷도 빨아 입히시고 밥도 해먹이셨어요. 엄마가 늘 바쁘시니깐 저한테 관심을 못 돌리잖아요. 그래가지고 연필을 잘 깎아주지 않으셨어요. 연필을 쓸 때 다 무뎌지면 이빨로 그걸 물어뜯는단 말예요. 그걸 보고 그 처녀 선생님이 샤프, 샤프심 창턱에 놓으면서 "애들아, 이거 향이 거니까 다치지 말라"고. 건드리지 말라고. "향아, 너 연필 없으면 여기 와서 샤프 쓰고 다시 그 자리에다가 갖다놓구 가라" 하시는데, 특이하게 너무 이뻐하셨어요.

선생님께서 함흥에 회의 가시면 저를 꼭 데리고 다니셨어요. 빽빽이차라고 있는데 작은 레일 타고 달리는, 기름으로 달리는 그런 차였어요. 마전에서 함흥시까지 왔다 갔다 하면서 출퇴근 담당하는 차거든요. 한번은 그걸 타고 갔다 돌아오다가 실수로 한 역 전에 미리 내렸다가 "향아, 잘못 내렸어. 다시 올라와" 하시는 말씀 듣고 다시 올라왔던 기억도 있고.

인민학교 때 소년단 지도원 선생님이 총각 선생님이셨는데, 어느 날 "여기 2학년 6반 분당위원장 일어나 봐." 일어나니깐 또 잘해주시는 거예요. 공부 잘하는 애들을 자연실이라는 데 모아놓고 1고등학교에 보낸다고 공부를 시켰거든요. 남녀 혼합학교였죠. 혼합반은 아니고. 근데 제가 너무 부끄러움이 많아서 그 자연실 못 들어가고 앞에 가만히 서 있으면 소년단 지도원 선생님이 제 등 떠밀어서 안으로 넣어주시고.

한번은 빨간 넥타이를 안 매고 왔어요. 빨간 넥타이라는 게 소년단원이라고, 생활도 잘하고 공부도 잘하는 애들 순서대로 2월 16일에 1차 입단시키고, 4월 15일에 2차, 나중에 6.6절이라고 소년단 명절이 있는데 그때는 소년단에 입단 못한 애들한테 그냥 몽땅 넥타이를 매여요. 말 그대로 소년단 조직이죠.

북한은 조선로동당, 조선사회주의로동청년동맹, 조선소년단 이렇게 3개 부류로 조직생활을 하는데, 그니까 우리가 제일 새끼 단체죠. 애기 단체. "공산주의 건설의 후비대가 되기 위하여 항상 준비하자!" '항상준비'라고 빼지도 있고. 빨간 넥타이 매는데, 제가 1기로 2월 16일에 입단했거든요. 근데 항상 넥타이를 잊어먹고. 다른 애들은 매고 싶어서 안달인데 저는 안 매고 오니까 선생님이 하루는 밖에다가 벌을 세워놓고 했던 기억이 나요.

학교마다 교실마다 들어가 보면 음악시간에 선생님들이 사용하는 발풍금이라고 있었어요. 지도원 선생님이 제가 그걸 치고 싶어 하니깐 아무 빈 교실에 들어가 치게 하는 거예요. 발풍금은 선생님들만 치는 거란 말이에요. 근데 제가 가서 막 치고. 그럼 밖에 나와 보면 애들이 질투 나가지고서 새촘해 있고. 지도원 선생님이 자전거 뒤에 태워 운동장 한 바퀴 돌기도 하시고, 집에까지 태워서 데려다주시고. 주말에는 선생님네 집에 동생이랑 TV 보러도 가고. 가게 되면 부모님도 잘 대해주셨던 기억이 나요.

또 지도원 선생님이 구역 사로청이라는 데가 있는데, 거기서 공부를 하고 오셨어요. 사로청학곤가? 소년단 지도원 하다가 거기 가서 공부하면, 간부 되기 위한 기초 공부라고 생각하면 돼요. 거기 졸업하면 또 공산대학이라는 데 가고. 공산대학 졸업하면 간부가 되거든요. 구역당 학교 6개월 갔다 오셨어요. 선물 가져와서 저랑 제 친구를 부르시더니 선물을 주시는 거예요. 주면 똑같은 거 안 준단 말이에요. 얘는 볼펜 주고, 얘는 뭘 주고 뭘 주고. 그러면 누구 께 더 좋나 보기도 하고.

그다음 고등중학교잖아요. 그 소년단 지도원 선생님이 중학교 올라갈 때 중학교 소년단 지도원 선생님 만나셔가지고 "우리 향이 잘 부탁한다" 이렇게 인계까지 해주셨어요. 저는 우리 학급이 가는 학교에 안 갔어요. 딴 학교에 갔거든요. 딴 학교에 가면 다른 학급 모르는 친구들하고 제가 섞여야 되잖아요. 그러니까 그 선생님이 저를 데려가서 거기 소년단 지도원 선생님 보고 "이 학생 공부도 잘하고 착하다"고. "잘 부탁한다"고 그러고 가시고.

거기 가서 첫날 시험을 봤어요. 국어하고 수학 시험을 봤는데, 등수를 써 붙였는데, 어떤 선생님이 제 이름 부르면서 어디 있냐고. 저라고 하니까 1등 했다고 꼭 안아주시는 거예요. 그렇게 해가지고 선생님들의 관심을 순간적으로 받게 되고. 친구들 관심도 받게 되고. 그 학교에서 책임지도원 선생님을 또 잘 만났어요. 책임지도원 선생님이 친아빠처럼 엄청 잘 챙겨주셨어요. 그래서 아빠한테 학대받던 걸 학교에서 다 치유받았지요.

평등한 학생복, 가난해도 학교에서는 언제나 행운아였다

우리 반에 친척이 있었는데, 그 친척 집이 좀 잘 살았어요. 간부 하는 집이었는데, 저랑 걔랑 딱 짝꿍이었거든요. 근데 걔가 공부를 좀 못 했어요. 시험 볼 때마다 제가 다 써줬어요. 북한은 둘이 앉으면 너는 1안, 나는 2안 서로 문제가 다르잖아요. 그러면 서로 보고 못 쓰죠. 근데 걔는 그렇게 해요. 걔는 2안 써도 돼요. 얘는 선생님들이 부탁하는 것들을 다 해결해올 수 있는 힘 있는 집 애라서 좀 많이 봐줬어요. 그래가지고 내가 1안 쓰면 걔도 1안 쓰고. 제 거 다 보고 쓴단 말이에요. 걔가 미처 못 베끼면 내가 다 써주고. 그렇게 6년 동안 그 친구가 학급 책임 맡았어요. 분단위원장이라고. 분단위원장은 매월 분단총회라는 걸 해야 되고. 그러자면 보고서를 써야 돼요. 그것도 제가 다 써주고.

집에 가는 게 싫으니까. 아빠가 싫고, 배가 고프니까 집에 안 들어가려고 이 친구네 집에 계속 갔어요. 공부 배워준다는 핑계로. 가서는 배고프니까 밥 먹을 때까지 안 가요. 그러고는 좀 늦었다고 또 안 가요. 그 집에서 자. 그러면 걔네 엄마가 나를 좋아하겠어요? 안 좋아하지. 싫어하죠. 항상 저를 혼냈어요. 제가 그 집에서 그렇게 천대받으면서도 그 집에 있었다는 자체가 집에 가는 게 그보다 더 지옥이었겠죠.

한번은 자는데 걔네 아빠가 낙지를 사오신 거예요. 근데 저는 항상 배고파하는 애잖아요. 근데 낙지 냄새 딱 나니까 아마 제가 제일 먼저 깼을 거예요. 그 냄새 때문에. 근데 자기 가족만 깨우고 저는 안 깨우더라구요. 나도 먹고 싶은데. 눈만 감고 있는 거지. 그 사람들은 막 뜯어먹고 있고. 참 지금 생각해보면 고마울 때도 있어요. 비록 저를 계속 천대했지만, 그 힘들 때 그 집이 있었기 때문에 내가 영양실조가 안 온 거죠. 기는 좀 많이 죽이긴 했지만.

고등중학교 2학년 때 평양에서 열린 전국소년단대회 대표로 참가해서 선물도 타오고. 한 달 동안은 학교 아이들이랑 선생님들이 난리가 났죠. 부러워서. 남들은 노력해도 안 되는데, 저는 어떻게 된 영문인지 자꾸자꾸 좋은 곳에 스카우트됐어요. 5월 한 달 동안 저희가 매일 구역 사로청으로 출근하다시피 했거든요. 처음엔 30명 뽑혔는데, 한 달 동안 솎아서 8명 남더라구요. 대부분 간부 자식들이 뽑혀가는데, 구역 사로청 청사 안으로 뇌물 실은 차들이 자주 들락날락하더라구요. 그러니까 우리는 11개 고등학교에서 8명 뽑혀갔죠. 함흥역에서 6월 1일 밤 11시 혜산-평양행 열차를 탔어요. 도마다 기차 한 개 빵통(기차 한 량)씩 탔어요, 그때 평양 가는 기차 안에서 대회 참가자들 모두 잠이 안 와서 오락회가 열렸고 거기서 노래를 불렀는데, 거기 있던 사람들한테 딱 각인되더라구요. 도 · 시 · 군 구역 사로청 분들한테. "저기 ○○고등중학교 단위원장 누가 노래도 잘하고" 뭐 어쩌고. 그때 소년단위원장 간부 표시를 팔에 달았거든요. 그거 달고 대회에 참가했는데, 그때 소문이 좋게 나가지고 덕을 좀 많이 봤죠. 나중에 고등학교 졸업할 당시 평양 청년협주단에 추천받았고. 암튼 누구나 다 가고 싶어 하는 곳에 부모의 도움 1도 없이 뽑혀서 간 케이스니까 전 학교, 전 구역이 난리가 난 거죠. 그때 그렇게 갔다 와서 또 인기 한참 누리고.

북한에는 소년회관이라고 있어요. 소년회관이라는 데서 예체능 애들을 뽑아서 아침에는 공부하고. 아침반, 오후반 아시죠? 아침반이면 오후에 가서 특기적성 하고, 오후반이면 아침에 가서 하고 오고. 이렇게 하는 건데, 인민학교 때부터 계속 뽑혀는 갔어요. 아빠가 그 당시 소년회관 관장을 하시다 보니까 아빠가 자기 눈에 흙이 들어가기 전에는 자식을 날라리로 안 키운다고 항상 쫓아 보냈어요. 예술체조 소조도 가고, 성악 소조도 가고, 손풍금 소조도 가고. 갔다 하면 아빠 때문에 다시 쫓겨오고. 또 갔다가 오고. 그다음에 아빠가 그 일을 그만두고 다른 데로 소환되셔서 그때 다행히 스카우트된 거예요.

소년회관에서는 저를 가수로 키우겠다고. 우리 학교 선생님, 책임지도원 선생님 그렇게 반대하고, 담임 선생님도 반대했어요. "얘는 공부를 해야 되는 애다" 이렇게 됐는데, 소년회관 그 선생님이 좀 유명한 곳에 계시다가 사고로 내려오신 분이셨어요. 그분이 "무조건 키우겠다. 아깝다. 공부도 하면서 거기를 왔다 갔다 하니까 괜찮을 거다." 근데 우리 학교에서는 "안 보내겠다" 이렇게 됐는데, 책임지도원 선생님이 하루는 부르시더라구요. "너 소년회관 갈래? 아니면 여기서 사로청위원장 할래?" 제가 간부를 좋아했어요. 항상 해오던 거니까. "거기 안 가면 너 김일성 청년영예상도 탈 수 있다. 수상자 명단에 다 들어가 있으니까." 그래도 내가 노래를 좋아했나 봐요. 나는 "그런 거 다 필요 없다. 간부도 필요 없고 다 필요 없다. 나는 노래하겠다. 소년회관 가겠다."

그다음부터 책임지도원 선생님과 사이가 틀어지고, 안 좋아지고. 우리 반 선생님이 책임지도원 선생님보고 "이 친구를 어떻게 할까요? 우리 학급에서라도 작은 간부라도 시키고 싶은데" 하니까 그 선생님이 "절대 아무것도 시키지 말라"고. 그렇게 했어요. 간부면 대우를 받게 되어 있어요. 항상 거느리는 스타일이잖아요. 근데 그다음부터는 애들하고 같이 대열 안에 들어가 있어야 되고. 그래도 난 노래하는 게 더 좋았나 봐요.

소년회관에 가서 진짜 혜택을 많이 받았죠. 피아노도 치라 그러고. 피아노도 소년회관마다 다 있는 건 아니고 딱 하나씩 있는데, 피아노를 다 열쇠까지 잠가놔요. 그러면 열쇠를 쥐고 있는 사람이 피아노를 칠 수 있어요. 저하고 작곡가 선생님 두 사람만 피아노 칠 수 있었는데, 저는 하도 그게 그냥 얻어진 거니까. 노력해야 하는데, 내가 원해서 해야 되는데, 모든 게 그냥 차려지니까 그걸 소중하게 생각할 줄 모르고. 막 계속 놀고 싶으니까 "피아노 연습 안 하니?" 선생님이 그러면 "열쇠 잊어먹었다"고 그러고. 그러면 열쇠 까서라도 해야 되는데. 내가 잘 하려면. 근데, 그런 것도 안 하고. 그냥 선생님 말씀을 잘 안 들었네요. 스카우트되어 간 케이스라고 너무 모든 걸 쉽게 생각하고. 그니까 지금 생각하면 참 내가 좀 복에 겨운 학생이었다 생각도 들고. 지 마음대로 그냥 다 휘젓고 다니고. 너무 이렇게 행운아였어요. 학교 졸업할 때까지는요.

하루는 고등중학교 담임 선생님이 우리 학급 친구들한테 쪽지 나눠주면서 "무기명으로 여기다 의견 있는 거 써내라. 선생님에 대해서." 근데 선생님이 의견 쓴 거 다 보고 나서 저를 분과실로 부르시는 거예요. 분과실 같이 올라가시더니 다 읽어보래요. 봤더니 50%가 "선생님은 왜 향이만 챙겨주나" 이런 게 많더라구요. 내가 정말 혜택을 많이 받구 사는구나. 근데 그냥 다 거저 온 거니까 그 소중함을 모르고 그냥 보냈는데, 학교에서 가난한 학생이 그렇게 할 수 있는 건 똑같은 학생 복장 때문이라고 봐요. 학생복은 평등하잖아요. 교복 입고 다니면 누가 가난하고 누가 잘 살고 이런 걸 몰라요.

그때는 그렇게 내가 가난해도 공부도 좀 했으니까 떳떳하지 못할 것도 없고, 기죽을 것도 없고. 항상 선생님들이 막 잘 대해주시니까 그냥 제 세상이 되어가지고 가난해도 자존감이 아주 높았어요. 소년회관 다니는 애들에는 좀 잘 사는 집 애들이 많아요. 소년회관 애들이 후에 졸업하고 나서 동생들보고 "너희 언니가 재포(북한으로 귀국하여 정착한 재일동포)인 줄 알았다'"고 했다더라구요. 그래가지고 부러워했대요. 모두가. "쟤는 어떻게 저렇게 잘되지? 선생님들은 왜 쟤를 저렇게 잘해주지?" 모든 걸 다 부러워했대요.

고난의 행군, 기차 발판에 매달려 식량을 구하러 다니다

4학년부터 고난의 행군이 왔어요. 그래서 제가 엄마 아빠 대신에 돈 벌러 다녔어요. 열세 살인가 열네 살 때 엄마가 저를 데리고 어디 갔냐면 황해북도. 함경도에서 황해북도를 간다는 게 여기서 말하면 경기도에서 경상도 쪽으로 가는 거나 같아요. 그쪽까지 기차를 타고 가는데, 그쪽은 신계라고 쌀 고장이에요. 우리 쪽은 공업도시잖아요. 쌀 고장에서는 알 수 없는 공업품들이 많이 나잖아요. 싸고. 그러면 싼 걸 사가지고 거기 가서 쌀, 강냉이 바꿔와서 먹고 했는데 거기를 데려가신 거예요. 그래서 한 번 경험했잖아요. 고다음부터는 엄마는 여행증을 못 해결해서 못 가고 저희를 보내시는 거예요.

북한은 여행을 가려면, 기차를 타려면, 차표도 물론 있어야 되지만 여행증명서라는 걸 떼야 돼요. 여행증명서를 어디서 떼냐 하면 행정위원회 2부라는 데 가서 떼요. 북한의 시스템은 당이 있고 행정이 있어요. 당이 더 윗선이죠. 행정은 두 번째. 행정위원회 2부라는 데서 여행 갈 수 있게 증명서를 떼주는데, 이것도 거기 친척이 있어서 결혼식을 한다든가, 누가 죽었다든가 이런 소식 받은 걸 갖다 바쳐야 여행증명서를 떼준단 말이에요. 근데 어른들이 어디 초상집이 그렇게나 많구, 그런 일들이 많겠어요. 우리는 학생옷이 [증명서예요]. 학생들은 열차표도 필요 없었고, 여행증명서도 필요 없었어요. 공민증도 없는 애들은. 그러니까 어른들이 갈 수 없으면 애들이 그걸 다 맡아서 갔다 오는 거예요. 가끔은 동생을 데리고 가기도 하고. 가끔은 선생님들 같이 가기도 하고.

동생들 데리고 식량 구하러 가면, 북한 기차가 연착이 자꾸 돼요. 시간 안에 안 와요. 저녁 9시에 올 차예요. 가보면 또 "2시간 연장됐습니다." 11시에 들어온다 그랬는데, 또 11시 되면 또 "1시간 연착됐다." 이건 아주 애교스러운 거예요. 오늘 오겠다 했는데 일주일 후에 올 때도 있어요. 그러면 어떻게 하겠어요? 집에 들어갔다 나갔다 하면 집에 죽도 없어 못 먹는데, 우리 도시락 싸주려면 거덜이 나잖아요. 그러니까 집이 있는데도 집에 못 들어가고 역전에서 억지로 졸고 있는 거예요. 열차가 계속 연착되니까 계속 역전에 있게 되고 어떨 땐 막 굶어야 되잖아요. 어떨 때는 쉬었다고 버리는 밥도 괜찮다고 하고 냄새 살짝 맡아보고 먹기도 하고. 그래서 우리 쉰밥도 많이 먹었어요, 역전에서.

고난의 행군 시기는 역전에 꽃제비들이 너무나 많았어요. 역전 한쪽 벽에는 꽃제비들이 쫙 누워있었어요. 항상 두세 명은 죽어 나가요. 그걸 안내원들이 치워요. 열차표 개표하는 여자 안내원들이 시체 처리를 많이 나왔어요. 가마니 있잖아요. 쌀가마니 같은 데다 그냥 둘둘 말아서 들것에 들고 가는데, 시체를 보고 욕하는 거 있죠. "어우, 또 죽었네." 너무 많이 죽어 나가니 매일 그렇게 처리해야 되니까 그 사람들이 너무 힘든 거예요.

저희 고향에 비료공장이 있으니까 비료하고 곡식을 바꿔오는 일을 많이 했거든요. 비료 배낭이라는 게 정말 무거워요. 제대로 먹지도 못한 애들인데다가 비료 배낭이 무거우니까 차에 오를 때도 너무 힘들었어요. 뒤에서 막 잡아 당기는 거 같은 거예요. 그거 메고 차에 겨우 올라요. 그런데 차도 사람들이 꽉 차가지구 들어갈 수가 없어요. 그러면 어디 타겠어요? 사람이 밟고 오르내리는 발판에 탈 수밖에. 거기 딱 붙어 있을 수밖에 없어요. 그렇게 많이 다녔어요.

초기에는 그 정도까지 힘들게 안 다녔는데, 어느 순간 배급을 아예 딱 중단해버리더라구요. 그전에는 밀려서 배급을 늦게 줬다 뿐이죠. 월급 밀리듯이. 5월에 줘야 될 배급을 6월에 준다든지, 아니면 7월에 준다든지 이렇게 밀렸는데 어느 순간 아예 끊어버린 거예요. 못 주겠다 미리 알려주고 끊어버렸으면 사람이 그렇게 많이 안 죽었어요. 근데 아무 말 없이 확 끊어버리니까 그냥 무더기로 죽어 나가는 거예요. 못 주면 이제부터 못 준다 해야 하는데, '언젠가는 꼭 준다' 이런 희망을 줘버리는 바람에 사람들이 손 놓고 있다가 그냥 다 죽은 거예요. 굶어 죽은 거예요.

개마고원에 장진이라는 데가 있어요. 옛날에 미군이 그쪽에서 많이 얼어 죽었대요. 장진이라는 데는 감자고장이거든요. 거기 감자 캐러 가을에 동생, 막낸가? 데리고 갔어요. 술 한 병씩 차고. 친척집에 갔는데 거긴 감자고장이니까 감자 배부르게 먹잖아요. 기차 타고 갔다가 어느 군 역에서 내려 그다음엔 뭘 타야 되냐면 '이끄라'라는 거를 타야 돼요. 고원이라 지대가 높잖아요. 가파르고 높은 곳은 경사가 45°, 60° 되는 데를 올라가야 해요. '이끄라'라는 게 뭐냐 하면, 밧줄 달린 삭도라고 해야 되나? 줄 타고 쫙 가는. 그 리프튼가? 이렇게 타고 가야 돼요. 그런데 전 한 번도 못 탔어요. 왜냐하면 전기 사정이 어렵다 보니까 그것도 안 다니는 거예요. 그래가지고 그 '이끄라' 레일 타고 걸어서 올라가야 돼요. 산길을 따라 계속 힘들게 힘들게 걸어가야 해요. 거기는 순 산만 보여요. 경치는 좋아요. 경치 구경도 하면서 막 오르고. 가을이니까 너무 이쁘잖아요.

하루는 감자를 막 캐는데, 좋은 것도 있고 캐다 보면 나쁜 것도 있잖아요. 점심시간 됐으니 먹어야 되잖아요. 거기서 제일 상태가 안 좋고 콩알만

한 감자랑 파란 감자들 먹었어요. 그때는 파란 감자에 독이 있다는 걸 몰랐어요. 제일 좋은 것들은 집에 가져가야 되니까 남겨놓고. 자잘한 요런 것까지 다 꺼내놓고 밭에다 불 피워가지고 그 쭉정이 감자를 구워 먹은 거예요. 어떻게 됐겠어요? 둘 다 배 아파 쓰러진 거죠. 배고프니까 껍질도 안 버리고 통째로 다 먹는단 말예요. 그래가지고 배 아프지, 설사하지, 난리 났죠. 그랬더니 친척이 "너네 점심에 뭐 먹었냐?" 묻는 거예요. 그래서 감자 그런 거 먹었다니까 "니들 미쳤냐? 죽을 수도 있는데 그걸 왜 먹었냐? 그 독 있는 감자를." 그때 정말 죽을 뻔했어요. 둘 다 복통이 오고, 설사하고. '이게 뭐야. 먹고 살자고 하다가 오히려 죽을 뻔했네' 하면서 놀란 적도 있고. 감자 배낭이 정말 돈도 안 되고 제일 고난이에요. 말 그대로 돌이잖아요. 그거 메고 오면 등에 배겨가지고 집에 와보면 멍이 여기저기 들어 있고.

"딴 집 애들은 잘도 죽던데, 너네는 왜 한 명도 안 죽냐?"

졸업할 때 되니까 도 사로청에서 제게 연락이 왔더라구요. '평양 청년협주단'이라는 곳에서 가수 1명, 무용수 2명 뽑는다고 와서 노래 불러보라고. 그래가지고 가서 불렀죠. 문건 떼오라고 해서 부리나케 뛰어다니며 평양 가나 보다 했는데, 결국 예술 하려면 돈이 있어야 되더라구요. 그 사람들이 노골적으로 요구하더라구요. 돈 얼마나 준비해라. 그런데 우리 집은 여력이 안 되거든. 그때 제 문건이 평양에 왔다 갔다 하다보니까 떠 있었어요. 원래는 학교 졸업하고 대학 못 가면 문건이 공장으로 넘어가야 돼요. 우리는 대학 갈 처지도 못 되고 공장으로 넘어가야 되는데, 제 문건은 평양으로 왔다 갔다 이렇게 하다 보니까 떠 있었단 말예요. 그러니까 공장 배치는 못 받고 계속 먹을 것 구하러 학생 때 입던 옷들 그대로 입고 왔다 갔다 하고. 20대 꽃다운 시절, 옷도 이쁘게 입고 식도 좀 부리고, 남자친구도 좀 사귀고 이래야 될 나이인데. 그러지도 못하고 계속 역전에만 있으니까. 집에서는 계속 아빠한테 매를 많이 맞다 보니까 집에 있기 싫어서 식량 구하러 자주 다니려 했던 거 같아요.

[고난의 행군 전에] 아파트 [살던] 때가 정말 그립죠. 아파트 때는 서로 저 집이 숟가락이 몇 개인가도 알고, 저 집에 아버지는 뭐하고 엄마는 뭐하는가도 다 알고. 놀고 있다가도 누구네 엄마가 "향아, 올라와서 뭐 먹어라" 이러면 또 들어가서 먹기도 하고. 4층에 살았는데 물이 너무 안 나와서 1층이나 2층으로 물 길러 갔죠. 저층만 물이 나왔으니까요. 어떤 집은 창문 밖으로 이렇게 호스를 빼놓거든요. 사람들이 물 길을 거 알고. 그러면 우린 그 집 바깥에서 물 긷고. 어떨 때는 집 안에 들어가서 긷기도 하고. 또 아파트에서 소독약 뿌리면 집에 못 있잖아요. 연탄불에다 약을 넣고 나오면 숨이 막혀 집 안에 못 있으니 모두 아파트 앞마당에 모여앉아서 아코디언 있는 사람 아코디언, 기타 있는 사람 기타, 해가지고 밖에 있는 화단 턱에 걸터앉아 노래 부르고, 수다 떨고, 지나가다가도 춤추고. 모르는 사람끼리도 록음기 하나만 있으면 사람들 막 모여서 춤추고. 명절이면 시장부터 시작해서 할머니들이 막 북이랑 장구 두드리고 떠들썩거리고.

북한은 정전이 많이 돼요. 밤에 딱 불이 가잖아요. 그러면 먼저 밖을 내다봐요. 아파트들이 앞에 쫙 있잖아요. 그럼 딱 보고, "아, 저 앞에 아파트는 불이 왔어." 그럼 우리 아파트가 문제 있는 거야. 밑에 층에는 또 불이 들어왔는지 봐요. 밑에 층도 불이 왔으면 합선돼가지고 한 줄(층)이 다 불이 가게 되는 거야. 11세대가. 그럼 아빠가 우리보고 의자 들고 오라 그래요. 뻰찌 하나 들고 나가. 가스불이라는 게 있어요. 돌로 된 가스 아세요? 카바이튼가? 위에다가 물을 넣거나 해가지고 불이 착~ 이렇게 밝았어요. 그거 비춰주면 아빠가 고치고. 그럼 [전기]불이 [들어]오면 "불이 왔다" 하고 환호성이 울려 퍼지고. 사람들이 불 고치는 거 모두 지켜보았단 말예요. 우리 엄마는 불 고치다가 아빠 혹시나 다치실까 봐 "하지 마요. 다른 사람 고치게 놔둬요" 이러는데, 우리 아빠는 먼저 가서 고치고 그랬던 기억도 있고. 벽지 붙이는 것도 아빠가 다 하셨어요.

아빠가 남자가 할 일들은 좀 다 하는 편이었어요. 여자가 해야 된다 하는 일들은 장판 닦거나 쓸거나 부엌에 들어가 요리한다, 이런 건 절대로 하면 안 돼죠. 진짜 전형적인 북한 남자였죠. 틀만 잘 차리는 그런 분이셨어요. 우리 어머니가 얘기하는데, 제가 그렇게 잘 울었대요. 그래가지고 "향이 아빠, 애기 좀." 부엌에서 밥하잖아요. 그러니까 "좀 안아보라"고. 그런데도 계속 안 그쳤나 봐요. 땅에 그냥 놓는 거예요. 그럼 더 발악하죠. 더 우는 거야. 그럼 발로 차더래. 그러다가 앨 죽이겠다 싶어 엄마가 포대기에다 업고서리 항상 일했다고.

우리 아버지는 말이 안 이뻤어요. 여자들 너무 하대했다고 해야 되나? 여자는 이 세상에 없어도 되는 존재. 그때는 딸만 낳으면 여자들이 진짜 마음고생을 할 때죠. 대를 이을 아들 하나 못 낳아줬으니까. 근데 엄마한테는 뭐라 안 했어요. 우리를 그렇게 구박했어요. 심하게 했어요. 어릴 때는 아빠가 하도 화를 많이 내니까 그냥 무서웠죠. 그게 어느 순간부터 울분으로 바뀌더라구요. 대꾸질이나 이런 걸 하면 아빠가 혼낼 거라는 걸 뻔히 알면서, 맞을 걸 뻔히 알면서도 저는 만들어서 맞았던 거 같애요. 나도 모르게 아빠한테서 전염돼 저도 감정 조절을 하지 못하고 그냥 아빠한테 막 뱉었던 거 같애요. 조금만 엄마를 힘들게 하는 행동을 했다 그러면 아빠한테 안 좋은 소리를 막 해가지고. 아빠가 열이 오르게 해가지고 맞지 않을 것도 맞고.

아빠가 우리를 고생 안 시키고 먹여살렸으면 아빠한테 맞아도 미움 그런 게 없었을 거 같애. 근데 우리가 나가서 고생하며 들여온 걸 드시면서 그렇게 행동하신 건 더 이렇게…. 내일 당장 쌀이 없어. 먹을 게 없어. 그래도 요만큼 남은 것도 무조건 술 바꿔다 드시는 분이니까. 울분이 계속 찰 수밖에 없고. 딸들이 자식이라고 생각을 안 하나? 나가서 그 고생하면서, 기차 타고 다니면 죽을 수도 있는데. 발판에 타고 다니잖아요. 발판에서 몇 정거장 가다가 누가 올려주면 올라가고 안 주면 그냥 고 밑에 꼬부리고 앉아 있어야 되는데.

아빠는 그전에 어디 회의 갈 때 기차를 탔는데, 친구들이 다 간부 한다고 그랬잖아요. 그러니까 그분들이 침대칸으로 예약을 다 해줘요. 북한 기차들이 얼마나 복잡하고 사람 많고 이런 걸 경험 못 해보셨잖아요. 우리가 가서 무슨 고생을 하면서 그걸 다 갖고 올 수 있는지, 얼마나 힘이 드는지 이런 걸 모르시니까. "그래도 집에 남자 하나 있는 사람한테 잘 먹여야 된다"고. 그러니까 저는 진짜 너무 화가 많이 나 있었던 거 같애요. 아빠는 우리 앞에서 진짜 하지 말아야 할 말들 수도 없이 했어요. 그래가지고 여기에 꽉 차 있어요. 우리 마음속에. 쉽게 지워지지 않지. 제일 지워지지 않는 게 "딴 집 애들은 나가서 잘도 죽던데, 너네는 왜 한 명도 안 죽냐?"고. "자꾸 집으로 다시 돌아오냐?"고.

김정일 숙청 시기, 강등된 할아버지, 자포자기한 아버지

할아버지가 당 사업 내려놓으시면서, 그때가 1970년대 후반? 김정일이 당 사업을 딱 쥐기 시작하면서 "흠이 있는 사람들은 가차없이 떼버려라." 우리 할머니 오빠가 전쟁 시기에 행방불명됐어요. 그게 흠이 돼 그냥 퇴임시켜 자그마한 기업 그런 데로 내려버려졌어요. 아빤 자기는 출세할 줄 알았거든요. 공부도 제일 잘했지. TV에도 막 나오고. 대학동기생들 데리고 다니면서 경연이라는 경연은 다 다니고. 상품도 많이 받아오고. 아버지는 자기는 이제 높이높이 올라갈 일만 남았다고. 선생님들이랑 친구들이랑 "너는 앞길이 확 열렸다" 대학교 2학년 때까지 이랬는데, 3학년 올라가는 과정에 할아버지가 딱 그렇게 되니까 출셋길이 막힌 거죠.

제가 태어났을 때는 아빠가 공산대학 다닐 때고, 우리 둘째가 태어났을 때는 3대 혁명소조 나갔을 때였어요. 4년 졸업 끝나고 3대 혁명소조라는 걸 내보내요. 대학생들 직접 현장에서 헌신하라고 내보내는 거죠. 당 일꾼이잖아요. 당 일꾼이 사람들하고 같이 일도 하고 현장 실태도 알아야 되고 이런 걸 현장 나가서 직접 사람들하고 해보라고. 어쨌든 졸업한 다음에 당 간부 양성하는 대학이니까 다 출세했을 거 아니에요. 동료 친구들이. 근데 다 꼴보기 싫은 거죠. 자기보다 공부도 못 하고 그러던 사람들이 출세해 올라가고 자기는 거기서 그렇게 끝나고. 선생님들도 "너는 중앙당까지 올라갈 인재"라고 딱 해놨는데, 할아버지 그렇게 되고 이제는 출셋길이 막혔구나 하고.

근데 졸업해서도 간부는 간부예요. 허술한 로동자로 안 넣어요. 공산대학은 당 일꾼 양성하는 대학이니까. 아빠는 무조건 할아버지가 일하시던 곳인 구역 당 가겠다는데, 행정위원회 법무과에 배치받았어요. 그것도 마음에 안 드셔서 "나는 당쪽으로 가야 된다"고. 당 일꾼 공부를 하다 보니까 행정을 아주 하찮게 보셨어요. 당을 최고로 보시고. 그 화풀이를 우리 애들한테 한 거죠. 스트레스를 다 우리한테 푼 거죠. 근데 고난의 행군이 닥쳐가지고 더 화가 나지. 자기 친구들은 승승장구해 다 잘사는데, 자기는 이 꼴이 이게 뭐예요.

한번은 식량 구하러 역전에 기차 타러 나와 있는데, 구역 사로청이라는 그루파에서 잡으러 온 거예요. 집에 안 가고 계속 역전에서 [지내는] 부랑자들. 그런데 우리는 차가 올 때까지 계속 역전에 있어야 되잖아요. 차가 연착

되니까. 그니까 우리까지 잡혀 들어간 거예요. 너무 창피한 거예요. 그래가지고 저는 누구의 손녀이며, 우리 아버지 이름은 뭐며, 이러니까 놀라신 거예요. 할아버지가 옛날에 저희 구역에서 20년 넘게 당 간부 하셨던 분이라 이름만 불러도 다 알거든요. 여기서 말하면 구청장. 그런 직위였죠. 아버지도 계속 좀 한다 하는 그런 데서 일하시다 보니까 아버지 이름도 말하면 다 알죠. “네 집이 이렇게 됐냐?”고. 너무 충격 먹어서 “니가 왜 이렇게 됐냐?”고. 우리가 정말 잘사는 줄 아는데, 이렇게 한심할 줄은 몰랐다고. 제일 바닥 생활을 한다는 게 믿기지 않았겠죠.

아빠가 부정부패를 못 하시잖아요. 소년회관 관장 그만두시고 무슨 일 하셨냐 하면 집을 배당해주는 일을 하셨어요. “당신은 여기서 살아”, “당신은 저기서 살아” 주택 배정해주는 일이랑 “여기다 집을 지어”, “여기 짓지 마” 뭐 이런. 토지, 토목, 건축 그런 쪽 일을 하셨거든요. 아버지 직업만 들으면 우리 집 완전 부자인 거예요. 근데 우리 아버지는 그런 타입이 아니거든요. 할아버지 닮아서 고정해가지고 국가에서 하라는 대로 하고, 하지 말라면 절대 하면 안 되는 사람이죠. 집 좀 좋은 데 받아볼까 해서 돈 좀 있는 사람들이 뇌물을 많이 들고 와요. 그러면 아빠는 딱 못 받게 하고. 엄마 받을까 봐 계속 교육시키고. 절대 받으면 안 된다고. 하루는 우리 엄마가 같은 선생님 하는 분이 계셨는데, 그분이 집이 없어가지고 남의 집 동거살이하는데 그렇게 고생을 많이 한다고 아빠한테 얘기하시니 아빠가 그분 집을 해결해주셨어요. 너무 고생한다고. 엄마 하는 말 듣고 나서 아빠가 해결해주시더라고. 근데 자기 이익을 챙기는 거는 절대 안 하신 그런 분이셨죠.

아빠는 너무 효자였어요. 효자인데 어떤 정도였냐면, 자기 형제, 8남매가, 다 챙겨야 돼. 아버지가 맏이시니까. 회사에서 명절이면 공급이 나오잖아요. 명태라도 한 두릅 준다든가, 기름이라도 몇 봉 준다든가 이러면 옛날에는 좀 줬잖아요. 그걸 고스란히 할머니네 집에 가져갔어요. 우리는 절대 그걸 못 먹고. 우리 집에 어쩌다 한번 누가 맛있는 거 줘서 먹을 때면 아빤 그걸 챙겨서 할머니 집 갖다주게 했어요. 할머니 집 가난하다고. 맛있는 거 있으면 갖다드리게 하는데 시간을 쟀어요. 앉아서 밥 먹는 시간 있잖아요. 절대로 밥숟갈 못 들게 하고 바로 드리고 오도록. 우리 아이들 걸음으로는 1시간이면 가요. 2시간 동안 안 오면 혼나. 엄청 야단 맞고. 우리 집 당장 먹을 쌀이 없는데도 할머니 쌀이 없다고 하면 다 퍼내 주고. 엄마가 마음고생을 참 많이 했죠. 우리 애들 못 먹이면 또 싸워요. 그러면 또 그분들이 살면 또 얼마나 살겠냐 하면서 또 혼나요.

삼촌들이 결혼식도 해야 되고, 할머니 환갑 그런 행사가 많았어요. 제사도 많고. 그러면 항상 그 전날은 싸워요. 내일 제사라 하면 제사음식도 물론 준비해야 되지만, 가서 그동안에 우리 식구들이 먹을 쌀까지 다 챙겨가야 되고. 그러니까 엄마는 속상한 거예요. 준비는 준비대로 없는 쌀 해서 떡도 해야 되는데, 또 쌀까지 가져가야 되고. 할머니 집에 무슨 행사만 있으면 그 전날은 반드시 대판 싸우는 날이었어요. 부모한테 효도해야 되겠다는 마음은 아빠한테서 건진 거예요. 다른 거는 나쁜 것만 건지고, 좋은 거는 효도 하나 건졌어요. 그러니까 뭐 하나 있으면, 엄마! 엄마한테 주는 건 하나도 아깝지 않아. 그런 마음이 있었기 때문에 제가 중국에 있을 때 가족을 데려오려고 그렇게 노력하지 않았나 싶기도 하고. 엄마가 돌아가시면 안 되잖아요. 그러니까 어떻게 해서라도 빨리 북한의 가족을 데려와야 된다고 그쪽에만 집중하다 보니까 북한 가서 데리고 올 수도 있고 한 거 같애. 아빠의 그게 그런 힘이 됐나 봐요.

1998년, 돈 벌러 떠났다가 브로커에 속아 압록강을 넘다

1998년은 아빠가 돌아가신 해예요. 이렇게 마냥 앉아만 있다가는 우리 가족 다 죽을 거 같은 거예요. 물론 아빠가 살아계실 때 살림에 도움을 주시진 않았지만, 아버지가 없으니까 내가 이제는 기둥이 돼야 되고. 이런 부담감에 어떤 분한테서 돈을 꿨어요. 뭘 사주겠다 해놓고. 어찌 보면 사기라고도 볼 수 있어요. 사기 치려고 한 건 아닌데, 돈 가지고 한번 어디 갔다가 안 되면 그냥 그대로 돌려주자 하고 총 1,400원을 꿨어요. 1,400원이면 그때 당시 쌀이 한 키로(1kg)가 120원 할 때예요. 열 키로(10kg) 정도 살 수 있는 돈인데, 그 돈 빌려가지고 국경 연선으로 간다고, 아빠가 돌아가신 지 백 날 되는 날에 떠났어요. 그날 제가 엄마한테 200원 드리면서 이걸로 제사음식 좀 사오자 해서 다 샀어요. 제가 아빠 제사상 앞에서 열심히 빌었어요, 아빠한테. 제가 지금 저기 국경지대 쪽으로 가서 어떤 장사를 하면 좋을지 시장조사하는 것처럼 갔다가 보고 올 건데, 제가 거기 가서 장사할 수 있게끔 도와달라. 살아계실 때 못 도와주신 거 남은 가족 먹고살 수 있게 좀 도와달라. 열심히 빌고 떠났어요. 우리 엄마도 그걸 기억하시더라고요. 떠나는 날 그 빚 받으러 왔더라고요. 돈 내놓으라고. 나는 그걸 갔다 와서 주겠다고 안 줬죠. 딱 배에다 찼죠. 그 사람들 오면 부엌에 숨었다가 그런 다음 떠나는데, 혜산이라는 데까지 가야 되거든요.

혜산으로 가는데, 시 사로청, 도 사로청 사람들이 평양회의 갔다가 그 차 타고 오더라고요. 그게 평양-혜산행이에요. 거기에 탔는데, 나도 학교 때 평양에도 다녀오고 행사에도 참가했다 하니까 사람들이 허술히는 안 보더라고. 비록 옷은 모자라게 입었지만, 사람들이 저를 다 챙겨주는 거예요. 그래서 막 대화하고 있는데, 차표 검열 나온 거예요. 여행증 검열. 근데 없잖아요. 열차 안전원이 "야, 일어나!" 하는 거예요. 일어났어요. 안전원 뒤를 따라

가는데, 누군가가 제 팔소매를 잡아당기며 의자 밑에 들어가 숨으라고. 그래 숨었어. 근데 그놈이 딱 기억했나 봐요. 제 얼굴을. 내가 안 보이니까 의자 밑에도 뒤지기 시작하는 거예요. 그러더니 끄집어내 한 대 박아넣는 거예요. 귓방맹이를. 어후, 어찌나 아프던지.

단속된 애들을 다 데리고 맨 뒤칸으로 가요. 맨 뒤칸으로 가서 내려놔요. 이게 마지막 빵통이면 맨 뒤쪽에다 내려놔요. 우리를. 그리고 차 떠날 때까지 자기는 뒤에 가만히 서 있어요. 그리고 올라오는 사람들이 있으면 발로 차요. 다 먹고살기 위해 이 차를 무조건 타야 되는 사람들인데, 못 타게 떨어뜨리죠. 우리는 그러면 막 울고. 막 따라 달려. 차에 올라타겠다고. 그러면 걔는 발로 내리 차고. 우리를 단천인가 김책인가 거기다가 떨궈두고. 그래서 또 한지에서 그냥. 난 돈 밴드 차고 있으니까 잠도 못 자. 역전에서 하루 동안 지내며 겁이 났던 기억. 이 돈은 빌린 돈이고 내가 쓰면 안 되니까 오직 머릿속에는 '남들한테서 얻어먹어야 된다. 내가 이 돈 다치면 안 된다.' 오직 그거. '나는 식량도 안 다치고 다니는 사람이고 이것도 남의 돈 빌린 거니까 쓰면 아니 된다.'

다행히도 그다음 차가 오는 걸 탈 수 있었어요. 그걸 타고 혜산까지 갔고. 혜산에서 삼촌 집에 들어가서 한 이틀 있으니까 삼촌이 자꾸 우리 집에 계속 있지 말라고 이런 암시를 이렇게. 삼촌엄마(숙모)가 좋아요. 그런데 삼촌엄마가 안 계시더라고. 장사 가고. 그 집도 먹고살기 힘들지. 그니까 제가 있는 거를 원치 않죠. 그러니까 갔으면 하는 거예요. 어쩔 수 없이 그냥 나왔어요. 나와서 역전에 있는데, 그때 또 백두산 답사 온다고, 어디 애들이 답사 온다고 그 열차를 며칠 답사생 단체로 한다고 일반인은 안 태우더라고요. 집도 못 가고 기차 기다리면서 며칠 여기서 있어야 되겠다 하고 역전에 앉아있는데, 그 브로커. 부부 브로커예요. 다가오더니 "어디 가?" 그러는 거예요. 집에 다시 가야 된다니까 자기네랑 중국 가면 조선족 애들이 있는데, 걔네가 한족 학교 다니다 보니까 조선글을 잘 몰라서 "조선사람들이 가서 조선글 배워주면 한 달에 500원 준다." 중국 돈으로. 그때 중국 돈 500원이면 북한 돈으로 만 얼마였어요. 1년 먹을 식량을 살 수 있는 돈이었어요. "오, 그렇게 많이 주냐?"고. 한 달만 하고 온다는데 얼마나 좋아요. 그러면 장사 밑천도 마련할 수 있고. 순수했죠. 그래가 "가자" 이렇게 된 거예요. 부부간이 또 꼬드기니까. 날 데리고 가서 맛있는 것도 장마당에서 사 멕이고. 그때 당시 제가 아마 30키로도 못 [돼]. 고등학교 졸업 후에는 살이 너무 빠져 한 28키로 되지 않았나 싶어요. 그니까 생리가 한 열세 살에 왔는데, 몇 년 하다가 먹질 못하니까 가슴도 다 들어가고. 월경도 중단되어 안 나오고.

저를 그 어디 기차 빵통 같은 데, 자기들 생활하는 데 데려가서. 거기 식모도 있더라고요. 밥해주는 처녀가 있는데, 거기 들어가라고. 같이 있자고. 네 명이서 빵통 안에서 자는데 일주일 동안 먹고 재우고 먹고 재우고 하더라고요. 그러니까 나 이거 쓸 일이 없잖아요. 돈. 중국 갔다 오면 돈 버니까 이 돈 고대로 갖다줘야겠다. 꼭 갖고 있고. 중국 갔다 올 상상만 하고 있고. 그 사람들이 어느 날 날짜가 딱 되니까 먹고 재우고 일주일 하더니만 산으로 끌고가는 거예요. 같이 산을 막 타고. 깊은 산 갔다가 경사진 데로 내려왔다가 강물이 있는 압록강인가 거기를 가더라고요. 사실은 잡혔어요. 경비대 사람이 우리를 잡았어요. 그런데 여자가 그 사람보고 넘어가는 거 성공하면 돈을 주겠다고 꼬드기더라고요. "너 당직이 언제냐? 너 지키는 날짜가 어떻게 되냐? 내 다음에 언제 건너올 테니까 그때 내 돈 얼마 줄게. 그러니까 우리 그냥 보내달라" 그렇게 보내준 거예요. 그렇게 해가지고 중국 넘어간 거예요.

길림성에서 요녕성으로 팔려가는 길, 고향이 점점 멀어졌다

중국 가서 몸무게를 쟀더니 그래도 좀 먹고 재다 보니까 33키로가 되더라구요. 33키로 돼가지고 갔는데, 그때는 이뻤나 봐요. 그니까 브로커가 자기 조카 해주겠다고 시집을 안 보내더라고요. 다른 언니들은 다 처리되고. 근데 먹고 자고 먹고 자고 한번 해봐요. 살이 금방 찌더라구요. 공깃밥을 주는데 우리는 '장난하나?' 이런 느낌인 거예요. 북한은 이만 한 데다가 이만큼 주는데, 여기는 아주 조그마한 공기에다가. 한 여섯 일곱 공기 먹었던 거 같애. 한 끼에. 반찬도 또 종류가 많아. 그니까 계속 먹고. 또 밖에 못 나가게 하잖아요. 할 수 있는 게 앉아서 TV 보고 자고. 설거지 그냥 간단하게 해 놓고. 자고 계속 먹고 자고 하다 보니까 20키론가 30키론가 딱 쪘어요. 그니까 60키로. 반쪽에서 두 배 된 거야. 날 데려가겠다고 나한테 잘해줬던 그 친구가 엄청 잘생겼어요. 나보다 한 다섯 살인가 많은데, 군대 금방 제대해가지고 왔는데 마음에 들었는가 봐요. 그래가지고 "삼촌, 얘는 어디 보내지 말라"고. "자기 각시 하겠다"고 이랬는데 한 보름을 갔다 왔는데 뚱보가 된 거야. 그러지 않아도 그 사람 동생이 말했어요. "언니, 제발 좀 먹고 자지 말라"고. "뚱뚱해지면 보기 싫어진다"고. 그때는 말 안 들었어요. 그래가지고 결국은 다른 데로 팔려 가게 됐죠.

그때 언니 하나가, 그 언니 잊을 수도 없는데, 나는 계속 가족이 그립잖아요. 어린 나이에. 운단 말예요. 가족 보고 싶다고. 그러니까 엄청 챙겨주는 거예요. 내가 힘들어할까 봐 설거지 이런 거 하나도 못 하게 하고, 하나부터 열까지 좋은 건 다 저한테만 챙겨줘. 그러던 언니가 있었는데, 그 언니 아직까지 못 찾았어. 한 번만이라도 보고 싶은데. 그 언니가 제일 먼저 팔려 갔단 말예요. 자긴 두 번 왔댔어요. 중국에서 산속에서 살면서 산나물 캐다 팔아서 돈도 좀 벌고 그랬나 봐요. 마음도 영 이쁘더라고요. 브로커들이 가다가 돈이 없으니까, 택시 타야 되는데, 자기 주머니 돈 줘. 어처구니가 없어. 길바닥에 이렇게 내려줬는데, 택시비 없다고 그러니까 나물 판 돈을 준 거예요. 자기를 팔러 가는 사람들한테.

길림성에서 요녕성까지는 차를 타고 가야 돼요. 어떤 차에 탔냐 하면 앞 절반은 승용차처럼 되어 있고 뒤는 화물차처럼 되었는데, 그 우에다가 물건짝 씌우고 우린 밑에 들어가라 그러더라고요. 그 밑에서 초소 지날 때마다 숨도 제대로 못 쉬고. 어후, 그때 그 언니 숨 막혀가지고 이러던 기억도 아직 있고. 또 고향하고 점점 멀어져가잖아요. 그러니까 막 부둥켜안고 고향 노래도 부르기도 하고. 그러다가 막 울고. 그 안에서. 고향하고 멀어지니까. 그런 기억이 나요. 그 언니들은 나보다 먼저 다 가고. 언니들 가고 한 달 후에 산동이라는 데 시집을 가고.

하루는 절 데리고 진짜 멀리 데리고 갔는데, 바보한테 팔려고 그러는 거예요. 완전히 바보예요. 남자가. 아빠도 장애인이고. 그런 집안인 거예요. 그 광경을 내가 봤잖아요. 날 상상도 못 할 사람들한테 소개해주는 거예요. 내가 어땠겠어요? 그 마음이? 밤에 잠도 안 오는 거예요. 밤에 밖에 화장실 가려다가 내가 도망치려고 하는 거 그 아줌마가 잡았단 말예요. 그러니까 그 남자, "내가 너를 얼마 주고 사왔는데, 니가 도망을 가?" 하더니, 칼 들고 나온 거예요. "너 같은 건 여기서 죽어도 찾는 사람도 없고 무섭지 않게 죽일 수 있다"고. 그니까 아줌마가 나를 꽉 껴안고, 나는 "날 죽여라. 나는 죽어도 병신같은 것들한테는 못 간다." 그 사람 날 죽이겠다고 그러고, 그 여자는 나를 꽉 보호하고. 그래서 살아난 거죠. 그래가지고 체념하고. 총각 하나 데려왔더라고요. 500원 벌러 갔다가 두 달 만에 그렇게 팔려 간 거죠. 인신매매 당한 거죠. 두 다리를 거쳤네. 조선족 부부가 먼저 한번. 자기네 집에 데려와서 더 높이 팔 수 있으니까 곱으로 또 남자한테 소개해주고 돈 받아가고.

꿈에 엄마가 보이더니 북한으로 돌아갈 길이 생겼다

처음에 중국 와서 말 모르니까 그냥 집에만 있었거든요. 못 나가게 하죠. 딱 가둬놓는단 말예요. 농촌이에요. 쪼금이라도 마을에 돌아도 전화해요. "지금 너 각시가 어디에 있다. 너 아니?" 이렇게. 그니까 그냥 갇힌 거예요. 벗어 못 나는 거죠. 문 잠가놓고 나갈 때도 있고, 벗어나면 무조건 또 데리고 가자 그래요. "너 나온 거 너 신랑 아니?" 하고 끌고 가요. 그렇게 살았어요. 시엄마도 좀 못됐어요. 먹을 것도 잘 안 줬어요. 계란도 자기 아들만 주고 저는 안 주고. 쪼들리는 집이었어요. 근데 각시를 사 왔거든요. 그러니까 시어머니가 좋아하겠어요? 없는 살림인데 각시까지 사 왔다 하니까 저를 엄청 천대하는 거야. 몇 달 있다가 그 형네 와이프가 미용실을 냈거든요. 도와달라 이렇게 해가지고 돈 못 받고 일했죠. 제가 팔린 돈을 제가 물어주는 격이 된 거예요. 형네 돈도 빌렸대요. 그래 제 월급을 그냥 가져가죠. 돈 안 주고. 그냥 내가 팔린 돈을 그걸 내가 다 물어줘야 되는 상황. 그렇게 살았어요.

1년인가 그렇게 일해주다가 나도 손님들 알고 얼굴 익혔잖아요. 제가 아는 애랑 같이 합작해가지고 미용실 하나 열고. 괜찮아서 다른 친구하고 또 한 번 합작했다가 그다음 개인이 열었거든요. 개인이 열면서 그 미용실 간판을 '조선족 미용실'이라고 한글로 썼거든요. 한국분들이 그쪽에 사업 때문에 오신 분들 있으면 시청에서 불러요. 조선족이라고 하고 아줌마라고 하겠죠. 가서 통역해주고 했거든요. 하루는 한국분들이 또 온 거예요. 식당 잡아주고 숙소 잡아주고 그런 거 하는데, 거기 어떤 분이 제 사정을 듣더니 그 조선족 통역이 또 있어요. 사람들 따라붙는. "어떻게 가족한테 연락을 못 하냐?" 이렇게 된 거예요. 그래가지고 그 사람한테 돈 줬대요. 한국 돈으로 20만 원 줬다 그러지. 그 사람이 직접 가지는 않고 편지를 썼나 봐. 그래서 우리 집 감시 붙게 된 거예요. 편지가 갔잖아요. 중국에서 오니까 "딸이 행방

불명됐는데 결국은 중국 갔구나" 이렇게 되면서 감시 붙었대요. 그다음부터 거짓말한 거예요. 엄마를 만났는데 엄마는 완전히 새카맣고. 근데 그런 딸은 필요 없다고 하더라고.

하루는 꿈에 엄마네 학교 국어분과장을 하신 분인데, 고난의 행군 시기에 돌아가셨어요. 아들도 같이 돌아갔어요. 우리 집보다 더 못살았어요. 근데 그분이 꿈에 나타나신 거예요. 난 그분을 자주 봤어요. 내가 어릴 때부터 엄마가 늦게 데리러 오고 이러면 엄마네 학교 간다고 그랬잖아요. 국어분과실에 자주 앉아있었거든요. 그분이 꿈에 나타났는데, 나보고 그러는 거예요. "너는 엄마도 안 보고 싶냐?"고. "너 정말 매정하다" 이러는 거예요. 그런 거 아니라고. 나 엄마 너무 보고 싶다고. 막 보고 싶어 죽겠다고 하니까 그분이 나를 데려가려는 거예요. 아들도 같이 온 거예요. 데려갔는데 다 돌아가신 분들이잖아요. 엄마한테 갔는데 엄마가 날 본체만체하는 거예요. 내가 막 엄마 다리를 붙들고 통곡하더라고요. "내가 너무 오고 싶은데 올 수 있는 상황이 아니라서 이제 왔다"고. 근데 엄마는 절 보지도 않고 '가라' 그러는 거예요. "너는 내 딸도 아니"라고.

다음날 신기하게도 진짜 이게 참 맞아떨어지는 게 제가 그때 미용실 하는데 북한사람들, 팔려 온 애들 있잖아요. 돈 대신 물어주고 빼내서 우리 미용실에 있게 했거든요. 기술 배워가지고 돈 벌라고. "나는 공짜로 일 안 시킨다. 그냥 2년만 일해라. 그럼 내가 삼 줄게. 그것도 일당으로 줄게." 월급도 아니었어요. 일급으로 줬어요. 만약 10원어치 받았다 하면 그 사람들한테 삼 주고 난 칠. 브로커 비용도 다 제가 물어줬으니까. 그렇게 일하던 친구가 조선사람 만나러 간다고 그러더라고요. 그래서 어떻게 가게 됐는데, 그 사람이 북한하고 전화 통화하는 거예요. 북한말 하는 거예요. 그래서 "어, 북한하고 전화 통화하는 거 아니에요?" 하니까 맞대요. "나도 북한에 아직 가족 있는데, 날 좀 어떻게 북한 갈 수 있게 해주면 안 되냐?"고 하니까 해줄 수 있대요. 기다려 보라더니 다시 전화하더라고요. 자기 오빠한테. 자기네 오빠는 여행증도 다 만들어줄 수 있고, 잡혀도 빼줄 수 있다며 오라는 거예요. 돈 얼마면 된다고. 오빠한테는 얼마 주면 되고. 또 중국에서 북한으로 보내주는 사람이 있어요. 거기다가는 얼마 주면 된다 그러는 거예요. 그니까 딱, 딱 순조로이. 완전히 이렇게. 너무 신기해요. 지금 생각해도 어떻게 이렇게 신기하지? 꿈을 꾸고 일어나니까 그런 상황이 오고. 그런 상황이 와서 "갈 수 없네?" 하니까 "된다" 그러고.

하늘이 돕지 않았다면 돌아올 수 없는 길, 가족을 모두 데리고 오다

내가 중국에 애가 있거든요. 애 하나 있어요. 걔를 배에다 차고 북한 들어갔거든요. 둘 다 위험한데 무조건 들어가야 돼. 그런데 거기서 딱 들은 게 뭐냐 하면, "임신부는 감옥에 아니 가둔다." 근데 그건 말도 안 돼요. 그때 당시 잡힌 사람들 다 감옥 잡혀 들어가면 무조건 유산해치웠다고 그렇게 말하더라고요. 그러니까 내가 참, 우둔한 게 곰 잡은 격이죠. 가는 내내 아빠한테 빌고. 살아생전에 잘 못 해준 거 돌아가셔서라도 제가 엄마랑 동생들 무사히 구할 수 있게 좀 도와달라고. 내가 잡히지 않게 해달라고 계속 빌고.

첫날 있잖아요. 중국에서 북한 넘어온 첫날 울었어요. 저녁인데 집까진 못 갔단 말예요. 집은 멀거든요. 또 기차 타고 가야 돼. 국경만 넘었는데, 그 [브로커] 집에 있는데 너무 한심한 거예요. 그 집이 사는 게. 막 애는 배고파하고. 그애가 눈이 가있는 곳은 빈 기름병. 기름이 없는데 기름 먹고 싶어가지고. 애가. 그러면 엄마가 기름병 이렇게 들고 쏟는 시늉만 내도 애가, 밥 비비는 시늉 내니까 기름 있나 해가지고 막 맛있게 먹더라고요. 중국하고 천지 차이잖아요. 하늘과 땅 차이. 난 중국 생활 6년 했던 무렵이고. 펑펑 울었어요. 엄마 못 봐도 그냥 안 넘어오고 그냥 거기서 살걸. '내 이러다가 못 넘어가면 여기서 이런 삶을 살아야 돼' 하며 정말 펑펑 울었거든요.

그 집에서 여행증도 만들어주겠다 그러고 갔잖아요. 차표도 내준다고. 거기가 그런 역할을 해주는 집이래요. 근데 차표 딱 하나 해줬는데 집까지도 아니고, 함흥까지도 아니고, 청진까지 가는 차표 하나 딱 해주고. 그다음에 아무것도 없는 거예요. 이거 가지고 그냥 가래. 어후… 그래가지고 떠났는데, 임신한 게 도와준 거예요. 그때 당시 북한엔 임산부가 별로 없었어요. 임산부는 대부분 무사통과. 잘사는 사람들은 다 뇌물 고여 여행증 만들거든요. 내 피부결 보니까, 거기 사람들 새카만데 저는 하얬겠죠. 그니까 내가 "여행증 잊어먹었다. 내가 여행 다니던 사람 아닌데 지금 애 당장 낳아야 되고 이런 상황이 돼서 짐을 들고 떠나긴 했는데 잊어버렸다" 뭐 이러니까 믿더라고요. '얼굴 뽀야니까, 잘 사는 집이니까 분명히 돈 고여서라도 여행증 뗐겠다. 뭐 잊어먹었겠다' 이렇게 추측하고 그냥 무사통과시켜주는 거예요. 그래가지고 여행증 없이도 차표 하나 들고 열차원 찾아가서 "애가 8개월 돼서 당장 나올 때 됐는데, 이게 잘못하면 지금 나올 수도 있으니까 자리에 좀 앉혀달라"고. "근데 난 집이 함흥인데 청진까지밖에 못 뗐다. 그러니까 나를 함흥까지 앉아갈 수 있는 방법 좀 가르쳐달라" 하니까 그 열차원이 자리 내주고 다 해주더라고요.

또 하늘이 날 도운 게 역전에 안 내려요. 역전에 내리면 철도안전원들이 많아요. 못 빠져나가게 차표 찍는 곳으로 모은단 말예요. 거기 나가면 난 아무것도 없기 때문에 무조건 단속돼요. 단속되면 어떻게 되겠어요. 잡혀가죠. 그런데 신기하게도 차가 갑자기 역전 도착 전에 섰어요. 함흥 다 왔다고 내릴 준비를 하고 있는데 서는 거예요. 나는 당황하지. 역 구내인 줄 알고 내리겠다고 하니까 나를 훅 던져 내려주는 거예요. 가방도 훅 던져. 거기 돈도 있었는데 확 던져주는 거예요. 내려보니까 집에 가는 길에 저를 내려준 거예요. 그거 생각하면 '하늘이 정말 도왔나?', '세상에 신이 있나?' 이럴 정도로 너무 신기한 거예요.

우리 집은 한참 걸어 들어가야 돼요. 그래가지고 옛날에 외할머니 할아버지 살던 데니까 외갓집인데, 외삼촌은 돌아가셨으니까 외삼촌엄마(외숙모)가 애들하고 사는 그 집에 들어갔거든. 거기서 아직 살고 있더라고요. 내가 밤 10시인가 그렇게 들어갔는데, 문을 똑똑 두드리니까 "누구요?" 하는 거예요. 이름을 부르니까 "어?" 한 번 더 부르니까 "그럼 누구 같이 왔냐?" 그러는 거예요. 나 혼자라고 하니까 문을 열어주는 거예요. 그러니까 꿈인가 생시인가 몇 년 동안 안 보이던 사람이 임신까지 해가지고 와서 막 놀라는 거예요. "지금 늦었으니까 내일 아침에 엄마 좀 오게 하자." 이렇게 해가지고 친척집 애를 보내서 엄마하고 동생 아무 말 없이 그냥 왔다 하면 흥분할까 봐 "집에 그냥 데리고 오자." 내 부탁했죠. 절대로 말하지 말고 그냥 데려오라.

그니까 그다음 날 엄마랑 동생이 뭣도 모르고 그냥 외갓집에 들어서는 거예요. 그날 명절이었어요. 오는 길에 춤까지 한바탕 추고 왔대요. 북한은 모르는 사람끼리도 록음기만 틀어놓으면 모여서 춤춰요. 음악이 나오면 서로 모르는 사람끼리 막 엮여서 춤춰요. 춤까지 추고 들어왔는데, 누가 앉아 있는 거예요. 제가 "엄마!" 했거든요. 우리 엄마 날 쳐다봐요. "누구예요?" 내 누구다 하니까, 그다음에 보더니 엄마가 제 볼 비비면서 막 울고. 동생은 막 이렇게 이빨로 내 살 물어대며 울고. 한참 눈물바다 돼가지고. 울어도 마음껏 울면 안 되거든요. 내가 온 걸 들키면 안 되잖아요. 우리 집은 감시대상이거든요. 감시대상이기 때문에 마음대로 울어도 안 되고.

그래가지고 엄마가 내가 준 돈으로 매끼 밥도 나르고. 한 3일을 집에 들어가 있다가 어쨌든 총 열흘인가 엄마 집 쪽에 있다가 다시 중국으로 갔는데, 데려올 선을 다 만들어주고 내 전화번호까지 딱 주고 했죠. 연락처 다 주고. "이걸 무조건 기억해라. 쓰지 말고 머릿속에 기억해놔라." 그렇게 해가지고 왔죠. 그다음 아는 친구네 집에다가 엄마 오게 하고, 한 명 한 명 건너왔죠. 다 거짓말해서 오게 했죠. "애 낳는데 애도 한번 보고 가라." 그렇게 해서 넘어왔다 안 보낸 거예요. 그렇게 해서 하나하나 넘어와 결국 다 왔어.

"거기서 배급 계속 주며 살았으면 노래만 하며 살았을 거예요"

제가 1998년도에 나왔으니까 북한은 그냥 순수했고. 중국은 사람들은 좋았는데 제 20대, 아까운 20대가 그냥 거기서 갔으니까 좀 안타깝고. 신분 없이 숨어다니고 죄인처럼 살아야 되니까. 항상 마음 졸이고 살아야 되니까. 20대 제일 활활해야 되는 시기에 팔려 간 입장이니까 천대해도 그냥 입 다물고 있어야 되고. 그렇게 하다가 한국 와서 내 길을 찾아서 가니까, 그래도 한국 오길 정말 잘했다. 한창인 20대 초반에 중국에 있지 말고 한국에 왔어야 되는데, 그때 머리 좀 깨지. 나는 절대 한국 안 온다 했거든요. 그러면 반역자가 된다고. 근데 뭐 가족 다 데려다놓으니까 "빨리 한국 가야 된다."

내가 정말 오기 잘했다. 차별? 차별받을 수 있지요. 나는 그걸 부정적으로 생각안 해요. 우리가 받는 혜택도 있잖아요. 혜택만 받고 차별은 못 받겠다 이러면 불공정하죠. 그런 거 같애요. 우리 1세대는 감수해야 될 문제라고 봐요. 1세대는 어쩔 수 없이. 차별도, 나는 그걸 받았기 때문에 더 힘들게 사는 사람들의 마음도 더 깊이 이해할 수 있고, 공감해줄 수도 있고. 나도 이렇게 발전해, 한 살 한 살. 진흙탕물이 더 든든하다잖아요. 뭐 그렇게 일어나는 거고. '많이 밟아달라, 나를. 그만큼 나는 용수철처럼 더 높이 뛰어오를 거다.' 뭐 이런 마음? 북한 같으면 대학 졸업도 못 했죠. 근데 한국 와서 전교

1등도 가기 힘든 그런 대학에 가서 졸업하고. 그것도 복수전공으로. 이렇게 또 공대 공부도 하고 있고. 아, 얼마나 행복해요? 너무 좋은 거예요.

아마 죽이라도 있었으면 안 떠났죠. 고난의 행군을 너무 힘들게 해왔으니까. 우리 집은 먹을 것도 없었고, 물도 없었고, 나무도 없었어요. 이렇게 말하면 웃기지만 팬티도 없었어요. 진짜 홑옷 있잖아요. 천바지 그거 하나 입고 버텼어요. 그것도 다 찢어져가지고 여기 깁고 또 깁고. 평성에 우리 삼촌이 있는데 그 딸이 똑똑하대요. 우리 막냇동생이 한번 평성 삼촌집에 갔는데, 그 집도 가난하잖아요. 그러니까 삼촌엄마가 도시락 밥을 헐렁헐렁하게 싸주셨나 봐요. 그러니깐 사촌동생이 밥솥에 있는 밥 몽땅 퍼서 꽁꽁 다져주더래요. 그리고 편지봉투 건네면서 "언니, 여기서 보지 말고 기차 타면 보라"고 하더래요. 열차에 올라 사촌동생이 준 편지를 보는데 펑펑 울었다잖아요. 내용인즉 "언니, 지금 우리 집도 힘들어서 언니한테 잘해주지 못해서 미안하다"고. 그때 걔가 한 여덟 살? 아홉 살? "앞으로 우리 집 조금 잘살면 꼭 다시 놀러 와. 그때 언니한테 맛있는 거 많이 줄게"라고. 고 어린 것이. 너무 눈물 나.

하도 먹을 게 없다 보니까 발버둥 치면서 여기 떠돌아다니고 저기 떠돌아다니다가 밀려서 나온 거잖아요. 중국 가서 한 달만 벌면 우리 가족이 1년 먹을 쌀은 살 수 있으니까 나갔다 와보자. 결국은 오지도 못 하고, 인신매매였잖아요. 진짜 풀죽이라도, 쌀죽이 아니라 풀죽이라도 먹었으면 안 왔을 거예요. 여기 한국까지 온 것도 그냥 밀려온 거죠. 중국에서도 잡혀간다고 하니까. 우리 마을 애가 하나 왔어요. 우리 얘기해주면서 "언니, 무대 위에 올라가서 노래 부르고 이럴 때 너무 특출한 존재"였대요. 그 말 들으면서 어릴 때가 막 떠오르면서 얼마나 기분이 좋아지던지. 배급 줬으면 뭐 어떻게 살았겠죠. 그때 거기서 배급 계속 주며 살았으면 저는 노래만 하며 살았을 거예요.

Herstories 11

김세연(가명), 1980~2021 일본을 살다

외할아버지의 고향은 경상도

우리 어머니 쪽은 문경, 경상도의 문경이라는 곳이 있죠. 거기서 외할아버지가 오셨고, 외할머니는 일본에서 태어났다는 얘기를 들었어요. 외할머니의 아버지, 저한테 외증조할아버지는 북한에 귀국, 북송되어 가시고 거기서 돌아가셨다는 얘기를 들었어요. 그런데 우리는 그런 얘기를 나중에 들은 것으로 외할머니의 남동생하고 함께 재일교포였는데, 북송으로서 북한에 들어갔다가 거기서 돌아가셨다는 얘기를 들었네요.

외할아버지는 형이 징용으로서 일본에 왔던지, 그냥 노동자로 일하러 왔던지 해서 따라왔다는 얘기를 들었어요. 외할아버지는 징용되거나 징병되거나 한 건 아니고. 그래서 일본에서 외할머니 만나서 스무 살 정도 때 일찍이 결혼해서 엄마를 첫째 딸로 낳아서 어떻게 어떻게 살아가다가 이사를 많이 했다고 들었어요. 어떨 때는 동경에 있었고, 어떨 때는 다른 지방 가고. 동북지방에 모리오카라는 곳이 있어요. 지진이 크게 난 센다이 위에 현이 있는데, 거기가 이와테현이라고 하거든요. 거기에 모리오카라는 지방도

시인데, 이와테현에서 한국 음식점을 했대요. 보통 재일교포 집은 하는 일이 한계가 있어서 한국 음식점을 해서 살았던 거 같아요.

우리 어머니 집안이 살던 지방에는 조선학교가 없고 동북지방에 조선학교가 있어서 거기 기숙사에 들어갔다고 들었어요. 그 당시는 조선학교가 많이 있었던 시기거든요. 그래서 어머니는 고등학교 졸업하자마자 초등학교에서 선생님으로 가르치고.

친할아버지의 고향은 충청도

할아버지는 충청도 출신으로 일제강점기 일본에 왔는데요. 끌려온 건 아닌데, 교토지방에 살면서 일본 공예품 그런 것을 배우고, 일하고 계셨다고 들었어요. 그런데 징병으로 필리핀에 가셨다는 이야기를 들었어요. 교토에 사시다가 거기에서 징병이 되었던 거죠. 필리핀에서 2년쯤 계셨다는 이야기를 들었고, 그래도 어떻게 살아남아 돌아오셨는데, 제가 대여섯 살 때 돌아가셨어요. 그래서 할아버지 기억은 나는데 할머니 기억이 없어서 얘기를 안 해본 사람이라 어떻게 오셨는지 더 모르는 상태인데, 할아버지 얘기는 조금 들었어요.

아버지는 교토지방에서 나서 자랐고 오사카지방의 일본 대학교에 들어갔는데, 아버지가 대학교에 들어가자마자 조선대학교가 생겼거든요. 아버지는 축구선수였어요. 아버지가 축구를 잘했는데, 조선사람이니까. 그 당시에는 국적도 없던 상태였으니까 공식적인 경기에 못 나가서 조선대학교에 전입하신 거 같아요. 선수로는 능력이 좋았는데, 국적이 일본이 아니니까 공식적으로는 시합에 못 나갔죠. 조총련에 축구단이 있었어요. 거기서 선수로 뛴 거죠. 그래서 조선대학교에 전입해가지고 거기서부터 조총련 계통으로 일하기 시작하고, 그러면서 선을 봐서 결혼한 거 같아요. 아버지가 저를 마흔한 살쯤에 낳았으니까 아버지가 선수로 뛰는 거를 한 번도 못 봤어요.

조총련계 가정에서 태어나 조총련계 유치원을 다니다

저는 1980년에 태어났어요. 어렸을 때 아주 키가 작았어요. 그래도 춤을 추는 것을 좋아해서 발레를 시작했는데, 제가 키가 작아서 되게 힘들었다는 기억이 있어요. 음악 예술을 좋아해서 피아노도 했는데, 그래도 춤을 더 좋아했던 것 같아요. 우리 아버지와 어머니가 둘 다 조총련 계통이니까 유치원도 조총련 유치원 다녔어요. 조선학교가 그렇게 멀지는 않았는데, 걸어서 가지는 못하는 거리였거든요. 자동차면은 한 10분으로 가는데, 지하철 갈아타고 이렇게 하면 40분쯤. 조선학교 근처에 조선사람들이 모여 사는데, 우리는 조금 떨어진 곳에 살았으니까. 동네가 조선사람이 모여 사는 곳이 아니었거든요. 보통 집 가까운 애들하고 노는데, 저는 동네에 조선학교 동창 애들이 네 명밖에 없었어요. 그 친구들하고 계속 3학년까지 놀았어요.

4학년부터는 소조활동이라고 방과 후에 하는 문화체육 활동으로서 저는 조선무용부에 들어가가지고 거기서 연습을 많이 했죠. 한 주에 네 번쯤. 대회가 있으면 매일 하고. 4학년부터는 아주 바쁜 거예요. 그 소조를 하느라. 4학년부터는 놀지 못하고 무용소조 아니면 발레, 아니면 학원 다니고 열심히 공부해서 5학년 때는 벌써 많이 지치고 있었지요.

지금은 애들이 안 태어나는 게 문제가 되고 있는데, 그때는 경쟁률이 심해서 좋은 대학교에 들어가려면 막 공부해야 되는 그런 시기라 경쟁이 치열했던 거 같아요. 조선학교 애들은 대다수가 공부를 안 하는데, 반에 30명이 있다면 학원에 다니는 애가 3명 정도밖에 없었어요. 그러면 선생님들이 되게 안 좋아하거든요. "너는 일본학교 가려고 하냐?"고. 그래서 좀 심술부리는 선생님도 있었고. 저는 그냥 동네 같이 놀았던 애가 학원에 다닌다 해서 같이 다녔는데, 선생님들이 일본학교 간다고 막 비판하고.

교복부터 차별의 타깃이 되는 조선학교를 다니다

제가 중학교에 들어가고 나서는 한복이 제복이었어요. 이쁜 것도 아니고 시커먼 한복을 입고 통학해야 돼서 위험했는데, 칼질 사건이 있었던 시기라 여학생들의 한복이 찢기고 그런 시기로 그때가 제일 힘들었던 거 같아요. 그래서 어머니가 "왜 여학생들에게만 입히냐?" 하시며 항의하셔서 저는 일본식 제복을 입고 등교하고 학교 가서 옷을 갈아입고 그랬어요. 그런 시기니까 뭐, 애들끼리도 학교에서 싸우고, 여자애들끼리인데. 어떤 애는 학교 그만두고. 해서 아주 난리였어요. 초등학교까지는 그냥 소소한 일이 많이 있었지만 그래도 평범하게 살았는데, 갑자기 시작된 고통스러운 삶을 그냥 견뎠던 거 같아요.

고등학교 들어가면서 조금 안정적으로 된 거 같아요. 중학교까지는 동네 중학교 다녔는데, 고등학교는 통합되고. 한 학년에 300명 정도 있는, 지금은 많이 줄어들었지만 그 당시에만 해도 10반까지 있었어요. 그래서 새로운 친구들을 사귀기 시작했어요. 소조도 그 신체조라고 하나? 리듬체조라고 하나? 새로운 것을 시작해서. [단체경기가 아니라] 개인경기가 되었기 때문에 [편해졌어요]. 무용소조는 누가 주인공을 하냐 이런 것으로 경쟁이 치열했는데,

신체조는 개인경기니까 자기가 연습 안 하면 잘 못 하는 거고 그러니까. 선후배 관계는 힘들었지만, 학교에서 인간관계는 조금 좋아졌던 것 같아요. 집에서도 조금 안정되어서 고등학교는 그나마 재밌게 다녔던 거 같고요. 싸웠다 해도 중학교 때처럼 심하게는 안 싸우고. 또 그때는 어렸을 때 학원 다녔으니까 그때 성과가 나왔던 건지 공부 잘하기 시작했어요.

1997년, 북한으로 수학여행을 가다

제가 1997년 북한에 수학여행 갔어요. 조선학교에서는 고등학교 3학년 때 다 같이 북한에 여행을 가요. 지금은 없어졌지만 일본의 니가타항에서 '만경봉호'라는 배를 타고 가는데, 그때가 1997년이어서 [북한에서는] 사람들이 굶어 죽던 시기였어요. 너무 어려우니까 수학여행이 취소될까 말까 그런 시기였는데, 그래도 간 거죠. 수업에서는 북한에 대한 좋은 이미지만, '아름다운 샘물에 비단을 담그면 녹색으로 물들 정도로 정말 아름답다'는 이야기를 들었는데, 실제로 현지에 도착해보니까 북한에서는 어느 건물에 들어가도 독특한 냄새가 났어요. 강냉이 기름 냄새라고 하는데.

우리는 뭐 자유롭게 관광할 수 있는 것도 아니고 다 버스 타고, 정말 한 100미터 거리도 버스 타고 이동했어요. 100미터까지는 아니어도 200미터, 300미터면 버스 타고 다녔어요. [북한 사람들은] 굶어 죽고 있다는데 우리한테는 음식이 나오고. 또 우리한테는 그 북한 음식이 맛없는 거예요. 보면 대접해주는 그런 음식인데, 우리는 맛없으니까 음식을 남기거나 했어요.

우리는 북한에 귀국한 친척 면회를 할 수 있었어요. 그래도 우리 부모님은 제가 민감한 걸 아니까 외할머니의 동생 가족들 면회를 못 하게 했어요. 지금도 후회가 되는데, 저의 친구는 고모라는 분이 있어서 면회해서 너무 충격 먹고 밤에 숙소에 들어왔어요. 친구가 고모를 만나고 돌아와서 마을 사람들이 굶어 죽고 있는 얘기를 해주었는데, "선생님이 너무 배고파서 서 있지를 못 하니까 수업을 못 한다"든지, "마을에서 정말 하루에 몇 명씩 많은 사람이 죽어가고 있다" 이런 얘기를 듣고 막 충격을 받았어요. 같이 방에서 친구 이야기를 듣고 다들 충격을 받아서 너무 피곤했지만 무서워서 자기 방으로 돌아가지 못하고 하나의 침대에 여러 명이 같이 모여서 잤어요.

북한에 8일 있다가 배 타고 일본에 돌아왔는데, 일본에서는 음식을 버리는 세상이잖아요. 그 풍경을 보고 너무 충격을 받았어요. 다음 해 대학에 입학하여 음식점에서 알바하는데, 음식을 많이 버리는 거예요. 그럴 때마다 가슴이 아프곤 했어요. 북한에서 들은 이야기가 충격이었던 거죠. 처음 가본 조국이라고 불리는 나라인데, 차별을 안 받는 그런 시간을 평생 처음으로, 태어나서 처음으로서 차별을 안 받는 그런 환경에 가서 그것은 좋았는데. 그때는 북한을 '우리나라'라고 불렀어요. '우리나라'에서 우리학교에서 배운 '우리 노래'를 부르고, '우리말' 하고. 그런 당연한 것을 처음으로 느꼈고, 마음이 풀리고 자유롭게 되는 시간이 있는 한편에 그런 그림자를 보아서 충격이었어요.

교환학생으로 간 캘리포니아대학에서 예술적 재능을 발견하다

조선학교 애들은 그 당시 일본 대학입학 수능시험도 못 쳤어요. 거기는 특별 입학 추천 제도가 있었는데, 몇 명 뽑아서 대학교의 보통 치는 시험 안 치고 들어가는 그런 게 있었어요. 제가 학교에서 공부는 잘했는데, 조총련 일꾼 딸이라 해가지고 저보다 공부를 못 하는 상공인 딸이 추천을 받아가지고 제가 너무 서운한 거예요. 그런데 그때 중간시험에서 거의 만점에 가까운 점수를 받았어요. 그래서 담임 선생님이 면접시험과 작은 논문으로 입학할 수 있는 학교에 나중에 추천을 해줬어요.

친구한테서 그때 담임 선생님이 교직원실에서 주임 선생님하고 저의 대학 추천 문제로 싸우고 있었다고 들었어요. 조직의 모순이 있는 속에서도 양심적인 선생님이 있어서 저를 살려주신 것에 너무 감사하게 생각해요. 그때 그 선생님이 없었으면 저는 조선대학교에 진학했을 거고, 작가도 안 되었을 거예요. 그렇게 해서 저는 다른 사람보다는 쉽게, 일본에서 괜찮다고 하는 사립대학교에 들어갈 수 있었어요.

대학교에선 국제학을 배웠는데, 인터내셔널 스터디로 경제도 배우고 정치도 배우고 문화인류학도 있었고. 조선학교에서는 그런 일반 지식이 전혀 없었으니까 훨씬 좋았던 거 같아요. 1, 2학년 때 일반적인 국제적인 지식을 배우고, 3학년 때 교환 학생으로 1년간 캘리포니아대학교에 갔어요. 산타바바라라는 곳에 가서 현대미술을 시작했어요. 캘리포니아대학교는 학부 상관없이 어느 학과 수업도 들을 수 있었는데, 같이 유학 간 일본 친구들이 미술대학교에서 사진과 수업을 듣는다고 해서 같이 실기수업도 들어봤어요. 그러면서 만든 작품이 평가받고, 예술전공 친구들하고 함께하는 전시에 뽑혀 작품이 전시되었어요. 나한테 미술 재능이 있다는 것을 알게 되어 그 후에 미국 대학원에 지원하게 되었어요.

캘리포니아 캘라츠(Calarts, 캘리포니아예술대)라는 학교의 영상영화과에 들어갔어요. 다행히 붙었지만 학비가 너무 비싸서 부모님 많이 고생시킨 거 같아요. 저도 열심히 알바해서 2학년쯤 때까지 생활비는 거의 제가 벌었는데, 3학년 때는 그러면 졸업작품을 못 만든다 해가지고 일단 알바를 그만두었어요. 근데 나중에 들었는데 그때 부모님이 많은 빚을 지고, 제 학비 말고

도 아버지의 사업이 망해가지고 아주 힘들었어요. 그래도 저는 작품을 계속 만들고 싶어서 친척들이 반대하는데도 계속 작업을 했어요. "아버지 어머니가 경제적으로 힘든데, 유학도 했는데 회사 다니고 돈 벌지 무슨 자격이냐?"고. "무슨 대학원이냐?" 그런 말 듣고 친척들이 막 저를 비판하는데, 그래도 해야 할 일이 있는 것을 강하게 느꼈으니까, 어떻게든 계속했어요. 그래서 이제 친척들하고도 안 만나요.

조선사람이라 차별받았는데, 멕시코인을 차별하는 한인에 놀라다

미국의 대학원에서 공부했을 때 9.11 사건이 터진 지 얼마 안 되는 시기라 미국이 북한을 '악의 축(Axis of Evil)'이라고 하면서 테러국가로 지정한 시기였어요. 그 당시 일본 국내에서는 무국적을 의미하는 조선적(일제강점기 한반도에서 일본으로 건너갈 당시의 '조선'을 국적으로 한다는 의미)이었고, 해외에 나가면 북한 국적으로 인식되었던 신분이라 유학생 담당 선생님이 저한테 졸업할 때까지 미국을 떠나지 말라고 조언했어요. 그래서 다른 유학생들과 달리 저는 여름방학 동안 미국에서 계속 지내게 되었어요.

같은 학교 한국 선배가 여름방학에 뉴욕에 가서 한국 사람이 하는 스시가게에서 알바해서 돈 벌고 왔다는 이야기를 듣고 저도 2학년 여름방학 때 뉴욕에 갔어요. 방은 뉴욕의 벼룩시장 신문광고에서 룸메이트를 구해 살게 되었죠. 일 구하려고 뉴욕의 스시 식당을 하루에 몇십 개 찾아가고, "일하는 사람 구하고 있냐?"고 물어보고 다녔어요. 일본 스시 식당 주인들은 저를 보고 일하는 비자가 있냐고 물어봤는데, 저는 학생 비자이지 일하는 비자는 없어서 계속 거절을 당했어요. 너무 속상해서 한국 선배한테 전화하니 한인

타운 식당에서 알아보라고 해서 갔더니 어떤 큰 식당에서 일하는 사람 구한다고 해서 일할 수 있었어요.

그런데 그 일은 태어나서 처음으로 하는, 12시간 계속 서서 하는 중노동으로 정말로 힘들었어요. 저는 한국어를 그때 잘 못했는데, 그걸 가지고 막 못 살게 구는 연상의 웨이트리스가 있었고 저를 무시하는 사람들이 많아서 충격을 받았어요. 저는 한국 사람은 따뜻하고 정이 많고 그런 줄 알았는데, 한국어 못한다고 무시하고 힘든 일을 시키고 괴롭혔어요. 그리고 '바스보이'라고 불리며 더 힘든 일을 하는 멕시코에서 온 사람들이 있었는데, 그 친구들을 정말 괴롭히는 거예요. 그 모습을 보고 충격을 받았어요. 일본에선 조선사람은 차별을 받는 존재라고 알고 있었는데, 한국 사람들이 대놓고 멕시코 사람들을 무시하고 괴롭히고 착취하고… 그런 모습을 보고 정말로 놀랐어요.

그래도 열심히 일하다가 도와주는 친구들과 언니들을 만나서 힘들면서도 재밌게 지낼 수 있게 되었어요. 저한테는 놀라운 일이 있었는데, 일요일에 교회에 가자고 간절히 부탁하는 사람이 2~3명 있었어요. 무슨 일인지 놀라운 거예요. 처음에 "나는 불교"라고 하며 거절했는데, 어떤 언니가 일요일에 같이 점심 먹자고 해서 갔더니 울면서 저한테 교회 가자고 부탁하는 거예요. 그 당시 밖에서 점심 먹을 돈도 없던 시기라 밥 사주는 것이 너무 고마웠고, 일하면서 그 언니가 언제나 친절하게 해주는 것이 고마워서 함께 교회에 가기 시작했어요. 점심에 한국 음식을 공짜로 먹을 수 있는 것이 좋아서 갔는데, 설교 듣고 찬송가 들으면 마치 조선학교에서 김일성 노래 부르는 그 분위기와 마찬가지로 기분이 아주 어색했어요. 기독교는 전혀 믿지 못하지만, 친구들이 친절하게 해줘서 그 방학 동안은 교회에 다니곤 했어요.

근데 한 가지 아주 속상한 사건이 있었어요. 같은 가게에서 일하는 한국 친구랑 친해져서 많은 이야기를 나누게 되었는데, 그 친구가 "한국의 기독교 사람들은 북한이 그렇게 가난하고 굶주리고 있는 것은 기독교 신자들을 박해하고 쫓아낸 벌이라고 믿고 있는 사람이 많다"고 가르쳐줬어요. 많은 한국 목사들의 꿈은 북한에 기독교를 다시 선교하는 것이라고. 다른 친구는 "세상의 부자는 예수를 믿으니까 부자라고. 그래서 예수를 믿으면 부자가 된다"고. 그런 말을 저한테 하는데, 너무 어이없는 이야기를 하니까 그 후에 갑자기 정이 떨어지기 시작했어요.

작품 활동을 위해 조선적을 한국 국적으로 바꾸다

제가 대학원 다닐 때 같은 학교에 다니는 한국 친구들을 알게 되면서 한국도 가보고 싶어서 한번 일본에 돌아왔어요. 원래 미국에 박사과정 하러 가려고 했는데, 오자마자 일본에서 요코하마 트리엔날레가 있었어요. 제가 미국에서 석사과정일 때 어시스턴트로 일했던 한국 작가님이 출품하신다 해가지고. 저도 일본에서는 예술 관계에 인맥이 없었으니까 그분한테 좀 부탁해가지고 거기에서 알바를 했어요. 그래서 일본에서 예술 하는 분들을 처음 만나게 되었고. 그분들한테 작품을 보이고 그러는 일이 생기고, 조금씩 인맥이 만들어지기 시작하고, 석사 때 만들었던 작품이 좋은 평가를 받아서 프로젝트에 초청한다는 그런 얘기가 나오기 시작했어요.

어느 큐레이터가 "도쿄예술대학교의 교수님이 맞을 거 같다"고 한번 지원해보라고 해서 박사과정에 지원하니까 붙었어요. 일본이 미국보다 지원 기간이 조금 빨라요. 그때 집에서 빨리 취직하라는 압력도 있었고요. 일본에서 가장 좋은 예술대학교에 들어가면 반대는 안 하실 거 같다는 생각이 있어서 비밀로 지원해서 장학금도 받고, 일본에서 박사과정에 다니게 되었어요. 그 시기에 해외에서도 전시에 초청을 받게 되었어요. 처음으로 학생이 아니라 작가로 초청받은 거죠. 그때 제가 '조선적'이었는데, 그러면 비자 받을 때도 거절되어 지원도 못 한다고 하더라고요. 작가인데 전시도 가고 해야 되는데. 막 망설였다가 아는 선생님한테도 상담해서 그 당시 재일교포 사이에서 유행했던 「모래시계」라는 드라마도 보고. 결론적으로 작가로서 활동하기엔 해외에 나가는 것이 중요하다고 생각해서 한국 국적으로 바꿨어요.

제가 박사과정 2학년 때 서울대학교에 교환 유학을 했는데, 지원할 때 고등학교 이름을 적어야 했던 부분이 있어서 고민했어요. 한국에선 조총련 학교를 안 좋아한다는 것을 알고 있었고, 도쿄예술대학교에서 유학 가는데 굳이 조총련계 학교에서 교육을 받았다는 것을 알려야 될지 고민했어요. 근데 허위로 기재하면 문제가 되니까 솔직히 고등학교 이름을 적었어요. 다행히 교환유학생으로 승인이 돼가지고 대학원에 가서 대학원생 여러 명이 환영회를 해줬는데, 그 학과가 다 남학생이라 아주 어색했어요. 그리고 어디서 들었는지 "조총련 학교에 다녔냐?", "한복 입고 학교 다녔냐?" 등 여러 가지 질문을 해왔어요. 대답을 안 하자 더 이상 안 물어봤는데, 소문거리가 된 것 같아요. 한국에서는 '조총련 아가씨'라고 놀림을 받았던 적이 여러 번 있어서 아주 속상했어요. 내 나라에 들어간다는 마음으로 기쁘게 한국에 왔는데, 또 다른 차별이 기다리고 있었어요.

그래도 오랫동안 가보고 싶었던 또 하나의 '우리나라'고 해서 그 후 여러 번 왔다 갔다 하며 지내면서 많은 것을 배웠어요. 일본에서는 박사과정 졸업하자마자 시간강사 일을 구하는 게 쉽지 않았는데, 한국에서는 미국 석사학위와 일본 박사학위가 있으면 일본보다 시간강사 일을 쉽게 구할 수 있다고 들었던 게 있어 한국에 와서 알아보고 어떻게 예정대로 시간강사 일을 구할 수 있어서 4년쯤 일했어요.

목숨을 걸고 탈북한 사람들과 소통하는 작품을 만들고 싶다

탈북자라는 존재를 미국에서 유학했을 때 처음 알게 되었어요. 미국에는 재미교포들 교회가 많잖아요. 거기서 탈북한 사람들의 평양예술단 공연이 있다고 해가지고 갔는데, 저는 탈북자라는 걸 몰라서 그냥 평양에서 온 줄 알았어요. 나중에 알게 되었는데, 탈북한 사람들인 거예요. '아, 탈북이 실제로 있구나'라고 조금씩 알게 되었고, 그때 기억이 있었으니까 탈북한 사람하고 함께 작품을 만들고 싶다는 그런 염원이 있었어요. 한국에서 살기 시작하면서 탈북자들을 만날 수 있었는데, 어떻게 넘어왔는지 그런 얘기를 사람들이 안 하려고 해요. 예술치료 같은 거를 해서 같이 어울려서 놀고 그런 분위기여서 탈북자들한테 듣고 싶었던 얘기를 잘 못 들었어요.

두 번쯤 국경지방에 갔어요. 연길하고 두만강이 있는 지역에. 한 번은 그냥 혼자서 장백산 보러 갔고. 중국에 전시 있을 때 혼자서 북경에서 기차 타고. 또 한 번은 탈북자를 도와주는 NGO하고 함께 갔어요. 그러다 보니까 거기에 숨어 살고 있는 탈북 여성들도 만나고, 가난한 농민에게 시집 가서 비밀로 살고 있는 그런 분들도 뵙고. 이렇게 하는 것 자체가 그분들한테 위험하거든요. 그래가지고 다큐멘터리를 안 만들고 좀 실험적인 영상 「피바다」라는 작품을 만들었어요. 블러드씨(bloodsee)라는. 실제로 두만강 강가에서 탈북을 시도하려고 하는 그런 시적인 영상작품을 만들고, 그걸로 박사 때 전시하고 런던에서도 전시했어요.

그런 시기에 원래 재일교포였는데 북송된 이로 북한에서 살다가 탈북한 분이 있다는 얘기를 듣고 어떤 선생님을 만났어요. 근데 그런 분을 만나면 되게 반가워하는 거예요. 재일교포 아가씨가 서울에서 자기를 찾아온 것이 반가웠던 모양이에요. 또 사정도 잘 알고. 그러니까 그 선생님 같은 경우는 그런 얘기가 술술 나오는 거예요. 또 한 분 만났는데, 그분도 만나자마자

영상작품 'Bloodsea'의 한 장면

제가 듣고 싶었던 얘기가 막 나오는 거예요. 그래서 작품을 만들고 전시를 했어요.

정당한 평가와 관심을 받지 못하고 마음도 예술도 지치다

그런데 그 당시는 이명박 정권이라 그런지 연결이 잘 안 되었던 거 같아요. 경제적으로도 정신적으로도 육체적으로도 다 힘들어서 조금 후회했어요. 왜 나는 이렇게 힘든 일을 하고 있는 걸까? 그 당시는 제가 하는 일을 가지고 좋다고 하는 사람이 거의 없었어요. 한국에서 잘하고 있다고 해주시는 분이 정말로 김숙임 선생님 정도였어요. 그래서 정말 아주 힘들게 4년을 한국에서 지내다 보니까 좀 후회가 되는 거예요. 정치 이런 거 너무 지치고, 예술도 지치고. 한국도 일본도 싫고. 이런 시기가 있어서 한국에서 4년만 활동하고, 그때 또 런던에 가는 얘기가 나와서 한국을 떠나게 되었어요.

런던에 1년간 지원금 받아가지고 갔어요. 런던도 1년으로 무슨 일을 시작할 수 있는 그런 도시가 아니거든요. 거기는 더 경쟁이 치열하고. 해서 적어도 3년은 버텨야 조금씩 알려지는데, 인맥이 생기기 시작해서 조금 잘되기 시작하는 그런 기운이 보였을 때 또 이제 1년이 끝나고, 비자도 끊기고. 가자마자 조금씩 시작했으니까 일이 조금씩 좋아질 때는 돌아올 무렵이었어요. 그래도 발표를 세 번쯤 했어요.

그래서 일본에 돌아올까 고민했는데, 계속 저를 보살펴주는 교수님이 일본에 들어오지 말고 외국에서 작가 활동을 계속하라는 조언을 주셨어요. 그 당시는 좀 차가운 조언이었는데, 작가 활동을 계속하라는 그런 조언을 받았으니까. 그 당시 지원금도 다 끊기고 해서 그래서 생각하기에 제일 싼 인도에 간 거예요. 제가 좋아하는 인도의 음악 배우면서 종교적인 구원도 받고 치유도 받으면서 인도에서 지내보려고 마음을 다지고 북인도 어느 마을에서 살기 시작했어요.

차별받은 내 경험으로 차별받는 존재를 달래는 예술을 하고 싶다

1년 반쯤 힘들게 열심히 살다가 그때부터 조금씩 좋아졌어요. 일본에 비자 때문에 들어왔을 때 했던 예술 프로젝트가 예상치 않게 되게 성과를 냈어요. 성황을 이뤄 많은 사람이 찾아왔어요. 그때 만들었던, 그 절망적인 시기에 만들었던 작품이 평가도 되고. 그래서 조금 후에 지원한 그 지원금이 잘돼가지고 다시 일본에 들어와 지금은 일본에 사는 탈북 북송 재일교포에 대한 작업을 시작하고 있는 그런 상태죠.

재일교포 중에서도 일본 이름을 쓰는 사람이 되게 많거든요. 거의 70%나 80%나 그 정도가 일본말을 쓰고 숨기고 사시는데, 근데 탈북하시면 더 어렵겠죠? 보통 한국에서도 얼굴을 내도 된다는 사람하고 안 내고 싶다는 사람이 있는데, 보통 안 내고 싶은 분이 많은 거 같아요. 여기 있는 분들은 거의 다 커밍아웃트를 안 하고 싶어 해서. 또 북한에 남은 가족이 위험할 수도 있으니까. 일단 인터뷰만 해서 영상작품을 만들려고 해요. 프로젝트를 시작한 상태라 아직 긴장하고 있어요. 사람들이 이번에는 많이 기뻐해주고. 정말로 많은 사람이 응원해주시거든요.

일본의 어떤 문화예술재단의 지원금을 받았는데, 제가 2회 수상자였어요. 작년에는 아주 유명한 사람이 받았어요. 그에 비해 저는 아는 사람만 아는 그런 작가거든요. 그리고 현대미술에서는 일본에서 기금이 많지 않아요.

이 예술재단 기금을 받은 걸로 저를 모르는 사람들이 저를 알게 되고, 또 제가 한국에서 살기 시작했을 때부터 많이 나왔던 '헤이트 스피치(Hate Speech)'라는 이슈를 다루는 작업이라 사람들이 그나마 주목한 것 같아요. 저를 보살펴주는 교수님은 "지금까지 재일교포 속에서 수십 년간 투쟁해온 사람들의 그 투쟁의 결과로 나온 성과니까 제가 혼자서 딴 기금, 기회가 아니라"고. "재일교포뿐만 아니라 재일교포의 운동을 도와주는 일본사람도 많아서 그런 분들이 도와주셔서 겨우 이런 시대가 왔다"고. 새로운 시대가 왔다고 사람들이 그렇게 감회 깊게 생각했죠.

제가 하고 싶은 예술은 영혼을 달래는, 솔직히 말하면 저는 그런 거 같아요. 억울하게 죽어간 사람들, 그리고 억울하게 살고 있는 사람들, 힘들게 살고 있는 사람들의 영혼을 달래는 예술을 하고 싶어요. 서로서로가 친절하게 살 수 있는 세상을 만들기 위해서, 조금 아름다운 것을 만들고 싶다는 것이 있어서, 사람들에게 치유가 되는 그런 작품을 만들고 싶어요. 그런데 한국에 있었을 때는 "왜 너도 힘든데 더 힘든 사람들을 도와주려고 하냐?"고. 불가능하다고 그러는 거예요. 그런 말을 많이 들었어요. 하지만 그때 한국에서 한 작업이 7년 후에 평가를 받게 되었어요. 한국에서도 아니고 일본에서. 카르마라는 게 신기하다고 생각했어요. 그때 막 평가받고 싶을 때는 전혀 못 받다가 7년쯤 지나서 조금씩 알려지게 된 거죠. 사회 상황도 좋아지고. 일본의 예술계가 지금 그런 사회적인 예술에 처음으로 좀 열리는 시기 같아요. 그니까 인내심이 필요하고, 신념이 필요하고. '무슨 일을 하려고 하면 힘든 일을 피할 수는 없는 거구나' 생각하죠.

Herstories **12**

김숙진, 1998~2017 카자흐스탄을 살다

학생운동 이후 노동현장으로 이어지던 운동의 길이 무너지다

서울에서 태어나 초 · 중 · 고등학교를 다 마치고 입학한 대학교에서 열정을 다해 학생운동을 했어요. 학교 때 선배로 만난 남편도 굉장히 열심히 운동했는데, 그때는 목숨을 내걸고 해야 했지요. 데모하다 잡혀가면 건강도 사회활동도 미래도 잃게 되던 때였으니까요. 그전의 선배들은 더 힘들었겠지만, 기본적으로 학생운동은 고생길이었지요. 1987년 민중항쟁 이후에 노태우 대통령의 유화정책, 그리고 1991년 소련이 해체되는 과정에서 우리가 도식으로 생각하던 학생운동 이후 노동현장 활동이라는 길이 무너지고 당시 많은 사람이 뿔뿔이 흩어졌어요.

저는 당시 학과 공부도 병행하면서 각종 세미나와 집회를 다 쫓아다니는 학교에서의 활동을 줄이고 노동자 야학을 했어요. 야학을 하다가 졸업을 앞두고 있던 때에 모든 게 변하게 되었는데, 서로 연결돼 있던 활동 단위들이 다 와해됐지요. 결국 각자도생, 각자 살아남기가 된 것이죠. 집안이 넉넉하지 못해서 대학교도 장학금을 많이 주는 학교에 갔는데, 졸업이 다가오니까 취직에 대한 부담감이 밀려왔어요. 그러다가 우연히 신문을 보다가 첫눈에 들어오는 곳에 원서를 냈는데 됐어요. 그래서 활동하던 야학에 미안하다는 이별의 말도 제대로 하지 못하고 그만두었어요.

그렇게 직장 생활을 시작했고, 선배였던 남편도 정치범으로 감옥 갈 결심으로 주변 정리를 하고 행동에 옮겼지만, 당시의 분위기가 유화적인 정책을 취하던 때라 다 성공하지 못하고 결국 군대에 갔지요. 군대 제대 후 집안에서 지원 여력이 되니까 "취직하지 말고 사업해라" 하시면서 어머님이 사업자금을 대주시더라고요. 어머님이 여걸이셨는데, 아파트를 한 채 팔아서 "우리 막내 이걸로 일어나라"고 하시면서 매매 계약을 하시는데 눈물을 보이시더라고요. 그때 그 자리에 제가 있었어요. 결혼 전이었는데, 자식을 생각하는 어머니의 마음이 절절히 느껴졌지요.

실패한 사업을 정리하고 남편을 따라 카자흐스탄으로 가다

그런데 사업은 건물주가 부도를 당하는 바람에 보증금과 인테리어비도 찾지 못하고 접을 수밖에 없었어요. 당시에는 임대차보호법이라든가 이런 것이 없어서 큰 손실을 봤지만, 이틀을 아무 말도 안 하고 서로 고민하다가 상황을 받아들이기로 했지요. 애는 아직 어렸고, 우리는 젊으니까 그 돈 생각하지 말자. 우리 마음만 추스르자. 그 돈을 잃어버린 것, 투자한 자금을 회수하지 못한 것이 데미지가 너무 크지만, 그걸로 서로한테 힘들게 하지 말고, 우리 스스로 거기에 매이지 말자고 바로 결론을 내렸어요. '그 돈 없어도 된다', '사람 자체가 먼저 살아나야 되고 안 좋은 일에 대해 자꾸 발목 잡히면 안 되니까. 힘내야 되니까. 우린 젊었고. 할 수 있는 게 많고. 할 수 있다'라고 생각했지요. 마음 한쪽에는 많이 실망스러웠고 힘들었지만, 서로 내색하지 않으면서 오히려 더 훌훌 털고 갈 수 있었던 거 같아요. 그렇게 딱 이틀 만에 첫 사업을 정리하고 다시 작게 시작한 사업이 그나마 예상 밖으로 수익을 내어 큰 손해를 만회할 정도가 되었어요. 당시 살던 분당에 아파트 한 채 분양받을 돈도 모을 수 있었는데, 이 돈으로 필요한 자재와 물건들을 사서 카자흐스탄으로 가게 되었어요.

남편은 어디든 외국으로 나가서 살고 싶어 했어요. '이 나라에서 우리가 재미있게 살 수 있겠는가?' 막 이런 생각을 하던 차에 지인의 소개로 남편이 선발로 카자흐스탄 상황을 보러 갔어요. 가서는 "여기 진짜 좋으니까 가야 되겠다. 사업 기회가 아주 많을 것 같다"라고 하면서 마음을 정하더라고요. 그래서 먼저 가라고 하고 저는 한 6개월 동안 뒷정리를 했어요. 남편이 하던 사업도 다 마무리하고, 짐도 싸고 집도 내놓고. 그렇게 따라간 곳이 카자흐스탄이었죠.

이름도 모르던 곳, 세계 지도에서 찾아보고 겨우 위치만 알던 곳에 처음 도착한 날. 배웅해주는 한국 공항에서는 친구들도 오고 친정 부모님, 동생들 오고. 새 출발에 대한 기대감을 안고 공항을 떠났는데, 딱 도착했더니 엄동설한 1월의 한밤중에 불빛도 없는 깜깜한 알마티 공항. 활주로에서 트랙을 내려오는데, 중앙아시아 혹한의 바람은 쌩쌩하고 말은 하나도 알아들을 수 없는 그 암담함. 마중 나온 몇몇의 털모자와 두꺼운 털코트를 입고 견장 찬 군인 같은 사람들이 버스에 타라고 하며 깜깜해서 보이지도 않고 봐도 글자도 알 수 없는 푯말 들고 차에 태워 가는데, 그 순간에 '내가 어디로 잡혀가는 거 아닌가? 바로 가고 있는가?' 뭐 이런 생각을 하며 어린 딸(당시 20개월)의 손잡고 아기 가방 들고 가던 그 어둠의 첫 이미지는 아직도 생생하네요.

국영 백화점보다 물건이 많았던 우리 상점, 환율 폭등으로 위기를 맞다

도착했는데 몇 날 며칠 계속 눈이 왔어요. 처음에는 눈이 너무 예쁘고 눈 쌓인 아파트 마당의 풍경은 낭만적이었어요. 밖을 쳐다보면서 "와, 눈이다" 하며 하염없이 며칠 동안 내리는 눈을 신기해하기도 했어요. 눈은 쌓이고 또 쌓이고, 눈꽃은 얼었는데 그 위로 또 눈이 내려 쌓이고. 아침도 없고 밤도 없고. 눈안개 가득한 회색의 거리에 찻길에서 밀어놓는 검은 눈이 1미터가 넘게 쌓여있고. 도착한 지 한 일주일쯤 됐나. 남편이 바쁘다고 나한테 심부름을 시키더라고요. 어딜 가서 무엇을 전해주라는 거였는데, 눈길을 2시간을 헤매고도 거길 못 찾았어요. 집에서 정말 가까운 거리였는데, 사방에 비슷한 거리에 비슷한 건물이 눈으로 덮여 있고. 눈은 계속 내리는 그곳에서 길을 잃었어요. 한국에서는 나름 처음 가는 곳도 주소 하나로 다 찾아다니며 운전하고 다녔는데. 나중에 알고 보니 살던 아파트에서 먼 거리도 아닌 곳이었는데, 추운 거리에서 길을 잃고 헤매는 바보가 된 것 같았어요. 지금처럼 구글 맵이 있는 것도 아니고 핸드폰으로 바로 연락하고 찾을 수 있는 것도 아니고. 공중전화를 해야 하는데, 전화기는 특별한 동전을 넣어야 하고. 말 한마디도 할 수 없으면서 근처 키오스크(신문, 음료 등을 파는 매점)에서 동전을 샀지만, 러시아식 공중전화 시스템은 난공불락의 요새 같았어요. 결국 미션은 실패했고, 빙판이 된 길을 되돌아 겨우겨우 아파트로 돌아올 수 있었던 것이 불행 중 다행이었지요.

당시에 카자흐스탄에는 보따리 장사들이 대부분이었는데, 그곳에 한국 물건으로 꽉 채운 큰 상점을 열었어요. 한국 상품점. 그때 국영 백화점에 있는 물건보다 우리 상점에 물건이 더 많았어요. 처음에는 굉장히 반응이 좋았어요. 그런데 국제 경기의 영향으로 한순간에 카자흐스탄의 환율이 두

배로 뛰어버렸어요. 물건을 팔면 팔수록 손해가 되는 상황인 거죠. 물건을 팔면 그 물건을 다시 그 가격에 사올 수 없는 상황이고, 현지 사람들은 물가가 뛰니 소비 심리가 위축되고. 아주 큰 위기였어요. 그렇다고 어떻게 하겠어요. 주변에 도움을 청할 곳도 없고 가까운 친지도 없고 친구도 없으니 어찌하든 살아남아야 하는 상황이었죠.

다행히 우리의 생활 규모는 크지 않았어요. 살아남는 데 많은 돈이 필요한 규모가 아니었어요. 왜냐하면 남편이 "여기 사람들은 한 달에 100달러도 못 벌면서 그 돈으로 사는데, 아무리 한국에서 왔지만 우리도 현지 수준을 생각하면서 너무 풍요롭게 살면 안 된다"고. 보통 한국에서 간 주위 사람들이나 대사관 사람들이나 기존에 왔던 사람들은 독일 슈퍼마켓 같은 데로 가서 물건을 사고 그러는데, 우리는 우리 매장이 있던 질료니 바자르에서 현지 식료품을 사서 쓰고, 한국에서 이삿짐 올 때 가져온 필수품들이 있어서 그냥 살 수 있었어요. 당시에 150텡게, 50텡게 이런 거를 가계부에 다 기록하면서 지출했어요. 소박하게 현지식으로 살아서 그 위기를 넘길 수 있었던 것 같아요.

러시아어 랭귀지 코스를 다니며 숨통이 트이다

그런데 언어도 안 되고 그런 생활을 하다 보니까 숨이 막히더라고요. 학창 시절에도 직장에서도 굉장히 열심히 활동적으로 살았고, 사회적 의미를 찾으면서 살았던 사람인데, 언어가 안 되니까 듣지도 못하고 봐도 의미를 모르고 말도 못하니 '뭐하고 있는 건가?' 이런 생각이 많이 들더라고요. 그래서 우울증 같은 것이 오고 굉장히 힘들었어요. 남편은 아침에 통역과 운전기사하고 나가면서 "위험하니까 나가지 말라"고 하니, 베란다에 멍하니 서서 밖을 보면서 한숨짓고. 그러다가 알마티 국립사범대학교에 외국인을 위한 러시아어과 랭귀지 코스를 다니기 시작했는데, 이 수업이 숨통이 트이는 공간이었어요. 거기서 만나는 젊은 친구들하고 같이 공부하고 웃을 수 있었어요. 거기는 아침 8시 반에 수업을 시작하는데, 아침 일찍 애를 유치원에 보내고 버스를 타고 공부하러 다녔어요.

그때 둘째 임신 중이었는데, 추운 겨울 국립사범대학교는 난방도 거의 안 되고 교실 창문은 깨져서 황소바람은 들어오고. 당시 가난한 나라였던 카자흐스탄의 겨울은 굉장히 혹독하고 추웠어요. 강의실에서 목도리 두르고 외투 입고, 모자로 방석을 만들어 깔고 앉거나 방석을 가지고 다니면서 수업을 들었지요. 오전에 4시간 수업하고 집에 돌아오면 기진맥진했는데, 아침에 일찍 나갔다가 오면 바로 먹을 수 있는 것이 없어서 수제비를 자주 끓였어요. 멸치 넣고 다시마 넣고, 그냥 반죽 막 넣고 뚝뚝뚝뚝 감자 썰어 넣고. 수제비가 학교 다닐 때 주식이었지요. 남편은 사업하러 다니고, 직장인이 아니니까 생활비를 얼마씩 규칙적으로 주는 게 아니라 자기가 번 거 다 갖다준다고 그때그때 돈을 주었지요. 가져다주는 돈이 모두 쓸 수 있는 생활비라고 생각해본 적이 없어요. 알뜰하게 필요한 부분만 쓰고 그대로 모아두었다가 일하는 데 써야 한다면 다시 주었지요. 그래도 소박하게 살아서 사업하면서도 빚이 없었어요,

랭귀지 과정의 우리 그룹에는 6~7명이 함께 공부했는데, 젊은 유학생들, 아시아나가 처음 취항했는데 초대 아시아나 지점장 부인, 중앙아시아 선교사로 파견된 분하고 다른 나라에서 온 친구도 있었어요. 중국 친구들도 있었고. 랭귀지 하면서 굉장히 즐거웠어요. 말이 서로 통하지 않아도 어려운 언어를 배우는 과정을 함께하는 재미도 있었고, 끝나면 도시락 싸갖고 풀밭에 앉아서 같이 먹기도 하고. 서로 자기 집에 초대하면 이제 그 나라 음식을

열심히 만들어내오고. 제가 둘째를 낳았을 때 한국 유학생 친구들은 "언니, 미역국 누가 해주겠어!" 그러면서 미역국 끓여오고. 애 낳았을 때가 설날 지나고 이튿날 됐으니까 떡국도 끓여오고 그랬어요.

밧줄에 묶어 올려보낸 미역국과 떡국

산모가 입원한 병원 안에는 외부인들이 출입할 수가 없어요. 해산일보다 먼저 입원하면 외부와 차단되지요. 왜냐하면 출산하기 일주일 전쯤 마지막 체크하는 면담할 때 "출산 예정일이 언제니까 언제 입원해라" 이렇게 의사가 말해요. 그러면 그때부터는 산부인과 병원에서 산모들하고 같이 살아요. 그리고 면회도 특별한 경우에만 면담소에 내려가서 할 수 있고, 병실로 외부 방문객이 올라올 수도 없이 단절되어요. 그쪽 병원 시스템은 탁 단절하더라고요. 병원균 때문에 그런지. 우리 둘째가 돌이 되기 전에 독감에 걸렸는데, 탈수증이 오고 고열이 내려가지 않는 위급한 상황이었는데 외국인이라 엄마까지 같이 입원시켰어요. 특별한 경우라고 하더라고요. 애들, 꼬맹이들도 그냥 수용소같이 부모와 분리해서 입원시키더라고요. 밖이랑 단절되니까 딱 들어가면 감옥 같았어요. 거의 문화쇼크였죠.

해산을 위해 입원했던 병원은 그래도 그 당시 알마티에서는 가장 좋은 병원이었어요. 모자보건 대학병원. 거기서 애를 낳은 한국인 엄마는 제가 아마 처음이었을 거예요. 그런데 그것도 감사했어요. 너무 힘든 일들이 많이 있었기 때문에 해산을 위해 일주일 먼저 들어가서 의사 검진받고, 떨어지지 않던 독감 치료받고. 세 끼 밥에 간식 두 끼 나오지, 비타민 챙겨주며 맨날 먹으라고 그러지. 병실 창문에서 바라보면 메데우산의 전경이, 그때는 소나

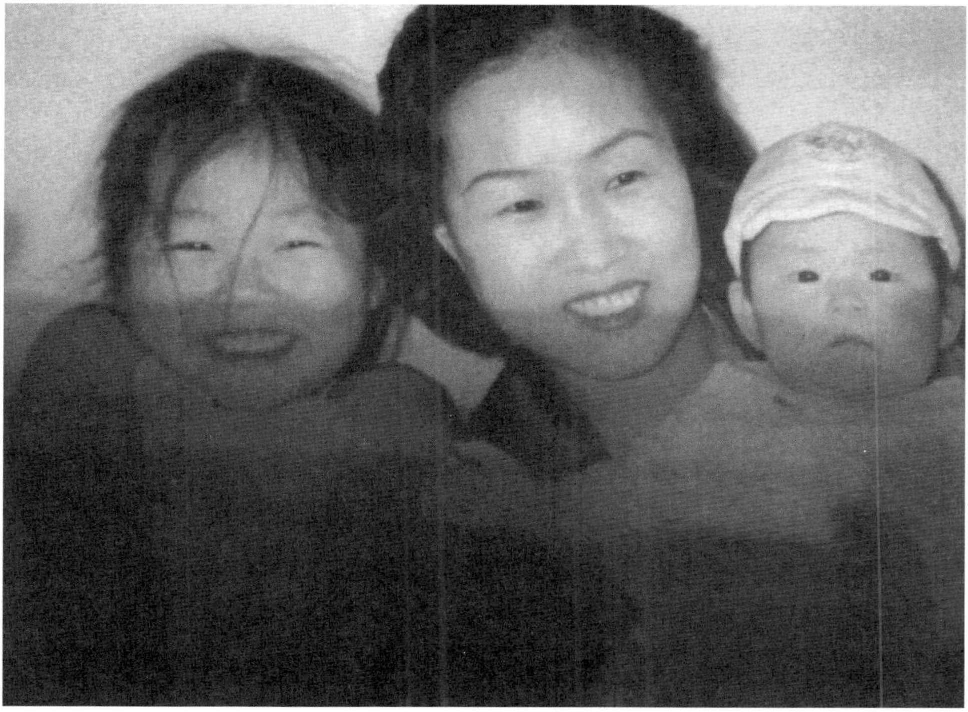

카자흐스탄에 적응해가던 시절 어린 두 딸과. 둘째 백일 무렵이다.

무였나? 소나무가 꽉 찬 정원이 시원하게 보이고, 햇살이 그 나무들 사이로 비치는 풍경이며 나를 위한 휴식 시간 같았어요. 큰애는 엄마 떨어져서 어려운 시간을 보내고 있었지만, 공중전화로 목소리 들으면서 안부를 전하며 기도하며 그 격리의 시간을 감사히 보냈어요. 나무 사이로 비치는 찬란한 햇살을 보며 '이 햇살은 나를 위한 햇살 같다'는 생각도 들고 감사 기도가 절로 나왔죠.

그때 말은 잘 안 통했지만 병실에 같이 입원한 러시아 산모도 있었고, 카자흐 산모도 있었고, 고려 사람도 있었는데, 해산이라는 큰일을 앞두고 모두 서로를 걱정해주는 분위기였어요. 6명이 같은 방을 썼는데, 그 사람들이 유리병에다가 친지가 해준 음식을 받아서 식사 시간에 나눠주곤 했어요. 그때 먹은 양배추절임은 아주 맛있었어요. 나눠주는 마음도 음식도 모두 감사한 시간으로 기억하고 있어요. 근데 음식을 받는 방법이 간호사를 통해 장부에 적고 부탁해서 받는 방법이 있었고, 아니면 밧줄을 창문으로 내리면 그 밧줄에 음식을 묶어 두레박으로 물을 퍼 올리듯이 받더라고요. 하하하, 너무 재미있지 않아요? 영화에서 보던 장면 같아서 많이 재미있어했지요. 그렇게 받았어요. 미역국하고 떡국을. "불은 떡국이지만 언니, 맛있게 먹어"라는 메모를 보고 울면서 먹었어요. 너무 고마웠죠. 나이가 한참 어린 친구들인데, 그런 걸 끓여왔다는 것도. 난 아무 기대도 하지 않고 그냥 옆에서 얻어먹는 양배추절임도 감사하다고 먹었는데. 아무도 돌봐줄 사람이 없었고, 친정엄마도 한국에 계셨으니까. 그런데 그 친구들이 그걸 해오니까 얼마나 고마웠는지!

아바이 국립사범대학교 한국어 전공자들에게 한국어를 가르치다

둘째를 낳고 바로 여름방학이 됐는데, 랭귀지 1년 과정이 다 끝난 거죠. 9월에서 6월까지 하고 끝나니까. 근데 바로 저한테 우리 지도교수가 마스터 과정을 하라고 그러더라고요. 석사과정을. 그래서 "학부도 안 했는데 무슨 석삽니까?" 그랬더니 자기가 도와준대요. 여름방학 동안에 개인레슨하고 자기가 도와줄 테니까 석사과정에 입학하라고 하더라고요. 그 당시 그 외국인 학부에는 마스터 과정이 없었어요. 우리가 처음이었어요. 수업에 빠진 적 없고, 숙제 꼬박꼬박 해가고, 성실하고 열심히 한다는 것 이상의 어떤 재능은 없었는데, 학과장이던 그 교수님의 강권으로 석사과정에 입학했어요. 여름방학 때 우리 아파트에서 가까운 그분 댁에 다니면서 부족한 러시아어 공부를 하면서 마스터 과정 입학 준비를 했어요.

입학은 했는데 굉장히 힘들었어요. 랭귀지도 그렇고 석사과정도 그렇고. 러시아 역사나 카자흐스탄 역사, 철학 이런 것들이 기본과목으로 들어가요. 강의를 들으면 그거를 러시아말로 그대로 받아 적기가 힘든 거예요. 어떤 때는 한글 자음으로 메모했다가 사전을 다시 찾으면서 내용을 완성해가기도 했어요. 강의 듣는 사람들끼리 서로 간의 노트를 비교해가면서. 기본적인 교과서가 있는 것도 아니고 참고 서적이 있는 것도 아니고. 어휴, 진짜 힘들었어요. 듣고 이해하고, 시험 보고 시험 준비하고. 성적은 굉장히 좋아서 우등 졸업장을 받았지만, 다시 하라고 하면 못할 것 같아요. 지금도 언어적으로는 어려움을 느껴요. 러시아어로 자유롭게 학술적인 토론이나 현지분들하고 인터뷰를 자유롭게 완벽하게 하면 얼마나 좋을까!

항상 존재에 대한 고민을 끊임없이 했어요. '사회적으로 뭔가 해야 되지 않느냐?'라는 그런 강박도 있었고 의무감 같은 것이 있었는데, 석사과정을 했던 아바이 국립사범대학교에서 한국어 강사를 하라는 제안을 받았어요. 당시 대학교의 모든 상황이 굉장히 열악했어요. 대학교 한국어 전공자들인데, 그 사람들을 가르칠만한 커리큘럼이라든가 교수진도 미약했어요. 9월 개강 후에 연락이 와서 갔더니 한국사, 통·번역사, 교육학원론, 이런 것들을 다 해야 하는데 가르칠 사람도 없었고요. 강의안을 마련하고 노어, 한국어 섞어가며 강의했어요. 3학년, 4학년, 5학년 과정의 학생들을 대상으로 수업을 했는데, 학생들의 열성을 채워줄 시스템이 없어 많은 학생이 학업에 흥미를 잃어버린 상태였죠. 한국의 KOICA에서 지원 파견된 교원 한두 명과 함께 학과의 거의 모든 수업을 다 담당하다시피 하면서 부족한 교육 체계를 메우려 노력했지만, 2년이 지나도 나아지지 않고 파견 교원들도 철수하고 학과 운영에 많은 어려움이 있었어요. 그런 상황에서 학생들에게 좋은 교육법이라고 생각하는 것들을 했어요. 지금 한국어 관련 학과에서는 당연히 하는 문화체험, 음식 만들기, 노래 듣기, 경연대회, 소풍 등의 행사도 기획해서 진행했는데, 학생들의 반응이 아주 좋았지요.

지금은 아주 달라졌지만, 당시 교원의 급여나 처우는 정말 급여라고 할 수 없을 정도였어요. 교사 급여, 의사 급여는 소련 때와 달라진 것 없이 기본도 안 되는 거였어요. 학생들은 장학금을 받고 들어온 경우들이 많았고, 특히 어려운 친구들이 많아서 급여로 받은 것은 모아서 학생 격려 차원에서 장학금 형식으로 주고, 한국 식당에 가서 학생들이랑 같이 밥 먹고, 한국 음식들 직접 소개하고. 우리 집 김장할 때 불러서 김장 속 넣고, 끝나면 돼지고기 보쌈해서 먹는 거 등등 추억은 많아요. 그 학생들이 지금도 그때 일을 많이 기억하고, 우리 애들도 기억해요. 우리는 학생 때 함께 수학여행도 하고 졸업여행도 하고 그랬는데, 학생들이 그런 것을 한 번도 안 해본 거예요. 외국인도 가는 근교, 그런 데도 안 가본 거예요. 바로 차 타고 30분이면 갈 수 있는 곳들도 많은데. 그래서 학과 운영비로 나오는 교원 활동비 이런 거를 개인으로 나누지 않고 학생들과 함께할 수 있는 이벤트를 기획해서 같이 소풍도 가고 근로 장학생 선정해서 학생 보조도 하고 했지요. 길지 않은 기간이었지만, 기쁘게 활동했고 좋은 기억으로 남았어요.

14년 동안 토요한글학교에서 한국 아이들을 가르치다

알마티 토요한글학교에서 일한 시간만 14년이네요. 토요일마다 하는 한글학교인데, 대부분 한국에서 이주해온 한국인 가정의 아이들이 한국 교과과정에 맞춰 수업을 받는 곳이에요. 어른들도 이주 후에 문화와 언어가 다른 곳에서 적응하느라 문화 충격도 겪고 여러 가지 어려움을 겪는데, 아이들도 마찬가지예요. 가정에서 사용하는 언어와 학교에서 사용하는 언어가 다르고, 낯선 언어로 공부하는 것도 어렵고, 문화가 다른 친구들이랑 소통하고 어울리는 것도 어려워하지요. 모국어로 수업도 듣고 친구들과 수다도 떨고 장난도 치고, 여러 가지 행사도 참가하면서 작은 휴식을 얻는 곳이었어요. 처음에는 몇 명 되지 않았어요. 체계도 잘 잡히지 않고 학생 수도 많지 않았어요. 거기에 지원하는 교사도 없었어요. 왜냐하면 이거는 페이도 아니거든요. 봉사하는 마음으로 했어요. 지금은 하겠다는 선생님들이 많아졌어요. 재외동포재단에서 꾸준히 지원도 하고, 아이들의 학습 성과나 교육 효과도 증명되고, 지역사회에서 한글학교의 순기능도 많이 공유되었으니까요.

보통 한국에서 카자흐스탄으로 온 한국 사람들은 '돌아가야지. 조금 머물다 한국으로 가야지. 이곳에서 평생 살 것도 아닌데…' 하는 생각들을 많이 해요. 어른들이 그러니 한글학교에서 수업하면서 보는 어린 친구들도 "여기는 갈 데도 없고요. 사람들도 후지고요" 이렇게 말해요. 한국에서 온 지 얼마 안 된 친구들이 이주한 곳에 대해 부정적인 말들을 쉽게 내뱉어요.

2013년 알마티 토요한글학교 행사 후 기념사진. 카자흐스탄으로 이주한 한국인 가정의 아이들이 한국교육과정에 맞춰 수업을 받는다.

이게 어디에서 나온 말이겠어요. 부모로부터 그대로 온 말이거든요. 그래서 수업하는 중간중간에 얘기해줘요. "네가 볼 수 있는 게 많아. 또 여기에는 우리랑 비슷한 부분도 많고, 다르지만 서로 존중해야 하지. 옆에 있는 다른 민족 친구들하고 이야기도 나누고 사귀고 해봐! 한국 친구들하고만 놀지 말고. 여기 고려 사람들도 옛날에 한국에서 온 사람들이야. 어떻게 여기까지 오게 되었는지 궁금하지 않아?" 이런 얘기들을 하면서 아이들의 시야를 넓혀주려고 노력했어요.

외국에 나가 산다고 해서 생각이 자연스럽게 글로벌해지는 게 아니더군요. 아이 주변의 어른들이 먼저 거주국의 문화와 사람들에게 마음을 열고 긍정적으로 다가가는 자세가 필요해요. 한국에서 온 한인이 중심이 된 한인회 행사도 한국인끼리만 행사를 했지요. 언어적인 문제도 있고 문화도 다른 부분이 있으니 한국인끼리만 하는 것이 편할 수도 있지만, 고려인문화협회나 고려인독립운동가후손회 등과 함께 행사를 기획하고 자꾸 함께할 자리를 만드는 것이 필요하다고 생각했어요. 다행히 지금은 그런 행사들도 많이 늘었어요.

14년을 했으니 한글학교에 대한 애정이 남다르지요. 하지만 마지막 1년은 아주 힘든 기억들이 있네요. 당시 한인신문 편집장으로도 일하던 때인데, 한인회 회장 선거에 개인적으로 신문을 발행하던 사람이 회장 후보로 나왔어요. 한인신문 편집장에 대한 흑색선전을 선전전의 키워드로 삼아 저를 무차별적으로 공격했어요. 억울한 심정에 담당하던 반의 학부모 단톡(당시 6명의 학부모)에 투표에 참가하여 현명한 판단을 해달라고 썼다가 고발당했어요. 한글학교 설립 이후 처음으로 교사 탄핵 대상자가 되어 긴급히 한글학교 운영위원회가 열렸어요. 한글학교 교사가 공무원도 아닌데, 선거의 중립성을 위반하고 교사로서의 품위를 상실했다고 고발되어 심판을 받는다는 것. '14년 봉사 끝에 이런 대우를 받아야 하나' 자괴감이 들었지요. 운영위

결정은 문제 없음으로 났지만, 함께 일해오던 사람들의 적의에 찬 눈빛들과 몰아붙임에 마음은 산산조각이 났어요. 그해 그 학년을 마지막으로 한글학교를 떠났어요. 종업식 때 장기근속 교사 감사장을 받았지만, 슬프고 아픈 기억은 치유되지 않았지요.

강제이주로 카자흐스탄에 뿌리내린 고려인과 소통하다

소련 해체 이후에 이주해온 한국인에게는 1937년 강제이주로 카자흐스탄에 뿌리내린 고려인이 든든한 백그라운드라 할 수 있어요. 대사관에 부임해오는 분들도 중앙아시아에 자리 잡고 있는 고려인이 한국과의 외교·경제 협력의 큰 힘이 된다고 하나같이 이야기하죠. 그런데 언어가 안 되니까 소통이 안 되고, 그러니까 한국은 한국 사람들끼리 만나고 고려 사람은 고려 사람들끼리 만났지요. 그러면서 개인적으로 사업 관계에서 만나서 일하다가 좋지 않은 사건들이 생기면 서로에 대해 아주 부정적인 시각이 굳어져서 "고려 사람은 워낙 그래", "한국 사람은 원래 그래" 이렇게 되더라고요. 한국 사람들은 사업을 해도 통역을 통하기 때문에 러시아어를 알고 문화를 알고 이렇게 접근하는 사람이 많이 없어요. 근데 언어를 알고 같이 얘기 나누다 보면 이해 못 할 사람이 없잖아요. 단체도 마찬가지거든요. 사업을 같이하고 자꾸 만나다 보면 없던 정도 생기고, 이해 폭도 더 넓어지고. 그러면서 "우리는 하나다. 같이 하자" 이렇게 되는데, 얘기를 안 하다 보면 자꾸 오해가 생겨요. 불신이 되고.

'고려인독립운동가후손회'가 있어요. 거기에 대해 한국 한인회의 많은 사람도 그렇고 대사관 쪽 일부도 그렇고 "독립운동가후손회는 빨갱이의 후손이다" 이렇게 말하는 거예요. 그분들이 빨치산 활동을 했던 건 사실이지만, 당시 나라를 잃은 민초들이 맨손으로 독립운동을 하면서 몸을 바쳐 헌신한 귀한 업적인데 이념의 프레임에 가둘 수는 없잖아요. 독립운동하다 죽기도 하고, 강제이주 후 힘들게 살아남아 중앙아시아에서 새롭게 삶의 터전을 개척한 그분들의 역사는 정말 대단한 거잖아요. 고려인 후손들의 존재 자체는 굉장한 의미거든요. 그런데 이것을 빨갱이 운운하며 단정 짓고, 그 단체랑 함께 행사를 안 하겠다 하기도 하고….

고려인독립운동가후손회가 해온 사업들이 굉장히 많아요. 3.1절 기념회를 이끌어오고, 11월 13일 '순국선열의 날'이라는 게 있어요. 한국 사람들은 잘 몰라요. 만주와 극동에서 독립운동하던 자신들의 조상을 기억하며 그 행사를 해온 단체예요. 한국 사람들은 알지도 못하고 기념할 줄도 몰랐던 그 역사를 지키고 기려온 단체와 함께 행사를 하는 것은 아주 의미 있는 일이죠. 남편이 그 의미를 알고 협력의 바탕을 만드는 데 노력했어요. 거의 초창기부터 한인회 활동을 계속해온 남편이 한인회와 고려문화협회, 고려인독립운동가후손회가 함께 모일 수 있는 시기가 무르익자 단체 간의 통역도 하고 행사내용도 협의하고 진행도 함께하면서 서로 소통하도록 물밑 작업을 했어요. 지금은 진짜 많이 변했어요. 카자흐스탄의 고려인과 한국인이 같이 행사를 하고 "우리는 하나다"라는 플래카드를 걸고 체육대회도 같이하고. 지금은 오해와 불신이 많이 해소돼서 여러 행사와 사업을 함께하고 있어요.

골칫거리 취급을 받던 한인신문을 살려내다

제가 한인회에서 만드는 한인신문의 편집장으로 일하게 됐는데, 편집장을 맡을 당시 한인신문은 폐간의 위기였어요. "이거 왜 만드느냐?" 이랬어요. "그냥 한국 기사 복사해서 만들면 되지. 번역도 아니고 그냥 한국 기사 싣는 건데 그걸 왜 만드느냐?"고. 신문 발행이 적자였기 때문이죠. "돈만 들어가는 골칫거리다", "한인회 예산도 부족한데 신문발행에 투자할 돈이 없다", "한인회가 신문을 발행하는 것이 정당한 일이냐? 개인 신문 발행업체에 발행권을 넘기라" 등등 한인회에서 발행하는 한인신문을 둘러싸고 한국인 사회가 시끄러웠어요. 한인회에서 처음 한인신문을 창간하려고 했을 때도 말이 많았지요. 그때 한인신문을 창간하기 위해 창간위원회가 발족되고 많은 사람이 모였는데, 개인이 발행하던 신문에 대한 한국인의 불만이 엄청 많았기 때문이에요. 저도 창간위원회에 참여해서 창간의 이유와 방향과 제호 결정까지 함께 논의했고, 신문의 한 분야를 맡아서 기사도 썼고. 그래서 어떻게 만들어졌는지, 어떤 의미를 가지는지 알고 있었으니 한인신문이 폐간되도록 그냥 놔둘 수 없었어요.

편집장을 맡아 일하면서 위기의 한인신문에 많은 변화가 있었어요. 현지의 이야기를, 거기 살고 있는 한국 사람들의 이야기를 인터뷰로 연재하기 시작했지요. 1991년 이후부터 카자흐스탄과 한국의 교류가 시작됐고, 1995년 이후부터 민간 교류가 활성화됐기 때문에 오래된 한국 사람이 많진 않았어요. 그래도 '사업에 성공한 사람은 성공한 대로 실패한 사람은 실패한 대로 그 사람들의 노하우를 새로 오는 사람들한테 알려야 된다. 기록으로 남겨야 된다'고 생각해서 인터뷰를 시작했어요. 그 인터뷰 반응이 좋았어요. 한국 사람들이 '우리는 돈 벌러 온 사람이다. 그리고 우리는 바로 돌아갈 사람이다'라는 생각으로 지나온 세월에 대한 가치와 의미도 생각하지 않고,

고생했던 옛날 일 정도로 생각했지요. 그런데 고생하면서 살아온 그 시간과 경험을 인터뷰로 정리하니까 내 삶이 다시 보이고, 주변 사람들의 삶이 다시 보이는 거예요. 인터뷰 당사자도 그렇고 기사를 읽는 사람들도 서로 고무되는 거고. 한인 이주 역사 기록의 첫 삽이 되었지요.

그러면서 한인신문의 위상도 제고되더라고요. 광고가 들어오고, 광고주와 관계도 좋아지고, 적자였던 것이 흑자가 되고. 한인회의 골칫덩어리였던 신문이 오히려 재정에 도움이 되는 구조가 되었어요. 다 좋아졌지만 저는 너무 힘들었어요. 편집, 취재, 광고 다 혼자 하고, 한인회 사람 중에서는 여자가 1명이었어요. 한국 사회는 여자가 아무리 좋은 의견이 있어도 앞에서 말하면 안 되고요. 의견을 선도하면 타깃이 되고. 또한 여자한테는 여러 활동의 기회도 없고. 한인신문을 정상화시켰더니 경쟁지로 여기던 신문 두 곳이 합동으로 흑색선전을 하면서 인격 공격도 들어오고. 한인회에서는 나 몰라라 하고…. 몸도 마음도 많이 힘들었어요. 움츠리기도 하고 지혜롭게 피해가야 될 언쟁에서 무모하게 혼자 맞섰던 것은 반성할 부분도 있어요. 어떤 부분은 좀 더 과감했어야 되고, 어떤 부분은 좀 더 지혜로웠어야 되는데.

제2의 고향 카자흐스탄을 떠나 우즈베키스탄으로 가게 되다

거기 가서 사는 한국 사람들의 경제적인 활동은 국가의 경제 흐름하고 떼려야 뗄 수가 없어요. 2000년대 초부터 2005년까지 잘나가던, 굉장히 과하다 싶을 정도로 붐이 일어나 한국에서 수많은 투자자가 가고 대기업들도 투자하고 이랬는데, 미국에서 모기지 딱 터지고 난 다음에 카자흐스탄도 직격탄을 맞아 환율이 갑자기 올라가고, 모든 경기에서 거품이 한꺼번에 쫙 빠지면서 냉각기가 온 거예요. 힘들었지만 거기서 열심히 살아내고 제2의 고향이라 생각하던 많은 사람이 사업이 잘 안 되면서 떠났어요. 그런 상황에서 남편 사업도 굉장히 힘들었어요. 동반자였던 현지 파트너가 굉장히 유능한 사람이었고, 남편하고 나이 차는 있어도 굉장히 탄탄한 유대관계를 가졌는데, 그 상황에 병을 얻어 그분이 돌아가시게 되고. 남편이 나머지를 다 책임져야 했던 거예요.

우리가 2017년 이주를 하게 됐는데, 그때까지 책임을 지고 나머지 정리까지 하게 되고, 모든 수입원이나 이런 것들이 점점 축소되는 거예요. 한창 피크에서 이제 고생 좀 안 하고 사나 보다 이랬는데, 그건 잠깐이었고 그냥 또다시 참고 견뎌야 되는 시간이 왔죠. 그냥 참았죠. 남편 사업이 경기침체에 따라 점차 굉장히 많이 축소될 수밖에 없는데, 우리가 생활은 됐어요. 생활이 당장 어려운 상황은 아니고, 우리는 집과 영주권도 있고. 적은 수입만 있어도 충분히 버틸 수 있다고 생각했죠. 그리고 그만큼 카자흐스탄을 사랑하기 때문에 떠날 생각을 전혀 안 했는데, 카자흐에서 먼저 우즈벡으로 간 지인이 제안하더라고요. "여기 한번 와보지 않겠느냐?" 그래서 남편이 그냥 갔는데, 그게 면접 겸 소개 자리였더라고요. 일 좀 해줬으면 좋겠다고 그 회사에 초청을 받은 거예요. 바로 채용된 거예요.

우즈벡으로 갈 때는 진짜 가방 하나에 제가 몇 번 왔다 갔다 하면서 옮긴 기본적인 짐밖에 없었어요. 그리고 짐을 늘리지 않겠다 생각했죠. 카자흐에서 20년을 살면서 짐이 너무 많이 늘어난 걸 보고 스스로 부끄러웠어요. 이렇게 뜬금없이 가게 되는 이 상황에 뭘 그렇게 쌓아놓고 살았는지 반성도 하게 되고, 우리 진짜 단출하게 살자. 그리고 회사에서 제공한 아파트가 불편한 것은 있지만, 있는 것들에 맞춰서 이것도 감사하고 저것도 감사하고. 그냥 살 수 있는 것도 감사하고 여기서 살지 못하고 다른 데로 간다 해도 우리 둘이니까 감사하고. 이렇게 생각하고 있지요.

우리보다 가난한 나라의 교육은 우리보다 풍요롭고 공평했다

한국에서 제가 30대 초반에 카자흐스탄에 가게 된 이유는 첫 번째가 아이 교육이었고, 두 번째는 거기 가면 우리 남편이 편하게 잘살 거라고 생각했어요. 사업이 잘될 거고, 제일 중요한 게 가정생활과 자녀교육이었거든요. 우리 애들은 큰애도 그렇고 작은애도 그렇고 공립 유치원에 보냈어요. 근데 참 사회주의 사회의 체계가 잘되어 있다는 게 유치원에서 애들을 똑같이 받아들였고 돈을 많이 안 냈어요. 거의 공짜예요. 그리고 책에 맞춰서 애가 따라가기만 하면 인정을 해주더라고요. 처음에 갈 때는 "나 화장실 가고 싶어요" 이 말 한마디만 연습시켜서 보냈는데, 나중에 보니깐 장학사들이 와서 공개수업을 하면 선생님들이 애한테 질문을 다 한대요. 너무 대답을 잘하니까. 원장님도 막 칭찬하시고. 애가 언어를 현지 친구들보다 잘하고 습득을 빨리 잘하더라고요.

그래서 그쪽 사람들이 다 보내고 싶어 하는 공립학교에 시험을 쳐서 보냈는데, 한국인으로는 첫 케이스라 우리 애를 안 받아주면 어쩌나 하고 걱정했어요. 왜냐하면 다 현지인이고 거기 들어가려고 빽을 쓴다 하더라고요. 전화도 하고. '유일한 한국인인데 안 받아주면 어쩌지.' 그래서 교장을 찾아갔어요. "만약에 기부를 해야 된다면 나도 기부하겠다. 우리가 외국인이라고 한국인이라고 불이익은 주지 말라." 이런 의미로 찾아가서 인사했더니, 성적을 쭉 보더니 "걱정하지 말고 가서 기다리세요" 그러더라고요. 그러니까 상위 10등 안에 들더라고. 카자흐스탄 가서 외국인으로 컸는데, 우리 애가 전 과목이 올 A예요. 졸업할 때까지. 학교에서 무슨 올림피아드 하면 얘를 대표로 내보내고 선생님들이 "널 보고 수업을 한다"고 이렇게 하는 거예요. 현지 수업뿐만 아니라 한국 사람이니까 집에 한국 책들, 한국 갔다 오거나 갈 때도 그 책들 다 갖고 가고, 하물며 구몬 같은 거 있잖아요. 한자 학습

지까지 다 챙겨갖고 가서 공부시켰어요. 근데 그걸 다 따라 했어요. 애가 그것들을 다 흡수하더라고요.

거기서는 음악교육도 시킬 수 있었어요. 여기서는 음악교육 시키면 돈이 너무 많이 들어가잖아요. 거기는 일반학교 시스템하고 병행해서 국립음악학교가 있어요. 돈 안 들어요. 큰애가 바이올린을 할 때 학교에서 빌려줬어요. 좋은 악기는 아닌데, 거의 공짜지요. 그거 갖고 시작했어요. 음악학교에서는 악기, 기본 피아노, 합창, 음악이론 이런 것도 다 해줘요. 그리고 선생님들이 "콩쿠르 나가자" 그러면 현지인하고 같이 나가고. 그래서 현지인이 움직이는 교육 시스템으로 우리 아이들도 함께 움직였어요.

지역마다 학생궁전 이런 게 있어요. 거기에서는 체스라든가 수영이라든가 탁구 이런 걸 다 하는데, 그것도 거의 공짜예요. 열심히 다니기만 하면 돼요. 우리 애는 방학 때마다 갔는데, 예를 들어 리듬체조 다니는데 특별히 어려운 관문이 없어요. 지도 선생님이랑 인사하고 시간에 맞춰 가면 돼요. 돈이 문제가 안 되게, 원하는 아이들은 모두 해볼 수 있게 접근이 쉽더라고요. 또 조그마한 대회를 지역별로 자주 해요. 이런 시스템이 한국하곤 비교가 안 되는 거예요. 거기에서 걸러진 친구들이 또 전문학교에 가고, 스포츠학교도 가고, 전문음악학교도 가고. 이렇게 되는 건데 이런 시스템이 참 잘 되어 있었어요.

작은애 같은 경우도 언니를 따라 어릴 때부터 악기를 했어요, 그 학교에 다니면서 악기를 시작하게 됐는데, 언니 덕분에 좋은 선생님을 만났어요. 국가영예훈장을 몇 개 받은 교수님을 만났는데, 작은애의 재능을 보시고 바로 제자로 받아주셨어요. 덕분에 국립영재음악학교인데 무료로 입학했어요. 한국인은 혼자였는데, 무료로 최고의 음악 과정을 제대로 배우는 혜택을 누렸어요. 선생님이 특별히 정말 이뻐해주셨고, 저희랑은 정말 가족 같은, 친할머니 같은 선생님이셨어요. 저는 그래서 카자흐스탄에 대해 굉장히 많은 고마움을 느껴요. 교육 체계라든가 이런 것들의 혜택을 많이 받았으니까요.

애들이 차별 때문에 힘들어하고 그런 걸 못 느꼈는데, 지나고 나니까 작지만 그런 경험을 얘기하더라고요. 못살게 구는 부분들도 있었고, 장난이 심했고, 마음에 안 들고 이런 것들이 있었다고. 그랬는데 학습적으로 애들이 우수하게 선도하니까 점차 인정하고, 친구가 되고 그랬더라고요. 노골적인 민족편견은 아니지만 다른 문화에서 온 이방인으로서 학교생활에 아이들 나름대로 어려움도 있었던 것이지요. 하지만 "능력 있는 만큼 공부하고, 그 능력에 맞게 노력하고, 그리고 아는 거 갖고 잘난 척하지 말라"고. "아는 거는 옆에 친구들하고 나누라"고 가르쳤고 아이들은 잘해냈어요.

큰애는 미국에서 사회학과 심리학을 전공하고 싶다 하더니 6개월도 안 되는 준비 기간 동안 혼자 에세이랑 이런 거 다 준비하고, 시험을 한두 번 보고 그다음에 간 거예요. 작은애는 중학교 2학년 때 바이올린을 계속하기 위해 자기는 모스크바로 가야 되겠다고 그러더라고요. 저는 그때 중요한 수술을 앞두고 수술 날짜를 받고 들어갔는데, 어떻게 해줄 수가 없더라고요. '얘 길을 터줘야지. 나에게 어떤 일이 일어날지 모르니까. 내가 없어도 본인이 설 수 있게 해줘야 되겠다.' 갈 수 있게 최대한으로 해줬어요. 제가 못 가고 언니랑 보냈어요. 모스크바에 가서 오디션 보고 교수님 만나서 입학할 수 있게 6주 만에 서류를 다 완성하고 오디션을 보게 했는데, 당시 그런 거는 거의 상상할 수 없는 일처리였지요. 러시아 비자를 받고 이런 과정이 너무 어렵거든요. 카자흐스탄에서 외국인으로서 러시아 비자를 받는 건 아우, 정말 눈물 날 정도였지요. 너무너무 힘들어요. 근데 그걸 6주 만에 다 하고 가서 오디션까지 볼 수 있었던 거예요. 작은애는 모스크바로, 1년 있다가 큰애는 또 미국으로. 우리가 경제적으로 잘살고 목표를 잡고 준비돼서 보낸 게 아니라 어떻게 운명처럼 그렇게 됐어요.

삭사울 씨앗처럼 떨어진 그 자리에서 살아내야죠

작은애가 러시아 모스크바대학에 가는데, 한국 국적 아니면 얘는 다 전액 장학생으로 갈 수 있는 충분한 실력이에요. 모스크바 국립차이콥스키음악원에 들어가면서 입학시험에서도 입학생 전체에서 1등을 했어요. 그래서 외국인 대표로 연설도 하고, 외국인 대표로 연주도 하고. 그런데 현지 러시아인하고 외국인하고 똑같이 안 해요. 그래서 저희가 갈 때 물어봤어요. "너 혹시 한국 빠스포르뜨(여권) 아니라 카자흐스탄 빠스포르뜨 갖고 싶지 않아? 그럼 넌 전액 장학생이고 기숙사비도 안 내고." 그뿐만이 아니라 누릴 수 있는 혜택이 너무 많아요. 콘서트에 세워주는 것 등등. 하지만 모든 것에서 한국인이기 때문에 열외예요. 외국에서 자랐으니 한국에서도 열외. 그래서 어디에도 속하지 못하는 경계인이 되죠.

열심히 키웠고 애들도 성실히 일했지만, 어느 곳에도 소속될 수 없어요. 그게 제일 불안하기도 하고, 어디로 가서 어디서 씨앗이 돼서 뿌리 내릴지 아직 하나도 감이 안 잡혀요. 큰애도 마찬가지고요. 아이들의 성장과 제3국으로 진출하는 과정들을 보면서 혼자 고민은 깊어지고 불안감은 커지는데, 대책은 뾰족하게 보이지 않으니 자꾸 속으로만 삼키게 되더라고요. 그때 아랄해를 갔다 오면서 그 척박한 자연 재앙에 살아남는 삭사울 나무 군락을 보면서 많은 생각이 들었어요. 아랄해는 정말 사람이 살 수 없는 곳이고 이제는 모든 게 말라버려 딱 떠오르는 단어가 '죽음'인데, 그 속에서 삭사울 씨앗 하나하나들이 싹을 틔워서 나무가 되고 그 나무가 모여 군락이 됐어요. 큰 힘이 된 거예요. 그게 그 재앙의 땅을 바꿀 수 있는 작은 자연 치유가 되고 있다는 상징으로 보였어요. 버려졌고 파괴되었지만, 작은 씨앗으로 인해 새로운 희망을 품을 수 있다는 자연 치유의 상징. 그런 삭사울 씨앗의 생명력을 보고 많은 영감을 많이 받았어요.

삭사울 그리고 아랄해와 함께 얘기하고 싶은 단어가 '누크스'에요. 누크스는 바로 아랄해 옆에 있는 도시인데, 거기에 박물관이 있어요. 누크스 박물관. 이고르 사비츠키라는 사람이 와서 박물관을 만들게 됐는데, 아랄해 근처에 있는 누크스는 어느 누구도 관심을 갖지 않는 곳이에요. 거기는 우즈베키스탄에 있는 카르칼팍스탄자치공화국이에요. 우즈벡도 아니고 카자흐스탄도 아니고, 민족도 다른 조그마한 자치구죠. 알마티도 아니고 타슈켄트도 아니고 부하라나 사마르칸트도 아닌, 누구의 눈길도 닿지 않는 황량한 사막 한가운데 있는 작은 도시. 그곳에 그 사람, 사비츠키가 왔어요. 그 사람은 화가였는데, 거기에서 자기 조상들의 물건을 그냥 갖다버리는 모습을 본 거예요. 이불보, 수제품 이런 것들을 갖다버리는 거예요. 한국도 한창 그런 시절이 있었지요. 그런데 사비츠키는 그걸 모았어요. 모두 10만 점 이상을 모아서 박물관을 만들었는데, 지금은 그 박물관에 가장 많은 러시아 아방가르드 그림들이 모여 있다고 해요. 이제는 카르칼팍스 사람들이 잃어버리고 사라졌을 자기 문명에 대한 증거자료로 그것을 보존하고 귀하게 여기잖아요.

우리 아이들이 미국에 가고, 모스크바에 가고, 화려하고 큰 도시로 가서 자기 능력을 실험해보고 도전해보고 하는데, 그것에 대해 긍정적으로 생각해요. 원하던 학교에 가고 생활도 잘하고 있으니 고마운 일이죠. "너희의 능력대로 마음껏 해봐라. 그렇지만 화려한 것만 쫓아가지 말고, 항상 중심이 무엇인지 잃지 말아야 된다"라는 걸 누크스와 아랄해를 보면서 느꼈어요. 자기가 살아가고 있는, 어쩔 수 없이 떨어진 그 자리. 고려인이 이주해갈 수밖에 없었던 그 자리에서 농장을 만들고 키워냈잖아요. 그리고 어쩔 수 없이 이주해간 중앙아시아에서 살아냈잖아요. 살아내는 거 자체, 생존 자체가 어떤 특별한 시기에는 어려운 숙제지만, 그 숙제를 묵묵히 해내는 것 자체가 의미 있다는 사실이 가슴 깊이 다가왔어요. 아무 힘도 없지만 이렇게 생존을 위해 하루하루 애쓰고 있는 모습 자체가 생명을 지키는 원천임을 가슴

깊게 느끼고 왔지요.

인생의 어려움은 곳곳에 숨어 있어요. 알마티에서 한인신문 편집장을 할 때, 당시 민주평통의 알마티 대표가 신문에 북한 관련 글을 살포하려던 것을 거부하다가 이곳저곳에서 폭탄 맞듯이 화살을 받던 때, 알마티에서 300여 킬로미터 떨어진 산속의 고요한 호수를 찾아가는 길에 힘들고 지쳤던 스스로를 돌아보며 썼던 시가 「콜사이 가는 길」이죠. 어려움은 항상 있지만, 그래도 존재 자체, 숨 쉬는 것 자체에 감사하며 오늘도 삶의 뿌리를 내리는 하루를 살고 있는 거죠.

콜사이 가는 길

숨쉬기 힘든 하루의 연속이거든
훌쩍 길을 나서
굽이굽이 산굽이가 대지와 맞닿는 지평선 찾아
어느 한 점 티끌에
나의 머리털 한 올 심어본다
바람 따라 흘러가는
구름 가운데에
나 살아있음을
표시해두면
흙먼지 날려도 지워지지 않는 흔적이
되어 남으리
천년만년 억겁의 세월 속에
파이고 깎인 절벽에 박힌
모래 한 알에 나의 숨소리를
박아
큰 흔적으로 남겨놓으면
흔들리지 않고 남을 테지
거리를 가늠할 수 없는
광활한 초원에
이름 없는 풀이라 업수이 여기지 말라
구름 속에 박아놓은 나의 흔적을 품고
질기고 기다란 바람길을 새기고 있나니
찰나를 살면서
사막의 모래 한 알의 무게도 없지만
큰 숨 몰아쉬고
구름 속에 흔적 남기려
나 여전히 기를 쓰고 있네

나가는 글:
경청과 참여의 윤리

김현미, 연세대학교 문화인류학과 교수

나는 삶이야기 워크숍에 직접 참여해본 적이 없다. 12명의 코리안디아스포라 여성들의 '기록'된 삶을 읽고, 남한 · 여성 · 교육자인 내가 이 여성들과 어떤 관계를 맺고 있는가를 생각한다. 남한 출신인 나는 삶이야기를 읽으며 함흥, 평양, 길림, 만주, 도쿄, 사할린, 우크라이나, 우즈베키스탄, 카자흐스탄을 다녀왔고, 크즐오르다의 칼바람 추위를, 공안에 잡혔을 때의 두려움을, 남한식 한국어를 못 알아들었을 때의 당혹스러움을 상상해봤다. 디아스포라 여성들은 혁명당원, 간부, 기자, 번역자, 공장 노동자, 농부, 교사, 작가로 활동할 때 남한 여성처럼 성차별을 겪었을까? 어떻게 자신의 능력을 인정받았을까 하는 조바심과 기대로 이야기를 읽어갔다. 우리는 '타자'의 이야기를 읽을 때, 이질성과 부인할 수 없는 공감이라는 복잡한 감정을 갖게 된다. '삶이야기'에서 여성들은 어떤 말을 하고 싶은 것일까.

왜 여성인가?

코리안디아스포라는 식민지, 냉전체제, 군부독재, 글로벌 자본주의의 확산이라는 역사적 요인들로 인해 전 세계로 흩어진 동포들을 의미한다. 코리안디아스포라 여성을 사유한다는 것은 기존의 담론에 단순히 여성을 덧붙이는 것을 의미하지 않는다. 기존의 디아스포라 경험, 스토리, 지식과 '젠더 경험'을 교차함으로써, 남성주의적 서사의 중심적 위치를 해체하는 것이다. 즉, 여성들의 '삶이야기'는 매우 중요하지만 소소하거나 단편적인 이야기들을 디아스포라 담론에 등장시킴으로써 남성 중심적 영웅 담론과 경합한다. 남성 엘리트 중심의 거대담론은 내부의 이질성을 허용하지 않는 매우 큰 하나의 예상 가능한 스토리지만, 여성들의 경험과 이야기는 아주 구체적이며, 때로는 감정적이며, 때로는 모순적이다. 이 때문에 더 진실하다.

기존의 디아스포라 담론에서 여성은 주로 모성 담론을 통해서만 등장했다. 애국자 남편을 보필하고, 남자아이를 낳아 모국이 아닌 피난처에서도 가부장적 부계혈족주의를 계승하는 역할을 담당하는 것이 여성에게 주어진 영광스러운 자리였다. 남성 영웅은 여성들 덕분에 가족 돌봄 의무에서 벗어나 역사적 주체로 설 수 있었다. 즉, 남성의 이런 우월적 위치를 만들어주기 위해 여성은 이에 필요한 재생산, 돌봄, 희생, 성 역할을 수행하는 존재로서만 주목받았다. 특히 기존의 남성 디아스포라 서사는 지역적으로 흩어진 한민족을 여전히 '하나'의 혈연으로 묶어내기 위해 여성들을 순수혈통의 재생산자로서만 바라보게 했다. 이 때문에 경제적 행위자, 문화적 생산자, 차별과 배제와 싸우는 행동주의자로서의 여성의 다양한 역할과 기여를 기록하지 않았다. '삶이야기'는 코리안디아스포라 여성 또한 지역, 가족, 세대, 계급, 지향에 따라 매우 다른 노정과 사회적 열망을 실현해왔다는 것을 보여준다.

'삶이야기'의 화자들은 가족을 살리기 위해서뿐만 아니라 사랑, 직업, 자유, 사상 때문에 집을 떠난다. 여성들은 코리안 정체성에 자부심을 느끼지만, 그렇다고 해서 기존의 자연화된 민족주의를 무조건 숭배하지도 않는다. 북향민, 고려인, 중국 동포, 사할린 동포 여성들의 서사는 고향, 집, 민족, 국가라는 시원적 경계를 넘어 남한, 북한, 중국, 동남아시아, 중앙아시아, 러시아, 일본, 사할린 등의 전 지구적 장소를 관통하며 삶과 살아냄을 이뤄낸다. 이들은 빈곤, 민족해방, 여성해방, 경제적 위기, 정치적 탄압이란 조건에 직면하면서 이동하고, 정착하고, 재이동을 반복했다. 여성들의 삶은 그렇게 영웅적이지도, 그렇다고 매번 피해자적이지도 않은 복잡한 조건, 즉 다양한 기회, 모험, 위험과 거래의 상황에 놓여 있고 이를 해결하기 위해 고군분투한다. 디아스포라 여성들은 '덜 의존적이기 때문에' 남성보다 혼자 살 수 있는 능력이 더 크며, 자기 돌봄의 윤리가 발달하였다. 여성들은 누군가에 철저히 의존하지 않은 채 다양한 이주를 감행하고, 위기를 감지하며, 그 위기를 해결하고자 한다. 그 과정에서 여성들은 구조적 폭력, 피해, 차별을 경험하지만 좌절과 낙담으로 시간을 보내지 않는다. 디아스포라 여성들은 한국에 온 이후 고립감에 시달리기도 하고, 우울감, 외로움, 상처받은 자존심, 슬픔을 느끼는 경향이 있지만, 동시에 살아있음, 부단한 노력, 해방감, 나를 위해 구체적인 무언가를 해나갈 수 있다는 진취적 능동성을 보여준다. '삶이야기'는 고생스럽게, 때론 자랑스럽게 큰 세상을 경험해본 여성들만이 '말할 수 있는' 견고하고 유연한 견해를 담고 있다. 새로운 이산 주체로서 코리안디아스포라 여성은 순응적이지 않은, 자율적이고 의연한 태도를 통해 삶을 개척한 여성의 '힘'을 잘 보여준다.

‘우리’의 역사를 구성하는 복수적 주체들

디아스포라 한인은 모국, 이주지, 경유지 등에서 획득한 다중적 기원과 소속감, 언어, 생활 습관을 갖고 있다. 이러한 ‘복수적’ 정체성 때문에 한국 사회는 이들이 우리와 같은 ‘100%’ 한국인이 아니라며 차별한다. 한국 사회는 디아스포라 한인을 남한의 ‘외부’ 또는 ‘영토 밖 과거 속에 존재’하는 사람처럼 상상하면서, 한국의 역사 속으로 통합시키지 않았다. ‘삶이야기’는 디아스포라 한인 여성들이 이주한 지역과 한국, 그리고 다양한 경유지의 사회 건설과 역사 구성에 참여해온 존재임을 알려준다. 여성들은 다양한 국경을 넘으면서 한반도의 식민, 전쟁, 분단, 경제 발전, 세계화 등의 역동적 변화를 온전히 경험했고, ‘한민족’의 복수적 역사를 구성해왔다. 여성들 또한 다중적 소속감을 느끼고, 다양한 지역을 감정적 · 경제적 · 사회적으로 연결하는 데 자부심이 있다. 디아스포라 여성들의 복잡한 삶의 경로가 다른 체제, 다른 방식의 인격과 주체성, 다른 방식의 협력과 공생, 다양한 생존 수단이 가능하다는 것을 일깨워주기 때문이다. ‘삶이야기’는 동포를 바라봤던 기존 한국 사회의 얄팍한 균질화를 거부하면서 대안적이고 대항적인 정치적 관점을 열어 놓고 있다. 여성들의 이야기는 ‘한민족’의 해외 성공신화를 증명하는 상징이나, 현란한 자본주의에 맹목적으로 참여하거나 압도된 존재로 자신을 그려내지 않는다.

우리는 ‘삶이야기’를 통해 ‘조우의 정치학(politics of encounter)’의 개념으로 역사, 현재, 미래를 바라봐야 한다는 점을 깨닫는다. 좀 더 평등한 ‘조우’가 이뤄지기 위해서는 현재의 불평등한 권력 관계를 변화시켜야 한다. 한국의 주류 미디어는 이들의 경험 혹은 목소리를 다양하게 보여주거나 들려줄 필요가 없다고 생각한다. 때로는 이들에 대한 전형적인 편견이나 스테레오타입을 반복하면서 특정한 방식으로 정체성을 고착시키는 재현을 한다. 동포들을 돈벌이, 범죄, 폭력과 연관하여 재현하거나 북향민의 경우 북한 탈출 동기와 경로에만 집착하는 방식으로 다룬다. 이를 통해 주류 한국인이 얼마나 우월한 존재인가를 과시한다.

여성들은 학생, 교사, 노동자, 기자, 사업가, 혁명가, 놀이꾼, 음악가로서 경제주체, 문화 생산자, 정치적 이념의 생산자라는 다중의 역할을 수행해왔고 현재도 수행 중이다. 많은 디아스포라 여성들은 '조국'에 대한 막연한 상상, 자본주의가 제공하리라 믿었던 계급상승의 기회, 여유 있는 문화생활을 기대하고 한국에 왔다가 당황한다. 친절한 한국인조차 동정이나 시혜 수준을 넘어 자신을 한 명의 권리를 가진 인격자로 대우하지 않는다고 느낀다. 이들은 여전히 돈이나 시장경제에 속박된 삶이 아닌, 관계의 회복과 상호 의존을 통한 비시장적 교환과 돌봄이 충만한 삶을 그리워한다. 여성들은 한국에서 돈을 버는 것이 얼마나 고달픈 것인지 알고 있고, 고학력과 전문성을 갖췄음에도 일자리를 찾을 수 없음에 자존심이 상한다는 말을 한다. 이들은 계급상승과 돈에 대한 욕망을 숨기지 않지만, 인간의 삶이 그것만으로는 충족될 수 없다는 점을 안다.

여성들은 자신이 경험한 다양한 사상과 경제 체제가 각각의 장점과 결점이 있다는 것을 안다. 결국, 어느 하나의 체제, 하나의 사상과 철학만이 사람을 사람답게 만들지 못한다. '삶이야기'는 여성들의 복수적 정체성이 그려내는 평화와 민주주의를 잘 보여준다. 우리는 여성들의 말하기에 적극적으로 참여함으로써 경합하는 체제와 사상들을 결합하고, 서로 이해함으로써 모든 이를 포용하는 다원주의적 민주주의를 이뤄낼 수 있다.

경청의 윤리학

디아스포라 한인은 1990년대 이후 고향 방문, 귀환, 영구귀국, 유학, 경제 활동, 이주노동, 결혼의 형태로 한국에 정착하고 있다. 한국에 귀환한 디아스포라 여성들은 거리에서, 일터에서, 모임에서 다양한 '말'을 했다. 이들은 무기력하게 침묵하지 않았다. 하지만 곧 "어디서 오셨어요?"라는 질문을 받게 되고, 곧 '가난한 동포' 혹은 '낯선 이주자'로 취급되면서 여성들은 곧 한국 사회의 주변부로 밀려났다. 이들의 말에 낯섦과 무시, 무관심으로 반응하는 한국인만 존재하면, 의미 있는 관계는 구성되지 않는다. 이 때문에 디아스포라 여성들은 한국에 살아도 '붕 떠 있는 느낌'으로 마음 둘 곳을 찾아다녔다. 그러다가 조각보의 삶이야기를 통해 여성들은 처음으로 진지한 '경청자'를 만났다. 이들은 자기 말이 평가되거나 '편집'될 걱정 없이 말에 집중했다. 이들의 자기 기록은 한국의 대중매체와 유튜브 등에서 흔히 접하는 탈출과 귀환의 정형적인 스토리와 다르고, 주류에 편입하기 위한 조건으로서의 요구된 말하기가 아니다. 또한, 주류사회의 호기심, 우월감과 지배적 욕망을 만족시켜주기 위한 동포들의 고생 이야기가 아니다. 여성들은 말하기를 통해 자신의 자율 정신을 지켜내고자 했다. 여성들은 한국 사회의 지독한 단순화와 문화적 오인을 교정할 때가 되었다고 권유한다. 우리는 '주변부 소수자'의 위치에 이들을 고립시키지 말고, 경청과 응답의 태도를 보여야 한다.

나는 조각보의 다양한 모임을 통해 여성들을 만났고, 여전한 삶의 고됨과 강력한 사회적 소망이 무엇인지 알게 되었다. 하지만 삶이야기, 피스테이블, 문화 다양성 교육 등이 진행되면서 이들은 많이 변해 있었다. 여성들은 여전히 힘든 세상에 있지만, 삶이야기를 통해 더 단단해진 새로운 자아를 만들어냈다. 누군가에게 말을 한다는 것, 누군가의 말에 집중하고 경청한다는 것 모두 용기, 열정, 인내와 집중력을 요청하는 행위다.

여성들의 삶이야기는 서로의 편견을 극복하고, 한 민족 간의 연대를 이뤄나가자는 의도로만 읽혀서는 안 된다. 실제 이들은 어려운 환경 속에서도 한민족의 문화를 지켜냈을 뿐 아니라 편협하거나 배타적이지 않은 방식으로 다른 종족이나 인종들과 교류하면서 관대함과 상호인정의 평등주의를 추구했다. 코리안디아스포라 한인 여성들은 견고한 안전막이 사라진 신자유주의의 불예측성 시대의 인간 실존에 대해 성찰케 한다. 이들의 서사는 전 지구적 이동과 이주 시대의 나그네, 개척자, 피해자, 변혁자, 실천가가 되어본 사람이 조망하는 세상에 대한 안내서다. '삶이야기'는 여성이 만들어내는 세계시민주의를 향한 상호인정의 철학으로 이해되어야 한다. 이 때문에 이들의 말하기는 한반도의 평화를 지향하고, 사회 정의를 실현하는데 중요한 정치적 자원이자 사회적 지식이 될 수 있다. '삶이야기'는 독자를 웃고 울고 멈추고 생각하게 만드는 12명 여성이 쓴 소설책이다. 삶이야기를 시작한 김숙임 선생님, 말하고 듣고 기록하고 정리하는 데 참여한 수많은 여성 덕분에 우리는 여성 역사(Herstory)의 최신판을 만들었다.